Een paradijs aan zee

Elin Hilderbrand bij Boekerij:

Eilandliefde
Een prachtige dag
Een paradijs aan zee

www.boekerij.nl

Elin Hilderbrand

Een paradijs aan zee

Twee vriendinnen, een mooie zomer,
een knappe tuinman...

BOEKERIJ

ISBN 978-90-225-7627-4
ISBN 978-94-023-0613-2 (e-book)
NUR 302

Oorspronkelijke titel: *The Rumor*
Vertaling: Nellie Keukelaar-van Rijsbergen
Omslagontwerp: Johannes Wiebel|punchdesign, München
Omslagbeeld: © Shutterstock
Zetwerk: CeevanWee, Amsterdam

Deze uitgave is mede tot stand gekomen door Sebes & Bisseling Literary Agency

Met de nederigste dankbaarheid draag ik dit boek op aan
dr. Michelle Specht omdat ze mijn leven heeft gered
en aan
dr. Amy Colwell omdat ze mijn lichaam heeft gered.
#mamastrong

Nantucket

Roddelen was voor ons niet zomaar een tijdverdrijf, we waren er dol op.

Heb je het gehoord?

Meestal was het prettig om op Nantucket te wonen. We hadden het gevoel dat Moeder Oceaan ons in de palm van haar hand hield. Soms maakte het eiland ons echter rusteloos en prikkelbaar. De winter was erg, maar de lente was erger, want op een paar korte weken na was die niet van de winter te onderscheiden.

Wat had T.S. Eliot ook alweer geschreven? *April is de gruwelijkste maand.*

In het voorjaar werd er altijd het meest geroddeld. De roddels vloeiden als water in een net ontdooide beek. Ze circuleerden door de lucht als pollen. We konden ons niet beheersen en herhaalden wat we hadden gehoord, zoals we het ook niet konden laten in onze gezwollen, prikkende ogen te wrijven.

Niet dat we gemeen of wraakzuchtig of wreed waren, we verveelden ons gewoon en na de lange periode zonder zomergasten, zomergeld en zomermagie waren onze reservoirs opgedroogd.

We waren gewoon mensen, opgezadeld met onze nieuwsgierigheid en onze onzekerheden. We wisten heus wel dat er meer gebeurde in de wijde wereld – op de MIT-campus werd het menselijke genoom gedecodeerd, er verschoven tektonische platen in Californië, Poetin voerde oorlog in Oekraïne – maar die dingen namen ons minder in beslag dan wat er op de 272 vierkante kilometer van ons eigen eiland gebeurde. We roddelden bij de tandarts, de kapper, de groenteafdeling van de Stop & Shop-supermarkt, aan de bar van het Boarding House. We roddelden op vrijdagavond als we bij de Anglers' Club aan de aperitiefjes zaten, op zaterdagmiddag in de kerkbanken tijdens de mis van vijf uur en op zondagochtend als we bij The Hub in de rij stonden om *The New York Times* te kopen.

Heb je het gehoord?

Het was onvoorspelbaar wie ons volgende gespreksonderwerp zou zijn. Maar als iemand ons in die ijskoude, staalgrijze lucht half april had verteld dat we het dat jaar 's zomers vooral zouden hebben over Grace en Eddie Pancik...

... over Trevor Llewellyn en Madeline King...

... en over de vermaarde landschapsarchitect Benton Coe...

... dan zou onze mond van ontzetting zijn opengevallen.

Nee.

Onmogelijk.

Dat waren zo'n beetje de aardigste mensen die we kenden.

April

Madeline

De eerste twee telefoontjes kwamen van Marlo, Angies assistent, maar de derde keer belde Angie zelf. Madeline liet het gesprek direct naar de voicemail gaan.

Ze wist waar Angie voor belde, want Marlo had het al verschillende keren nadrukkelijk gezegd: vrijdag, uiterlijk maandag, moesten ze het stukje over haar nieuwe roman hebben voor de aanbiedingsbrochure. Hun werk draaide om deadlines.

Terwijl Madeline Angies bericht beluisterde, hield ze de telefoon een paar centimeter bij haar oor vandaan, alsof de afstand de klap zou verzachten.

Nieuwe roman. Vrijdag. Maandag op zijn allerlaatst. Maar dat weet je zelf ook wel, Madeline.

Madeline zat aan haar keukentafel met een blanco schrijfblok voor zich. Haar vorige roman, *Islandia*, was als koude siroop uit een glazen fles gelopen. Het ging langzaam – regel voor regel, alinea na alinea – maar het was altijd duidelijk geweest waar het verhaal naartoe ging. *Islandia* was een apocalyptisch verhaal over Nantucket dat vierhonderd jaar in de toekomst speelde. Als gevolg van de opwarming van de aarde werd het eiland opgeslokt door de Atlantische Oceaan. Iedereen was ten dode opgeschreven met uitzondering van Madelines twee hoofdpersonen, de tieners Jack en Diane (vernoemd naar Madelines lievelingsnummer uit haar jeugd), achterneef en achternicht van elkaar, die tot het eind van de roman in een kleine boot wisten te overleven.

Madeline schreef de inspiratie voor deze roman toe aan de zeven maanden dat ze haar schoonvader, Big T, had verzorgd voordat hij overleed. Zijn prostaatkanker was uitgezaaid naar zijn hersenen en daarna ook naar zijn lever. Hoewel Madeline er kapot van was, had het een gunstige uitwerking op haar fantasie. Ze dacht vooral aan ziekte, de aftakeling van het lichaam, het verval van de mensheid. Vervolgens had ze in *The New Yorker* (waar ze op haar negentiende een abonnement op had genomen om slimmer te worden) een fascinerend artikel over de opwarming van de aarde gelezen. In het artikel stond dat als de mensheid haar consumptiepatroon niet veranderde, eilanden als Nantucket en Martha's Vineyard, en eilanden vlak voor de kust zoals de Outer Banks, binnen vierhonderd jaar onder water zouden verdwijnen.

Islandia was heel anders dan haar twee eerdere autobiografische romans, *The Easy Coast* en *Hotel Springford*. De uitgeverij had het boek met open armen ontvangen en had er hogere verwachtingen van dan van haar eerdere boeken. Madelines agent, Redd Dreyfus, had er een geweldige deal uit gesleept, een net uit zes cijfers bestaand voorschot voor twee boeken. Dit was zo'n spannende en onverwachte ontwikkeling dat Madeline door het dolle heen was.

Het grootste deel van het voorschot was inmiddels besteed aan een investering bij Eddie, en Madeline moest nu echt met een idee voor een tweede roman komen. Ze moest een omschrijving van vierhonderd woorden aanleveren voor de catalogus voor de vertegenwoordigers.

Maar zelfs dat had Madeline nog niet.

Ze had een writer's block.

Ze schrok op uit haar zorgen door het gerammel van de UPS-vrachtwagen en de plof van een pakje dat op de veranda aan de voorkant werd neergegooid. Ze liep meteen naar buiten in de hoop dat het pakje haar op een idee voor een briljante nieuwe roman zou brengen, maar het waren de schoolfoto's van haar zoon, Brick.

Tjonge, prachtig.

Madeline ging op de verandatrap zitten, ook al was het ijskoud en had ze geen jas aan. Ze vond het fascinerend dat het portret zowel de kleine jongen uitbeeldde die Brick was geweest – met zijn dikke blonde haar en het diepe kuiltje in zijn rechterwang – als de man die hij nu in rap tempo werd. Hij zou op Trevor en Big T gaan lijken, maar had Madelines blauwe ogen en haar glimlach (waarbij naar haar kritische oordeel altijd te veel tandvlees te zien was). Ze nam de foto's mee naar binnen, haalde al Bricks schoolfoto's uit de secretaire en legde ze op volgorde naast elkaar op het kleed, van de kleuterschool tot de middelbare school.

Mooie jongen, dacht ze. Ze had dolgraag nog een kind gewild, maar na drie miskramen had ze het opgegeven.

Ze vroeg zich af of Grace de foto's van de tweeling al had en of die in haar huis aan Wauwinet Road hetzelfde ritueel uitvoerde. Madeline pakte haar telefoon, dacht slechts even aan het vervelende, ontmoedigende bericht van Angie en belde Grace.

Er werd niet opgenomen op de vaste lijn. Misschien was ze bij de kippen of in de tuin. Wie weet had ze migraine. Vroeger hield Madeline op een speciale kalender bij wanneer Grace migraine had, tot Trevor de kalender vond en tegen Madeline had gezegd dat een van de redenen dat het misschien niet opschoot met schrijven was dat ze zichzelf toestond om zich druk te maken over dingen als Grace' migraine. Madeline had de kalender weggegooid.

Zou ze naar Grace' mobiele telefoon bellen? Grace nam nooit op. Ze keek eens in de twee, drie weken of er berichten waren. Als ze Grace een brief stuurde, zou ze sneller een reactie krijgen.

Ze hing op zonder een bericht in te spreken en pakte de foto's van Brick. Het was nu officieel: er kwam niets uit haar handen in dit huis. De vaatwasser schreeuwde: leeg me! Het wasgoed in de wasdroger riep: vouw me op! De aanrechtbladen zeiden: maak me schoon! Er was altijd wel iets: de telefoon ging, de vuilnis werd opgehaald, ze moest bedenken wat ze gingen eten, boodschappen doen, voorbereidingen voor het eten treffen, elke avond weer! Brick moest ergens worden afgezet of opgehaald, de auto moest naar de garage, ze moest afval scheiden, de administratie doen, rekeningen betalen. Andere moeders zeiden tegen Madeline dat het zo fijn was dat ze vanuit huis werkte, maar thuiswerken was een constante strijd tussen werken en het huishouden doen.

Vrijdag. Maandag op zijn allerlaatst.

De deur van de bijkeuken ging open en dicht. Madeline hoorde gefluit, iets uit *Mary Poppins*. Was het al zo laat? Madelines man, Trevor, kwam binnenlopen met zijn mooie pilotenpet op. '*Chim chiminey, chim chiminey, chim cher-oo*!' Trevor meende dat hij niet onderdeed voor Dick Van Dyke.

'Hoi,' zei hij. Hij nam Madeline in zijn armen en ze legde haar gezicht tegen de voorkant van zijn overhemd en polyester werkstropdas. Trevor was piloot bij Scout Airlines, de luchtvaartmaatschappij die vanaf Nantucket op Hyannis, Boston en Providence vloog. 'Hoe was je dag?'

Madeline begon te huilen. Niet te geloven dat het al vijf uur was. Hoe haar dag was geweest? Welke dag? Haar dag was in rook opgegaan. Ze kon niets laten zien. 'Ik heb een writer's block,' zei ze. 'Mijn hoofd is helemaal leeg en de wolven staan voor de deur.'

'Ik heb al eerder tegen je gezegd dat je gewoon...'

Ze schudde haar hoofd om hem het zwijgen op te leggen. Ze wist wat hij ging zeggen. Hij zou haar vertellen dat ze een vervolg op *Islandia* moest schrijven. Het was een voor de hand liggende oplossing voor haar probleem, maar in haar hart voelde het als een uitvlucht. Aan het eind van *Islandia* gingen haar personages veilig een onbekende toekomst tegemoet. Voor haar gevoel was dat het juiste eind. Ze wilde haar lezers niet vertellen hoe het verderging. Als ze een vervolg schreef, zou ze dat alleen maar doen omdat ze geen nieuwe personages en nieuwe plot kon bedenken.

Ze kon geen nieuwe personages en nieuwe plot bedenken.

Dus wie weet had Trevor gelijk. Een vervolg. Kon ze het eind van de wereld ongedaan maken?

Ze veegde haar tranen weg en hief haar gezicht op voor een kus.

'Wat eten we?' vroeg Trevor.

'Pizza?' zei ze. 'Thais?'

Zijn gezicht betrok. Ze had geen letter geschreven en ze had ook geen boodschappen gedaan voor het avondeten. Hoe moest ze uitleggen dat een idee bedenken om over te schrijven nog tijdrovender was dan het schrijven zelf?

'Sorry,' zei ze.

Hij drukte een kus op haar voorhoofd. 'Het geeft niet,' zei hij. 'Laten we bij Sophie T's pizza halen. Wordt Brick thuisgebracht na de training?'

'Ja,' zei Madeline. 'Hij rijdt met Calgary mee.'

Trevor trok zijn stropdas los en pakte een biertje uit de koelkast. 'Je raadt nooit wie er vanochtend tijdens mijn eerste vlucht in het vliegtuig zat.'

'Nou, wie dan?' vroeg Madeline.

'Benton Coe,' zei Trevor.

'Echt waar?' zei Madeline.

Benton Coe was de eigenaar van Coe Designs, het meest prestigieuze landschapsarchitectuurbureau op het eiland. Hij was degene die de 1,2 hectare grond van Grace omtoverde tot de mooiste tuin op Nantucket en misschien zelfs wel van heel Massachusetts.

Benton Coe was terug.

Dat verklaarde waarom Grace de telefoon niet had opgenomen.

Grace

Ze was vlak na Nieuwjaar heimelijk begonnen aan haar metamorfose, in afwachting van deze dag.

De terugkeer van Benton.

Ze was naar de sportschool gegaan voor spinninglessen en was ruim tien kilo afgevallen, vooral kilo's die waren blijven hangen na de geboorte van de tweeling. Haar kleding was nu twee maten kleiner en ze had een nieuwe spijkerbroek nodig. Ze had haar kapster, Ann, eindelijk toestemming gegeven om het grijs uit haar scheiding weg te werken en wat kastanjebruine highlights aan de voorkant van haar donkere haar aan te brengen. En omdat ze veel tijd in de tuin had doorgebracht in verband met het voorbereidende werk en het verzorgen van de kippen, hadden de eerste zonnestralen van het seizoen haar gezicht een kleurtje gegeven.

Ze voelde zich beter dan ze zich in jaren had gevoeld.

Madeline had er zaterdagavond een opmerking over gemaakt, toen ze bij American Seasons uit eten gingen. Madeline en Grace waren tegelijk naar het toilet gegaan en toen Madeline Grace in de spiegel zag, zei ze: 'Je ziet er goed uit, meid. Prachtig gewoon.'

Het gewichtsverlies was Eddie opgevallen ('Je ziet er goed uit, Gracie, dun') maar niet het haar, en de meiden signaleerden het kapsel ('Highlights,' had Allegra gezegd, 'slimme zet') maar niet het nieuwe, slanke figuur van Grace. Dat verbaasde Grace niets. Eddie ging helemaal op in zijn nieuwbouwproject, Hope in school en haar fluit, en Allegra in haar verkering met Brick Llewellyn en haar mogelijke carrière als fotomodel. Die drie zagen Grace als echtgenote, moeder, kok en huishoudster. Ze verzorgde de kippen en leverde biologische eieren aan, was zwaarmoedig en had regelmatig migraine. Elke zondagochtend was ze de minnares van Eddie en soms ook op een doordeweekse avond. Grace wist dat haar gezin van haar hield, maar ze was niet het middelpunt van hun bestaan zoals toen Eddie en zij pasgetrouwd waren en de meiden klein waren.

Voelde ze zich tekortgedaan? Ja, een beetje. Ze veronderstelde echter dat ze niet de enige vrouw en moeder was die dat gevoel had.

Klokslag tien uur reed de grote zwarte pick-up van Benton de oprit op. De bovenkanten van Grace' oren begonnen te gonzen. Die zouden rood worden, een teken dat ze zenuwachtig was. Ze was een beetje verkikkerd op Benton Coe. Het was een onschuldige verliefdheid die nergens toe zou leiden, want Benton had een vriendin die McGuvvy heette en Grace was getrouwd.

Ze keek toe hoe hij uit de pick-up stapte. Zag hij er anders uit?

Nee, hetzelfde. Lang, lang, lang – hij was zeker twintig centimeter langer dan Eddie – en met de schouders van een koning of veroveraar. Hij had rossig haar dat opkrulde van onder zijn honkbalpet van de Ohio State Buckeyes en had lachrimpeltjes rondom zijn bruine ogen. Hij droeg zijn gebruikelijke voorjaarskleding: een marineblauwe hoodie met een klavertjevier op de voorkant – het logo van Coe Designs – een spijkerbroek en werkschoenen. Hij was licht gebruind. Hij had de winter in Marokko doorgebracht.

Ze waren vrienden. Ze had hem gemist. Grace rende naar de deur om hem te begroeten.

'Benton!' zei ze.

Toen hij haar zag, knipperde hij met zijn ogen van verbazing, waardoor Grace' hart een sprongetje maakte.

'Tjonge, Grace,' zei hij. 'Je ziet er... Wauw. Gewoonweg wauw. Ik ben sprakeloos.'

Ze liep de veranda aan de voorkant op en omhelsde hem stevig. Hij was zo sterk dat hij haar zo van de grond tilde. Ze lachten allebei en Benton zette haar neer.

'Fijn je te zien!' zei hij.

'Nou en of!' zei ze.

Ze keken elkaar aan. Grace kon niet zeggen of het romantisch of ongemakkelijk was. Ongemakkelijk, besloot ze. Ze waren vrienden. Een gesprek hoorde moeiteloos te verlopen. Ze kon niet de hele zomer met deze man samenwerken en hun gezamenlijke doelen bereiken als ze zich zou gedragen als een meisje van dertien dat niet wist wat ze moest zeggen. Daar moest ze mee ophouden!

'Bedankt voor de kaarten,' zei ze.

'Heb je ze gekregen?' vroeg hij. 'Je weet het nooit met de post in het buitenland.'

'Het waren er vier of vijf,' zei Grace, die nonchalant probeerde te klinken. Die ansichtkaarten, het waren er vijf, waren veilig opgeborgen in haar la met ondergoed en ze hadden haar verliefdheid gevoed tijdens de kille, grijze winter.

Benton Coe. Zijn reputatie was hem vooruitgesneld: de meest getalenteerde landschapsarchitect op Nantucket, ook al was hij pas veertig. Hij woonde vijf jaar op het eiland toen Grace hem inhuurde. Oorspronkelijk was hij door de Nantucket Historical Association naar het eiland gehaald om de tuinen van hun vierentwintig percelen te renoveren. Voordat hij naar Nantucket was gekomen, had Benton Coe tuinen ontworpen in Savannah, in de staat Georgia, en in Oxford, in de staat Mississippi, plaatsen zo weelderig dat je het gras kon horen groeien, zei hij. Hij was opgegroeid in Youngstown, in de staat Ohio, en had op de Ohio State University gezeten, waar hij een studentenbaantje bij de plantsoenendienst had, waardoor zijn liefde voor landschapsarchitectuur was gegroeid. Hij studeerde een semester in het buitenland, in Surrey, in Engeland. Hij hield nog steeds van Engelse tuinen. Daar valt alles bij in het niet, had hij tegen Grace gezegd. De Britten waren misschien goed in heersen over de wereld, maar ze waren nog beter in heersen over floxen, vingerhoedskruid, buxus en rozen.

Tegen de tijd dat Benton Coe klaar was met de percelen van de NHA – waarmee hij prijzen won van elke hoveniers- en erfgoedorganisatie in New England – was hij zeer in trek. Hij deed de tuinen voor de Amsters uit Dionis, voor de Kepplings in Shimmo. Doordat Grace betrokken was bij de Nantucket Garden Club, had ze het geluk dat ze die tuinen kon bekijken.

Toen Eddie het huis in Wauwinet kocht, met de daarbij behorende 1,2 hectare onontgonnen grond, zag Grace haar kans schoon. Ze huurde Benton Coe in.

Ze konden meteen goed met elkaar opschieten. Afgelopen zomer hadden ze gras gezaaid en perken afgebakend. Ze hadden het zwembad uitgegraven, betegeld en vol laten lopen en ze hadden een voetbrug over de beek aangelegd. Benton had toezicht gehouden op de bouw van de schuur en het kippenhok. Er moesten dagelijks talloze beslissingen worden genomen. Gewoonlijk gaven klanten Benton de vrije hand. Hij moest echter toegeven dat hij het prettig vond om met Grace samen te werken. Het was leuker dan alles in zijn eentje beslissen, zei hij. Het was stimulerend om plannen uit te voeren met iemand met hetzelfde gevoel voor tuinieren.

Grace was gecharmeerd van de woordkeuze van Benton Coe. Gevoeligheid: had iemand ooit Grace' gevoeligheid gewaardeerd? Haar gevoel voor schoonheid? Haar smaak? Haar intuïtie? Nee, ze dacht van niet. Ze was een plichtsgetrouwe dochter en kleindochter geweest, een tolerante zus, een ijverige studente, een redelijke serveerster, een toegewijde echtgenote en moeder, en een heel goede vriendin. Maar had iemand – inclusief Eddie en Madeline – ooit Grace' gevoeligheid gewaardeerd?

Harmonieus, zo'n prachtig woord, een mooie en delicate manier om te beschrijven hoe Grace en Benton elkaar aanvulden, hoe ze bij elkaar pasten zonder gaten of lekken, zonder strijd of botsing.

Het was stimulerend, zei hij, een woord dat voor Grace een te sterke seksuele lading had om over na te denken.

Eind vorige zomer had Benton opgebiecht dat een bezoek aan Grace' huis in Wauwinet voor hem het hoogtepunt van de dag was. Hij zei dat hij zijn bedrijfsleider, Donovan, nog nooit had meegebracht, omdat Benton dit project voor zichzelf had willen houden.

Grace snapte het. Ze kreeg vlinders in haar buik als zijn zwarte pick-up de oprit op reed.

Benton kwam van maandag tot zaterdag elke dag om tien uur, ook als dat niet nodig was. Soms bleef hij maar tien minuten, lang genoeg voor een tête-à-tête, nog zo'n woord van hem waar Grace van genoot. Ze stelde zich voor dat hun voorhoofden elkaar raakten, dat ze elkaar kusten.

Maar... het bleef bij fantaseren.

Het werd herfst, zoals altijd, en ze maakten de tuin winterklaar. Toen werd het winter en ging Benton op reis. De eerste ansichtkaart kwam uit Casablanca. Op het poststempel stond 4 januari, de dag dat hij daar was aangekomen. Twee weken later kwam er een kaart uit Essaouira, aan de kust. Een week later een uit Agdz, in de woestijn. Twee weken later een uit de Ourikavallei in het Atlasgebergte. Op alle kaarten stond dezelfde tekst: *Moet je kijken! XO Benton.*

Er gingen twintig dagen voorbij zonder nieuwe ansichtkaart en Grace dacht dat hij haar was vergeten. Het kon ook zijn dat zijn vriendin, McGuvvy, was overgevlogen om hem te bezoeken. Maar toen kwam er een kaart uit Marrakech waarop stond: *Mijn lievelingsplek tot nu toe. Kon je maar zien wat ik zie. XO B.*

Deze kaart wakkerde Grace' gevoelens aan. Ze herlas de tekst talloze keren. Ze gebruikte hem als bladwijzer in de roman die ze aan het lezen was, *Het dak van de hemel* van Paul Bowles, waar ze aan begonnen was omdat ze op die manier in gedachten door de soeks kon dwalen en door de duinen van Noord-Afrika kon trekken.

Ze dacht eindeloos na over het feit dat Benton van zijn standaardtekst was afgeweken. *Kon je maar zien wat ik zie.* De scepticus in Grace zei dat dit gewoon een variatie was op de oude ansichtkaarttekst '*was je maar hier*'. Maar de ontluikende romanticus in haar stelde zich een tête-à-tête voor, hun hoofden bij elkaar, hun ogen die hetzelfde zagen, hun gevoeligheid die zo harmonieus samenging.

Ze vond het geweldig dat hij Benton tot B had afgekort.

Grace had alle ansichtkaarten in de bovenste la van haar ladekast gelegd, bij haar ondergoed, bh's en zwartzijden pyjama.

'Wil je iets drinken?' vroeg Grace.

Benton knipte met zijn vingers. 'Verdorie, ik heb een cadeautje voor je gekocht toen ik weg was, maar ik ben het vergeten. Ik zal het morgen meebrengen.'

'Je had niets voor me mee hoeven nemen,' zei Grace. Een cadeautje uit Marokko! Grace' hoofd tolde. Ze dacht aan de gaasachtige harembroeken van de buikdanseressen. Ze dacht aan zilveren vingercymbalen, zijden kussens in donkere, rijke kleuren met kwastjes langs de randen. Ze dacht aan knoestige houten kistjes met geheime vakjes. Ze dacht aan een waterpijp met aardbeientabak. Ze dacht aan exotische olie en aromatische specerijen: saffraandraadjes, kaneelstokjes, kardemompeulen. Ze dacht weer aan de buikdanseres. Benton had een cadeautje voor haar!

'Heb je voor al je klanten cadeautjes gekocht?' vroeg ze.

'Nee,' zei hij. 'Alleen voor jou.'

Alleen voor haar! Ze had een flikflak kunnen maken toen ze naar de tuin liep.

Ze deden bijna een uur over de inspectieronde door Grace' tuin en bespraken eventuele veranderingen en verbeteringen. Ze begonnen helemaal achteraan bij de Adirondack-stoelen met uitzicht op Polpis Harbor – het water leek nog steeds een koude staalplaat – en slenterden over de rollende grasheuvels naar het zwembad en de hottub (allebei nog afgedekt, hoewel Grace en Eddie de hottub in januari een keer 's avonds laat hadden gebruikt toen het nieuwbouwproject op schema lag en Eddie meer ontspannen was). Ze draalden bij het tulpenbed, Bentons troetelkindje, en bij de rozenstruiken, die in de loop van de winter in een doornige, ondoordringbare wirwar waren veranderd.

'Het groeit goed,' zei Benton. Hij raakte zacht Grace' rug aan en er schoot een stroomstoot door haar wervelkolom naar haar nek. 'Dit wordt ons jaar.'

Ze hadden een gezamenlijk doel: ze wilden een fotoreportage in een veelgelezen krant of tijdschrift. Benton had een voorkeur voor het tijdschrift *Classic Garden*. Grace dacht eerder aan een artikel in het huis-en-tuinkatern op zondag van *The Boston Globe*. Ze had Eddie overgehaald een publiciteitsagent, Hester Phan, in te schakelen. Dat kostte hem een klein fortuin, maar het was de enige manier om hun samenwerking in de publiciteit te krijgen.

'Laat de schuur eens zien,' zei Benton. 'Die heb ik gemist.'

Grace ontgrendelde de deur. Benton liet Grace voorgaan en volgde haar naar binnen. Het was krap nu ze allebei in de schuur stonden. Grace was bang dat hij haar hart zou horen bonzen.

De schuur was gebouwd in de stijl van een traditioneel huis op

Nantucket: grijze leien en een witte rand. Binnen was er een werkblad van speksteen en een koperen ouderwetse gootsteen. Aan de achterwand hing een groot gereedschapsbord, waaraan Grace haar harken, schoffels, scheppen, plantenschopjes en snoeischaren ophing. Er was een oppottafel, met de hand vervaardigd van hergebruikte vurenhouten stalplanken, en er hingen planken met daarop Grace' verzameling gieters en sierpotten. Boven de gootsteen hing een bord met de tekst: EEN TUIN IS GEEN ZAAK VAN LEVEN OF DOOD. HET IS VEEL BELANGRIJKER DAN DAT. De schuur had een aanbouw aan de zijkant waarin de zitmaaier en de drie onkruidtrimmers stonden. Hoewel Grace Benton had ingehuurd, deed ze de standaardklusjes in de tuin zelf: grasmaaien, onkruid wieden, mulchen, snoeien en uitgebloeide bloemen wegknippen. In combinatie met het verzorgen van de kippen en haar handel in biologische eieren, was het een fulltimebaan. Het was haar passie.

De schuur was het kroonjuweel van de tuin. Een tuin was een tuin was een tuin, maar op de redactie van tijdschriften hielden ze meer van stenen en cement. Ze wilden een bouwwerk dat vanbinnen fris en opgeruimd was, en net zo eigenaardig als de werkplaats van de Kerstman.

Grace en Benton keken elkaar aan. Ze stonden met hun heupen tegen de rand van de gootsteen. Benton was zo lang dat zijn hoofd het schuine dak raakte. Grace' oren waren rood, dat voelde ze.

Benton haalde overdreven diep adem. 'Wat ruikt het hier toch lekker,' zei hij. 'Gemaaid gras en potgrond.'

Dat vond Grace ook. Er was bijna niets ter wereld wat zo lekker rook als dit.

'Wil je de kippen zien?' vroeg ze. 'Ze zullen als een malle gaan klokken voor jou.'

Benton lachte. Er verschenen lachrimpeltjes rond zijn ogen. Grace' oren gloeiden als kooltjes. 'Ik moet helaas weg,' zei hij. 'Ik moet dingen doen, bij mensen langs.'

Bij mensen langs. Zelfs dit onschuldige zinnetje maakte Grace jaloers. De teleurstelling stond vast op haar gezicht te lezen, want Benton zei: 'Maak je geen zorgen, Grace. We hebben de hele zomer voor ons.'

Grace was nog in een roes – ze had per ongeluk twee van Hillary's eieren gebroken – toen de tweeling uit school kwam en het huis binnenliep.

Hope als eerste, met haar fluitkoffer. Daarna Allegra, met alleen de Stella McCartney-hobotas waar ze zo lang bij Eddie om had lopen zeuren toen hij met haar naar Manhattan was voor haar sollicitatiegesprek bij een modellenbureau, dat hij die voor haar had gekocht. Geen boek of schrift te bekennen, wat de reden was dat Allegra maar net voldoendes haalde. Eddie zei daar niets over, want hij was zelf met krappe voldoendes van de New Bedford High School gekomen en moest je kijken hoe succesvol hij nu was! Grace zette het restant van de ongepaste gevoelens die ze voor Benton Coe had van zich af en concentreerde zich op haar dochters, haar zon en maan. Allegra was de zon: fel, warm en stralend. Hope was de maan: rustig, sereen, ondoorgrondelijk. Grace was een beetje bang voor Allegra omdat... Tja, omdat ze Allegra was. En Grace voelde meer beschermingsdrang als het om Hope ging, omdat ze haar bij haar geboorte bijna hadden verloren.

'Hallo, lieverds,' zei Grace. Ze probeerde haar beide dochters te omhelzen, maar die doken vrijwel tegelijk weg – Allegra naar links, Hope naar rechts – en gingen naar hun kamer, waar ze tot het avondeten, met de deur dicht, zouden blijven.

Vanavond aten ze quiche lorraine met spinaziesalade. Eddie had graag aardappels en vlees, maar sinds het nieuwbouwproject van start was gegaan, waardeerde hij het als ze zuinig aan deden en hun eigen eieren aten.

Grace probeerde het zich niet aan te trekken dat haar dochters haar meden, haar niet begroetten, niet vroegen hoe háár dag was geweest. Als Grace heel eerlijk was, zou ze misschien toegeven dat haar dochters de laatste tijd haar eenzaamheid eerder versterkten dan verminderden.

'Hoe was het op school?' riep Grace hen na. Geen reactie.

'We eten vanavond hartige taart!' riep Grace. 'Om zes uur!' Geen reactie.

Afgelopen winter waren er dagen geweest dat ze zo volkomen genegeerd werd dat Grace er depressief van werd. Ze verlangde ernaar om thee voor haar dochters te zetten, chocoladekoekjes voor hen te bakken en door modetijdschriften te bladeren, terwijl Allegra haar vertelde over haar weekendplannen met Brick, en Hope haar fluit pakte en een paar noten van een concert van Mozart speelde. Maar zelfs Grace besefte dat dit onrealistisch was. Het waren nu eenmaal tienermeiden en ze dachten dus alleen aan zichzelf.

Vandaag kon het Grace niets schelen. Vandaag liep Grace terug naar de ouderslaapkamer om haar teennagels te lakken.

Benton Coe was terug. Dit jaar was hun jaar. Ze hadden de hele zomer voor zich.

Hope

Soms wilde ze dat haar ouders nooit over haar geboorte hadden verteld, en toch was dit een onderdeel van haar leven sinds ze oud genoeg was om het te snappen. Bij Hope – baby nummer twee, de kleinere en zwakkere helft van de tweeling – zat de navelstreng om haar hals gedraaid, iets wat de verloskundige niet opmerkte omdat Allegra er kerngezond uit was gekomen en voor het eerst van miljoenen keren in haar leven alle aandacht in de kamer naar zich toe trok. Toen de arts doorhad dat baby nummer twee in moeilijkheden was, werd Grace vliegensvlug naar de operatiekamer gereden, waar Hope vier minuten later met een spoedkeizersnee ter wereld kwam. Ze leefde nog net toen ze eruit werd gehaald. Ze had, zoals haar vader dat altijd op dramatische wijze omschreef, de kleur van een damastpruim en hij had gedacht dat ze het niet zou redden. Maar de arts had Hope gereanimeerd en had haar in leven weten te houden met een beademingsmachine. Hope en Eddie werden met een traumahelikopter naar Boston gevlogen, terwijl Grace en Allegra in het ziekenhuis op Nantucket bleven.

Hope lag al een week op de afdeling Neonatologie toen ze een naam kreeg. De naam die haar ouders van tevoren hadden uitgekozen was Allison – Allegra en Allison, om nog eens te benadrukken dat het een tweeling was – maar na alles wat er was gebeurd, bedachten ze zich en besloten haar Hope te noemen, wat geen verdere uitleg behoefde.

Ze was een overlever, een underdog die had standgehouden. Ze was de kleinere, zwakkere helft van de tweeling, werd vrijwel genegeerd terwijl haar zus ervoor zorgde dat ze in de belangstelling stond. Ze mocht blij zijn dat ze leefde. De artsen hadden haar ouders verteld dat er sprake kon zijn van blijvend hersenletsel of dat ze er misschien op een ander vlak iets aan had overgehouden.

'Maar je bent zo gezond als een vis,' zei haar moeder.

Hope wilde dat haar ouders het verhaal van haar geboorte voor zich hadden gehouden. Ze wilde dat het een geheim was waar niemand ooit over sprak, in plaats van dat deze gebeurtenis kenmerkend voor haar was.

Kleiner, zwakker, mocht blij zijn dat ze leefde. Allegra was groter en sterker, en haar gemakkelijke leventje was kennelijk haar geboorterecht. In groep 6 voerde hun klas *Alice in Wonderland* op. Allegra kreeg de rol van Alice en Hope die van Zevenslaper. Dat was zowel toen als nu een aardige afspiegeling van hun verschillen.

Allegra was oké. Soms. Ze was minder slim dan Hope, in elk geval als het om leren ging. Op school voerde ze nauwelijks iets uit. Hope zat bij één vak bij Allegra in de les: gezondheidskunde, dat door de natuurkundedocent mevrouw Norman werd gegeven. Het stelde niets voor, het was het gemakkelijkste vak om een hoog cijfer voor te halen, want het ging over voeding en lichaamsbeweging en persoonlijke hygiëne, dingen die iedereen al wist doordat je een mens was en door andere mensen werd opgevoed. Toch leverde Allegra nooit huiswerkopdrachten in en toen mevrouw Norman haar in de les vroeg wat de belangrijkste voedingsstof in melk was, begon Allegra spottend te lachen en zei: 'Huh? Geen idee.' Ze klonk als een imbeciel en Hope schaamde zich dat ze de baarmoeder met haar had gedeeld. Iedereen die ooit een tv-spotje voor ontbijtgranen had gezien, wist dat het antwoord 'calcium' was.

Buiten het klaslokaal maakten Allegra en haar beste vriendin, Hollis Brancato, echter de dienst uit op school. Zij waren de echte tweeling, even mooi, met lang glanzend haar (hoewel dat van Hollis blond was en dat van Allegra bruin), hun make-up kwam zo uit de modebladen, en zorgvuldig uitgekozen kleding. Allegra had hun vader zo gek gekregen om duizenden dollars uit te geven aan kleding van merken als Parker en Alice + Olivia en Dolce Vita. De enige voorsprong die Allegra op Hollis had, was dat ze in New York was uitgenodigd voor een gesprek bij een modellenbureau. Allegra had tegen Hollis en alle anderen op school gezegd dat ze nog niets had gehoord, waarmee ze liet doorschemeren dat ze elk moment aan haar carrière als topmodel kon beginnen om net zover te komen als Gisele en Kate. Alleen Hope wist dat de vrouw van het modellenbureau had gezegd dat Allegra zeven centimeter te kort was en er te alledaags uitzag om modellenwerk te krijgen.

Het andere wat alleen Hope wist, was dat Allegra dan wel al twee jaar verkering had met Brick Llewellyn, maar dat ze hem bedroog met Ian Coburn, een rijke jongen die het jaar daarvoor eindexamen had gedaan aan de Nantucket High School en nu eerstejaarsstudent was aan het Boston College.

Voor zover Hope wist, had Allegra drie van de afgelopen vier weekenden met Ian afgesproken. Allegra hoorde elke zaterdag naar Cape Cod te vliegen om daar bij een deftig, duur opleidingsinstituut voor hoger onderwijs bijles te krijgen, zodat ze de toelatingstest voor de universiteit zou halen. Allegra ging echter niet naar die lessen. Ian haalde haar op in zijn rode Camaro en dan gingen ze 'een eindje rijden', wat dat ook mocht betekenen. Het afgelopen weekend waren ze naar het overdekte winkelcentrum van Cape Cod gegaan, waar Ian bij de make-upafdeling van Macy's drie

Chanel-lippenstiften voor Allegra had gekocht. Daarna waren ze uitgebreid wezen lunchen bij de Naked Oyster, waarbij veel drank was gevloeid. Allegra had een valse identiteitskaart gebruikt, waarop stond dat ze zevenentwintig was en in Grand Rapids, in Michigan, woonde. Allegra had Hope gevraagd haar te dekken, zowel tegenover Brick als tegenover haar ouders. Ze had Hope geld geboden, had gezegd dat Hope het valse identiteitsbewijs wel eens mocht lenen, ook al wisten ze allebei dat Hope dat nooit nodig zou hebben.

Hope stemde in, maar niet vanwege het identiteitsbewijs of het geld.

Ze wilde Brick.

Hope had twee jaar gedacht dat Brick zijn relatie met haar zus nooit zou verbreken. Ze zouden zo'n stel zijn dat samen was opgegroeid, een langeafstandsrelatie in stand hielden tijdens de vier jaar dat ze op de universiteit zaten (als Allegra tot de universiteit werd toegelaten, wat op dit moment twijfelachtig leek), zou trouwen, kinderen zou krijgen en hun vijftigjarig huwelijk zou vieren. Hoewel Brick dat scenario wellicht ook voor zich zag, hadden Hope en hij er geen rekening mee gehouden dat Allegra nu eenmaal Allegra was, wat betekende dat ze niet slim genoeg was om door te hebben hoe goed ze het had. Allegra was een statusjager, iemand die wilde opklimmen, een opportunist die zich niet lang kon concentreren. Allegra zou betrapt worden met Ian Coburn en dat zou het einde van haar relatie met Brick betekenen. Hope hoefde alleen maar te wachten.

Hope en Brick sms'ten elkaar regelmatig over hun huiswerk voor de topklas scheikunde, iets wat Hope niet tegen haar zus zei en ze wist dat Brick dat ook niet deed. Allegra was niet toegelaten tot de topklas. Ze volgde de gewone scheikundelessen samen met andere, slecht presterende leerlingen, zoals Hollis en hun vriend Bluto.

Om half zes, toen Hope wist dat Brick thuis zou zijn van honkbaltraining, stuurde ze hem een sms'je: *Warm glas ziet er hetzelfde uit als koud glas*. Zo begonnen ze elk gesprek over hun scheikundehuiswerk, een onderling grapje dat verwees naar het enorme bord dat in hun lokaal boven het smartboard hing. Meneer Hence was doodsbang dat een van zijn leerlingen een beker zou pakken die net op een bunsenbrander had gestaan.

Geen reactie. Misschien was Brick er nog niet klaar voor om aan zijn scheikundehuiswerk te beginnen. Het kon zijn dat hij onder de douche stond of bij zijn ouders zat. Brick vond het leuk om tijd met zijn ouders door te brengen. Hope, en zeker Allegra, meed dat als de pest. Trevor en Madeline waren coole ouders en ze leken wel drie vrienden.

Soms bedacht Hope dat het haar niet ging om een relatie met Brick, maar dat ze zijn adoptiezus wilde zijn.

Ze sms'te: *Heb je al gekeken naar de vragen op bladzijde 242? Over edelgassen?*

Geen reactie. Hope kon twee berichten sturen die niet werden beantwoord, maar geen drie. Dan leek ze radeloos en opdringerig.

Even later bliepte haar telefoon.

Brick schreef: *Is je zus zaterdag echt naar bijles geweest? Of heeft ze gespijbeld en is ze gaan winkelen?*

Hope keek met grote ogen naar haar telefoonscherm. Het was zover en het gebeurde op een moment dat ze dat totaal niet had verwacht. Brick had Allegra door. Hope kon zich nog net beheersen haar niet te verraden.

Ze stuurde een bericht terug: *Naar bijles volgens mij. Hoezo?*

Brick schreef: *Iemand vertelde me dat ze in het winkelcentrum was gezien.*

Hope schreef: *Wie?*

Brick schreef: *Iemand.*

Hope schreef: *Kom op, zeg gewoon wie het was.*

Brick schreef: *Parker Marz. Hij zei dat ze daar liep met een jongen in een Boston College-sweatshirt. Je neef zit toch op BC?*

Hope beet op de gum van haar potlood. Haar neven waren allemaal ouder, maar een van hen – de ergste van het stel, die het heel hoog in zijn bol had – had op Boston College gezeten, wat Eddie aanspoorde tot het vertellen van zijn favoriete grapje: *Hoe weet je of iemand op BC zit? Dat vertelt hij vanzelf.*

Hope schreef: *Een neef van ons heeft op BC gezeten. Een tijdje geleden.*

Brick schreef: *O, oké.*

Hope schreef: *Heb je het aan Allegra gevraagd?*

Brick schreef: *Nee, maakt niet uit. Laat maar.*

Hope meende dat hij zijn kop in het zand stak. Ze kon het hem niet kwalijk nemen. De waarheid was te erg om over na te denken.

Hope ging wekelijks met haar moeder naar de kerk. Ze was godsdienstig, geloofde in God, aanvaardde de meeste dogma's van de katholieke kerk, maar niet alle. Ze geloofde in de kracht van gebed en dus bad ze uit de grond van haar hart voor Brick. Daarna sloeg ze haar studieboek open op bladzijde 242 en concentreerde zich op edelgassen.

Eddie

Hij hobbelde met zijn Porsche Cayenne over de straatkeien, had zijn panamahoed op en zwaaide naar iedereen die hij zag. Grace vond het leuk om hem te beschuldigen van wat ze 'lukraak zwaaien' noemde.

'Je kent die man niet eens,' had ze ooit gezegd. 'Waarom zwaaide je?'

Het punt was dat Eddie een beetje bijziend was en het leek hem erger om niet naar iemand te zwaaien die hij kende dan om naar een volslagen onbekende te zwaaien. Niet zwaaien in de onroerendgoedwereld kon tot gevolg hebben dat de koop of verhuur van een pand niet doorging. Dan zou hij duizenden dollars mislopen.

Naast Eddie op de passagiersstoel lagen vier rekeningen van het nieuwbouwproject aan Eagle Wing Lane. Om precies te zijn vier rekeningen van Eagle Wing Lane 13, want Eddie had de bouw van nummer 9 en 11 noodgedwongen stilgelegd. Hij had het geld eenvoudigweg niet.

Vier rekeningen op één dag krijgen zou verboden moeten worden, dacht Eddie. Drie zou het maximum moeten zijn. Maar vandaag zaten er vier bij de post. Zijn secretaresse, Eloise, had ze, tussen haar duim en wijsvinger geklemd, aan hem overhandigd alsof het een zakdoek vol snot was.

Op de eerste rekening, voor het storten van de fundering, stond een bedrag van tweeëntwintigduizend dollar. Eddie knipperde met zijn ogen en voelde een vlaag van opluchting toen hij bedacht dat hij die rekening al betaald had. Een telefoontje naar Gerry, de man van de fundering, leerde hem echter dat hij de fundering voor nummer 9 en 11 had betaald, maar niet voor nummer 13.

Zijn panamahoed bracht geen geluk. Hij had hem net zo lief afgedaan en op de achterbank gegooid, maar hij geloofde zo in de kracht van de hoed dat hij bang was dat als hij hem in een boze bui af zou doen hij zijn Porsche te pletter zou rijden en zou sterven, zodat hij Grace en de meiden met schulden achterliet.

Voordat hij van kantoor was gegaan, was hij naar het bureau van zijn zus, Barbie, gelopen. Barbie was de enige andere makelaar die met hem samenwerkte, omdat ze afgezien van zijn vrouw en kinderen in feite de enige op Nantucket was die hij vertrouwde.

'Hoe kom ik aan dat geld?' vroeg hij.

Barbie keek door haar asblonde pony naar hem op. Ze was zeker niet de mooiste vrouw op het eiland, maar wist er op haar voordeligst uit te zien. Ze droeg altijd een jurk, het liefst een wikkeljurk van Diane von Furstenberg (Eddie had daar geen verstand van, maar Allegra had hem ingelicht over de smaak van tante Barbie), liep altijd op hakken (Manolo Blahniks), had altijd parfum op (hij wist niet hoe het geurtje heette, maar het was zo typerend voor haar dat het net zo goed Barbie had kunnen heten). Ze had het sieraad om dat ze het vaakst droeg: een zwarte parel zo groot als de toverballen die ze als kind bij de Five & Dime stalen.

Ze waren opgegroeid in Purchase Street in New Bedford, straatarm. Op de middelbare school had Eddie twee ribbroeken (grijs en beige), twee pillende truien (grijs en beige), twee button-down overhemden (wit en rood geblokt) en rood-met-blauwe sportschoenen met rits die zijn moeder in een tweedehandswinkel had gevonden. Die schoenen waren zijn handelsmerk geworden toen hij op de New Bedford High School en op andere middelbare scholen in de Commonwealth-staten alle sprintrecords brak, wat hem de bijnaam Snelle Eddie opleverde.

Eddie kon wegrennen van zijn ongunstige omstandigheden, maar Barbie, die elf maanden jonger was dan hij, had ze onder ogen moeten zien. Ze was genadeloos gepest met haar kleren, schoenen, haar en geur, en was vaak betrokken geweest bij gevechten. Ze was drie keer geschorst voordat ze haar middelbareschooldiploma haalde. Hij wist dat Barbie vond dat je nooit genoeg geld had.

'Ik heb een nieuw idee,' zei ze. 'Probeer eens een huis te verkopen.'

'Leuk, hoor,' zei hij. De markt was een bevroren toendra.

'Nou,' zei Barbie, die op haar bureaukalender keek, 'volgende week zit die vent met zijn groep in Low Beach Road.'

'Welke vent?'

'Je weet best wie ik bedoel,' zei Barbie. 'Die vent met die vraag.'

Die vent met die vraag. Eddie wilde dat hij niet wist waar zijn zus het over had, maar dat wist hij drommels goed. Ze doelde op Ronan-Geen-Achternaam.

Een van de permanente troeven die Eddie in handen had, was een huis aan Low Beach Road 10. Het was een prachtig huis pal aan de Atlantische Oceaan met zes – maar liefst zes! – enorme slaapkamers met een eigen badkamer, twee keukens die van alle gemakken waren voorzien (een binnen en een buiten), een tennisbaan met gras, een kelder van 465 vierkante meter met een bioscoop, een speelhal vol oude flipperkasten, een fitnessruimte die exact hetzelfde was ingericht als de fitnessruimte waar de New England Patriots buiten het seizoen trainden, een sauna, een biljartzaal met mahoniehouten wanden en een inloopkast waar sigaren in werden bewaard. Er was ook een wijnkelder met gestucte wanden en een tafel die oorspronkelijk voor Willem van Oranje was gemaakt. Het huis werd voor vijftigduizend dollar per week verhuurd en Eddie was de enige bemiddelaar. De eigenaar was een man van dertig die op de Nantucket High School had gezeten en naar Caltech, een prestigieuze technische universiteit, was gegaan waar hij een computerchip had ontwikkeld die in elke geldautomaat in Amerika werd gebruikt. De eigenaar was met een supermodel getrouwd en woonde in een buitenwijk van Los Angeles. De eigenaar en het supermodel kwamen elk jaar in augustus twee weken naar Nantucket. De rest van het jaar mocht Eddie het huis verhuren.

Het jaar daarvoor had Eddie het huis verhuurd aan een groep zakenlui uit Las Vegas. Het was een gokbedrijf dat DeepWell heette en Nantucket had uitgekozen voor hun jaarlijkse uitstapje. De leider van de groep, Ronan-Geen-Achternaam, was bij het huis aangekomen voordat Eddies vijf Russische schoonmaaksters klaar waren en Ronan GA had gezegd: 'Zou het mogelijk zijn dat deze dames later terugkomen om de mannen te vermaken?'

'Vermaken?' had Eddie gevraagd. Hij wist wat Ronan GA bedoelde. Dat dacht hij althans. Hij had Ronan met toegeknepen ogen spottend aangekeken. 'Ze goochelen niet en ik weet vrijwel zeker dat ze niet zingen.'

'Tienduizend dollar. Per avond,' zei Ronan.

Tienduizend per avond? Eddie was duizelig geworden.

Hij zou niet liegen: even had hij het overwogen. Hij zou de meiden duizend dollar per persoon per avond betalen en Barbie en hij zouden de overige vijfduizend dollar per avond delen.

Maar toen kreeg zijn gezond verstand de overhand. Zijn morele kompas draaide en kwam uit op het echte noorden. En Eddie had gezegd, op een zelfingenomen toontje dat hij zelf niet eens herkende: 'Nee, het spijt me. Dat gaat niet door.'

Ronan GA was direct teruggekrabbeld. 'Oké, geen punt, man. Het was maar een vraag.'

Nu Eddie het centrum uit reed naar zijn huis aan Wauwinet Road – waar vast en zeker nog meer rekeningen op hem lagen te wachten – dacht hij: tienduizend dollar per avond. Voor een hele week zou hij zeventienenhalfduizend dollar opstrijken. Zou hij het aan de vrouwen kunnen vragen? Zouden ze het snappen? Het was veel geld voor ze, waarschijnlijk te veel om het aanbod af te slaan. Het was uiteraard illegaal, dus de kans bestond dat ze gepakt werden.

Toen Eddie de vraag aan Barbie had voorgelegd, had ze gesnoven en gezegd: 'Het is het oudste beroep ter wereld, Eddie. Je hebt het nou niet bepaald uitgevonden.'

Hij schonk haar een veelzeggende blik.

Ze zei: 'Het kan geen kwaad om het te vragen, weet je. Bel ze gewoon en stel het voor. Ze zijn dol op je. Ze zouden voor je door het vuur gaan.'

De stapel rekeningen op de passagiersstoel leek te gloeien. Tegelijkertijd kreeg Eddie last van brandend maagzuur, ook al had hij als lunch slechts een sandwich met boter gegeten.

Achtenvijftig bij elkaar opgeteld. De enige andere manier om aan het geld te komen was een derde hypotheek op zijn huis nemen. Dan zou hij waarschijnlijk over veertig- tot vijftigduizend dollar extra kunnen beschikken. Op zijn twee bedrijfspanden rustte al de maximale hypotheek. Hij verdronk, hoe je het ook bekeek. Hij, Edward Pancik, Snelle Eddie, de gewiekste makelaar op het eiland, ging ten onder.

Hij kon zich nu niet druk maken om een moreel kompas.

Hij besloot eens wat rond te vragen. Als eerste belde hij Ronan GA.

'Hé, kerel,' zei Eddie. 'Met Eddie, Eddie Pancik, Snelle Eddie van Nantucket.'

'Snelle Eddie!' zei Ronan GA. Mensen waren dol op zijn bijnaam, vooral mannen. Eddie had geen idee waarom.

'Zeg, weet je nog dat je me vorig jaar gevraagd hebt naar die Russische dames?'

'Jazeker,' zei Ronan. 'Hoezo? Heb je er nog eens over nagedacht? Ben je op een ander antwoord uitgekomen?'

'Misschien,' zei Eddie.

Daarna volgde een lastiger gesprek. Eddie belde Nadia, die namens de vijf Russische vrouwen het woord voerde, omdat zij het best Engels sprak.

Hij legde het onfatsoenlijke voorstel zo voorzichtig mogelijk uit. Volgende week komt er een groep Amerikaanse mannen in het huis. Zouden jullie bereid zijn om je op te tutten en er om een uur of tien 's avonds naartoe te gaan om wat met de mannen te drinken?

Daar krijgen jullie per persoon duizend dollar voor, handje contantje.

Maar, Nadia... Het gaat waarschijnlijk niet alleen om iets met hen drinken. Jullie zouden alles moeten doen wat ze vragen.

En dat mogen jullie tegen niemand zeggen, anders worden jullie ontslagen en moeten jullie het land uit.

Nadia had even gezwegen en Eddie dacht: lieve help. Nadia en de andere vrouwen waren illegaal, dus ze konden hem niets maken, maar toch voelde hij zich een schoft. Als ze ontslag namen, moest hij hen vervangen en dat zou waarschijnlijk duurder uitpakken.

Toen hoorde hij Nadia in het Russisch kletsen, waarschijnlijk tegen Elise of Tonya. De vrouwen gilden. Ze leken blij of opgewonden.

'Ja,' zei Nadia tegen Eddie. 'We doen het.'

Eddie had het idee dat de meiden dolblij waren met het voorstel. Zou het kunnen dat hij dat verkeerd inschatte? Duizend dollar per avond was een enorm bedrag. Bovendien waren dit geen losers die op Times Square rondhingen en het waren ook geen Russische criminelen met een dikke speknek. Het waren beschaafde, verzorgde, rijke zakenlui.

Waarschijnlijk waren er drie tot vijf in de veronderstelling dat dit tot een huwelijksaanzoek kon leiden. Ze klonken even opgewonden als meisjes die naar een schoolbal gaan.

Elise nam de telefoon over van Nadia. Elise was de kortste van het stel, de kleinste van de worp. 'Eddie, je bent geweldig,' zei ze. 'Dank je wel, Eddie!'

Eddie hing op en was gek genoeg trots op zichzelf. Het was bijna alsof hij het inderdaad zelf had bedacht.

Mei

Madeline

Redd Dreyfus, Madelines agent, belde om te zeggen dat hij had geregeld dat ze twee weken extra kreeg om de kopij voor de catalogus in te leveren.

'Ik heb die extra tijd letterlijk gekocht,' zei hij. 'Ik had al acht jaar iets van Angie Turner tegoed. Daar ben ik zuinig op geweest alsof het een diamant was die ik bewaarde en oppoetste, en daar heb ik nu gebruik van gemaakt. Zorg ervoor dat ik geen spijt krijg, Madeline. Kom met iets geweldigs.'

Hierdoor zou Madeline zich beter moeten voelen – ze had nog twee weken de tijd – maar in plaats daarvan veroorzaakte de toegenomen spanning hoofdpijn.

Ze was van plan de eerste dag van het uitstel echt te gaan brainstormen... maar toen ze haar lievelingspen zocht, had dat tot gevolg dat ze een uur lang haar rommellade aan het reorganiseren was. Nu moest die ook nodig eens worden opgeruimd. Madeline vond een deels beschimmelde boterham met pindakaas, een kapotte schaar, een leeg busje gemalen peper, vier sleutelkoorden van Scout Air, een campagnespeldje uit 2006 van een kandidaat die niet meer op Nantucket woonde, drie flesjes opgedroogde nagellak (wanneer had Madeline voor het laatst haar nagels gelakt?) en ook elastiekjes, paperclips, verlopen kortingsbonnen, veiligheidsspelden, schroeven, spijkers, fotohaakjes, flesdoppen, een flesje lijm, een speen en ja, gelukkig ook haar lievelingspen, een felroze pen waarvan de opbrengst naar de bestrijding van borstkanker ging.

Het tweede uur zocht Madeline op eBay naar opbergsystemen

met een vakverdeling. Ze had het bizarre idee dat als ze de troep in de rommellade opruimde, het in haar hoofd ook opgeruimder zou worden.

Ze bestelde een opbergsysteem met vakken: 21,99 dollar inclusief verzendkosten.

Toen zag ze tot haar schrik dat het al drie uur was en dat ze naar een honkbalwedstrijd van Brick moest.

Op de tribune zat Madeline naast Rachel McMann, de moeder van Calgary. Rachel was een aardige vrouw, ook al vond Madeline haar arrogant en overenthousiast. Rachel droeg altijd haar Nantucket Whalers-kleren naar een wedstrijd en had een marineblauwe-met-witte pompon bij zich, waar ze om de haverklap mee schudde. Rachel had op de University of Delaware gezeten waar ze, zo vertelde ze graag, voorzitter van de feestcommissie was geweest bij de vrouwenstudentenvereniging Kappa Alpha Theta.

Rachel werkte als makelaar bij Bayberry Properties, de concurrent van Eddies makelaarskantoor, Island Fog Realty. Om die reden mochten Eddie en Grace Rachel niet.

Bovendien was er met kerst iets voorgevallen tussen Hope, de dochter van Grace en Eddie, en Rachels zoon, Calgary. Als Grace zou weten dat Madeline vrijwillig naast Rachel McMann zat, zou ze dat sterk afkeuren.

Madeline vond echter dat de ouders van de vrienden en teamgenoten van haar kind een onmisbaar deel van haar kennissenkring waren. Brick en Calgary waren al vrienden sinds de kleuterschool. Madeline en Rachel waren samen bij sportwedstrijden wezen kijken sinds hun kinderen vijf waren en kleuterhonkbal speelden. Vandaag kon Madeline wel wat van Rachels elan gebruiken.

Madeline had zelfs haar schrijfblok bij zich, voor het geval ze tussen de tweede en derde inning opeens inspiratie kreeg of als ze naar het stalletje liep om zonnebloempitten te kopen.

Rachel keek met haar gebruikelijke zonnige enthousiasme naar het schrijfblok. 'Hoe gaat het met schrijven?' vroeg ze.

Madeline kon niet anders dan eerlijk zijn, dat lag in haar aard. Ze zei: 'Het lukt echt niet om vanuit huis te werken. Vandaag heb ik de rommellade opgeruimd en heb ik een uur op eBay gezeten.'

'Je hebt een schrijfstudio nodig,' zei Rachel.

'Daar heb je gelijk in,' zei Madeline.

'Ik meen het,' zei Rachel. 'Zoals Virginia Woolf zei: "Iedere schrijfster heeft vijfhonderd pond per jaar en een kamer voor zichzelf nodig."'

Madeline knipperde met haar ogen. Ze was ervan onder de indruk dat Rachel McMann zojuist Virginia Woolf had geciteerd. Rachel zou misschien zelfs Grace door die uitspraak voor zich weten te winnen.

Rachel boog zich naar voren en zei: 'Ik meen het, Madeline. Ik weet een geschikte ruimte.'

Madeline had Rachel op dat moment een halt moeten toeroepen. Ze had moeten zeggen dat een schrijfstudio leuk zou zijn, maar dat het bij een droom zou blijven omdat Trevor en zij zich zo'n uitspatting niet konden veroorloven. Er waren maanden dat het lastig was om de hypotheekaflossing te betalen, om nog maar te zwijgen van gas, water, licht, verzekeringen, boodschappen, rekeningen voor mobiele telefoons, autoreparaties, een avondje uit op zaterdag, Bricks schoolgeld en dan lag er ook nog een flinke ziekenhuisrekening van toen Big T overleed. Het leven is duur, had Madeline moeten zeggen. Virginia Woolf zal moeten wachten.

In plaats daarvan zei ze: 'O ja?'

'Ja!' zei Rachel. 'Een tweekamerappartement in het blauwe victoriaanse huis op de hoek van Centre Street en India Street. De laatste keer dat er zo'n appartement vrijkwam was in 2004.'

'Tjonge,' zei Madeline.

Tot Madelines opluchting liet Rachel het onderwerp verder rusten. Ze keek weer naar de wedstrijd en schudde met haar pompon, en Madeline hield haar blanco schrijfblok beschermend in haar schoot.

Toen Madeline de volgende dag probeerde te brainstormen terwijl ze uien sneed en aardappels en wortels schilde voor een stoofschotel – ze kon zich er niet weer gemakkelijk van afmaken met het avondeten – belde Rachel. 'Hoe laat kun je het appartement in Centre Street komen bezichtigen?'

Madeline stamelde wat en zei toen: 'Bedoel je... vandaag?'

'Ja, vandaag,' zei Rachel. 'Vandaag of anders uiterlijk morgen dient er zich een huurder aan. Het is precies wat je zoekt, Madeline, echt.'

Madeline keek naar haar snijplank, waar uien- en aardappelschillen en de bovenkanten van de wortels op lagen. De stoofschotel zou in de slowcooker gaan, maar ze zou dit allemaal moeten opruimen en ze moest naar de winkel voor runderbouillon. Hoe kregen andere vrouwen het voor elkaar om ooit iets af te maken?

Ik moet weg uit dit huis, dacht ze.

'Ik kom meteen wel,' zei Madeline.

Het appartement was ideaal, zowel qua eenvoud als qua ligging. Madeline had gehoopt dat de huurprijs extreem hoog zou zijn, te duur voor haar, zodat ze het aanbod automatisch kon afslaan. Maar de huur was veel lager dan Madeline had verwacht. Bovendien was Rachel bereid haar een huurcontract voor een half jaar te bieden omdat ze een vriendin was.

'Ik zal Trevor bellen,' zei Madeline.

'Natuurlijk,' zei Rachel.

Madeline luisterde terwijl Trevors telefoon overging. Als hij niet opnam, had ze een goede smoes om terug te krabbelen.

'Hallo?' zei Trevor.

Ze legde op gedempte toon de situatie uit. Ze was naar een schrijfstudio aan het kijken, in het centrum, schappelijke prijs, huurcontract voor een half jaar. Moest ze het proberen, zodat ze een kantoor had waar ze naartoe kon om te schrijven?

'Dat moet je doen,' zei hij. 'Het is precies wat je nodig hebt.'

Het was inderdaad precies wat ze nodig had. Maar het zou geld kosten, zou het laatste van haar voorschot opslokken.

'Ik weet het niet, hoor...' zei ze. 'We hebben Brick een auto beloofd en we moeten nog zes termijnen van de ziekenhuisrekening van je vader betalen...'

'Je moet geld uitgeven om geld te kunnen verdienen,' zei Trevor. 'We kopen wel een auto voor Brick van je volgende royaltyafrekening. En met het ziekenhuis hebben we een afbetalingsregeling getroffen. Je moet deze droom niet opgeven omdat mijn vader rekeningen heeft nagelaten. Dit is een investering in je volgende boek.'

Madeline haalde diep adem. De enige manier waarop ze dit moment kon beschrijven, was alsof ze op het punt stond van een klif of uit een vliegtuig te springen.

'Ik doe het,' zei ze.

'Brave meid,' zei Trevor.

Madeline hing op. 'Ik neem het,' zei ze tegen Rachel.

Rachel zei: 'Je bent echt een geluksvogel met een man als Trevor. Andy zou zoiets nooit goedvinden. Die zou beweren dat het slecht overkwam.'

Ze keek Rachel met toegeknepen ogen aan. 'Vind jij het slecht overkomen?' vroeg ze. 'Dat ik een eigen plek heb?'

'Nee!' riep Rachel. 'Jij hebt een goede reden. Je bent een kunstenaar, een romanschrijver.'

Een kunstenaar. Een romanschrijver. Madeline koesterde zich in de warmte van die woorden.

Virginia Woolf. Een kamer voor zichzelf.

Rachel overhandigde Madeline de sleutels en gaf haar een kneepje in haar arm. 'Gefeliciteerd,' zei ze.

De volgende ochtend deed Madeline haar schrijfblok, haar pennen, de roman waar ze in bezig was – *Family Happiness* van Laurie Colwin, dat ze voor de veertigste keer las – en een bruine papieren zak met haar lunch in haar tas. Verderop in de straat ging ze nog wel een keer boodschappen halen voor in het appartement, maar niet vandaag. Vandaag zou ze schrijven, schrijven en nog eens schrijven.

Het appartement maakte deel uit van een oud huis dat oorspronkelijk van een kapitein op een walvisvaarder was geweest. Het was gebouwd in 1873, verbouwd in 1927 en later weer in 2002. Die laatste keer was het huis in appartementen opgedeeld. Rachel vertelde dat de vrouw die er voor Madeline had gewoond naar de Maagdeneilanden was vertrokken omdat ze niet nog een winter op Nantucket aankon. Het appartement had een eigen parkeerplek. Alleen al daarom, bedacht Madeline, was het appartement de huurprijs waard. Aan de overkant van de straat was Madelines favoriete restaurant om te ontbijten: Black-Eyed Susan's. Het was zo vroeg in het seizoen nog niet open, maar binnenkort zou Madeline de straat kunnen oversteken voor een roerei met groenten en een beker *latte*. Lang leve het stadsleven!

Madeline stak haar sleutel in het slot en stapte naar binnen in... haar appartement!

Het was heel spannend, al was de ruimte op zich vrij standaard. De muren waren egaal roomwit geverfd. De vorige huurder had gelukkig wat meubels laten staan: een bank en twee fauteuils met beige linnen hoezen, een pluchen kleed met afwisselend blauwgroene en blauwe vierkanten, een ronde, licht houten eettafel met vier stoelen en – het enige wat echt interessant was – een houten kistje met vijftien vakjes, bedekt met een glasplaat. In elk vakje lag een vogelei op stro: plevier, grijze stern, mantelmeeuw, ijseend, scholekster, dwergstern.

Rachel had zich verontschuldigd voor het kistje met vogeleieren en aangeboden het weg te gooien, maar Madeline wilde het houden.

Er was een kleine keuken met kastjes van spaanplaat, een kleine badkamer met een kunststof douchecabine en een slaapkamer met een tweepersoonsboxspring plus matras, waar geen beddengoed op lag.

Het enige bijzondere aan het appartement was dat het van haar was.

Dit was iets wat ze haar hele leven al had gemist: een plek voor zichzelf. Madeline wilde door de straat naar Flowers on Chestnut lopen om verse bloemen te kopen, wilde allerlei smaken kruidenthee inslaan, wilde kleurrijke grote kussens en een zachte chenille deken, wilde dunne bijenwaskaarsen die ze zou aansteken als de zon onderging, wilde een draadloze speaker, zodat ze naar Mozart en Brahms kon luisteren.

Ze had nu geen tijd om daarover te dagdromen. Madeline moest schrijven! Ze zette haar mobiele telefoon uit. Niets was zo funest voor het productief schrijven van fictie als een mobiele telefoon. Hetzelfde gold voor de laptop. Ze wist uit ervaring dat een laptop een hele dag kon verpesten.

Madeline pakte haar schrijfblokken, haar pennen en het boek van Laurie Colwin uit haar rugzak en richtte een bureau in aan de ronde eettafel.

Kaarsen zouden fijn zijn.

En Mozart.

Maar voorlopig zou ze het zonder moeten doen.

Madeline wilde al schrijfster worden sinds ze oud genoeg was om een pen vast te houden. Het verlangen zat in haar genen, maar het was ook een gevolg van hoe ze was opgevoed, of beter gezegd, hoe ze niet was opgevoed. Ze was opgegroeid in de bediendevertrekken van Hotel del Coronado vlak bij San Diego, waar haar moeder als serveerster werkte. Tijdens de lange avonden dat haar moeder weg was – en elke avond was eng want het was algemeen bekend dat de geest van Kate Morgan door Hotel del Coronado rondspookte – hield Madeline haar fantasie in bedwang met het schrijven van verhalen over een dapper meisje dat Gretchen Green heette. Gretchen Green was de oudste van zeven zussen, had twee charmante ouders die in een strandvilla in La Jolla woonden en haar teckel, Walter Mondale, volgde haar overal. Madeline was alle verhalen over Gretchen Green kwijtgeraakt, maar stel dat ze die nu zou vinden, dan zou ze overduidelijke informatie vinden over alle elementen die ze in haar eigen jeugd had gemist. Zussen. Ouders. Een thuis.

Een huisdier. Het gevoel dat zij, Madeline, speciaal was.

De passie voor schrijven duurde tot op de universiteit. Madeline zat op de San Diego State University, waar ze les kreeg van een schrijfster die zo geweldig en inspirerend was, dat Madeline bang was om haar teleur te stellen. Daarom leverde ze alleen onvoltooide verhalen in. Het is nog niet helemaal af, was Madelines standaardsmoes. Omdat geen van haar verhalen echt af was, kon er geen kritiek geleverd worden op onvolkomenheden.

De professor van wie ze schrijfles kreeg, spoorde haar desondanks aan. 'Je hebt gevoel voor taal,' zei ze tegen Madeline. 'Je verhalen hebben veel energie aan de oppervlakte. Ik zou graag zien dat je dieper zou graven. Probeer in elk geval eens een verhaal af te maken. Je schijnt moeite te hebben met knopen doorhakken.'

In haar laatste jaar aan de universiteit schreef ze vier universiteiten aan om toegelaten te worden tot hun masterprogramma. Slechts één universiteit, die waar ze het minst graag naartoe wilde, reageerde positief, de Bellini University in Florida, die ook wel bekendstond als de bikini-universiteit.

Madeline werd neerslachtig. Ze wilde heel graag naar de University of Iowa. Toen de afwijzingsbrief kwam, barstte ze in tranen uit. Als het Iowa niet werd, wilde ze naar de Colombia University, maar ook die mogelijkheid viel af (in de brief stond dat het niveau van de aanmeldingen dat jaar ontzettend hoog lag). Ook van de University of Michigan kreeg ze een afwijzing. Het zou Bellini worden of niets.

In die tijd had Madeline verkering met een voormalige American footballspeler van de USC Trojans die Geoffrey heette en als uitsmijter bij de Coaster Saloon aan Mission Beach werkte. Ze wist dat hij smoorverliefd op haar was, maar hij was een loser. Mission Beach was in verval geraakt en bovendien handelde Geoffrey in drugs. Toen Madeline aan Geoffrey vertelde dat ze verder wilde studeren, raakte hij in paniek. Hij was bang dat ze zou vertrekken en zei dat hij met haar mee zou gaan. Toen Madeline sceptisch reageerde op dit plan, liet hij haar naam op de onderkant van zijn onderarm tatoeëren. MAD, stond er, want zo noemde hij haar.

Geoffrey verheugde zich erop naar Florida te verhuizen en daar aan de slag te gaan, waarmee hij bedoelde dat hij op zoek zou gaan naar werk bij een bar en mensen aan wie hij drugs kon verkopen.

Nee, besloot Madeline. Ze zou niet naar Florida gaan. Ze zou niet voor de bikini-universiteit kiezen en ook niet voor Geoffrey. Op een avond, na zijn werk, verbrak ze hun relatie.

Wat er daarna gebeurde, was het ergste wat Madeline ooit was overkomen. Op een avond kort nadat ze uit elkaar waren gegaan, werkte Geoffrey grote hoeveelheden tequila en cocaïne naar binnen. Om drie uur 's nachts stond hij opeens in Madelines slaapkamer. Madeline en haar kamergenote waren allebei diep in slaap en hij droeg Madeline het gebouw uit. Hij legde haar in de laadruimte van een bestelbus die hij van het parkeerterrein bij de Coaster Saloon had gestolen en bond haar polsen en enkels vast met plastic tie-wraps. Hij duwde haar een bandana in de mond en nam haar mee naar een motel in Encanto, waar hij haar tweeënvijftig uur gevangenhield, tot hij uiteindelijk door zijn voorraad cocaïne heen was en bewusteloos raakte. Madeline slaagde erin zo veel herrie te maken door met haar elleboog tegen de dunne scheidingswand aan te beuken, dat een Latijns-Amerikaanse schoonmaakster haar hoorde, de deur openmaakte en de politie belde.

Toen Madeline tegen hem had getuigd en Geoffrey in de gevangenis zat, wilde ze zo ver mogelijk van Zuid-Californië vandaan. Met hulp van haar vroegere professor aan de San Diego State University vond Madeline een plek in een schrijvershuis op Nantucket waar ze de hele zomer kon blijven. In het schrijvershuis logeerden verder wat meiden die tot de vrouwenstudentenvereniging Alpha Chi Omega van de University of North Carolina behoorden, stuk voor stuk Engels hadden gestudeerd en het leuk vonden om *poetry slams* te organiseren. De kamer was echter goedkoop en Madeline vond een baantje als serveerster bij 21 Federal, waardoor ze overdag tijd genoeg had om te schrijven.

Aan het eind van de zomer had ze voor het eerst een verhaal af: een roman getiteld *The Easy Coast*, over een jonge vrouw die op brute wijze gekidnapt wordt door haar waardeloze vriend die drugsdealer is.

Weer met hulp van haar vroegere professor aan de San Diego State University stuurde Madeline *The Easy Coast* naar drie agenten in New York. Binnen een week belden ze alle drie met de boodschap dat ze haar wilden vertegenwoordigen. Madeline vloog van Nantucket naar New York om persoonlijk kennis te maken met deze agenten en zo leerde ze Trevor kennen.

Hij was haar piloot.

Trevor beschreef graag hoe Madeline eruitzag toen hij haar voor het eerst ontmoette: ze was een prachtige blondine uit Zuid-Californië op de dag dat haar grootste droom op het punt stond uit te komen.

Dat jaar stond in Madelines geheugen gegrift als een enorme geboortegolf van sterren, een explosie van hitte en licht. Haar boek vond een agent – Redd Dreyfus – en kort daarop ontving ze een voorschot van drieëndertigduizend dollar van een aanstormende redactrice, Angie Turner genaamd, die bij uitgeverij Final Word werkte. En Madeline leerde Trevor Llewellyn kennen. Ze werden verliefd. Na negen maanden verloofden ze zich. Tegen die tijd had Madelines boek recensies met twee sterren gekregen nog voordat het was uitgegeven, zowel van het boekentijdschrift *Kirkus Reviews*, dat bekendstond om zijn zure opmerkingen, als op de website *Publishers Weekly*. Ze schreven allebei dat er een geweldig nieuw talent was opgestaan.

Geweldig nieuw talent. Die woorden schoten telkens door haar hoofd toen Madeline naar haar lege schrijfblok keek.

The Easy Coast was commercieel gezien geen groot succes geweest – van de hardcoverversie werden pakweg vijftienduizend exemplaren verkocht – maar het boek deed het goed genoeg om van Angie een contract voor een tweede roman te krijgen.

Madelines volgende boek, *Hotel Springford*, ging over een meisje dat opgroeide in een gigantisch, oud spookhotel met vele verdiepingen, samen met haar moeder die daar serveerster was. Het verkocht minder goed dan *The Easy Coast*, maar Madeline had het geschreven toen Brick een baby was en ze te zeer in beslag werd genomen door het verschonen van luiers en het pureren van pompoenen om zich druk te maken over verkoopcijfers.

Na *Hotel Springford* voelde Madeline tot haar verbazing voor het eerst in haar leven de behoefte om te schrijven afnemen. Die werd vervangen door de vreugde en vermoeidheid van het moederschap. Ze besloot een tijdje te stoppen met schrijven en te genieten van het moeder-zijn. Ze hield van haar leven met Brick. Het maakte de hobbels op de weg – haar drie miskramen, de ziekte en het overlijden van Big T – dragelijk.

Toen Brick naar de middelbare school ging en Madeline de hoop op een tweede kind min of meer had opgegeven, was ze weer fictie gaan schrijven op tijdstippen dat haar dat uitkwam. Het resultaat was *Islandia*, wat haar een bedrag van zes cijfers opleverde plus een contract voor nog twee boeken, waardoor ze in deze hachelijke situatie terecht was gekomen.

Vorig jaar leek het een enorm bedrag, maar na aftrek van Redds commissie plus belasting bleef er net genoeg over om de achterstallige creditcardrekeningen te betalen, vijftigduizend dollar bij Eddie te investeren, die geld leek te verdienen als water... en het appartement te huren.

Madeline keek naar de blanco pagina. Zouden geurkaarsen helpen? Het was rustig in het appartement, maar Madeline hoorde buiten stemmen en langsrijdend verkeer. Mozart of Brahms zou die geluiden overstemmen. Een roman schrijven op commando was hard werken, zeker als haar gedachten door andere zaken in beslag werden genomen.

Ze keek uit het raam naar Centre Street. In de tijd van de walvisvaart stond Centre Street bekend als Petticoat Row, omdat alle mannen op walvisvaart waren en de achtergebleven vrouwen de boel draaiende hielden.

Petticoat Row was geen slechte titel, maar Angie was allergisch voor historische romans. Die verkochten niet, tenzij je Philippa Gregory heette.

De straat bood minder inspiratie dan Madeline had gehoopt.

Er was een zeer kostbare gunst voor haar verzilverd. Redd Dreyfus was een ouderwetse, New Yorkse literair agent. Hij was dik, dronk whisky, rookte sigaren en ging met redacteurs lunchen bij de Grill Room in het Four Seasons Hotel, waar hij altijd een kort aangebakken lendenstuk bestelde. Om de een of andere reden stond Angie bij hem in het krijt. Angie Turner was graatmager. Ze droeg nauwsluitende rokken en pumps met open hiel. Ze dronk chardonnay en prikte in salades. Madeline vroeg zich af om wat voor gunst het ging. Er was waarschijnlijk een andere auteur bij betrokken, iemand die zeer gerespecteerd was en zich had misdragen. Ze stelde zich voor dat het met seks, drugs of geld te maken had, al lag het meer voor de hand dat het om buitenlandse rechten of een publiciteitsblunder ging.

Ze zou het fijn hebben gevonden om met Trevor over haar gevoelens te praten, maar Trevor zat in de lucht. Mensen dachten dat piloot een zwaar beroep was, maar als je eenmaal wist hoe je moest vliegen, verschilde het weinig van het besturen van een bus, al hing er een sexyer tintje aan. Dat kwam door de zonnebril, zei Madeline graag.

Ze pakte het kistje met vogeleieren. Ze waren allemaal verfijnd en volmaakt, en elk ei lag op een bedje van stro in zijn eigen vakje. Gespikkeld, glad, bobbelig en met een subtiele variatie aan kleur: wit, crème, ivoor, porselein, blauwig, groenig. Zou de vrouw die naar de Maagdeneilanden was vertrokken vogelkenner zijn? Madeline had ooit in een interview gezegd dat in elk leven een roman school. Zou ze echt een roman kunnen schrijven over een vrouwelijke vogelkenner die van Nantucket naar de Maagdeneilanden verhuist?

Ze wist niets over de Maagdeneilanden.

Madeline schrok zo toen er op de deur werd geklopt dat ze het kistje met eieren bijna uit haar handen liet vallen.

Wie...

Madeline werd panisch, hoewel het midden op de dag was en ze zich in het centrum van het stadje bevond. Ze had soms, zelfs twintig jaar na de ontvoering, nog last van de gevolgen van een posttraumatisch stresssyndroom. Ze schrok van plotselinge geluiden en zou nooit een sm-roman als *Vijftig tinten grijs* kunnen schrijven. Van touwen, blinddoeken en mondproppen ging ze zo erg hyperventileren, dat ze bijna van haar stokje ging.

Wie stond er voor de deur?

Madeline wachtte, hield haar adem in, hoopte dat diegene zou weggaan.

Er werd weer geklopt. Gelijkmatig, volhardend. Madelines auto stond op de oprit. Iedereen zou haar auto zo herkennen.

Madeline liep op haar tenen naar de deur, omdat ze niet wilde dat haar voetstappen te horen zouden zijn.

Een bekende mannenstem zei: 'Madeline, ik weet dat je er bent. Doe open, ik ben het.'

Ik, dacht Madeline. De stem kwam haar heel bekend voor en toch herkende ze die niet in haar paniek.

Ze ontgrendelde de deur en deed die een klein stukje open.

Eddie.

Madeline slaakte een zucht van verlichting. 'Jemig,' zei ze, 'je liet me schrikken.'

Hij droeg een witlinnen overhemd, een kakikleurige linnen broek, een panamahoed en de bruine leren Versace-instappers waar hij zo dol op was. Dit was zijn zomertenue. Madeline vond dat hij overdreef. Het was vandaag met zeventien graden 'warm', maar het was nog lang geen zomer en daar stond Eddie, gekleed als een pooier uit Havana van rond 1955. Toch stond het hem goed. Snelle Eddie. Hij kon een huis om tien uur op de markt brengen, twee bezichtigingen doen en het dan 's middags voor tien procent boven de vraagprijs verkopen. Mensen vonden de panamahoed prachtig, die in tegenstelling tot wat iedereen dacht niet uit Panama kwam, maar ergens uit Peru of Ecuador.

Elk jaar ging er met Halloween wel iemand verkleed als Snelle Eddie.

'Mag ik binnenkomen?' vroeg hij.

Madeline maakte een uitnodigend gebaar. Haar trots dat deze plek van haar was, zou een flinke knauw krijgen nadat Eddie zijn kritische blik door de kamers had laten gaan.

'Hoe wist je dat ik hier was?' vroeg Madeline. 'Ik heb het nog niet eens aan Grace verteld.'

'Hoe ik dingen weet?' zei Eddie. 'Op straat gehoord. Zeg, wat betaal je hier nou voor?'

'Eh...' Madeline overwoog te liegen, maar hij zou de waarheid toch wel ontdekken. Waarschijnlijk wist hij al hoe het zat en vroeg hij dit puur voor de vorm. 'Tweeduizend per maand.'

'Ha.' Een kort, spottend lachje.

Madeline wachtte op het vervolg.

'Ik had het voor je kunnen regelen voor vijftienhonderd, misschien zelfs wel voor twaalfhonderd,' zei hij.

Hij bluft, dacht Madeline.

'O,' zei ze.

'Maar je bent met Rachel in zee gegaan.'

'Dat klopt,' zei Madeline. 'Ze drong nogal aan toen ik erover begon. En ik wilde er jou niet mee lastigvallen.'

'Je zou me niet hebben lastiggevallen,' zei Eddie. 'Dit is een rustige periode van het jaar voor me. Ik had deze plek voor je kunnen regelen en dan had je minder huur hoeven betalen. Het verbaast me eerlijk gezegd dat je Rachel hebt ingeschakeld na wat Calgary Hope heeft aangedaan.'

Calgary heeft Hope helemaal niets aangedaan, dacht Madeline. Hij heeft alleen vlak voor het schoolkerstdiner hun relatie verbroken. En hij zou de ketting met zeeglashanger – die waarschijnlijk hooguit dertig dollar had gekost – aan een ander meisje hebben gegeven, namelijk aan Kylie Eckers. Maar zo ging dat toch tussen tieners? Waarom moest Rachel daarvoor gestraft worden?

'Wat kom je hier doen, Eddie?' vroeg Madeline.

'Toen ik hoorde dat je een "schrijfstudio" had,' zei Eddie, 'wilde ik die met eigen ogen komen bekijken.'

De toon waarop hij 'schrijfstudio' zei, stond haar niet aan. Zo klonk het alsof ze in een opwelling een absurd besluit had genomen, alsof ze een eenhoorn had gekocht.

'Ik ben aan het werk,' zei Madeline, en ze knikte naar haar blanco schrijfblok.

'O ja?'

'Dat probeer ik althans.'

'Ik heb je laatste boek nog steeds niet gelezen,' zei Eddie, 'maar ik hoor er enthousiaste verhalen over.'

Madeline wist dat Eddie nooit iets van haar had gelezen en dat ook nooit zou doen. Het laatste boek dat Eddie had opengeslagen was *Duin*, in het tweede jaar van de middelbare school.

Eddie gaf zichzelf een rondleiding door het appartement. Zijn belangstelling voor haar schrijfwerk verdampte als oplossende stank. In de keuken trok hij eerst de kastjes open en daarna de piepende deur van de oude vaatwasser. In de badkamer liet hij water in de wastafel stromen. En in de slaapkamer slaakte hij een afkeurende kreet.

Madeline keek vertwijfeld naar het plafond. Wat kon het Eddie Pancik schelen dat ze een waardeloos appartement met één slaapkamer huurde voor tweeduizend dollar per maand? Het enige pand dat hij in de verhuur had, was het beroemde huis aan Low Beach Road dat vijftigduizend dollar per week deed. Voor dat huis streek hij wekelijks een fiks bedrag aan commissie op.

Eddie kwam uit de slaapkamer en verschoof zijn panamahoed, waardoor Madeline een glimp opving van zijn kaalgeschoren schedel. Madeline kende hem al zo lang dat ze zich hem nog met krullen herinnerde.

'Wat vindt Trevor ervan?' vroeg hij.

'Die staat er helemaal achter,' zei Madeline.

'Uiteraard,' zei Eddie. 'Je hebt recht op tijd en een plek voor jezelf, Maddie. Daar hoef je je niet schuldig over te voelen.'

'Ik voel me niet schuldig,' zei Madeline.

'Behalve dan dat je er te veel voor betaalt,' zei Eddie.

'Over geld gesproken...' zei Madeline. Ze kon haast niet geloven dat ze erover begon, maar het gebeurde zo zelden dat ze Eddie onder vier ogen sprak dat ze zich gedwongen voelde het in elk geval te vragen. 'Zou het mogelijk zijn dat Trevor en ik onze investering wat eerder terugkrijgen? Ik zal het je eerlijk zeggen, Eddie. Dit appartement is eigenlijk boven budget. En Brick wil een auto. Ik zou het niet erg vinden als we geen winst maken op onze investering, maar zou je ons gewoon die vijftigduizend dollar kunnen teruggeven?'

'Ik snap het niet,' zei Eddie. 'Waarom heb je in mijn bedrijf geïnvesteerd als het je niet om winst gaat?'

Waarom had ze eigenlijk geïnvesteerd? Uit hebzucht, veronderstelde ze, en uit overmoed. Eddie was naar Trevor en haar toe gekomen en had hun de kans geboden hun geld te verdubbelen en Madeline had gewatertand bij het vooruitzicht. Trevor en zij hadden al langer moeite met rondkomen – terwijl Grace en Eddie een enorm huis met 1,2 hectare grond, een gloednieuwe Range Rover en een Porsche Cayenne kochten en de tweeling online bij Saks and Neiman Marcus winkelde – dat Madeline vastbesloten was in Eddies bedrijf te investeren toen dat eindelijk kon.

Dat wilde ze echter niet aan Eddie toegeven. Ze had meer geld uitgegeven dan ze op de bank hadden staan.

'Zou het mogelijk zijn dat we het bijvoorbeeld volgende maand terugkrijgen?' vroeg ze.

'Volgende maand?' zei Eddie. Hij trok zijn wenkbrauwen op en schonk haar een boosaardige grijns, een van zijn gelaatsuitdrukkingen die Madeline aantrekkelijk vond. 'Je snapt toch waar ik mee bezig ben? Ik doe nieuwbouwprojecten. Ik laat huizen bouwen en die verkoop ik. Bij verkoop maken we allemaal winst. Momenteel probeer ik ze te laten afbouwen.'

'Zijn ze al bijna klaar?' zei Madeline.

Er viel een lange stilte, zo lang dat Madeline zich afvroeg of Eddie de vraag wel had gehoord. Ze wilde hem net opnieuw stellen toen hij zei: 'Nee, Maddie, niet echt. Ze zijn nog lang niet klaar.'

'Maar in juni zullen we ons geld toch wel terug hebben?' zei ze. 'Juni, op zijn laatst augustus. Dat heb je in januari tegen ons gezegd, Eddie.'

'Ja, Maddie, dat heb ik inderdaad gezegd, maar sindsdien zijn er dingen veranderd. Je moet rekening houden met marktschommelingen.'

Madeline probeerde niet in paniek te raken. Eddie was zo'n gewiekste zakenman dat ze geen moment had geaarzeld om bij hem te investeren. Trevor had Madeline gewaarschuwd dat financiële regelingen – leningen, investeringen, enzovoorts – precies tot de categorie behoorden die een vriendschap om zeep konden helpen. Maar Madeline had voet bij stuk gehouden.

'Marktschommelingen,' zei ze. Ze wist niet precies wat dat betekende, maar ze vermoedde dat haar geld momenteel dus vastzat.

'Ja,' zei Eddie.

Hij keek haar nu met een gevoelige blik aan, wat ze ook aantrekkelijk vond. Eddie was een lieve man, al liet hij dat zelden blijken. Het was voornamelijk zichtbaar als hij met zijn dochters was.

'Ik moet gaan,' zei hij. 'Dan kun jij je magische trucje doen. Ik zie je morgenavond als jullie bij ons komen eten. Grace gaat taco's met garnalen maken.'

Madeline slaakte een zucht van verlichting. Wat een meevaller dat ze bij de Panciks zouden eten. Dan hoefden Trevor en Brick niet weer een pizza. Grace kon fantastisch koken.

'Niets over dit appartement zeggen, hoor,' zei Madeline. 'Ik wil haar verrassen.'

'Ik hou mijn mond,' zei Eddie. Hij leek opeens haast te hebben.

Madeline liep met Eddie mee naar de deur. 'Tot ziens, Eddie,' zei ze. 'Leuk dat je langskwam.'

Nadat Eddie was vertrokken, plofte ze op de bank neer. Marktschommelingen? Ze zouden hun geld toch wel terugkrijgen? Ergens lag een ondertekend contract. Madeline maakte zich zorgen. Als ze geld wilde, moest ze aan de slag, moest ze dit boek schrijven en moest het iets bijzonders worden. De gedachte alleen al was overweldigend.

Ze had behoefte aan een dutje.

Nantucket

Sultan Nash, die was ingehuurd om de sierlijsten van Black-Eyed Susan's te schilderen, zag Madeline King haar auto in een van de drie parkeervakken aan de overkant van de straat bij het blauwe victoriaanse huis zetten.

Sultan kende Madeline doordat hij samen met haar man, Trevor, op het eiland was opgegroeid en gevoetbald had bij de Boys & Girls Club. Het viel hem op dat Madelines turquoise Mini Cooper in het parkeervak stond, omdat hij zelf de week daarvoor zijn pick-up op precies dezelfde plek had willen neerzetten en nog maar net had kunnen voorkomen dat zijn wagen werd weggesleept. Daar had Sultan Nash zich boos over gemaakt. Hij wist dat het privéterrein was, maar vond dat iedereen die op het eiland geboren en getogen was, zijn auto moest kunnen neerzetten waar hij dat wilde, en wanneer hij dat wilde. Tien jaar lang was hij naar raadsvergaderingen gegaan om dat kenbaar te maken.

Hij zwaaide naar Madeline en zei: 'Ik zou daar niet parkeren als ik jou was.'

Ze grinnikte. 'Ik huur een van de appartementen in dit gebouw.'

Huurt een van de appartementen, dacht Sultan. Was het onvoorstelbare gebeurd? Waren Trevor en Madeline uit elkaar? Sultan had hen afgelopen herfst op een bruiloft gezien en het was hem opgevallen dat ze smoorverliefd leken, alsof ze zelf pasgetrouwd waren. Aan het eind van de avond had Trevor voor Madeline getapdanst – daar was hij behoorlijk goed in – en na afloop had Madeline hem op zo'n manier gekust dat Sultan ervan moest blozen. Hij zou alles geven voor zo'n huwelijk.

Pakweg een half uur nadat Sultan Madeline het victoriaanse huis binnen had zien gaan, zag hij Eddie Pancik op de deur kloppen. Madeline deed open en Eddie stapte naar binnen.

Dat vertelde Sultan aan Darlene Lanta, die serveerster was bij Downyflake waar Sultan elke middag ging lunchen in een tot nu toe vergeefse poging om een keer met Darlene uit te gaan.

'Even voor alle duidelijkheid,' zei Darlene, 'Madeline King heeft een appartement in het centrum en Eddie Pancik ging bij haar op bezoek?'

Sultan knikte en nam een hap van zijn sandwich met bacon, sla en tomaat.

Rachel McMann vertelde haar man, Andy (of tandarts Andy, zoals zijn patiënten hem noemden), dat ze aan Madeline 'een kamer voor zichzelf' had verhuurd. Tandarts Andy, die altijd maar half luisterde omdat de mensen met wie hij doorgaans een gesprek voerde hun mond wijd open hadden, waar dan minimaal één metalen tandartshaak in stak waardoor ze sowieso onverstaanbaar waren, concludeerde dat ze een eigen huis bedoelde. Hij had Virginia Woolf nooit gelezen.

Rachel zei ook: 'Ik had gewoon geluk met de verhuur. Ik was op het juiste moment op de juiste plek. Dat zeg ik zo vaak tegen je, schat. Niet te geloven dat Madeline niet voor Eddie Pancik is gegaan.'

Tandarts Andy vroeg zich af of Madeline en Trevor uit elkaar waren. Hij had geen zin om ernaar te gissen. Toch vertelde hij de volgende ochtend terloops aan zijn mondhygiëniste, Janice, wat Rachel hem had verteld. Janice was getrouwd met Alicia, die bij het kadaster werkte, en daardoor vaak een andere kijk had op de drama's waarover tandarts Andy haar vertelde, nieuwtjes die hij allemaal van Rachel had gehoord.

'Is Madeline King verhuisd?' vroeg Janice. 'Dat slaat nergens op.

Weet je zeker dat Rachel het zo heeft verteld?'

Dat wist tandarts Andy zeker, althans, vrij zeker. 'Ik vermoed dat Rachel verwacht had dat ze voor Eddie Pancik zou gaan.'

Janice luisterde door haar werk als mondhygiëniste ook slecht. Wat ze verstond was dat Rachel dacht dat Madeline met Eddie Pancik ging.

'Echt waar?' zei Janice. 'Dat lijkt me onwaarschijnlijk, niet dan? Eddie Pancik? Madeline en Eddies vrouw zijn toch hartsvriendinnen?'

'Alles is mogelijk,' zei tandarts Andy. 'Maar we mogen niets onaardigs over Eddie Pancik zeggen, want we huren dit pand van hem en anders staan we straks op straat.'

'Ik heb altijd al gezegd dat Madeline King eens een boek over een tandartspraktijk zou moeten schrijven,' zei Janice.

Daar was tandarts Andy het roerend mee eens, waarna hij wegliep om zijn handen grondig te wassen voor de wortelkanaalbehandeling van negen uur. Janice vroeg aan haar volgende patiënt, Phoenix Hernandez, die Janice als een van haar vele vertrouwelingen zag, of ze dacht dat Madeline King en Eddie Pancik voor hun relatie zouden uitkomen nu Madeline een eigen appartement in het centrum had.

Grace

De vaste planten van Grace begonnen uit te lopen, haar voorjaarsbollen bloeiden – narcissen, hyacinten en tulpen – en haar Japanse kers had duizenden ontluikende knoppen die een roze bloemenzee beloofden. Over twee weken zouden die bomen volop in bloei staan, net als Grace' hart.

Elke dag om tien uur kwam Benton.

Het cadeau dat Benton voor haar uit Marokko had meegebracht, was een prachtige gegoten zilveren theepot voor het zetten van muntthee plus twee gegraveerde kristallen glazen. Toen Benton de theepot aan Grace liet zien, werd ze somber. Een theepot was niet sexy of romantisch. Hij had haar net zo goed een tajine kunnen geven.

Maar het theeritueel – het plukken van de sterkst geurende muntbladeren uit Grace' kruidentuin binnenshuis, het koken van het water, de juiste hoeveelheid suiker in de buikige zilveren theepot doen en daarna het aftreksel in de gegraveerde kristallen glazen schenken en ervan nippen – bleek een gedeelde sensuele beleving te zijn.

'Vind je het lekker?' vroeg Benton.

'Ik heb nog nooit zoiets puurs geproefd,' bekende Grace. 'Het smaakt naar de kleur groen.'

Grace meende opluchting vermengd met tederheid op zijn gezicht te zien.

Ze zetten elke dag thee en dronken die op terwijl ze hun plannen voor de tuin bespraken. Ze besloten vlak voor het terras een lang, smal perk aan te leggen en daar daglelies te poten.

'Ik heb weinig ervaring met daglelies,' zei Benton.

'O, dan kan ik jóú eens iets leren,' zei Grace.

De grootmoeder van Grace, Sabine, een vrouw die Grace had bewonderd om haar verfijnde smaak, had daglelies in haar tuin. Als kind vond Grace ze betoverend, niet zozeer vanwege de bloemen als wel door hun poëtische namen: 'Jock Randall', 'Ice Carnival', 'Ginger Creek', 'Maude's Valentine'.

Grace en Benton zaten naast elkaar aan Grace' keukentafel en verdiepten zich in de catalogus.

'Ik vind dat we een paar mannelijke varianten moeten nemen,' zei Benton. 'Wat dacht je van "Rocket Booster" of "Piano Man" of "Freedom's Highway"?'

'"Wolf Eyes",' zei Grace.

'"Apple Jack",' zei Benton. Zijn vingers raakten die van haar toen hij de bladzijde omsloeg en haar oren begonnen te gonzen.

'Mijn voorkeur gaat uit naar vriendelijker namen,' zei Grace. 'We moeten ook "Baby Darling" bestellen.'

'Laat me alsjeblieft geen bloembol poten die "Baby Darling" heet,' zei Benton.

Grace lachte. 'Wat dacht je van "Butter Cream"?' zei ze.

'Jij krijgt je "Butter Cream" als ik de "Broadway Starfish" krijg,' zei Benton.

'Moet je deze zien,' zei Grace. '"Bullfrog Kisses".' Ze wees naar de foto in de catalogus.

'Dat is nou niet bepaald een aantrekkelijke bloem,' zei Benton. 'Maar goed, wie wil er dan ook door een kikker worden gekust?'

Grace sloeg de bladzijde om. Ze koos de mooiste bloem op de pagina en zei de naam hardop voordat ze zich kon beheersen. "Blue Desire".'

'"Blue Desire", dat lijkt me wel wat,' zei hij. Hij bracht zijn gezicht omhoog en ze keken elkaar aan. Grace wist dat de bovenkanten van haar oren knalrood waren.

Hij gaat me kussen, dacht ze. Hij boog zich naar voren. Hun lippen raakten elkaar bijna. Grace zoog haar adem in. Het zachte geluid dat dit maakte, leek een schok door Benton heen te zenden. Hij deinsde terug.

'Tjonge,' zei hij. 'Het spijt me, Grace. Ik liet me meeslepen door de namen van de bloemen.'

'Geeft niet,' zei ze vlug. Ze vond het vreselijk dat hij was gestopt en wilde terug naar hoe het daarvoor was, de knusse intimiteit van het uitzoeken van de daglelies, maar de magie was verdwenen. Ze sloeg de catalogus dicht en besloot hem de vraag te stellen die de afgelopen twee weken op het puntje van haar tong had gelegen. 'Is McGuvvy mee geweest naar Marokko?'

'Nee,' zei Benton. 'Ze heeft een baan als zeilinstructrice aan de kust bij San Diego. We zijn uit elkaar.'

Terwijl Grace dit nieuws verwerkte, trommelde hij zenuwachtig met zijn vingers op de tafel.

'Je bent dus een vrij man,' zei ze.

‘Ik ben vrij, ja,’ zei Benton.

‘Benton...’

‘Jij bent getrouwd, Grace,’ zei hij. ‘Met Eddie, die mijn facturen betaalt.’

‘Ik...’

‘Niet zeggen,’ zei Benton. Hij slaakte een diepe zucht en keek naar zijn thee. ‘Je hebt een huis, je hebt kinderen, je hebt een heel leven met Eddie.’ Benton nam een slokje thee. ‘Ik ben je tuinman.’

‘Je bent veel meer dan mijn tuinman,’ zei Grace. ‘Toen ik afgelopen winter kaarten van je kreeg...’

‘Niet zeggen.’

‘Toen besefte ik hoeveel je voor me betekent,’ zei Grace. ‘Mijn vriendschap met jou, deze tuin, dit perceel, wat we hier voor elkaar proberen te krijgen, die dingen zijn belangrijk voor me.’

‘Hou op,’ zei Benton.

‘Wat moet ophouden?’ vroeg Grace. ‘Wat ik voel? Wat jij voelt?’

‘Je kent mijn gevoelens niet,’ zei Benton.

Ze klapte dicht en dacht: lieve help, het komt maar van één kant. Onbeantwoord. Het zieligste woord dat er bestond.

‘Wat voel jij dan?’ vroeg Grace.

‘Verwarring,’ zei hij.

Ze keek hem zwijgend aan.

‘Zo’n man ben ik niet,’ zei Benton. ‘Ben ik nooit geweest. En jij bent ook geen willekeurige vrouw die ik in de kroeg heb ontmoet. Je bent mijn klant.’

‘Dat weet ik,’ zei Grace.

‘Zo’n man ben ik niet,’ zei hij. Hij schoof zijn stoel bij de tafel vandaan. ‘Ik moet mijn aandacht op iets anders richten.’

‘Niet meer op mij,’ zei Grace.

‘Niet meer op jou.’

‘Maar je vindt me wel aardig,’ zei Grace.

‘O, Grace,’ zei hij, ‘meer dan aardig.’

De volgende ochtend kwam Benton twintig minuten later dan gewoonlijk. In die twintig minuten dacht Grace dat hij misschien niet zou komen. Hij wil me niet meer als klant. Hij zou haar laten vallen. Hij vond haar meer dan aardig, maar daardoor zouden ze hun samenwerking moeten verbreken.

Toen Bentons pick-up eindelijk de oprit op reed, werd Grace slap van opluchting. Ze liep haastig de achtertuin in om net te doen alsof ze niet op hem had staan wachten en begon denkbeeldig onkruid uit het tulpenbed te trekken.

'Hallo, Grace,' zei hij toen hij om het huis heen kwam lopen. Hij stak haar een bruine doos toe van de Petticoat Row Bakery. 'Ik heb iets voor je.'

Zijn toon was luchtig. Alles was weer normaal. Grace was opgelucht maar ook teleurgesteld. 'Zal ik muntblaadjes plukken?' vroeg ze.

'Ja, graag!' zei hij.

In de keuken zette Benton thee terwijl Grace haar handen waste en probeerde te kalmeren. Daarna gingen ze allebei op hun vaste plek aan Grace' keukentafel zitten.

Benton deed de bruine gebaksdoos open, waarin vier zachtgroene macarons met lichtroze vulling lagen.

'Ik was dol op de macarons van een Franse bakkerij in Marrakech,' zei hij. 'Maar volgens mij zijn deze net zo goed.' Hij stak er haar een toe.

Grace pakte de macaron aan en nam een hap. Ze kon zich niet beheersen en kreunde van genot.

'Drink er eens thee bij,' zei hij.

Met een slokje thee, ja. Het was een smaakexplosie.

'Hoe vind je het?' vroeg hij.

'Hemels,' zei ze.

Hij hield haar blik vast en glimlachte naar haar. Haar hart maakte een sprongetje. Hij zette zijn theeglas neer. Hij schudde zijn hoofd naar haar alsof ze iets verkeerd had gedaan. 'Wauw,' zei hij heel zacht.

Toen legde hij zijn hand onder haar kin en kuste haar.

Madeline

Brick wilde niet mee naar het etentje bij de Panciks.

'Lieverd, waarom niet?' vroeg Madeline.

Brick haalde zijn schouders op. Hij was na de honkbaltraining op de bank neergeploft. Nu zaten zijn ogen vastgekluisterd aan de tv. Hij keek op de sportzender ESPN naar *The Sports Reporters*.

Madeline ging voorzichtig naast hem zitten. 'Lieverd?' zei ze.

'Geen zin in.'

Dat was nieuw. Gewoonlijk popelde Brick om naar de Panciks te gaan als Grace hen had uitgenodigd om te komen eten. Het was de enige keer dat hij met Allegra in haar slaapkamer mocht zijn, met de deur open uiteraard.

'Lieverd, is alles in orde tussen jou en Allegra?' vroeg Madeline.

Hij haalde zijn schouders op. 'Weet ik niet.'

Madeline keek naar haar handen. Ze voedde dit kind nu al zestien jaar op en wist nog altijd niet hoe ze hem zover moest krijgen dat hij haar in vertrouwen nam. Trevor was daar veel beter in. Ze wachtte, beet letterlijk op haar tong tot ze de metalige smaak van bloed proefde.

Ze werd beloond. 'Ik weet niet wat er is,' zei hij. 'Ze doet de laatste tijd raar. Ik dacht eerst dat het de tijd van de maand was of zo, maar nu denk ik dat ze me gewoon zat is.'

Zou het heel erg zijn als Madeline zei dat haar dat niet verbaasde? Allegra had positieve kanten, zoals haar schoonheid, haar evenwichtigheid, haar zelfvertrouwen. Welk meisje van zestien was zo zelfverzekerd? Ze kon ook heel grappig zijn. Ze wist hun lerares Engels, mevrouw Kraft, precies na te doen. Maar al van jongs af aan had Allegra ook iets superieurs en arrogants over zich, een minder aardige kant die ze vooral voor haar moeder bewaarde. Ze bracht Grace regelmatig tot tranen en als beste vriendin van Grace had Madeline altijd een luisterend oor geboden. *Wat naar van je dochter om dat te zeggen. Dat was egoïstisch en onnadenkend van haar, maar ze is nog jong, ze groeit er wel overheen.*

Als ze aan Allegra dacht, was Madeline blij dat ze nooit een dochter had gehad.

'Jou zat?' zei Madeline. 'Hoe kan iemand jou nou zat zijn?'

Een flauw lachje.

Madeline liet zelden blijken hoe ze echt over Allegra dacht, omdat Allegra Bricks vriendinnetje was. Hij was stapelgek op haar. Toen ze net verkering hadden, werd er vaak gezoend en zaten ze de hele tijd aan elkaar. Madeline had gevraagd of ze daar alsjeblieft mee wilden ophouden. Ze was heus niet preuts, maar vond het openbaar vertoon van die pas ontdekte verlangens gênant. Er waren zilveren flitsen van triomf door Allegra's blauwe ogen geschoten. Ze had Brick bekeerd tot de Kerk van Allegra. Hij aanbad haar.

Allegra maakte Brick gelukkig en dat had niet met seks te maken. Als hij haar stem hoorde, lichtte zijn gezicht al op.

Madeline en Grace hadden een afspraak gemaakt toen hun kinderen een relatie met elkaar kregen: we bemoeien ons er niet mee. Als er problemen waren, moesten Allegra en Brick die zelf oplossen. Madeline had zich altijd afgevraagd wat er zou gebeuren als de relatie stukliep. Ze had gehoopt dat het een gezamenlijke beslissing zou zijn als ze aan verschillende universiteiten gingen studeren.

'Ga alsjeblieft mee naar het etentje,' zei Madeline. 'Dan kunnen Allegra en jij het uitpraten.'

'Nee,' zei Brick. 'Zeg maar dat ik me niet lekker voel.' Hij slikte. 'Dat is geen leugen. Mijn hart doet pijn.'

Madeline streek het haar weg van Bricks voorhoofd. 'Ach, lieverd.'

'Toe nou, mama. Ik blijf liever alleen thuis. Papa en jij kunnen gewoon gaan.'

'Wat moet je dan eten? Zal ik een tosti met kaas voor je maken?'

'Mama, dat hoeft niet.'

Trevor kwam de woonkamer binnen in zijn groengestreepte geluksoverhemd. Zijn gouden haar glansde en het leek of hij met zijn gezicht in de zon had gezeten, het begin van zijn zomerse kleurtje. Tegen de tijd dat het augustus was, zou hij heel bruin zijn en was zijn haar drie tinten lichter. Hij zag er net zo Californisch uit als Madeline, misschien nog wel meer.

'Wat is er?' vroeg Trevor.

'Brick wil hier blijven,' zei Madeline. 'Misschien moeten we afzeggen. Dan blijven we gewoon thuis en bestellen we pizza.'

'Onzin,' zei Trevor. 'Grace heeft veel moeite gedaan, dat doet ze altijd, dat weet je, dus we gaan gewoon.' Hij stak een hand uit naar Brick. 'Allemaal.'

'Ik heb die Malbec meegebracht die je zo lekker vindt,' zei Madeline, terwijl ze de fles wijn op het schitterende, blauwe, Braziliaanse graniet zette, of zoals Eddie het graag omschreef: het meest sexy aanrechtblad ter wereld.

Grace schoof uien en paprika heen en weer in een koekenpan. Haar hoofd werd omgeven door geurige stoom. 'Je bent mijn allerbeste vriendin,' zei ze, in wat ze Barbies New Bedford-accent noemden. 'Laten we een glas nemen.'

Buiten, achter de glazen deuren, zag Madeline dat Eddie Trevor een biertje en Brick een blikje cola gaf. Brick ging op een van de rotan ligstoelen met canvas kussens zitten. De helft van de tweeling kwam in zicht, lang bruin haar en lange benen in een spijkerbroek. Madeline hoopte dat het Allegra was. Ze hoopte dat Allegra Brick een kus zou geven zoals in het begin, waardoor Trevor en Eddie flink zouden blozen en ineen zouden krimpen. Maar het was Allegra niet, het was Hope. Ze had een scheiding in het midden en had haar haar achter haar oren gestreken. Haar gezicht haalde het niet bij de prachtige schoonheid van haar zus: haar ogen stonden dichter bij elkaar en haar wangen ware boller. Wat Hope aan glamour miste, maakte ze met haar gedrag echter ruimschoots goed. Ze was rustig en serieus, had een natuurlijke elegantie, die Madeline alleen kende van vrouwen als Jacqueline Onassis en Audrey Hepburn.

Van de twee meisjes gaf Madeline de voorkeur aan Hope. Ze stond zichzelf zelden toe dat te bekennen.

'De tuin ziet er goed uit,' zei Madeline. Dat was zacht uitgedrukt: de tuin lag er schitterend bij. De rest van Nantucket was nog somber en grijs, het gras bruin, de bomen kaal en de narcissen langs Milestone Road hingen slap van weken straffe wind en regen. Maar de tuin van Grace was groen en weelderig, alsof deze paar hectare op speciale bestelling zon had gekregen. De bloembedden waren scherp afgebakend. Het was alsof elfjes het gras met een nagelschaartje hadden bijgeknipt. Alles liep uit en stond op het punt te gaan bloeien. Er was een ovaal tulpenbed waar een Nederlander van zou gaan huilen. In dat stuk waren zevenhonderd tulpenbollen gepoot in feloranje, sneeuwwit, kersenrood, violet en drie beeldschone kleuren roze: oudroze, zalmroze en fuchsiaroze. Alleen al door dat tulpenbed geloofde Madeline in God. Al het metselwerk was afgeschrobd, evenals Grace' antieke smeedijzeren bloembakken en haar anderhalve meter hoge beeld van de aartsengel Gabriel, gekocht van een kerk in Lourdes, waar Grace een maand had doorgebracht toen ze aan het Mount Holyoke College studeerde. Er stond een bank die gered was uit de tuinen van de Tuilerieën en naar verluidt dateerde uit de tijd van Claude Monet en Auguste Renoir. Weelderige varens in potten stonden precies op de plekken op de bank waar Claude en Auguste met hun achterwerk zouden hebben gezeten. Aan de rand van het perceel waren de schuur en het kippenhok. De deur van het kippenhok was dicht, de kippen zaten op stok.

Madeline liet haar ogen op de houten voetbrug rusten die de beek overspande, liet haar blik toen op de met de hand vervaardigde vogelhuisjes rusten en daarna op de Adirondack-stoelen die zo waren neergezet dat ze uitkeken op Polpis Harbor. Het zwembad, een rechthoek met donkere tegels omringd door oude plaveien en dezelfde keien als in het centrum in Main Street, was nog afgedekt, evenals de hottub. Alles aan het perceel van de Panciks was paradijselijk. Madeline was er al heel vaak geweest en telkens vond ze de overvloedige schoonheid adembenemend. Ze kon zich niet voorstellen hoe het zou zijn om hier te wonen, om die tuin elk moment van de dag te kunnen zien.

Madelines tuin bestond uit modder, zand, harig vingergras en aan de rand van het terrein wat verwaarloosde bomen, prikbosjes en onkruid. Ze had één hortensia, die zielige paarse bloemen produceerde. De hortensia's van Grace – het waren er tweeëntwintig – hadden stuk voor stuk prijzen gewonnen. Ze bloeiden in blauw, paars, roze, wit en groen. Madeline had niet eens geweten dat je groene hortensia's had, maar ze bestonden echt, het waren pluimhortensia's van de 'Limelight'-variant en die van Grace waren prachtig.

'Benton is geweest,' zei Grace.

'Ja, dat had ik al door,' zei Madeline, 'want ik hoor maar om de drie dagen iets van je.'

Grace' gelaatsuitdrukking was moeilijk te peilen. Het was deels een verontschuldigend lachje, deels iets anders. 'Wijn graag,' riep ze. 'Ik lust wel een glas.'

Madeline pakte twee baccaratglazen uit de kast. Grace gebruikte deze glazen graag op woensdagavond, ook al waren ze breekbaar en per stuk net zo duur als een overnachting in het penthouse van het Four Seasons Hotel. Madeline had ooit een glas gebroken, Grace ook en Eddie had er twee weken achter elkaar een gebroken. Madeline schonk twee glazen vol met de voortreffelijke Malbec en bracht een glas naar Grace die bij het fornuis stond. 'Ik heb een nieuwtje,' zei ze.

'Ik ook,' zei Grace. Ze nam een slok wijn en zette het glas op het sexy granieten aanrechtblad. 'Mijn nieuwtje zal tot later moeten wachten. Wat heb jij te vertellen?'

Madeline haalde ter voorbereiding diep adem. Ze was bang dat Grace boos zou worden dat ze het appartement via Rachel McMann had gehuurd en waarschijnlijk ook omdat ze het niet eerst met Grace was gaan bekijken.

'Ik heb een appartement in het centrum gehuurd,' zei ze.

'Wat?' riep Grace.

'Het is niet wat je denkt,' zei Madeline. 'Ik ga het appartement als schrijfstudio gebruiken.'

Grace' gezicht klaarde op en met het aristocratische accent van haar grootmoeder Sabine zei ze: 'Geweldig, schat! Waar in het centrum precies?'

'In het blauwe victoriaanse huis op de hoek van India Street en Centre Street.'

'Dat heb ik altijd al een prachtig gebouw gevonden,' zei Grace. Ze draaide het vuur onder de uien en paprika's laag en kwam naar Madeline toe om haar te omhelzen. 'Dus je bent nu echt een werkende vrouw met een eigen kantoor. Ik ben jaloers op je! Maar je verdient het.'

Madeline zei: 'Dat zegt iedereen steeds, maar ik weet niet of dat wel zo is. Het was behoorlijk duur.'

'Hoeveel betaal je ervoor?' vroeg Grace.

'Tweeduizend per maand.'

'Hmm,' zei Grace, en ze haalde haar schouders op. Ze liep terug naar het fornuis en pakte haar glas wijn. 'Dat lijkt me redelijk voor het centrum en in de zomer.'

Juist ja, dacht Madeline. Dat leek Grace redelijk omdat ze zich nog nooit van haar leven druk had hoeven maken om geld. Grace was opgegroeid in een oude puriteinse familie, de Harpers uit Salem, in Massachusetts. Een verre voorouder van Grace was de advocaat geweest die Bridget Bishop had verdedigd, een van de vrouwen die ervan beschuldigd werden heks te zijn. (*Ik ben geen heks. Ik ben onschuldig. Ik weet van niets.* Opgehangen op 10 juni 1692.) Grace had drie oudere broers die stuk voor stuk mensenrechtenadvocaat in Boston waren. Grace en haar broers hadden zich, toen ze opgroeiden in het majestueuze herenhuis aan Essex Street, elke avond voor het diner verplicht moeten omkleden. Aan moederskant van de familie had je grootmoeder Sabine, die in Wayland een landgoed van ruim 120 hectare bezat en bij wie Grace elke zondag op bezoek ging. Tijdens die middagen werd er 's zomers croquet gespeeld en 's winters sleetje gereden. Madeline had het altijd heerlijk gevonden om alles over de opvoeding van Grace te horen. Ze genoot van die details alsof het petitfours waren. Ze kon echter niet van Grace verwachten dat die zou snappen hoe het was om financieel krap te zitten.

'Zeg, moet je horen,' zei Madeline, die eerlijk wilde zijn, omdat dat nu eenmaal in haar aard lag. 'Rachel McMann was degene die me op het appartement attent maakte.'

'Jakkes,' zei Grace.

'Volgens mij is Eddie daar boos over. Hij kwam langs om het appartement te bekijken en leek er niet blij mee dat ik het via Rachel had geregeld. Het ging per ongeluk. Ik deed mijn grote mond open en je weet hoe Rachel is...'

'Opdringerig,' zei Grace.

'Ze greep haar kans,' zei Madeline. 'Als ik er gewoon rustig over had nagedacht... Als ik nou op zoek was geweest dan had ik Eddie wel gebeld. Je weet dat ik dat gedaan zou hebben.'

Grace wuifde de opmerking weg. 'Eddie komt er wel overheen,' zei ze.

Madeline was bijna duizelig van opluchting. Ze had niet verwacht dat Grace het nieuws zo gelaten zou opnemen. Grace was meestal behoorlijk gespannen en op een nieuwtje zoals dit kon ze onredelijk reageren. Vanavond was Grace echter in een uitzonderlijke bui. Madeline kon zich niet herinneren wanneer ze haar vriendin voor het laatst zo... speels... zo ontspannen had meegemaakt. Ze straalde bijna.

'Ga naar buiten, naar de mannen,' zei Grace. 'Ik ben bijna klaar hier.'

'Madeline!' zei Eddie. Hij kuste haar op de wang. 'Dat is lang geleden!'

'Hallo, Eddie,' zei ze. Een luchtkus en het verwachte vleugje Eternity van Calvin Klein, het geurtje dat hij al gebruikte sinds hij van de middelbare school was. Hij glimlachte slinks naar Madeline en hield zijn hand boven het rooster om te zien of de barbecue al warm genoeg was.

'En,' zei Eddie tegen Trevor, 'wat vind je van het nieuwe optrekje van je vrouw?'

'Ik vind het geweldig,' zei Trevor. Hij gaf Madeline een speelse tik op haar achterwerk. 'Geen smoesjes meer dat er niets uit haar handen komt. Nu zou ze een boek per jaar moeten kunnen schrijven, of zelfs twee, zoals die andere auteur op Nantucket.'

'Twee boeken per jaar!' zei Eddie. 'Dan kun je niet alleen in mijn nieuwbouwproject investeren, dan kun je een van die huizen zelf kopen.'

Madeline omklemde de breekbare steel van haar baccaratglas nog steviger. Dat Eddie over het nieuwbouwproject begon, maakte haar zo gespannen dat ze het glas wel kon breken.

Madeline pakte Trevor bij de arm. 'Laten we even naar het bruggetje lopen.'

Ze slenterden over de brede strook zacht, smaragdgroen gras naar de voetbrug over de beek. Het geluid van het water dat over de rotsen stroomde, klonk als muziek, als een carillon. Madeline sloot even haar ogen en probeerde van het geluid te genieten. Het kwam door het soort rotsen dat Benton Coe had gebruikt, of door de manier waarop hij ze had geplaatst.

'Moet je horen,' zei ze, 'ik heb Eddie onze vijftigduizend dollar teruggevraagd.'

'Echt waar?' zei Trevor. 'Wanneer?'

'Gisteren,' zei ze. 'Hij kwam naar het appartement.'

'O,' zei Trevor. 'Ik weet niet hoe ik het vind dat je daar vreemde mannen ontvangt. Ik heb het zelf nog niet eens gezien.' Hij zei het op schertsende toon, maar Madeline voelde aan dat hij een tikkeltje nijdig was.

'Hij kwam langs om me te vertellen dat hij boos was dat ik het via Rachel had gehuurd,' zei Madeline.

'O,' zei Trevor, en ze voelde hem ontspannen. 'Dat klinkt als onze vriend Snelle Eddie.'

'Zeg me gewoon dat het allemaal goed komt,' zei Madeline. 'Ik ga een volgend boek schrijven en we krijgen ons geld terug.'

Trevor kuste haar en pakte haar handen vast. 'Het komt allemaal goed.'

Madeline draaide zich om. Eddie, Hope en Brick stonden allemaal ongegeneerd naar hen te kijken. En Grace ook, vanuit de keuken.

'Wat doen jullie daar?' riep Eddie. 'Vraag je haar ten huwelijk?'

Ze liepen terug naar het terras, waar Grace haar gebruikelijke hapjes had klaargezet: gerookte forelpaté, plat rozemarijnbrood, boerencheddarkaas, vijgenjam, geroosterde paprika's, Marcona-amandelen, reepjes Amerikaanse kaas en een stuk kruidensalami met twee soorten mosterd. Voor Eddie waren er licht verteerbare crackertjes met zachte ongezouten boter, vanwege zijn brandend maagzuur, en voor Brick waren er gewone crackertjes met een potje kaasdipsaus omdat dat zijn lievelingssnack was en Grace dat altijd voor hem op voorraad had. Brick leek echter niet op te vrolijken van de kaasdipsaus.

Nog altijd geen spoor van Allegra.

Eddie hief zijn glas. 'Op Madelines nieuwe appartement,' zei hij. 'Gefeliciteerd.'

Hope

Allegra kwam pas op het allerlaatste moment naar beneden voor het eten. Hun moeder had haar al drie keer geroepen en toen riep Eddie. Eddie was de enige die invloed had op Allegra, omdat hij haar creditcardrekening betaalde.

Allegra liep het terras op terwijl ze haar ogen strak op haar telefoon gericht hield en haar duimen eroverheen schoten.

'Met wie sms je?' vroeg Hope.

Iedereen werd stil, niet omdat het de anderen (met uitzondering van Brick) interesseerde aan wie Allegra berichten stuurde, maar omdat Hope zelden iets zei. Dus als ze een keer haar mond opendeed, luisterde iedereen.

'Niemand,' zei Allegra. Ze was klaar en schoof de telefoon in de zak van haar gladde leren jasje. Ze droeg haar strakke Citizens of Humanity-spijkerbroek, zwarte ballerina's, een zwartkanten blouse van Dolce Vita en een karamelkleurig leren jasje. Het leek of ze zojuist aan de Italiaanse Rivièra uit de Ducati van een of andere kerel was gestapt.

Ze keek de anderen stralend aan, alsof het haar verbaasde en verheugde hen daar allemaal te zien. Alsof ze hen het afgelopen half uur niet boven in haar slaapkamer had gehoord.

'Hallo, allemaal!' zei ze. 'Hoi, Brick!'

Brick draaide zich om op zijn stoel en zwaaide naar haar. 'Hoi.'

De sfeer was gespannen. Wist hij het van Ian Coburn? Nee, Hope dacht van niet. Allegra had haar mond kunnen houden over Ian. Ze had het niet eens aan haar beste vriendin, Hollis, verteld. Hollis hoeft het niet te weten, had Allegra een keer gezegd. Toen het later nog een keer ter sprake kwam, had ze gezegd: 'Als ik het aan Hollis vertel, weet de hele school het al voordat we aan het begin van de schooldag de eed van trouw hebben afgelegd. Ik ben dol op haar, maar ze kan geen geheim bewaren.' De enige die ze over Ian Coburn had verteld, was Hope.

Ian Coburn was bezig aan zijn laatste tentamens aan Boston College. Volgende week zou hij terug zijn op Nantucket.

'Wat ga je dan doen?' had Hope aan haar zus gevraagd.

'Wat denk je?' vroeg Allegra.

Hope had geen idee. Ze kon zich voorstellen dat Allegra het zou uitmaken met Brick, maar ook dat Allegra het uitmaakte met Ian Coburn. En het zou ook echt iets voor Allegra zijn om die zomer met beide jongens een relatie te hebben.

'Ga je af op je gevoel en zie je wel hoe het loopt?' had Hope gezegd.

'Precies,' zei Allegra.

Natuurlijk was dit het antwoord van haar zus. Allegra geloofde nergens zo sterk in als in haar eigen geluk en vertrouwde erop dat alles gunstig voor haar zou uitpakken.

Maar ze zou het verknallen.

Allegra legde een hand op Bricks schouder en bukte zich om hem een kus op zijn hoofd te geven alsof ze zijn moeder was. Hope had medelijden met Brick. Het was toch overduidelijk dat Allegra geen sexy, romantische gevoelens meer voor hem koesterde en dat ze alleen maar oog had voor haar telefoon, die ze allemaal doorlopend hoorden trillen in haar jaszak?

'Wie stuurt er berichten?' vroeg Brick.

'Naar mij?' zei Allegra. Ze glimlachte onschuldig, alsof ze niet aldoor haar telefoon tegen haar linkerborst voelde trillen doordat Ian Coburn haar sms'te. Ze pakte haar telefoon uit haar zak en keek op het scherm. 'O, het is Hollis. Ze wil iets weten over wiskunde.'

Ze was een geboren leugenaar, dacht Hope. Het was ongelofelijk. Ze kon haar carrière als model beter overslaan en meteen de politiek in gaan.

'Ik geloof je niet,' zei Brick. 'Laat zien!' Hij stak zijn hand uit om Allegra's telefoon te pakken, maar stootte daarbij tegen Madelines glas met rode wijn. Het glas viel op de grond en er kwam een lading Malbec over Allegra's Italiaanse leren jasje.

Allegra gilde.

'O, Brick toch!' zei Madeline.

'Lieverd, het was een ongeluk,' zei Trevor.

Madeline begon de scherven op te rapen, terwijl Allegra haar leren jasje uittrok. Ze haalde meteen haar telefoon uit haar zak en legde die op een droog gedeelte van de tafel, met als gevolg dat zowel Hope als Brick het zag toen Ian Coburn weer een bericht stuurde.

'Ian Coburn?' zei Brick. 'Sinds wanneer stuurt Ian Coburn jou berichten?'

'Jezus, Brick!' zei Allegra. 'Dit jasje heeft me een fortuin gekost!'

Eddie schraapte zijn keel. 'Het heeft míj een fortuin gekost. Is het verpest?'

Allegra depte erop met servetten, maar de wijn had veel donkere vlekken gemaakt. Het leek wel bloed.

'Het jasje is toch Italiaans?' zei Hope. 'Je zou denken dat ze het wijnbestendig zouden maken.'

'Niet te geloven!' zei Allegra.

Grace ging een spons halen en Madeline gooide de scherven in de vuilnisbak. 'Wil je een spons voor je jasje, lieverd?' vroeg Grace.

'Hallo, je kunt er geen water op doen, mam,' zei Allegra.

'Een ander toontje graag,' waarschuwde Eddie.

Allegra's telefoon trilde steeds.

Wat was haar familie voorspelbaar, dacht Hope. Waarschijnlijk vonden ze dat ook van haar, maar niemand wist dat ze over een maand of twee een relatie met Brick zou hebben.

'Ian Coburn heeft nogal veel te melden,' zei Brick.

Allegra griste haar telefoon van de tafel. 'Het zijn jouw zaken niet wie mij sms't.'

'O nee?' zei hij.

'Ik ga de garnalen erop leggen,' zei Eddie.

'We kunnen beter naar huis gaan,' zei Madeline.

Grace overhandigde Eddie een grote schaal met spiesen met garnalen en jalapeñopeper. Toen hij de eerste spies op de barbecue legde, klonk er een boos gesis.

'Nee, jullie gaan niet naar huis,' zei Grace. 'We hebben het over een glas en wat vlekken. Eddie, ik vind dat je Madeline je verontschuldigingen moet aanbieden omdat je vervelend tegen haar hebt gedaan over Rachel McMann.'

Stik, dacht Hope, Rachel McMann.

Rachel was de moeder van Hopes aartsvijand, Calgary McMann. Hope had vier weken verkering met Calgary toen ze hem eindelijk toestemming gaf voor meer dan een zoen. Kort daarna had hij het uitgemaakt, waardoor Hope het idee kreeg dat er iets mis was met haar. Toen Calgary en zijn vrienden Hope in de gang zagen, maakten ze een vreemd handgebaar dat Hope niet snapte. Er was niemand aan wie ze kon vragen wat het betekende, maar ze wist dat het niet positief was. Ze had haar middelvinger naar hen opgestoken en daar moesten ze om lachen. Doordat Calgary haar opeens liet zitten, had Hope niemand om mee naar het kerstdiner te gaan; de roodfluwelen cocktailjurk die ze samen met Grace bij Hepburn had gekocht, bleef ongedragen in de kast hangen. Calgary had Kylie Eckers meegevraagd naar het kerstdiner, maar Kylie was zo dronken geworden tijdens het indrinken dat de schooldirecteur haar niet binnenliet en haar ouders belde om te zeggen dat die haar moesten komen ophalen. Toen Hope dat nieuwtje de volgende ochtend van Allegra hoorde, voelde dat als rechtvaardigheid. Nu, vijf maanden later, waren de haatgevoelens die ze voor Kylie en Calgary koesterde onuitwisbaar, als een fossiel in gesteente.

'Rachel McMann is je courtage niet waard,' zei Eddie. 'Dat is mijn enige punt.'

'Volgens mij krijgt ze geen courtage,' zei Madeline.

'Natuurlijk wel,' zei Eddie.

Alleen al bij het horen van de naam Rachel McMann werd Hope misselijk. Ze kon dit gesprek geen minuut langer aanhoren.

'Mam, ik heb geen trek,' zei ze.

'Ik ook niet,' zei Brick. Hij keek Madeline aan. 'Mam, kunnen we alsjeblieft naar huis gaan?'

'Ja,' zei Madeline, 'laten we dat maar doen.'

Dat was het laatste wat Hope hoorde voordat ze de trap op stormde, met uitzondering van het zoemen van Allegra's telefoon.

Madeline

'Jullie kunnen niet weggaan!' zei Grace. 'We hebben nog niet eens gegeten! Ik heb salsa van verse ananas gemaakt. En mango-panna cotta.'

'Ik voel me niet lekker,' zei Brick.

'Kun je het nog even volhouden, jongen?' vroeg Trevor. 'We gaan eten en daarna vertrekken we.'

Madeline wilde graag proberen om dingen recht te zetten. Ze vond het vreselijk dat Brick een van de vijfhonderd dollar kostende wijnglazen had gebroken, maar ze ergerde zich er ook aan dat Grace erop stond zulke dure kristallen glazen te gebruiken bij informele etentjes. Madeline vond dat ze moest aanbieden om het glas, of Allegra's jasje, te vergoeden, ook al had ze daar geen geld voor. Al had ze dat geld op zich natuurlijk wel, want ze betaalde tweeduizend dollar per maand voor een kamer voor zichzelf.

Madeline plofte verslagen op een rotanstoel neer. Daarna ging ze rechtop zitten. Ze wilde meer wijn. Ze zou wel uit een sapglas drinken.

Grace volgde haar naar de keuken. 'Je mag pas weg nadat ik je onder vier ogen heb gesproken. Na het eten gaan we naar boven. Dit is iets wat niet over de telefoon kan.'

'O,' zei Madeline. 'Oké.'

'Het eten is klaar!' riep Eddie.

Het gesprek tijdens het eten werd onderbroken door het constante gezoem van Allegra's telefoon.

Uiteindelijk zei Eddie: 'Allegra, zet dat ding uit of leg het binnen.'

'Ian Coburn wil je wel erg graag spreken,' zei Brick.

'We zijn vrienden, oké?' zei Allegra. 'Of mag dat soms niet?'

'De salsa is heerlijk,' zei Trevor.

'Dank je,' zei Grace.

Het viel Madeline op dat Eddie het eten niet aanraakte. Hij pakte nog steeds crackertjes van de schaal met hapjes.

'Dat mag,' zei Brick. 'Natuurlijk mag dat, zolang het bij vriendschap blijft en er niet meer aan de hand is.'

'Natuurlijk is dat alles,' zei Allegra. Ze smeet haar geborduurde servet op het restant van haar taco. Madeline wist dat Grace elk servet voor deze etentjes waste en streek. 'Hoe durf je iets anders te suggereren!'

Iets anders, dacht Madeline. Er was iets gaande tussen Allegra en Ian Coburn. Ze voelde een hete, bonzende woede. Toen dacht ze aan haar belofte aan Grace: we bemoeien ons er niet mee.

'Allegra...' zei Brick.

Maar Allegra was al opgestaan en had haar telefoon in de zak van haar verpeste jasje gestoken.

'Laat maar, Brick,' zei ze, en ze liep de keuken in.

Brick keek alsof hij haar achterna wilde gaan, maar bleef zitten.

Madeline dronk haar glas leeg. Ze stond op om het bij te vullen, maar Grace zei: 'De fles is leeg. Eddie kan wel een andere fles uit de wijnkelder halen.'

Nee, dacht Madeline. Ze moesten gaan. Die arme Brick was wel genoeg vernederd voor één avond. Maar Grace wilde haar iets vertellen en dat kon niet per telefoon. Madeline was nieuwsgierig.

'Graag,' zei ze.

Eddie kwam terug met twee flessen Screaming Eagle-cabernet. Madeline knipperde met haar ogen. Zag ze het goed? Hij had altijd gezegd dat hij die flessen wilde bewaren voor op zijn sterfbed.

'Edward, wat doe je?' vroeg Madeline.

'Ik wil dit vanavond schenken,' zei hij. 'Ik weet eigenlijk niet waarom. Het voelt goed.'

'Dat lijkt me een prima reden,' zei Trevor. 'Ik ben heel benieuwd hoe die smaakt.'

Grace liep de keuken in om voor iedereen een schoon baccaratglas te pakken.

'Nemen jullie nog meer wijn?' zei Brick. 'Je zei toch dat we zouden gaan, pap?'

Trevor zei: ‘Dit is de beste wijn die we waarschijnlijk ooit zullen proeven. Eddie heeft... Hoelang heb je op de wachtlijst gestaan?’

‘Acht jaar en zeven maanden,’ zei Eddie trots.

‘Dat kan me niet schelen,’ zei Brick. ‘Sorry, meneer Pancik, ik wil gewoon weg.’

Ze moesten gaan, dacht Madeline. Brick klaagde nooit. Ze moesten de Screaming Eagle bewaren voor een avond dat er iets te vieren viel. Dat de huizen van het nieuwbouwproject waren verkocht, bijvoorbeeld, en dat de investering die Trevor en zij hadden gedaan flinke winst had opgeleverd.

Maar Eddie ontkurkte de fles en schonk wijn in voor de volwassenen. Ze klonken in een geluksmoment.

Allegra stak haar hoofd uit het raam van haar slaapkamer en riep naar het terras: ‘Brick, kun je alsjeblieft naar boven komen?’

Madeline zag besluiteloosheid over Bricks gezicht trekken.

‘Toe nou, Brick,’ zei Allegra.

Brick stond op en ging naar binnen.

‘Mooi,’ fluisterde Grace. ‘Dan kunnen ze het uitpraten.’

Ian Coburn, dacht Madeline. Een hele knappe jongen die vorig jaar zijn eindexamen had behaald aan de Nantucket High School. Zijn vader handelde in niet-beursgenoteerde aandelen en pendelde tussen Nantucket en New York. Zijn moeder deed altijd nogal overdreven en was zich alleen bewust van de charmes van haar zoon. Ian Coburn had met toestemming van zijn ouders feestjes gegeven waar alcohol werd geschonken. Volgens Madeline deugde hij niet.

We bemoeien ons er niet mee.

‘Deur openlaten!’ riep Eddie.

Grace vulde haar eigen glas en dat van Madeline bij, terwijl Eddie toekeek hoe zijn kostbare wijn de fles verliet. Grace zei: ‘Ik wil Madeline boven iets laten zien. Jullie redden het toch wel zonder ons?’

‘Sigaren,’ zei Eddie tegen Trevor.

'Daar zeg ik geen nee tegen,' zei Trevor.
'Kijk nou,' zei Eddie, 'ik heb twee Cohiba's in mijn zak zitten.'

Madeline volgde Grace naar binnen, door de keuken en de fraaie monumentale trap op. Het huis van de Llewellyns paste wel drie of vier keer in het huis van de Panciks, maar Madeline was al lang niet meer jaloers. Dat had geen zin.

Ze gingen de werkkamer van Grace binnen, die bijna een exacte replica was van die van haar grootmoeder Sabine op het landgoed in Wayland. De kamer was te donker en te formeel naar Madelines zonnige smaak, maar ze vond hem wel sierlijk. Er hingen jachttaferelen aan de grijsbruine wanden, er waren ingebouwde boekenkasten van walnotenhout en er hingen dikke brokaten gordijnen. Grace had het enorme, met houtsnijwerk versierde mahoniehouten bureau van Sabine geërfd, evenals het dikke Perzische tapijt: honderdduizenden zijden knopen in bordeauxrood, marineblauw en crème. Madeline haalde diep adem. Ze hield van de geur die er in het vertrek hing. Het rook er naar sandelhout en oude boeken. Grace had aan het Mount Holyoke College Franse letterkunde gestudeerd, en dus stonden haar planken vol met boeken van Victor Hugo, Voltaire, Colette, Proust, Émile Zola, Dumas en Camus. Ze had een collectie van vierentwintig Ted Muehling-kandelaars, met daarin allerlei smalle kaarsen in de kleuren wit, ivoor en duifgrijs. Ze had een antieke inktpot en een ganzenpen waarmee je echt kon schrijven. Aan de wand tikte een banjoklok die elk kwartier met een koperachtige tenorklank het verstrijken van de tijd aangaf.

Grace deed de zware deur achter zich dicht, draaide die op slot en dimde de lampen van de enorme tinnen kroonluchter aan het plafond. Als Madeline een werkkamer zou hebben met een deur die op slot kon, had ze geen twaalfduizend dollar aan het appartement hoeven uitgeven.

Madeline was echter een te goede vriendin om Grace haar werkkamer te misgunnen. Het was niet louter een excuus om de ruimte fraai in te richten: Grace moest tuinzaken regelen, hield Araucanakippen en verkocht hun biologische eieren.

Madeline ging in de groenleren fauteuil zitten en legde een dikke, roomwitte, chenille deken op haar schoot. Grace plofte op de veloursbank neer. Ze legde haar kin op een kussen van goudbrokaat en keek naar haar glas Screaming Eagle, dat ze met beide handen vasthield.

'Wat is er, Grace?' vroeg Madeline.

'Weet je nog dat ik je vertelde dat ik verliefd was op Benton Coe?' vroeg ze.

'Ja, natuurlijk,' zei Madeline. Dat was vorig jaar aan het eind van de zomer. Grace en Madeline zaten op het strand bij Steps aan de waterrand en dronken zelfgemaakte watermeloenmargarita die Grace uit een thermosfles schonk. Tequila was voor Grace al lang een waarheidsserum geweest en dus had ze ergens halverwege die warme, lome middag Madelines arm aangeraakt – waardoor Madeline opschrok uit een dutje – en had gezegd: 'Ik ben verliefd op Benton Coe.'

Madeline sliep nog half en had gezegd: 'Nee, Grace, je bent niet verliefd.'

'Wel,' had Grace gezegd. 'Ik ben wel verliefd. Je weet best wat ik bedoel. Jij zult ook wel eens een domme, onschuldige verliefdheid voor iemand gevoeld hebben terwijl je al getrouwd was.'

Madeline schudde haar hoofd. 'Nee.'

'Echt niet?' zei Grace. 'Zijn jullie altijd het ideale stel geweest, een soort Dick Van Dyke en Mary Tyler Moore?'

'Altijd,' zei Madeline.

Dat was het eind van het gesprek geweest, maar Madeline was het niet vergeten.

Nu zei Grace: 'Er is iets tussen ons.'

Madeline had zo veel wijn op dat ze niet eens een passende gelaatsuitdrukking kon trekken. En wat was gepast? Ontzetting? Geschoktheid? Afkeuring? Madeline velde nooit een oordeel. Het spectrum van menselijke ervaring was simpelweg te uitgebreid om in louter goed en kwaad te geloven.

'Wat dan?' vroeg Madeline.

'Hij heeft pistachemacarons van de bakker voor me meegebracht,' zei Grace. 'En daarna heeft hij me gekust.'

'Gekust?' zei Madeline. 'Is dat één keer gebeurd?'

'Aanvankelijk bleef het bij één keer,' zei Grace. 'Maar daarna gebeurde het opnieuw in de schuur. En een derde keer toen we de hangmat ophingen.' Grace liet de wijn zo hard in haar glas ronddraaien dat Madeline bang was dat ze op het gouden kussen zou knoeien. Grace was behoorlijk aangeschoten. Waarschijnlijk overdreef ze dat zoenen.

'En nu gebeurt het dagelijks,' zei ze.

'Dagelijks?' vroeg Madeline. 'Wat voor soort zoenen is het?'

'Het beste soort,' zei Grace. 'Van dat zoenen dat me duizelig maakt. Je weet toch hoe dat voelt?'

'Aha,' zei Madeline. Trevor en zij in de zomer van 1993.

'Of misschien is het een verlangen dat typerend is voor een vrouw van veertig die al heel lang wordt genegeerd.'

'Negeert Eddie je in bed?' vroeg Madeline.

Grace haalde haar schouders op. Madeline wist niet wat ze daaruit moest opmaken. 'Het is lang geleden dat ik het belangrijkste in zijn leven was,' zei ze. 'Hoelang geleden, denk je?'

'Lang,' bekende Madeline. Bijna zolang als Madeline Eddie kende – bijna twintig jaar – had hij Grace voor lief genomen. Grace had daar in het verleden over geklaagd, maar ze zei ook dat ze snapte dat Eddie het druk had. Er was veel geld nodig om hun levensstijl vol te houden en Grace bracht per week driehonderd dollar binnen met de verkoop van eieren. Dat was net genoeg om de tankbeurten van haar Range Rover van te betalen plus de telefoonrekeningen van haar dochters. Het leren jasje dat Allegra vanavond aanhad, had waarschijnlijk meer gekost dan Madeline per maand aan boodschappen uitgaf. Op Eddies gestalte van 1 meter 73 drukte een zware last, vandaar dat hij constant maagklachten had.

'Ik ben eenzaam,' zei Grace. 'Al jaren.'

'Denk je erover met hem naar bed te gaan?' vroeg Madeline. Ze fluisterde nu. Ze kon gewoon niet geloven dat Grace iets met Benton Coe had.

'Dat weet ik niet,' zei Grace. 'Ik heb nog geen besluit genomen.'

'Ik zou proberen terug te gaan naar de fase dat jullie gewoon vrienden waren,' zei Madeline.

'Dat is makkelijker gezegd dan gedaan,' zei Grace. 'Het voelt alsof ik in een racewagen zit die geen achteruit heeft.'

'Hoe denk je dat dit zal aflopen?' vroeg Madeline. 'Ik zal je zeggen, Grace, omdat ik je beste vriendin ben en omdat dat mijn taak is, dat het niets kan worden.'

'Dat weet ik,' zei Grace. 'Herinner jij je die seance nog?'

Retorische vraag.

De seance was het jaar daarvoor met Halloween bij Grace en Eddie in de kelder gehouden. Eddies zus, Barbie Pancik, stond erom bekend dat ze in de toekomst kon kijken. Als twintiger had ze op een vlooienmarkt in Brimfield een kristallen bol gekocht en die was het feestcircuit op Nantucket rondgegaan toen Barbie daar nog deel van uitmaakte. Op de een of andere manier hadden Grace en Eddie Barbie weten over te halen die kristallen bol mee te nemen naar hun halloweenfeest. De tweeling en Brick waren veilig op een feestje bij Hannah Dromanian thuis. Barbie had niet alleen ingestemd met het plan, ze had zich ook uitgedost als zigeunerin. Ze droeg een lange zwarte jurk en haar asblonde haar was in een Hermès-sjaal gewikkeld.

Ze had zo lang in de kristallen bol zitten turen dat Eddie, Grace, Madeline en Trevor de kriebels kregen alsof ze schoolkinderen waren. Toen had Barbie diep ademgehaald en waren ze allemaal zenuwachtig geworden.

Ze zei met een doodenge stem, waardoor iedereen aan tafel geloofde dat ze de waarheid sprak: 'Twee vrouwen aan deze tafel zullen degene links van hen bedriegen.'

Eddie zat links van Grace, Grace zat links van Madeline, Trevor zat links van Barbie.

Grace zei nu: 'Barbie heeft voorspeld dat ik Eddie zou bedriegen.'

'De seance was onzin,' zei Madeline. 'Je gelooft toch zeker niet wat Barbie heeft gezegd?'

'Ik denk er wel over na,' zei Grace.

'Als je denkt dat Barbie de waarheid sprak, dan betekent dat dat Barbie Trevor zal bedriegen – wat onwaarschijnlijk is – of dat ik jou zal bedriegen, wat nog onwaarschijnlijker is, want je bent mijn beste vriendin.'

'Ja,' zei Grace. 'Dank je.'

'De seance was niet echt, Grace.'

Grace zette haar glas veilig op het bijzettafeltje en ging recht tegenover Madeline zitten. 'Waar ik met mijn verstand niet bij kan, is dat mijn leven plotseling is veranderd. Alles was normaal en saai. En nu... nu is mijn leven een roman.'

Nantucket

Op zaterdagavond hoorde Damon, de barman bij Pearl, het gerucht van de gastvrouw, Phoenix Hernandez, die eerder die week bij de tandarts was geweest.

Tegen de tijd dat het zondagmiddag was, wist iedereen het. Dat kwam vooral doordat de huisgenoot van Damon, Blue Sky, boven bij Venuto achter de bar stond, doordat de moeder van Blue Sky, Alice, secretaresse was op de basisschool, en doordat de tante van Blue Sky, Margaret, bij de motorvoertuigenregistratie op Nantucket werkte. Blue Sky, Alice en Margaret gingen elke zondag met z'n drieën ontbijten bij het Fog Island Café, waar Blue Sky haar tante en moeder dan de opvallendste zaken vertelde die ze dat weekend had gehoord.

Het gerucht werd deels gestaafd toen Rachel McMann, een enthousiast gebruiker van sociale media, een foto van het blauwe victoriaanse huis tweette met daarbij de tekst: net ruimte verhuurd aan auteur op Nantucket! #nantucket #bayberryproperties #islandia. Dit bericht werd geretweet door Jacinda Morgan, de officemanager bij Bayberry Properties die alles waar de hashtag #bayberryproperties bij stond moest retweeten aan hun tienduizend volgers. Het bericht werd ook geretweet door Madelines uitgeverij, Final Word, waar iemand alles aan hun 1,1 miljoen volgers retweette waarin een van hun dertienhonderd titels voorkwam.

Heb je het gehoord?

Eddie

Zaterdagavond om acht uur ging Eddie naar Cumberland Farms om maagtabletten met kersensmaak te kopen. Cumberland Farms was een aftandse supermarkt met dubieuze klanten – tieners op skateboards, heroïneverslaafden, kruimeldieven, zo'n beetje het uitschot van Nantucket – maar het was de enige plek op het eiland waar ze maagtabletten met kersensmaak verkochten en die had Eddie dringend nodig.

Om half tien werd hij aan Low Beach Road verwacht voor een afspraak met Ronan GA. Om tien uur zouden de vrouwen komen.

Gewoonlijk wilde Grace op zaterdagavond iets samen met Eddie doen, maar deze week was het onderwerp gelukkig niet ter sprake gekomen en Eddie had een gegeven paard niet in de bek gekeken. Grace had een kreeftschotel klaargemaakt en vers stokbrood gebakken. Meteen nadat ze de keuken had opgeruimd, net op het moment dat Eddie zich afvroeg hoe hij haar moest vertellen dat hij moest werken, trok ze zich terug in haar werkkamer met de mededeling dat ze nog wat plannen voor de tuin ging uitwerken.

Hope bracht Allegra met de auto naar het centrum en zou dan

terugkomen om te repeteren met haar fluit. Het was Allegra niet gelukt om toegelaten te worden tot de topklas en dus mocht ze niet in de vierdeurs Jeep Wrangler rijden die de tweeling voor hun zestiende verjaardag van Eddie had gekregen. Allegra had gezegd dat ze de terugrit zelf wel zou regelen. Eddie had gevraagd met wie ze dan zou meerijden en Allegra had gezegd: 'Geen idee, pap, maar ik krijg heus wel een lift.' Het meisje had vijfduizend vrienden, en hoewel Eddie er behoorlijk zeker van was dat ze dronk en rookte, was ze nooit echt in problemen geraakt. De afgelopen twee jaar had ze uiteraard veel tijd doorgebracht met Brick, maar de laatste weken deed ze vaag over haar plannen. 'Ik ga in het centrum wat rondhangen op de Strip, misschien een bioscoopje pakken.'

'Bel me als je naar huis wilt,' zei Eddie. 'Dan kom ik je halen, maakt niet uit hoe laat het is.'

Allegra had hem omhelsd en had 'dank je wel, pap' gezegd, terwijl Hope naar hem keek alsof hij het gemakkelijkste doelwit op aarde was.

Tegen Hope zei Eddie: 'Ik moet bij een pand gaan kijken dat ik in de verhuur heb. Ik ben half elf, uiterlijk elf uur thuis.'

Hope had haar schouders opgehaald.

Nu hij bij de oude Cumberland Farms-supermarkt was, pakte Eddie twee verpakkingen maagtabletten van de plank en liep ermee naar de kassa.

'Hé, Eddie,' zei een stem achter hem.

Eddie draaide zich om. Het duurde even voordat Eddie de man herkende, want hij was niet in uniform. Ed Kapenash, de politiecommissaris, droeg een wit overhemd, een spijkerbroek en een blazer.

'Hé, chef,' zei Eddie, en hij gaf Ed een hand. Eddie rekende de maagtabletten af, pakte het wisselgeld en het tasje aan, draaide zich om en glimlachte naar de politiecommissaris.

De politiecommissaris zei: 'Wil je bij de deur even op me blijven wachten?'

'Natuurlijk,' zei Eddie. Hij had het gevoel dat zijn hart aan een roedel wilde honden werd gevoerd. Terwijl hij wachtte, maakte hij de verpakking open en stak een handjevol tabletten in zijn mond. Wat zou de politiecommissaris van Eddie willen? Hij kon slechts het allerergste denken.

De politiecommissaris kocht een pak melk. Hij stak het op. 'Veel goedkoper hier,' zei hij.

Eddie glimlachte. 'Ik zou het niet weten.'

'De eieren zijn hier ook goedkoper, maar jij zult wel geen eieren meer kopen.'

'De kippen van Grace hebben me door en door verwend,' zei Eddie. 'Ik zal nooit meer eieren kopen.'

De politiecommissaris deed de deur open en liep met Eddie het parkeerterrein op. Zijn politieauto stond naast Eddies Cayenne geparkeerd. Gelukkig had Eddie de wagen laten keuren!

Eddie aarzelde voordat hij naar zijn eigen auto toe liep. Wilde de politiecommissaris hem spreken?

'En, hoe gaat het me je, Eddie?' vroeg de politiecommissaris.

'Och,' zei Eddie, 'ik mag niet klagen.'

'Je bouwt toch die huizen aan Eagle Wing Lane?'

'Dat probeer ik, ja,' zei Eddie.

'En verhuur je nog steeds dat peperdure huis aan Low Beach Road?' vroeg de politiecommissaris.

Eddie wilde de politiecommissaris aankijken, maar kon het niet. Hij keek naar de beschadigde dakspanen aan de zijkant van het gebouw.

'Dat klopt,' zei Eddie.

'Die mannen laten het geld wel rollen, nietwaar?' zei de politiecommissaris. 'Vijftigduizend per week.' Hij floot.

Eddies hart was in hevige beroering. Hij knikte.

De politiecommissaris sloeg Eddie op de rug. 'Niemand die het meer verdient dan jij om daar de winst van op te strijken, man. Je zit al heel lang in het vak. Ik ken niemand die zo hard werkt als jij.'

Die woorden klonken eerder bemoedigend, maar waren ze ook zo bedoeld?

'Je bent ongelooflijk ruimhartig tegenover ons geweest toen we het huis van de MacAvoys verkochten. Dat zal ik nooit vergeten, en Andrea ook niet. En Chloe of Finn ook niet.'

'Ach,' zei Eddie, 'dat was wel het minste wat ik kon doen.' Hij stak zijn tasje met maagtabletten op als groet en liep naar zijn auto.

'Fijne avond nog,' zei de politiecommissaris.

'Jij ook,' zei Eddie. 'Dat de melk je maar mag smaken.'

Eddie wachtte in zijn Cayenne tot de politiecommissaris was weggereden en pakte toen pas zijn telefoon.

Hij wilde Ronan GA bellen en afzeggen. Dat hij uitgerekend de politiecommissaris was tegengekomen vlak voordat hij iets wilde gaan doen wat erger was dan wat hij ooit had gedaan of hoopte te doen, duidde op moeilijkheden. De politie hield het huis in de gaten. Waarschijnlijk was Ronan GA een FBI-informant. Waarschijnlijk werd Eddie erin geluisd door Glenn Daley, de baas van Rachel McMann bij Bayberry Properties die niets liever zou willen dan dat Eddie en Barbie failliet zouden gaan.

Toen sprak Eddie zichzelf streng toe. Ronan werkte bij DeepWell in Las Vegas. Het was een legaal bedrijf. Eddie had het op internet opgezocht. Prostitutie was in bepaalde delen van Nevada legaal, dus voor Ronan GA was het waarschijnlijk de gewoonste zaak van de wereld. Voor hem was het niets bijzonders.

Oké, geen punt, man. Het was maar een vraag.

Afzeggen? De helft van Eddies geweten en de helft van zijn gezond verstand waren voor.

Maar het was heel veel geld. En hij ging bijna ten onder. Stond aan de rand van de afgrond.

Maar... in de gevangenis zou hij er niets aan hebben.

Hij stak nog drie maagtabletten in zijn mond.

Hij had thuis twee dochters en een hele lieve vrouw. Als Grace zou weten dat hij dit deed, zou ze hem vermoorden en daarna zou ze zich doodschamen. Ze zou tegen Eddie zeggen dat ze blij was dat haar grootmoeder Sabine Eddie niet had gekend, want die zou hem nooit hebben goedgekeurd. Dat had ze hem ooit in een boze bui verteld en de pijn was blijven hangen. Waarom was hij niet goed genoeg? Omdat hij was opgegroeid in een appartement boven Ramos Dry Cleaners in Purchase Street in New Bedford, waar zijn beide ouders zestien uur per dag werkten? Omdat hij zijn sportbeurs voor de Plymouth State University was kwijtgeraakt toen hij in het laatste jaar van de middelbare school een onvoldoende voor Engels had gehaald en ook bij de herkansing tijdens de zomerschool zakte? Omdat hij toen in plaats van naar de universiteit te gaan naar Nantucket was gekomen waar hij bordenwasser werd bij restaurant Straight Wharf? Vervolgens werd hij kelner en daarna ober. Op een dag bediende hij de juiste persoon, een man die Winthrop Bing heette, en inmiddels overleden was, die het waardeerde dat Eddie hard werkte en vroeg of hij een kans wilde krijgen om in het onroerend goed te gaan.

Ik ken niemand die zo hard werkt als jij. Dat had de politiecommissaris gezegd.

De politiecommissaris mocht Eddie omdat hij zes jaar eerder, toen de beste vriend van de politiecommissaris, Greg MacAvoy, en zijn vrouw, Tess, bij een zeilongeluk om het leven waren gekomen, executeur was geweest en hun huis had moeten verkopen. Eddie had binnen drie dagen een koper gevonden die de volledige vraagprijs wilde betalen, en hij had afstand gedaan van zijn courtage. Het was de enige keer in zijn carrière dat hij dat had gedaan. Hij deed het omdat iedereen in de gemeenschap Chloe en Finn, de tweeling die nu wees was, hielp en dus deed Eddie dat ondanks zijn listige trekjes ook, door af te zien van de eenentwintigduizend dollar waar hij recht op had.

En kijk! De politiecommissaris herinnerde zich zijn gulle gebaar. De politiecommissaris vond hem een goede vent. Dat was hij ook. Wat hij straks zou gaan doen was inderdaad verboden, maar niemand leed eronder.

Het was legaal in delen van Nevada.

Legaal in Amsterdam. Waren Nederlanders slechte mensen?

Afzeggen?

De naakte waarheid was dat hij het geld nodig had. Naast alle andere problemen die hij al had, wilde Madeline nu ook nog eens haar vijftigduizend dollar terug! Dat was een vervelend gesprek geweest.

Eddie besloot Barbie te bellen. Hij wist niet of ze thuis was. Hoewel ze een hechte band hadden, vertelde ze hem zelden wat ze in het weekend ging doen. Op de bedrijfskalender zette ze P, de afkorting voor privé, waar alles onder viel wat geen betrekking had op Island Fog Realty. Haar bureau lag vol met pennen en notitieblokjes van chique hotels – Plaza, Waldorf, Drake in Chicago, Four Seasons in Santa Barbara – maar als Eddie vroeg of ze wel eens in het Four Seasons in Santa Barbara had gelogeerd, antwoordde ze dat dat privé was. Barbie geloofde niet in sociale netwerken of vertellen waar ze was of deel uitmaken van een echte of virtuele gemeenschap. Ze leefde alleen voor zichzelf.

Ze nam al op nadat de telefoon één keer was overgegaan. In dat opzicht was ze betrouwbaar.

'Sorry dat ik stoor,' zei Eddie.

Stilte. Ze zei niet eens of ze het vervelend vond dat hij belde of niet.

'Wat is er?' vroeg ze.

'Ik twijfel of ik de vrouwen er wel naartoe moet brengen,' zei hij. 'Ik heb net de politiecommissaris gezien.'

'Bij het huis?' vroeg ze.

'Nee, bij Cumberland Farms. Hij kocht melk.'

'Denk je dat hij je volgde?'

'Nee,' zei Eddie, al had hij helemaal niet aan die mogelijkheid gedacht. 'Hij volgde me niet. Ik weet vrijwel zeker dat hij er eerder was dan ik.'

'Ik snap het niet,' zei Barbie. 'Wat is het probleem dan?'

'Het is illegaal.'

'En daar ben je net pas achter gekomen?'

'Je hebt hier toch geen slecht gevoel over, hè?' vroeg hij. Barbies intuïtie was eng. Ze zag soms dingen voordat die gebeurden.

'Mijn intuïtie zegt dat het wel goed komt,' zei Barbie. 'En het is ook nog eens zeer lucratief. Ik heb het voorgesteld, weet je nog? Als jij je daardoor beter voelt, hou jezelf dan maar voor dat het volledig mijn idee was.'

'Volledig jouw idee, maar ik ga naar de gevangenis.'

'Dat zal niet gebeuren, Ed.'

'Zeker weten?'

'Zeker weten.'

'En als ik in moeilijkheden kom? Ben je wel op het eiland?'

Stilte. Toen: 'Ja, ik ben op het eiland, als je dat zo nodig moet weten.'

'Oké, goed dan,' zei Eddie.

'Stuur me een sms'je als je het geld hebt,' zei ze.

'Zal ik doen,' zei hij, en hij hing op. Ze zouden dit dus gaan doen. Barbie en hij zouden in feite hoerenmadam en pooier zijn van een Russisch prostitutienetwerk aan Low Beach Road.

Nog één telefoontje, dacht hij. Naar de vrouwen, om er zeker van te zijn dat ze wisten waar ze aan begonnen.

Nadia nam op.

'Zijn jullie er klaar voor, dames?' vroeg Eddie.

'Ja, wij zijn klaar,' zei Nadia. 'Wij naar schoonheidssalon gegaan voor nagels en voeten te laten doen, Eddie. Van eigen geld, want vanavond wij heel veel geld verdienen.'

'Leuk,' zei Eddie. 'Jullie zien er vast heel mooi uit.'

'Mooi niet belangrijk,' zei Nadia. 'Handen morgen toch lelijk van schoonmaken.'

'Nou, Assepoester, tot zo,' zei Eddie.

Hij stak nog twee maagtabletten in zijn mond. Ze hielpen niet. Hij had zo veel last van brandend maagzuur dat hij medicijnen op doktersvoorschrift nodig had, maar hij had geen tijd om naar de huisarts te gaan.

Eddie stopte voor het huis en bleef in de donkere auto op Nadia en de andere vrouwen zitten wachten. Toen drong het tot hem door dat hij naar het huis moest gaan en Ronan GA moest zien te spreken en ervoor moest zorgen dat hij het geld kreeg, zodat er geen direct verband tussen het geld en de vrouwen zou zijn. Zo redeneerde Eddie. Hij wilde dat hij richtlijnen had. Er was vast wel een slechterik die een handleiding op internet had gezet over hoe je een prostitutienetwerk moest runnen zonder gepakt te worden.

De voordeur stond wijd open en ergens binnen hoorde Eddie Eric Clapton 'Cocaine' zingen.

'Hallo!' riep Eddie, toen hij de gang in stapte. 'Hallo!' Hij vond dat hij niets fout deed door zomaar naar binnen te lopen. Zolang de eigenaar van het huis in Los Angeles zat, viel dit huis onder Eddies verantwoordelijkheid.

Hij botste bijna tegen Ronan GA op, die de trap af rende met in zijn hand een spiegel waar kriskras lijntjes coke op lagen, net een wit speelbord voor boter-kaas-en-eieren in poedervorm. Ronan liep op blote voeten, droeg een spijkerbroek en een niet-dichtgeknoopt wit overhemd.

'Snelle Eddie,' zei hij. Zijn neusgaten waren roze en prikkelbaar als van een konijn en zijn pupillen waren opgeslokt door groene irissen. Eddie had het akelige gevoel dat hij met een zombie van doen had. Ronan zweette als een otter. 'Zijn de vrouwen er? Je wilt zeker je geld? Hier, hou eens vast.'

Hij gaf Eddie de spiegel en Eddie zag tussen de lijntjes coke door zijn eigen spiegelbeeld. Hij voelde zich slecht op zijn gemak.

Ronan kwam terug met een bruine papieren zak van de Stop & Shop. 'Alsjeblieft. Ze komen van de week elke avond, goed? Ik betaal de helft nu en de andere helft aan het eind van de week.'

Eddie knikte, durfde dit niet hardop te bevestigen voor het geval er afluisterapparatuur in het huis was geïnstalleerd. Hij wilde graag van de drugs af die hij in zijn handen hield. Toen Eddie eind jaren tachtig op Nantucket aankwam, gebruikte iedereen die hij kende drugs. Als Eddie bij Straight Wharf werkte, werd er bij de personeelsmaaltijden nog net geen cocaïne uitgedeeld maar het scheelde niet veel. Eddie was er altijd met een grote boog omheen gelopen. Hij deed toen nog aan hardlopen en was bang dat hij zijn lichaam zou verpesten. Bovendien wist hij hoe slecht drugs waren. Zijn halve middelbareschoolklas in New Bedford was eraan onderdoor gegaan.

Hij gaf Ronan de spiegel terug, pakte de papieren zak aan en keek erin. Contant geld. Een heerlijk moment voelde Eddies hart als een heliumballon.

Ronan knikte naar de spiegel. 'Wil je ook een lijntje?'

Eddie stak zijn hand op. 'Nee, bedankt. Dat is niets voor mij. Ik ben vader.'

Ronan keek hem aan.

En ik ben een pooier, dacht Eddie.

'Mooie hoed,' zei Ronan. Hij trok Eddies panamahoed af en zette die op zijn eigen hoofd.

Eddie wilde de hoed terugpakken. Hij had er bijna alles voor over om deze transactie soepel te laten verlopen, maar hij weigerde zijn panamahoed af te staan. Hij had altijd drie van die hoeden, voor het geval er iets misging, dus hij had er thuis nog twee liggen. Maar zo'n hoed kostte driehonderdvijfenzeventig dollar en er zat een levertijd van zes weken op.

'Ik laat ze speciaal voor me maken in Montecristi, in Ecuador,' zei Eddie.

'Cool,' zei Ronan GA. Zijn ogen waren tollende spiralen, als in een stripverhaal. Eddie durfde hem niet aan te raken of zijn hoed terug te vragen. Als Ronan GA zich bezighield met prostituees en drugs had hij vast een pistool. Eddie kon niet geloven dat het zo schandelijk uitpakte.

Net op dat moment kwamen de vrouwen binnen, al herkende Eddie hen bijna niet. Overdag, als ze schoonmaakten, droegen ze een joggingbroek en zat hun haar in een bandana. Vanavond droegen ze strakke, glimmende jurken en hoge hakken, en hun haar was getoupeerd en met haarlak bespoten. Ze hadden blijkbaar allemaal één kleur oogschaduw gekocht: Nadia blauw, Julia groen, Tonya paarsblauw, Gabrielle een gelige tint en kleine Elise bruin met glinsters.

'Eddie, Eddie, Eddie!' riepen ze. Ze gaven hem stuk voor stuk een kus op beide wangen, terwijl ze tot dan toe alleen hun hand hadden opgehouden voor geld.

Eddie hield Nadia's pols vast toen de andere vrouwen achter Ronan, met Eddies panamahoed en het nep boter-kaas-en-eierenbord, aan de trap op liepen.

'Je weet toch wat hier gebeurt, hè Nadia?' zei Eddie. 'Buiten ons mag niemand dit weten. Anders moeten jullie alle vijf terug naar Rusland.'

'Kirgizië,' zei Nadia.

'Precies,' zei Eddie.

Nadia klopte op Eddies wang. 'Geen zorgen, Eddie. Wij begrijpen. Is gewoon werk.'

Eddie liep met de papieren zak naar zijn auto en baalde van zijn hoed. Hij hield zichzelf voor dat er thuis twee precies dezelfde lagen en dat het om het grotere geheel ging.

Barbie had gelijk gekregen. Alles was goed gegaan.

Hope

Allegra sms'te Hope op zaterdagavond om half elf. *Kom me alsjeblieft ophalen.*

Hope keek op van dat 'alsjeblieft'. Allegra gebruikte nooit woorden als 'alsjeblieft', 'dank je wel' of 'sorry' als ze met Hope communiceerde.

Waar ben je? sms'te Hope terug. Ze had Allegra afgezet bij het Dreamland Theatre, maar ze wist dat Allegra niet van plan was om naar de film te gaan. Nu maakte ze zich zorgen dat er iets mis was.

Bij Calgary thuis, sms'te Allegra. *Kom me alsjeblieft ophalen.*

Echt niet, sms'te Hope. *Vraag maar een ander.*

Alsjeblieft! sms'te Allegra.

Drie keer het woord 'alsjeblieft'. Er was echt iets mis. Hope wachtte.

Alsjeblieft, Hope!

Hope wachtte.

Toe nou! Dan doe ik ook iets voor jou.

Je bent me al iets verschuldigd omdat ik voor je moet liegen! sms'te Hope, maar ze trok toch haar sandalen aan. Ze had twee uur fluit gespeeld tot haar tong en lippen pijn deden en ze had haar scheikundehuiswerk bekeken. Ze was er vrij zeker van dat Allegra uit was met Ian Coburn, wat betekende dat Brick misschien thuis was en bereid was met haar te sms'en over zuren en basen. Maar als ze hem *warm glas ziet er hetzelfde uit als koud glas* sms'te en Brick was met vrienden op stap, wat tieners op zaterdagavond hoorden te doen, dan zou Hope zich helemaal de grootste loser ter wereld voelen.

Toen ze haar scheikundeboek neerlegde, viel er voor haar niets meer te kiezen op zaterdagavond.

Ze wilde beslist niet naar het huis van Calgary, het huis waar ze hem had toegestaan heel ver met haar te gaan toen ze afgelopen december op zijn bed lag.

Calgary had Hope de week voor Thanksgiving officieel meegevraagd naar het schoolkerstdiner. Ze had ja gezegd, ook al besefte ze dat hij het vooral vroeg omdat dit handig uitkwam: Calgary was Bricks beste vriend en Brick zou met Allegra gaan. Vlak nadat Hope had ingestemd, begon hij te doen alsof ze verkering hadden. Hij nodigde haar uit bij basketbalwedstrijden, waar voor haar een plek gereserveerd was in het familiegedeelte. Hope ging er zitten en voerde een ongemakkelijk gesprek met Rachel McMann en tandarts Andy (die Hopes tandarts was geweest tot Rachel haar makelaarslicentie kreeg en bij een concurrent van Eddie ging werken, waarna Eddie met het hele gezin naar tandarts Torre was overgestapt).

Calgary liep met Hope mee naar de les en naar de bus. Hij vroeg of ze een keer 's avonds met hem naar de bioscoop wilde en na afloop hadden ze hartstochtelijk gezoend op de trap bij Jack Wills, waarvan de luiken allemaal dichtzaten omdat de zaak in verband met de naderende feestdagen gesloten was. Het werd het weekend van de kerstmarkt en Calgary en Hope liepen hand in hand door het centrum. Ze wachtten op de komst van de Kerstman in zijn brandweerauto, luisterden naar een koortje in ouderwetse kleding dat kerstliederen zong, en kochten in de etenstent vissoep en warme chocolademelk. Op een bepaald moment liep Calgary in zijn eentje bij Stephanie's Nantucket naar binnen, om naar eigen zeggen een cadeautje voor Hope te kopen. Hope zat met haar ogen dicht op een bank tot hij naar buiten kwam met een tasje met daarin een piepklein doosje. Een sieraad. Iets bijzonders, iets wat hun band symboliseerde. Dit werd een echte relatie.

Hope kon het gewoon niet geloven. Calgary was populair en knap om te zien. Hij deed aan drie sporten en was voorzitter van de Japanse club, wat nerdachtig zou zijn geweest als hij niet zo cool was. Dankzij hem werd de Japanse club populair en veel leerlingen wilden er opeens bij, hoewel de meesten van hen geen woord Japans spraken. Calgary sprak vloeiend Japans. Zijn ouders hadden een vooruitziende blik gehad en hadden een Japanse au pair in dienst genomen toen hij nog klein was. Nadat haar visum was verlopen, betaalden ze een van de sushichefs bij Lola om hem les te geven. Calgary wilde naar de University of Pennsylvania, waar hij als hoofdvakken Japans en bedrijfseconomie wilde volgen. Hij was van plan succesvoller te worden dan iedereen die hij kende.

Op de zaterdagavond van de kerstmarkt stond Hope toe dat Calgary aan haar borsten zat en zijn mond erop drukte. Hij noemde ze prachtig en Hope liet haar handen door Calgary's haar glijden omdat ze actrices in films dat had zien doen. Calgary had mooie bruine krullen die naar dennenappel roken. Door aan zijn haar te zitten terwijl hij haar borsten kuste, ontstond er bij Hope voorzichtig een gevoel van verliefdheid, al vermoedde ze dat dit een slechte ontwikkeling was.

Het weekend na de kerstmarkt verlieten Calgary's ouders het eiland om in Fall River aan hun relatie te werken. Calgary nodigde Hope bij hem thuis uit. Ze had het idee dat hij haar vroeg met de bedoeling dat ze allebei hun maagdelijkheid zouden verliezen, en ze dubde urenlang of ze wel zou gaan. Ze wist niet of ze haar maagdelijkheid wel aan Calgary McMann wilde verliezen. Hij zag er goed uit, sprak vloeiend Japans en scoorde in 88 procent van de gevallen uit een vrije worp. Ze had heus wel iets gevoeld toen ze zijn haar aanraakte en hij haar borsten met zijn mond verkende, maar het was niet de grote, allesomvattende ware liefde die ze had verwacht. Ze realiseerde zich echter ook dat ze de ware misschien de komende twintig jaar niet zou tegenkomen en wilde ze op haar zesendertigste echt nog maagd zijn? Was het niet een overgangsritueel dat je achter de rug moest hebben? Calgary was geen slechte keus.

Hope nam de uitnodiging aan.

Ze gingen naar Calgary's slaapkamer. Hij had kaarsen aangestoken en er stond muziek op: John Mayer. Hope vroeg zich af of Calgary deze details met Brick had besproken. Allegra was dol op John Mayer en had verklapt dat ze altijd 'Your Body is a Wonderland' aan hadden staan als Brick en zij vrijden. Hope vond de kaarsen en de muziek prettig, het was fijn dat er verder niemand thuis was en Calgary had schone lakens op het bed gedaan en had de kussens opgeschud.

Volle kracht vooruit dus. Zoenen, Hopes shirt ging uit, Calgary's shirt ging uit, Hopes beha werd losgemaakt, Calgary's mond op haar borsten, Hopes handen in zijn haar. Na een tijdje begon Calgary aan de knoop van haar spijkerbroek te frunniken. Ze hielp hem om de broek los te maken en hield haar adem in om hem ruimte te geven om zijn handen in haar ondergoed te laten glijden (een string met kant, voor de gelegenheid geleend van Allegra).

En daar ergens was het fout gegaan. Hope had er niet eens woorden voor om het te omschrijven. Calgary deed ruw. Hij porde waar hij had moeten wrijven, hij stootte waar hij voorzichtig had moeten doen. Hope gilde het uit, kronkelde van de pijn, probeerde haar spijkerbroek nog verder omlaag te trekken zodat hij kon zien wat hij deed. 'Dat vind je lekker, hè schatje?' zei hij op een radeloze, bijna gewelddadige toon die ze niet herkende. Ze vond het helemaal niet fijn, maar dat durfde ze niet te zeggen. Ze was zich ervan bewust dat de meeste tienerjongens de vrouwelijke anatomie onthutsend vonden, maar Calgary behandelde haar gevoelige delen alsof hij ze moest temmen.

'Hou op,' zei Hope uiteindelijk, toen zijn nagel in haar vagina schuurde. 'Doe voorzichtig.'

'Voorzichtig?' zei Calgary, alsof dat wel het laatste woord was dat op seks van toepassing was. Hij trok zijn vinger eruit, stak die in zijn mond en likte die af. 'Je smaakt...' zei hij. 'Ik weet het niet.'

Hope lag op zijn bed met haar spijkerbroek en string met kant die in haar dijen sneed. 'Wat weet je niet?'

Hij zei iets in het Japans. Het klonk alsof hij sushi bestelde.

Hope keek naar het plafond. 'Wat weet je niet, Calgary?'

'Je kunt beter weggaan,' zei Calgary.

Gevoelens van verwarring, vernedering, schaamte, boosheid en onnozele onwetendheid kwamen allemaal samen. Hopes gevoelens voor Calgary sloegen direct om van redelijk positief naar volkomen negatief.

Hij had Hope zwijgend naar huis gereden. Ze zette de radio aan, maar hij zette die meteen geërgerd uit. Toen ze op de oprit van haar huis uit de auto stapte, zei ze: 'Is het uit?'

'Nou en of,' zei Calgary. 'Ik vraag iemand anders mee naar het schoolkerstdiner.'

'O, oké,' zei Hope.

'Je zult me wel een klootzak vinden,' zei hij, 'maar dat zal me een zorg zijn.'

'Niet waar,' zei Hope, ook al vond ze hem inderdaad een klootzak. De grote vraag was echter wat er bij Calgary thuis was misgegaan. Ze had het niet prettig gevonden zoals hij haar aanraakte en misschien stond het hem niet aan wat hij voelde of proefde. Ze voelde zich zo gekwetst dat ze in rook wilde opgaan.

'Het zal wel, Hope,' zei hij. 'Tot ziens.'

Ze werd afgedankt. Oké, prima. Zulke dingen gebeurden vaker, zelfs dagelijks tussen tieners, veronderstelde ze.

En nu ging ze terug naar de plek van die vreselijke avond om haar zus op te halen. En waarom? Allegra was prima in staat zelf een lift te regelen, maar ze had het aan Hope gevraagd, had gesmeekt haar te komen ophalen en hoe raar het ook klonk, Hope vond het fijn dat ze de redder in nood kon zijn. Hope had weinig sociale contacten. Haar enige toegang tot coole mensen was via haar zus.

Ze stopte voor het huis van de familie McMann en toeterde. Ze zou echt niet naar binnen gaan.

Ze wachtte in de donkere auto, draaide keihard rockmuziek van de band Cage the Elephant. Ze wilde het doen voorkomen alsof ze van een ander feest kwam, een studentenfeest, waar de muziek beter en de gesprekken van een hoger niveau waren.

Er kwam niemand.

Hope sms'te Allegra: *Ik sta voor het huis. Schiet op.*

Nog steeds niets. Hope toeterde langdurig.

Eindelijk ging de voordeur open en kwam... Brick naar buiten. Hope slikte. Hij wankelde de trap af en liep naar de auto toe. Hij deed het passagiersportier open en stapte in.

'Waar is Allegra?' vroeg Hope.

'Die komt niet.'

'Komt niet?'

'Nee,' zei hij. Zijn hoofd zakte naar voren als een verwelkende bloem. 'Ik heb die sms'jes gestuurd. Ik heb haar telefoon gepikt.'

'Jij... Oké. Tjonge,' zei Hope.

'Ian Coburn kwam langs en Allegra was zo blij om hem te zien dat ze haar telefoon op de salontafel liet liggen. Ik heb je ge-sms't.'

Dat verklaarde waarom er 'alsjeblieft' had gestaan. Hope concentreerde zich op voorzichtig achterwaarts de oprit af rijden. Achteruitrijden was niet haar sterkste punt.

Ian Coburn, dacht ze. Toen zag ze de rode Camaro verderop in de straat staan.

Hope wist niet wat ze moest zeggen. Ze wierp een laatste blik op de grijze leien en witte rand van Calgary's huis. Het huis was bijna net zo mooi als dat waar Hope en Allegra in woonden. Tandarts Andy verdiende veel geld. 'Dus Ian kwam langs. Wie waren er nog meer?'

'Calgary uiteraard, Bluto, Hannah, Hollis, Kylie Eckers...'

'Getver,' zei Hope. 'Hoe komt Allegra thuis?'

Brick haalde zijn schouders op. 'We weten allebei het antwoord op die vraag.'

'Kun je niet beter hier blijven?' opperde Hope.

'Ik haat Ian Coburn. Als Allegra met hem bevriend wil zijn, prima. Misschien vindt ze hem cool omdat hij ouder is of naar het BC gaat of bier voor haar koopt. Maakt niet uit, ik hou haar niet tegen. Dat kan ik niet. Maar ik blijf niet. Ik kan Bluto en Hollis niet uitstaan. Hannah gaat wel, want die hockeyt, dus die heeft niet alleen belangstelling voor het tijdschrift *Us*, filmsterren en wat die dragen. Kylie Eckers is... Ik krijg het niet eens uit mijn mond hoe ik werkelijk over Kylie denk.'

'Ik ook niet,' zei Hope.

'Slim van je om bij die lui weg te blijven.'

Dat had niets met slim zijn te maken. Ze was niet welkom bij Allegra's vrienden. Ze tolereerden Hope uit beleefdheid en deden aardig tegen haar als Allegra dat ook deed. Soms vond Allegra het cool om een nerdachtige tweelingzus te hebben, iemand die zo volkomen anders was dan zij. Allegra had eens tegen Hope gezegd dat ze samen net één enorme, geweldige, volledige persoon waren. Hope had geantwoord dat ze in haar eentje al een volledige persoon was. Hope had een eigen vriendengroep: de superslimme leerlingen uit de topklas wiskunde: Evan, Henry, Anya. Ze zagen elkaar zelden buiten school, maar het waren leuke mensen om mee te lunchen.

'Zal ik je dan maar naar huis brengen?' vroeg Hope.

'Zou je dat willen doen? Het spijt me, Hope. Mijn ouders hadden me een auto beloofd, maar mijn moeder heeft nu dat nieuwe appartement waar ze wil schrijven, dus daar is geen geld voor.'

'Balen,' zei Hope. 'Rot voor je.' Ze reed naar het huis van de Llewellyns dat naar Nantucketse maatstaven aan het andere eind van de wereld lag.

Brick zei: 'Toen je terug sms'te dat je voor Allegra loog, wat bedoelde je toen?'

Hope twijfelde wat ze moest zeggen. Ze kon slecht liegen. 'Tegenover mijn ouders.'

'Je ouders?' zei hij. 'Gaat dit over Ian Coburn? Heeft dit iets met hem te maken?'

'Nee,' zei Hope.

'Heb je Allegra over Ian horen praten? Heeft ze het thuis wel eens over hem?'

Hope haalde haar schouders op. 'Volgens mij wel.'

'Volgens jou wel?'

'Soms,' zei Hope. 'Ze zijn bevriend, dat heb je zelf gezegd. Ze mag best vrienden hebben, Brick.' Hope wist eigenlijk niet waarom ze het voor Allegra opnam. Allegra had geen moreel kompas. Dat was ze kwijtgeraakt in het bos tijdens hun eerste scoutingkamp, toen ze besloten had samen met Hollis Brancato uit de tent te kruipen om sigaretten te gaan roken bij een berg dode bladeren. Op elfjarige leeftijd had ze bijna een bosbrand veroorzaakt in het Hidden Forest.

'Zeg me de waarheid!' riep Brick. 'Heeft ze iets met Ian Coburn?'

Hope schrok zo van de vraag – ook al zag ze die al weken aankomen – dat ze even vergat dat ze autoreed en op de weghelft voor tegemoetkomend verkeer terechtkwam. Er was verder geen verkeer, maar Hopes hart bonkte in haar keel en dat bleef zo. Als ze een botsing kreeg, zouden haar ouders haar vermoorden.

'Zeg het me, Hope!' zei Brick. 'Neukt ze met hem?'

'Weet ik veel!' zei Hope. 'Dat moet je aan haar vragen.'

Brick maakte een vreemd geluid in zijn keel en omdat Hope bang was dat hij ging overgeven, reed ze de berm in. Brick zakte tegen het portier aan. Hij was dronken. Ze vermoedde dat hij, omdat hij niets beters te doen had, zijn verdriet over het feit dat Allegra niet meer van hem hield had weggedronken.

'Brick,' zei Hope.

Opeens zag ze blauw-met-rode zwaailichten in haar achteruitkijkspiegel en even klonk er een politiesirene, waardoor Hope begon te schreeuwen.

'Ga rechtop zitten!' blafte ze tegen Brick. 'En je zegt geen woord!'

Ze zette de motor uit en pakte haar rijbewijs en de autopapieren van de jeep. Ze draaide het raam open toen er met een zaklamp in de auto werd geschenen. Hope keek op. Dit was het best of slechtst denkbare scenario. De politieagent was Curren Brancato, de oudere broer van Hollis. Curren Brancato werkte sinds kort bij de politie op Nantucket, wist Hope. Hij was maar zes jaar ouder dan Hope en Brick.

'Wie hebben we hier?' vroeg Curren. 'Allegra?'

'Nee,' zei Hope. 'Ik ben Hope, de zus van Allegra.'

'Juist ja,' zei hij. 'De goede helft van de tweeling.' Hij pakte haar rijbewijs en de autopapieren aan. 'Ik zie je wel eens met je moeder in de kerk.'

Hope zuchtte. 'Ja.'

'Heb je gedronken, Hope?' vroeg Curren.

'Ik?' zei Hope. 'Nee, ik drink niet.'

'Heb je een goede verklaring voor het feit dat je over de middenstreep en bijna van de weg af bent gereden?'

Hope kon zich Curren Brancato nog vaag van de middelbare school herinneren. Hij was de sterspeler van het footballteam – zijn bijnaam was Blauwe Donder – maar tijdens de laatste wedstrijden in zijn laatste jaar mocht hij niet opgesteld worden omdat hij een onvoldoende stond voor Spaans. Hope zat toen pas in het laatste jaar van de basisschool – in die tijd hadden Hope en Allegra al hun vriendinnen gedeeld, ook Hollis – maar Hope herinnerde zich de verontwaardiging dat Curren niet mocht worden opgesteld vanwege slechte leerprestaties. De Whalers hadden de Massachusetts Super Bowl kunnen winnen, maar niet zonder Curren Brancato. Hoewel de Boosters protest aantekenden, mocht Curren niet meespelen. Hope had het voorval opgevat als waarschuwing je talent niet te vergooien.

Curren was echter teruggekomen, was als een feniks uit de as herrezen. Hij was naar een militaire academie in Vermont gegaan en daarna naar de politieacademie in Boston. Daarna keerde hij terug naar Nantucket, waar hij als een held werd onthaald.

'Ik weet dat ik over de middenstreep ben gegaan,' zei Hope. 'Sorry.'

'Maar waarom?' zei Curren. 'En daarna ben je bijna tegen de bomen aan gereden.'

'Eh...' zei Hope.

Curren Brancato – agent Brancato – stak zijn hoofd in de jeep en nam Brick op. 'Is hij dronken?'

'Absoluut,' zei Brick.

Hope slaakte een zucht. Ze had gehoopt dat Brick zou doen of hij sliep.

'Je hebt een voorlopig rijbewijs, Hope,' zei agent Brancato. 'Dat betekent dat je nu de avondklok schendt. En dat afwijkende rijgedrag? Ik kan ervoor zorgen dat je tot je achttiende niet meer mag rijden.'

Geweldig, dacht Hope. Ze had er echt profijt van dat ze naar de kerk ging.

'Mijn zus was op een feest en had een lift naar huis nodig,' zei ze. 'Ze is samen met Hollis.' Hope zweeg even en vroeg zich af of het feit dat ze de naam Hollis had laten vallen in haar voordeel zou werken. 'Allegra besloot toch te blijven en Brick wilde weg, dus ik breng hem naar huis. Sorry dat ik over de weg slingerde. Ik zocht een andere radiozender en werd afgeleid.'

'De radio staat niet eens aan,' zei Curren.

'Dat weet ik,' zei Hope. 'Die heb ik uitgezet toen ik naar de kant ging.'

Curren liet zijn blik even op Brick rusten en keek toen langdurig naar Hope. Uiteindelijk zei hij: 'Hollis deugt niet.'

Hope keek naar het stuur en durfde hem geen gelijk of ongelijk te geven.

'Deugt jouw zus?' vroeg Curren. Zo te horen hoopte hij dat Allegra ook niet deugde. Als hij Allegra had aangehouden en ze alleen was geweest, wist Hope wel wat er zou zijn gebeurd.

'Nee,' zei Brick.

Hier moest Curren – agent Brancato – om lachen en hij zei: 'Je krijgt alleen een waarschuwing.'

Hope haalde opgelucht adem. 'Dank je.'

'Graag gedaan,' zei Curren. Zijn stem klonk vriendelijk en hij leek trots te zijn op zijn eigen ruimhartigheid. 'Wees braaf, wees slim, kom niet in moeilijkheden, ga studeren.'

Hope knikte plechtig, alsof dit een goed advies was dat ze nog niet eerder had gehoord.

Curren gaf haar de autopapieren en haar rijbewijs terug. 'Oké, Hope, tot ziens in de kerk.'

Hope reed met een slakkengang van veertig kilometer per uur naar huis. Ze voelde zich licht in het hoofd, als iemand die de dans was ontsprongen. Brick viel in slaap. Toen Hope voor het huis van de Llewellyns stopte, gaf ze hem een por. Als een robot stapte hij uit de auto en strompelde naar de voordeur. Hope dacht erover hem te waarschuwen dat hij aan niemand – en zeker niet aan Allegra – mocht vertellen dat ze door de politie van de weg waren gehaald. Ze betwijfelde echter of hij zich dat later zou herinneren.

Midden in de nacht schudde Allegra Hope wakker. Het duurde even voordat Hope doorhad wat er precies gebeurde, maar toen zag ze het gezicht van haar zus, verwrongen van woede. Allegra's lip was opgekruld en haar haar kietelde in Hopes gezicht, wat een effectieve martelmethode was.

Hope duwde Allegra weg. 'Blijf van me af,' zei ze. 'Wat doe je?'

'Brick en jij zijn van de weg gehaald,' zei ze. 'Curren heeft Hollis meteen een sms'je gestuurd. Hij zei dat jullie bezig waren.'

'Wat?' zei Hope.

'Hij zei dat je de hele weg nodig had. Dat betekent dat jullie aan het rotzooien waren.'

'Wat?' zei Hope.

'Hou je niet van de domme, Hope. Ik geloof niet in dit naïeve toneelstukje. Ik weet dat je bijna seks hebt gehad met Calgary. Je weet heus wel wat je met jongens doet. Je zat vanavond met je handen aan Brick of je liet hem zijn gang gaan met zijn handen.'

'Niet waar,' zei Hope. 'Ga alsjeblieft weg. Hup, mijn kamer uit.'

'Je zit achter mijn vriend aan,' zei Allegra. 'Ik weet dat je hem leuk vindt, Hopeloze Hope. Ik weet dat je hem wilt.'

'Noem me niet zo,' zei Hope. Hopeloze Hope, de geniepige bijnaam die Allegra bedacht had de eerste dag dat ze in de middenbouw zaten. 'Wat kan het je trouwens schelen? Je hebt Brick al zo vaak met Ian Coburn bedrogen. Vanavond nog, pal voor zijn neus. Je zult wel blij zijn dat ik Brick naar huis heb gebracht zodat je niet met hem opgescheept zat.'

'Hij heeft mijn telefoon gestolen om jou te sms'en!' zei Allegra. 'Jullie hebben iets met elkaar.'

'Dat is niet waar,' zei Hope. 'Doe niet zo stom.'

Vanuit het donker kwam een harde, stekende klap. Hope hapte naar adem. Het deed zo'n pijn dat ze wel kon janken, maar dat genoegen gunde ze Allegra niet. Hope trok het dekbed over haar hoofd en zei: 'Ik ga me niet verlagen tot jouw niveau, Allegra. En nu mijn kamer uit.'

'Ik ga tegen iedereen zeggen dat je een slet bent,' zei Allegra. 'De vriend van je tweelingzus inpikken.'

'Dat ík een slet ben?' zei Hope. 'Die is goed. Ik kan morgen zo naar Hollis bellen en haar vertellen over jou en Ian Coburn. Of ik zeg het tegen Brick. Of tegen hen allebei. Brick heeft het toch al min of meer door. Hij vroeg me wat ik wist en daar schrok ik zo van dat ik over de middenstreep ben gereden. Omdat ik bang was dat je betrapt zou worden. Ik maakte me zorgen om je, Allegra. Welterusten.'

Nantucket

Heb je het gehoord?

Hope Pancik heeft seks gehad met Brick Llewellyn. Agent Curren Brancato, die de meesten van ons in gedachten nog Blauwe Donder #33 noemen, had hen in een auto op een onverharde weg aangetroffen, poedelnaakt. Hopes blote voeten drukten tegen het beslagen raam en over de achterbank van de jeep van de Panciks lagen kleren verspreid.

Verschillende details ondersteunden dit verhaal. Allegra liep op school niet meer met Brick mee van de ene naar de andere les. Allegra liep nu met Hollis Brancato en Bluto mee, en Brick was in gezelschap van Parker Marz. Parker was de kleinste, kortste speler van het Whaler-juniorenhonkbalteam, de zwakste schakel, maar hij was vindingrijk en vitaal en had enthousiast gereageerd toen hij de kans kreeg Bricks vriend te worden.

Hope en Allegra spraken op school niet met elkaar, maar dat deden ze voorheen ook niet. Hope ging in de pauze bij haar slimme wiskundevrienden zitten en leek terneergeslagen. En ze verliet de kantine altijd al snel om in de muziekruimte te gaan oefenen met haar fluit. Als ze door de kantine liep, was er altijd wel iemand die naar haar floot, maar daar reageerde ze niet op.

Allegra Pancik weigerde met haar vriendinnen over het bedrog te praten, sprak er zelfs niet over met Hollis Brancato. Daardoor dacht iedereen op school dat Allegra het heel ernstig opnam, dat ze misschien nog nooit van haar leven iets zo serieus had genomen.

Grace

De week begon met een prachtige, zonnige, warme dag – volgens de weersverwachting zou het zesentwintig graden worden – en Grace trok een spijkerrok aan die ze voor het laatst had gedragen voordat de tweeling werd geboren.

Toen Benton kwam floot hij naar haar door de tuin. 'Na lang wachten krijg ik eindelijk je blote benen te zien,' riep hij.

Grace stond bij de Adirondack-stoelen, dronk koffie en keek uit over Polpis Harbor. Er waren weer boten op het water. De zomer kwam eraan.

Ze zag Benton op haar af komen. Hij droeg een T-shirt en een spijkerbroek, zijn Buckeyes-hoed en zijn Oakley wraparound zonnebril met lenzen die de voorjaarslucht weerspiegelden. Het was ongelofelijk hoe hevig ze naar deze man verlangde. Toen hij bij haar kwam, sloeg ze haar armen om zijn nek en begonnen ze te zoenen. Grace liet haar vingers over zijn gezicht gaan en trok aan de rode krullen die onder zijn hoed vandaan staken. Bentons handen grepen door haar rok heen haar achterwerk beet, wat een verrassende, nieuwe zet van hem was. Hij tilde haar van de grond en ze sloeg haar benen om hem heen.

Hij kreunde. Het is zover, dacht ze, nu gaat het gebeuren. Hij was zo hard dat ze zijn penis door zijn spijkerbroek heen voelde. Ze klemde haar benen nog strakker om hem heen.

'Alsjeblieft,' zei ze.

'Ik kan het niet,' zei hij. Hij beet op haar onderlip en keek haar aan. 'Verdorie, ik kan je niet weerstaan. Ik ga nu hier, op het gras, in de zon, met je vrijen. Vind je dat goed?'

Ze was zo bedwelmd dat ze geen woord kon uitbrengen. Elke centimeter van haar lichaam hunkerde naar hem. Ze zette haar voeten op de grond en wilde net gaan liggen toen ze onmiskenbaar gepiep hoorde. Ze draaide zich om en zag dat Hope met een boek in de hangmat ging zitten.

'O nee!' fluisterde Grace. Waarom was Hope thuis? Toen herinnerde Grace zich dat de meiden vanochtend de SAT-toelatingstoets moesten maken en dat ze naar huis mochten als ze klaar waren.

Benton draaide zich ook om en zag Hope. Hij keek Grace aan. Geluidloos bewoog hij zijn lippen: 'Shit, heeft ze het gezien?'

'Geen idee,' fluisterde Grace. 'Ik denk het niet.'

De hangmat was pakweg honderd meter verderop. Vanuit de hangmat had je zicht op de Adirondack-stoelen en de haven, dus Hope moest haast wel gezien hebben dat haar moeder haar benen om de taille van Benton Coe had geslagen en dat ze hartstochtelijk zoenden. Toch had Hope niet gegild en was ze niet het huis in gevlucht. Ze had ook niet naar Grace geroepen en een verklaring geëist. Ze had niet eens gekucht. Dus wie weet had ze het toch niet gezien.

'Gedraag je normaal,' zei Grace.

'Normaal?' vroeg Benton, alsof hij niet wist wat dat woord inhield. Hij was duidelijk geschokt. Grace pakte zijn hand en gaf er onopvallend een kneepje in.

'Kom gedag zeggen,' zei ze. 'Als je ervandoor gaat, lijkt het pas echt verdacht.'

'Laten we over tuinieren praten,' zei Benton.

'Het rozenperk,' zei Grace. 'Geef eens wat tips.'

Benton ging wat harder praten terwijl ze naar de hangmat toe liepen. 'Je moet ze terugsnoeien als je grote bloemen wilt,' zei hij. 'Ik weet dat het tegen je gevoel in gaat. En het is ook beter dat je de blaadjes afneemt met een mengsel van twee delen water en één deel citroensap.'

Grace knikte en deed alsof ze toen pas doorhad dat Hope in de hangmat lag. 'Lieverd!' zei ze. 'Je bent thuis. Hoe ging de test?'

Hope keek over de rand van haar boek naar Grace en Benton. Aan haar gezicht viel niets af te lezen. 'Goed,' zei ze.

'Goed,' herhaalde Grace. 'Wat wil dat zeggen?'

'Dat de test goed is gegaan, mam,' zei Hope. 'Ik moest van Allegra zeggen dat ze naar het strand is.'

'Hoe heeft Allegra de test gemaakt?' vroeg Grace.

'Ik zou het niet weten,' zei Hope. Ze schonk Benton een glimlach die vriendelijk en oprecht leek. 'Hallo, Benton.'

'Hallo, Hope,' zei Benton. 'Leuk je te zien! Wat ben je aan het lezen?'

Hope stak haar boek op: *Liefde in tijden van cholera* van García Márquez. 'Het is voor de topklas Engels,' zei ze.

'García Márquez is een van mijn lievelingsauteurs,' zei Benton. 'Vind je het een mooi boek?'

'Ik ben er nog maar net in begonnen,' zei Hope.

'Heb je Nabokov gelezen?' vroeg Benton. '*Lolita*?' Je moet *Lolita* lezen. Je mag eigenlijk pas beweren dat je een individu bent nadat je *Lolita* hebt gelezen.'

Hope schudde haar hoofd en Grace gaf speels een klapje op Bentons arm. 'Ze is pas zestien,' zei Grace. 'Ik betwijfel of ze al toe is aan *Lolita*.'

'Voor goede literatuur is men nooit te jong,' zei Benton. 'Ik ben gewend mijn klanten te vertellen welke vaste planten het goed doen in de schaduw... maar lezen is mijn heimelijke passie. Ken je *Vaarwel, Columbus* van Philip Roth? Dat is mijn lievelingsboek. Jij zult het ook geweldig vinden.'

Hope schudde haar hoofd.

'Heb je iets van Salinger gelezen?'

'*De vanger in het graan*,' zei Hope. 'Voor Engels, maar ik vond er niet veel aan.'

'Het is moeilijk om de subtekst te snappen,' zei Benton. 'Holden is een emotioneel wrak omdat zijn broer is overleden. Je zou *Franny en Zooey* eens moeten proberen.'

'Oké,' zei Hope.

'En ken je de verhalen van Cheever?' vroeg Benton.

'Die vind ik geweldig,' zei Grace. Ze keek op naar Benton. 'Hoe komt het dat je zo veel over boeken weet?'

'Mijn hoofdvak was literatuur,' zei Benton.

'Van mij ook, ik heb Franse literatuur gedaan,' zei Grace.

Benton richtte zijn aandacht weer op Hope. 'Heb je iets van Hemingway gelezen? *En de zon gaat op*? Andre Dubus II? Die man is echt geniaal. Heb je iets van Updike gelezen?'

'Nee,' zei Hope.

Benton wreef in zijn handen. 'Ik ben typisch zo'n blanke man die de vrouwen vergeet. Edith Wharton? *De jaren van onschuld*? *Het huis van vreugde*?'

'Nee.'

'Weet je, ik ben jaloers op je!' zei Benton. 'Ik wilde dat ik weer zestien was en al die boeken voor het eerst kon lezen. Heb je *Afspraak in Samarra* van John O'Hara gelezen? Die behoort ook tot mijn favorieten.'

Hope schudde haar hoofd. Grace kon niet geloven hoe geweldig het was om Benton over boeken te horen praten. Eddie was gewiekst, maar wat lezen betreft kwam hij niet verder dan de koop- en verkoopovereenkomsten in de *Nantucket Standard* op donderdag.

'*Ontbijt bij Tiffany* van Truman Capote? Richard Russo? *The Old Forest* van Peter Taylor? Carson McCullers? Russische auteurs? Tolstoj? Kafka? Isaac Babel?'

'Nu moet je echt ophouden,' zei Hope. 'Ik ben een van de slimste leerlingen van de klas en je geeft me het gevoel dat ik een analfabeet ben.'

Benton lachte. 'Moet je horen, ik zal een lijst van honderd boeken voor je maken. Binnen een jaar moet het lukken om ongeveer de helft daarvan te lezen.'

'Dat zou ik heel leuk vinden,' zei Hope.

'Afgesproken,' zei Benton. Hij stak zijn hand uit en trommelde op de onderkant van Hopes sneaker. 'Ik moet ervandoor. Het was gezellig, Hope.'

'Zeker,' zei Hope.

'Ik loop even met je mee,' zei Grace tegen Benton.

Op de oprit stonden ze bij het bestuurdersportier van Bentons pick-up.

‘Kogel ontweken,’ zei Grace. ‘Ze heeft het niet gezien.’

‘Ja, maar dan nog,’ zei Benton. ‘Het gaf me een onbehaaglijk gevoel.’

‘Mij ook,’ zei Grace. ‘De volgende keer moeten we voorzichtiger zijn.’

‘Grace,’ zei Benton.

De toon waarop hij haar naam zei stond haar niet aan. ‘Wat?’

Hij haalde diep adem. ‘Wat een heerlijk kind. En dat geldt vast ook voor Allegra. Je hebt een gezin, Grace. Ik voel me niet prettig bij wat we doen, en jij bent er vast ook niet gelukkig mee.’

‘De meiden hebben hun eigen leven,’ zei Grace. ‘En Eddie...’

‘Het is beter als ik een tijdje niet kom,’ zei Benton.

‘Wat?’ zei Grace.

‘De tuin ligt er goed bij,’ zei Benton. ‘Als je vragen hebt, kun je me bellen. Mijn telefoon staat altijd aan.’

‘Benton?’ zei ze. Ze slikte. Hij had gelijk. Wat, ja wat zou Grace in vredesnaam gedaan hebben als Hope hen wél had gezien? Dan zouden ze zich nog veel afschuwelijker voelen. ‘Je komt toch wel terug? Je gaat toch niet voorgoed weg?’

‘Nee, Grace,’ zei hij. ‘Ik ga niet voorgoed weg.’ Hij raakte haar wang aan, stapte in zijn pick-up en reed weg.

Toen Grace de keuken in liep, stond Hope bij het aanrecht. Ze maakte een lijst op het notitieblokje dat Grace voor boodschappen gebruikte. ‘Wat was ook alweer de titel van Bentons lievelingsboek?’ vroeg Hope.

Grace keek Hope aan. ‘Ik zou het niet weten,’ zei ze, en ze liep door naar haar werkkamer. Ze moest Madeline spreken.

Benton kwam de volgende dag niet en ook de ochtend daarna niet. *Het is beter als ik een tijdje niet kom.* Hoelang was een tijdje? Een week? Twee weken? Een maand? Als hij een maand niet kwam, zou ze dat niet overleven.

Woensdagmiddag kreeg ze een akelige migraineaanval, alleen

was het pijn aan het hart, niet aan het hoofd. Grace kon zich niet herinneren wanneer ze voor het laatst zo veel emotionele pijn had geleden. Niets deed er nog toe. Het zou haar worst wezen dat het een zachte, zonnige dag vol mogelijkheden was. Grace kon de kippen verzorgen, eieren rapen, een paar uur flink in de tuin werken. Van koken vrolijkte ze meestal op. Ze kon iets ingewikkelds maken voor het avondeten: een aspergesoufflé of een aardbeien-rabarbertaart.

In plaats daarvan nam ze haar toevlucht tot zware hoofdpijntabletten. Om vier uur, toen duidelijk werd dat Benton die dag niet zou komen, nam ze er twee en om zes uur, toen ze het avondeten moest klaarmaken, nam ze er nog twee. Grace sloot zich op in haar werkkamer. Eddie en de meiden moesten zelf maar wat te eten regelen, als er al iemand thuis was. Er was niemand bij haar komen kijken.

Je hebt een gezin, Grace.

Ze kon het Benton niet kwalijk nemen en ze kon zeker geen hekel aan hem hebben. Hij had gelijk! Grace moest dankbaar zijn. Ze had in de kerk in Salem voor het altaar gestaan en had plechtig beloofd dat ze alleen van Edward Pancik zou houden. Maar vanaf het moment dat Benton Coe de Marokkaanse theepot voor haar had meegebracht en die eerste pistachemacaron met haar had gedeeld, was Grace volledig van slag. Eerlijk gezegd was ze daarvoor al verliefd geworden op Benton. Het was voor haar liefde op het eerste gezicht toen ze hem vorig voorjaar voor het eerst zag. Hij had op de hoogste modderhoop gestaan in haar toen nog braakliggende tuin. Ze herinnerde zich dat ze de enorme diamant van haar trouwring naar binnen had gedraaid, zodat die in haar handpalm sneed. Ze had gewild dat ze single was.

Hij had haar zo gelukkig gemaakt. Zelfs voor het zoenen, toen ze alleen vrienden waren, had een ontmoeting met Benton haar dagen een doel gegeven.

Ze nam nog twee tabletten. Na de zesde tablet belandde Grace in een caleidoscopische stratosfeer, een theefeestje zoals bij Alice in

Wonderland en ze waande zich in gezelschap van Toto en Timothy Leary in een veld vol klaprozen.

Ze deed de jaloezieën in haar werkkamer omlaag, ging op de veloursbank liggen en verbaasde zich erover hoe comfortabel die was. Ze vroeg zich af waarom het nooit eerder bij haar was opgekomen daar te slapen.

Toen Grace de volgende ochtend wakker werd, had ze het gevoel dat ze levend begraven was. Ze had ontzettende dorst, haar ogen brandden, haar neusgaten prikten. Het was een moment van grote verwarring. Waar was ze? Wie was ze?

Grace Harper Pancik, dacht ze. In haar werkkamer van haar huis aan Wauwinet Road. En er werd op de voordeur geklopt.

Grace wankelde door het huis, probeerde weer bij haar positieven te komen. Ze leek Rip van Winkle wel nadat die twintig jaar had geslapen. Het was alsof ze net terug was van een reis in een tijdmachine. Het was donderdag. Volgens de klok was het tien over tien. Eddie was op zijn werk, de meiden zaten op school.

Op het aanrecht stond een open pizzadoos met één koude pizzapunt met champignon en groene paprika van Sophie T's. Dat hadden haar man en kinderen dus de vorige avond gegeten. Er stonden borden in de gootsteen en een baccaratglas met een restantje rode wijn. Ernaast stond een lege fles Screaming Eagle.

Eddie had er blijkbaar geen moeite mee gehad om zijn dierbare, dure wijn zonder haar op te drinken. Hij had de borden niet in de vaatwasser gezet en had de pizzadoos niet in de vuilnisbak gegooid. Hij had gewacht tot Grace wakker zou worden en dat zou doen.

Er werd nog steeds geklopt.

Grace vroeg zich af wie het zou zijn. Koeriersdiensten als UPS en FedEx wisten dat ze de spullen gewoon bij de deur konden neerzetten.

Zou het Benton zijn, dacht Grace. Ze liep vlug naar de deur. Gewoonlijk kwam hij via de tuin achterom, maar het kon zijn dat hij dat, gezien de omstandigheden, niet prettig meer vond.

Toen Grace hun massieve voordeur opendeed – een eiken deur die zwaar genoeg was om een stormram te weerstaan – zag ze Madeline op de stoep staan.

'Gelukkig, je leeft nog,' zei Madeline. 'Eddie belde me. Hij zei dat je jezelf in de werkkamer had opgesloten en de nacht daar had doorgebracht.'

Grace deed de deur verder open, zodat Madeline naar binnen kon stappen. Ze voelde weer hoofdpijn opkomen en had tabletten en sterke koffie nodig om die te bestrijden.

'Ik leef nog,' zei Grace. 'Nog net.'

'Het is een prachtige dag,' zei Madeline. 'Ik vind dat we ergens moeten gaan lunchen, lekker buiten, met een fles wijn erbij.'

Grace keek uit het raam naar de heldere, warme dag. Het zonlicht deed pijn aan haar ogen.

'Hoef je vandaag niet te schrijven in je appartement?' Toen Grace Madeline maandag had gesproken, had Madeline gezegd dat ze een deadline voor het nieuwe boek moest halen.

'Ik neem vandaag vrij,' zei Madeline. 'Vandaag heb ik alle tijd voor je.'

Grace voelde zich ongelooflijk dankbaar. Ze zou gaan douchen, een jurk aantrekken en met Madeline gaan lunchen.

Ze snapte niet hoe vrouwen het voor elkaar kregen om een buitenechtelijke verhouding te hebben zonder een beste vriendin die een luisterend oor bood.

Ze gingen naar de Great Harbor Yacht Club, want die was onlangs weer geopend voor het nieuwe seizoen. De zomergasten moesten nog komen dus ze hadden het restaurant praktisch voor zich alleen om ongestoord een vertrouwelijk gesprek te voeren. Het was een prachtige dag, zo'n dag die nog maanden met meer van zulke dagen beloofde. De gastvrouw bracht Grace en Madeline over het gazon naar de beste tafel buiten, met vrij zicht op de haven en de enorme zomerhuizen in Monomoy. De serveerster overhandigde hun de menukaarten en Grace zei: ‘Een ijskoude fles sancerre graag, als je die hebt.’

Madeline bekeek de menukaart. ‘Het is zeker de moeite waard dat ik daar mijn werk voor heb opgegeven,’ zei ze. ‘Ik vind het heerlijk hier. Wat ben je toch een geluksvogel.’

Grace wist dat ze bofte. Eddie en zij hadden jarenlang op de wachtlijst van de Nantucket Yacht Club gestaan, voordat Grace doorkreeg dat ze nooit zouden worden toegelaten. Ze vermoedde dat Eddie te veel mensen tegen zich in het harnas had gejaagd. Het kon ook zijn dat de oude families van Nantucket geen man met de bijnaam Snelle Eddie in hun midden wilden. Toen werd de Great Harbor Yacht Club geopend en Eddie meldde zich direct aan. Hij was een van de eersten die een cheque met een bedrag van zes cijfers uitschreven voor het lidmaatschap.

Grace bestudeerde de menukaart – oesters in schaal, gegrilde caesarsalade met romige roquefortdressing, een clubsandwich met kreeft en flinterdunne frietjes – en probeerde trek te krijgen.

De serveerster bracht de wijn, die Grace proefde en goedkeurde. Daarna schonk de serveerster twee glazen in en zette de fles in een koeler met ijsblokjes. Grace en Madeline proostten en Grace zei: ‘Bedankt dat je me hiertoe gedwongen hebt.’

‘Jij bedankt dat je mijn lunch betaalt,’ zei Madeline.

Ze lachten. Even later kwam de serveerster met een ongeruste blik op hen af lopen. Ze boog zich naar Grace toe en zei: ‘Sorry dat ik jullie stoor, maar ik heb net van onze algemeen manager Financiën te horen gekregen dat we nog geen cheque voor het lidmaatschap van dit jaar hebben ontvangen, dus ik mag jullie officieel niet bedienen.’

‘Wat?’ zei Grace. Ze wilde haar telefoon pakken om Eddie te sms’en. Die regelde de geldzaken. Mobiele telefoons waren echter verboden bij de Great Harbor Yacht Club. Ze glimlachte naar de serveerster. ‘Er zijn twee mogelijkheden. Ik kan de lunch contant afrekenen en dan wordt de ontbrekende cheque voor het lidmaatschap later betaald. Ik weet zeker dat mijn man die heeft opgestuurd of wilde opsturen. Hij heeft het momenteel heel druk met zijn werk.' Grace vroeg zich af of de factuur van de zeilclub tussen de rekeningen voor het nieuwbouwproject was beland. Waarschijnlijk had hij de factuur aan Eloise gegeven en was die vergeten een cheque uit te schrijven. Eloise werd een dagje ouder en er ging wel vaker iets mis. Grace had Eddie gevraagd haar te vervangen, maar Eddie had aangevoerd dat ze familie was van de helft van het eiland. Hij kon haar dus niet zomaar ontslaan.

'Het spijt me,' zei de serveerster. 'Ik mag geen cash aannemen.'

'Goed,' zei Grace. 'Zal ik dan nu een cheque uitschrijven voor het lidmaatschap? Als de cheque van mijn man dan alsnog per post komt, verscheur je die gewoon.'

'Dat moet ik even aan de manager vragen,' zei de serveerster.

Ze liep weg om dat te gaan doen en Grace haalde haar chequeboek uit haar handtas. Ze keek Madeline vertwijfeld aan. 'Niet te geloven dat Eddie niet heeft betaald,' zei ze. 'Ik zit hier compleet voor schut.'

'Kom op zeg, ik ben je beste vriendin,' zei Madeline. 'Kon ik je maar helpen.'

De serveerster kwam terug. 'Onze manager zegt dat het mag.'

'Prima,' zei Grace. 'Hoeveel is het?'

'Vijftienduizend dollar,' zei de serveerster.

Grace schreef de cheque uit en voelde de ogen van Madeline op zich. Vijftienduizend dollar. Toen Grace en Eddie Madeline en Trevor nog maar net kenden, deelden ze de rekening als ze op zaterdagavond uit eten gingen. Madeline had later aan Grace bekend dat ze dan aldoor aan de kosten dacht en daardoor nauwelijks van het eten kon genieten. Wat hadden ze besteld? Hoe duur was de wijn? (Eddie koos de wijn altijd uit.) Hadden ze genoeg geld bij zich of zouden ze hun creditcards moeten aanspreken en er ging al veel geld van die rekening af.

Grace had gezegd dat ze nooit door had gehad dat Madeline er zo tegenover stond. Als ze het geweten had, zou ze Eddie hebben aangespoord om de hele rekening te betalen. Maar dat zou Eddie niet prettig hebben gevonden. Hij was van nature zuinig, een overblijfsel uit zijn jeugd, toen hij straatarm was opgegroeid boven een stomerij in het centrum van New Bedford.

Als hij telkens betaalde, zou hij wellicht aanvoeren, wat bleef er dan over van de trots van de Llewellyns?

Grace vroeg zich nu af wat Madeline dacht. Gelukkig nam de serveerster de cheque mee en daarmee was het probleem opgelost.

'Hoe zit het met Benton?' vroeg Madeline.

Het enige wat Grace kon beschrijven was haar verlangen. *Nee, Grace, ik ga niet voorgoed weg.* Maar stel dat dat wel zo was. Stel dat hij weer contact zocht met McGuvvy, haar opbelde in San Diego en haar wist over te halen terug te komen naar Nantucket. Grace had elke ochtend bij het raam staan wachten tot Bentons pick-up de oprit op zou rijden. Ze verzorgde de kippen omdat ze wist dat die zonder haar zouden verhongeren, maar ze had de rest van de tuin genegeerd. Ze kon zich er gewoon niet toe zetten om de rozen te snoeien of de rozenblaadjes met citroenwater af te nemen. Ze kon de dode knoppen niet wegknippen uit het perk met vaste planten. Ze kon het gras niet eens maaien en dat was haar favoriete tuinklusje.

'De ochtend dat het gebeurde,' zei ze, 'begon hij tegen Hope over de boeken die hij had gelezen en waarvan hij dacht dat zij die ook mooi zou vinden. Daar kon ik echt niet tegen. Hij werd een andere man. Ik stond daar voor mijn dochter en bij elke titel die hij noemde, werd ik nog verliefder op hem.'

'Grace, je bent níét verliefd,' zei Madeline. 'Ik weet dat je denkt van wel, maar je houdt van Eddie en van je dochters.'

Grace nipte van haar wijn en staarde naar het vlakke, blauwe oppervlak van de Nantucket Sound. 'Je hebt gelijk,' zei ze.

Maar Madeline had geen gelijk.

Drie glazen wijn hadden Grace op andere gedachten gebracht. Toen Madeline en zij afscheid namen op het parkeerterrein zei Grace: 'Bedankt, dat je naar me hebt geluisterd.'

'Daarvoor ben ik hier,' zei Madeline.

Madeline verliet het parkeerterrein, ging naar huis, naar haar volmaakte huwelijk met Trevor en hun gezamenlijke aanbidding van Brick. Grace besloot Eddie te bellen en hem te vertellen dat het lidmaatschap van de zeilclub niet was betaald, maar ze kreeg direct de voicemail. Toen Grace naar kantoor belde – wat ze liever niet deed, omdat ze bang was Eloise of Barbie aan de lijn te krijgen, die Eddie afschermden alsof hij de baas van Microsoft was – kreeg ze het antwoordapparaat.

Ze keek naar haar telefoon. De wijn stroomde door haar aderen. Ze stelde zich voor dat de wijn haar gezond verstand meevoerde. *Mijn telefoon staat altijd aan.*

Toen ze Benton sms'te begonnen de bovenkanten van haar oren te gonzen. *Kom je morgen bij me lunchen? Gewoon vrienden, dat beloof ik. Twaalf uur?*

Ze besloot op het parkeerterrein van de zeilclub te blijven tot hij reageerde. Desnoods stond ze er om middernacht nog. Hij sms'te echter direct terug.

Ik zal er zijn.

Ze was in de schuur de ouderwetse koperen gootsteen aan het schrobben toen Benton om het huis heen kwam lopen.

'Hoi!' riep ze. 'Ik ben hier.'

Benton stapte naar binnen en zei: 'Je bent een lust voor het oog.'

Grace lachte. 'We hebben elkaar vier dagen geleden nog gezien.'

Hij liep op haar af en legde zijn handen meteen op haar heupen. Omdat het zo warm was, droeg ze alleen een bikinitopje en een korte broek.

'Zitten de meiden op school?' vroeg hij.

Ze grinnikte. 'Die zijn veilig op school.'

'En Eddie?'

'Aan het werk,' zei ze.

Zijn mond op haar mond, zijn tong tegen haar tong. Grace had het gevoel dat ze zou flauwvallen of sterven. Het zoenen was aanvankelijk teder, daarna vurig. Het was bloedheet in de schuur. Toen ze Benton eenmaal kuste, zweetten ze allebei en trok er een waanzinnig verlangen door hen heen. Hij deed de deur dicht en op slot en tilde Grace op de rand van de gootsteen. Met enkele behendige bewegingen maakte hij haar bikinitopje los en trok hij haar korte broek uit. Daarna knielde hij voor haar neer.

Later lunchten ze.

Grace had koude geroosterde kip, verse botersla, een stuk boerenkaas met kruiden en grote paarsrode radijsjes uit eigen tuin. Ze sneed dikke sneden brood van een meergranenbrood met pitjes en een lekkere knapperige korst en liep toen weer naar de koelkast om er ongezouten boter, een pot miniaugurken, een stuk salami en een pot grove mosterd uit te halen.

'Een boerenlunch!' zei Benton. 'Net als vroeger in Surrey.'

'Fijn dat je het lekker vindt,' zei Grace.

'Ik vind alles aan jou fijn,' zei hij.

Je bent niét verliefd.

Benton hielp Grace om alles naar de teakhouten tafel te brengen en ze gingen zitten met hun feestmaal, met vol zicht op de tuin.

Ze vielen op het eten aan en voerden elkaar: radijsjes, ongezouten boter en mosterd. Een dik belegde snee brood met boerenkaas en salami.

De handen van Grace trilden toen ze hem voerde. Hij knabbelde aan haar vingertoppen.

'Ken je het nummer "Loving Cup" van de Rolling Stones?' vroeg hij. Hij begon te zingen: '*I'm the ploughman in the valley with a face full of mud.*'

Kende ze dat? 'Volgens mij wel,' zei ze.

'Ik zal het je laten horen,' zei hij. Hij plugde zijn telefoon in de buitenspeaker en er schalde muziek door de tuin.

Benton pakte Grace' hand en trok haar overeind. Ze begonnen langzaam te dansen op het terras. Benton had zijn armen om Grace heen geslagen, Grace' gezicht lag op Bentons borst. Ze had niet geweten dat zulk geluk bestond. *What a beautiful buzz, what a beautiful buzz.*

Nadat Benton was vertrokken, rende Grace naar haar werkkamer.

Ze moest Madeline bellen.

Madeline

Het appartement, dat aanvankelijk een bevrijding voor Madeline had geleken, was nu net een gevangeniscel. Madeline moest zichzelf erheen slepen en als ze naar binnen liep, voelde ze een vlaag van paniek. Ze had er twaalfduizend dollar voor neergeteld en nu moest het geld opbrengen.

Stress.

Onder dwang kreeg ze geen woord op papier.

Ze had geen ideeën voor een volgende roman. Niets.

Ze werd geplaagd door allerlei verontrustende gedachten. Straks zaten ze in geldnood. Ze had meer beloofd dan ze kon waarmaken. Ze hadden nooit vijftigduizend dollar bij Eddie moeten investeren. Trevor zou het geld terug moeten vragen, want Madelines smeekbede had niets uitgehaald.

Haar deadline was verstreken, de deadline die Redd Dreyfus voor haar had weten op te rekken. Redd had naar haar mobiele telefoon gebeld en had twee korzelige berichten achtergelaten. Angie en Angies assistent, Marlo, mailden en belden daarna. Ze moesten kopij hebben, anders zou ze van de lijst worden gehaald en dat zou 'financiële consequenties' hebben.

Madeline gaf zich gewonnen. Ze had geen keuze. Ze zou een vervolg op *Islandia* schrijven.

Maar toen Madeline met haar schrijfblok ging zitten en een opzet voor een plot maakte, was het verhaal dat ze beschreef geen vervolg op *Islandia*. De plot beschreef een hartstochtelijke, opwindende verhouding tussen een huismoeder met twee kinderen en haar aannemer.

Ik schrijf dit niet, dacht Madeline. Ik schrijf dit niet. Maar ze schreef het wel. De woorden stroomden uit haar alsof er een beker omviel op het papier.

Grace had het zelf gezegd: *Alles was normaal en saai. En nu... nu is mijn leven een roman.*

Madeline vond het niet nodig de twee geliefden een naam te geven en noemde ze B en G.

De mannelijke hoofdpersoon, B, is projectmanager bij de renovatie van het huis van de vrouwelijke hoofdpersoon. Die vrouwelijke hoofdpersoon, G, is een huismoeder met twee dochters die nog geen jaar schelen. B en G overleggen dagelijks over de renovatie. Wil G een verlaagde porseleinen gootsteen in de keuken of wil ze een dubbele roestvrijstalen bak? Wat voor aanrechtblad wil ze? Graniet, leisteen, corian? Een betegelde achterwand of strak gestuct? Wat voor hout wil ze op de vloer: esdoorn, kersen, antiek grenen met knoesten? In wat voor stijl wil ze de kasten? Wat voor grepen wil ze op de kasten?

Uiteindelijk kussen B en G elkaar voor het eerst in het toilet op de begane grond, tijdens een discussie over een kraan voor de wastafel. De toiletruimte was krap en het was er donker, want de elektricien moest nog de lampen komen ophangen. G is in het toilet als B naar binnen loopt. Hun heupen raken elkaar per ongeluk. Voor ze het weten staan ze hartstochtelijk te zoenen.

B brengt dagelijks Marokkaanse muntthee mee voor G, en ook een doosje met vier pistachemacarons van de plaatselijke bakker om samen op te eten.

Madeline nam niet eens de moeite het koekje te wijzigen. Ze had er net zo goed pindakaastruffels van kunnen maken of koekjes met witte chocolade die smelten in je mond. Ze had de Marokkaanse muntthee in vanille-ijskoffie kunnen veranderen.

Ik schrijf dit niet. Ik schrijf dit niet. Ze kon dit niet inleveren. Grace zou haar voor het gerecht slepen. Of zou haar vermoorden. Of allebei.

Maar het was goed. Madeline wist dat het goed was. Het was sober geschreven en fascinerend. Grace' affaire met Benton Coe bevatte alle elementen van goede fictie: eenzaamheid, verlangen, seks en bedrog.

B en G worden steeds verliefder naarmate het werk aan het huis vordert. De man van G, een makelaar die Ren heet, voluit Renfrew, betaalt zonder morren alle rekeningen, inclusief de astronomische factuur voor de diensten van B. Hij zegt dat hij gelukkig is als zijn vrouw gelukkig is.

Madeline werkte één scène uit en dat was de scène waarin de twee geliefden op het zonnige terras een boerenlunch aten. Ze voerden elkaar. B knabbelt op de vingertoppen van G. Ze slowen op 'Loving Cup' van de Rolling Stones. Madeline kon zich er niet toe zetten een ander nummer te nemen. 'Loving Cup' was te volmaakt.

Ze kon deze roman niet schrijven. Maar ze had niets anders en dus typte ze de samenvatting, voegde de scène toe en mailde dit naar Redd Dreyfus met als onderwerp: Probeersel.

Eddie

Hij had een haat-liefdeverhouding met het weekend van Memorial Day. Iets in hem kon niet wachten tot het zover was, omdat het de zomer inluidde.

Eddie hield net zo veel van de zomer als ieder ander op Nantucket. Niet omdat de winkels en restaurants dan open waren of omdat de strandwachten dan in hun rode kleding het strand in de gaten hielden, niet omdat de seringen dan bloeiden en het eindelijk warm genoeg was om te barbecueën, wifflebal te spelen of buiten te douchen. Nee, Eddie hield van de zomer omdat dat betekende dat het stoomschip diep in het water lag, mensen die van martini's en oesters hielden zich dan voor restaurant Cru verdrongen, er een rij stond bij de Chicken Box om de band Maxxtone te horen spelen, het parkeerterrein bij de Stop & Shop stampvol stond, waarbij er zelfs mensen illegaal op de gehandicaptenplek parkeerden, en mensen die het hele jaar op Nantucket woonden foeterden op al het verkeer in Orange Street.

Zomer op Nantucket betekende mensen. En mensen betekenden geld: het kopen en verkopen van huizen, de verhuur van huizen in de vakantie.

Memorial Day op Nantucket betekende echter ook Figawi, een traditie die elk jaar groter en afschuwelijker uitpakte dan het jaar ervoor. Het was ogenschijnlijk een zeilwedstrijd van Hyannis naar Nantucket en terug. De oorsprong van de naam was de favoriete wetenswaardigheid over het weekend. Toen de wedstrijd op een keer in dichte mist plaatsvond, had een oude zeeman met een zwaar accent 'where the fuck are we?' geroepen, wat klonk als 'where the figawi?' Zo kwam de regatta aan zijn naam. Want wie is er nou niet dol op toegestaan gevloek?

Het Figawi-weekend was de afgelopen jaren van een zeilwedstrijd in een drinkwedstrijd veranderd. Het was een wedstrijd wie het meest kon drinken, het snelst, wie het langst door kon blijven drinken, wie het vroegst met drinken begon en wie de grootste klootzak (dit was de mildste benaming die Eddie kon bedenken, hoewel hij nog veel meer termen tot zijn beschikking had) tijdens het drinken was. Figawi was populair bij oud-studenten, jongeren die kortgeleden waren afgestudeerd aan Hamilton College, Bowdoin College of Middlebury College of, en dat was volgens Eddie het dieptepunt, aan Boston College. ('Hoe weet je of iemand op BC heeft gezeten?' vroeg hij graag. 'Dat vertellen ze vanzelf.') Die jongelui hadden nu een baan in Manhattan of Boston als redactieassistent of werkten zich in het zweet op Wall Street of waren kleuteronderwijzer, of studeerden rechten aan de New York University of medicijnen aan Harvard. Ze woonden in appartementen in de West Village of de Back Bay die nog steeds door hun ouders werden betaald, maar over het algemeen probeerden ze volwassen te zijn. Ze gingen na werktijd borrelen in Newbury Street of in Soho. Ze gingen op zondagochtend niet naar de kerk, maar gingen in plaats daarvan brunchen en 's zomers gingen ze in het weekend 'weg'.

Het Figawi-weekend op Nantucket was echt iets voor hen. De mannen droegen een verschoten rode korte broek van Murray's, knoopten kabeltruien om hun nek, en droegen ook binnen een zonnebril omdat ze een enorme kater hadden. De meisjes – beter gezegd vrouwen – liepen zonder ondergoed rond in lange jurken. Ze dachten allemaal dat ze Diane von Furstenberg waren bij het zwembad van het Beverly Hills Hotel in 1973. En ze hadden allemaal een handtas bij zich waarin net zo veel troep leek te zitten als in een vuilniszak van honderddertig liter. Eddie had zin om tegen hen te zeggen dat ze zo aan *Let's Make a Deal* konden meedoen met al die spullen die ze bij zich hadden in hun handtas, maar ze zouden geen idee hebben waar hij het over had! Maar er waren ook vrouwen die kleding droegen die gestolen leek te zijn van een waslijn in een woonwagenkamp: een afgeknipte spijkerbroek en een strak T-shirt met de tekst 'SORRY FOR PARTYING'.

Eddie ergerde zich nog meer aan de vrouwen dan aan de mannen, waarschijnlijk omdat hij zelf twee dochters had.

Als de zon scheen, reden de Figawians – een apart slag mensen – in gehuurde jeeps met kratten Bud Light in de laadbak over Hummock Pond Road. Op de stranden stikte het van ingehuurde politieagenten in terreinwagens die zich blauw schreven aan boetes voor drinken in het openbaar en troep zomaar neergooien. De strandwachten in hun rode kleding haalden links en rechts mensen uit de oceaan omdat de getijdenstroom in mei berucht was. Hoe hoogopgeleid deze jonge hengsten ook waren (en voor het woord 'hengsten' had Eddie nog veel meer termen tot zijn beschikking), ze leken niet te weten dat je alleen uit een getijdenstroom kon komen door parallel aan het strand met de stroom mee te zwemmen tot de golven je lieten gaan.

Maar dit jaar regende het.

Regen in het Figawi-weekend was nog veel erger dan zon, omdat de strandactiviteiten en het drinken dan vervangen werden door drinken en drinken. Het epicentrum van het drinkgelag tijdens Figawi was altijd de Straight Wharf, en dan vooral de Tavern, de Gazebo, restaurant Straight Wharf waaraan het hele stuk zijn naam te danken had, en Cru. Deze restaurants barstten uit hun voegen van gestreepte cloqué en geruite katoen, van gillende, lachende, vloekende, hikkende, arrogante jongvolwassenen die nog maar net hadden geleerd om een bloody mary te waarderen en een oester naar binnen te zuigen zonder op hun Brooks Brothers-kleding te morsen.

Eddie wist niet waarom hij zaterdagmiddag om twee uur naar Cru besloot te gaan. Het zou op een zuippartij uitlopen (dat was het mildste woord dat hij kon bedenken, hoewel hij nog veel meer termen tot zijn beschikking had). Barbie weigerde haar huis te verlaten tijdens Figawi. Ze vertelde Eddie nooit wat ze thuis deed, maar als hij moest gokken, zou hij zeggen dat ze bij goed weer in de achtertuin op het terras margarita's met rodecactussap zat te drinken. Als het regende, gaf ze toe aan haar levenslange verliefdheid op James Garner en bekeek ze oude afleveringen van *The Rockford Files*.

Eddie veronderstelde dat als hij moest zeggen wat hem werkelijk motiveerde, hij zou antwoorden dat hij wilde zijn waar het allemaal gebeurde. Op een dag zouden deze Figawians advocaten, chirurgen, voorzitters van de raad van bestuur van een universiteit, footballcoaches en uiteraard hedgefondsmanagers zijn. Over vijf jaar zouden veel van deze Figawians getrouwd zijn, een kind van een jaar of twee hebben en zou het volgende kind op komst zijn. Dan zochten ze iets om te huren, aanvankelijk voor een week, daarna voor twee weken, de hele maand juli, de hele zomer. Over tien jaar zouden deze Figawians eraan toe zijn om zelf iets te kopen.

De drank die hij achterover zou slaan was eigenlijk een investering in de jaren voor zijn pensioen, bedacht Eddie.

Hij liep door bij Gazebo, ook al ging het gerucht dat twee verdedigers van de Boston Bruins in dat opeengepakte zwarte gat vol mensen gezellig samen aan de bar hingen.

Hoe kunnen mensen daarbinnen ademhalen, vroeg hij zich af. Hoe vonden ze ruimte om een glas naar hun mond te brengen zonder iemand een kaakstoot te geven?

Hij liep restaurant Straight Wharf voorbij, ook al vond hij dat een prettige tent. Ze hadden er uitstekende forelpaté en het restaurant dat aan de bar vastzat, behoorde tot de beste eetgelegenheden op Nantucket. Eddie was er dit weekend echter met geen stok naar binnen te krijgen. Op het moment dat hij erlangs kwam, zag hij twee jongemannen die een meisje in een witte strapless zonnejurk aan haar enkels over de rand van het balkon hielden.

Ze gilde. 'Zet me neer! Verdorie, Leo, zet me neer! Ik ga kotsen! Ik ga... kotsen!'

Eddie vertraagde zijn tempo om te kijken of de jonge vrouw werkelijk zou overgeven of, nog beter, dat haar borsten uit haar jurk zouden glippen of dat de jongemannen hun greep op haar enkels zouden verslappen, zodat ze met haar hoofd in de bosjes zou vallen.

'Ik zie Londen, ik zie Frankrijk,' zei een van de jongemannen, die bij de jonge vrouw onder de rok keek.

'Ik moet kotsen, Leo!' schreeuwde ze. Even later deed ze dat ook. Eddie keek op zijn horloge. Het was vijf over twee en het overgeven was begonnen.

Eddie liep door naar Cru. Cru was chiquer. Het publiek was wat ouder en had meer geld. Drie jaar geleden kwam Eddie achter in de zaak bij de bar toevallig de eigenaar van Low Beach Road 10 tegen. Daar was de deal gesloten dat Eddie het huis zou verhuren.

Denk je dat je er vijftigduizend voor kunt krijgen? had de eigenaar gevraagd.

Dat denk ik niet, dat weet ik zeker, had Eddie gezegd.

Die zelfverzekerdheid staat me wel aan, had de eigenaar gezegd.

In zijn achterhoofd hoopte Eddie vandaag weer op zo veel geluk. Hij had een grote inkomstenbron nodig. Iets legaals. In financieel opzicht voelde hij zich ongeveer net zoals dat meisje dat ondersteboven hing: hij was wanhopig en stond op het punt al zijn waardigheid te verliezen.

De deal met DeepWell was zo soepel verlopen dat Barbie had aangeboden bepaalde andere groepen te bellen die het huis aan Low Beach Road huurden. Ze zou hun hetzelfde voorstel doen: vijf mooie Russische vrouwen voor tienduizend dollar per nacht. Eddie kon niet geloven dat zijn zus daar het lef voor had. Hij zou het doodeng vinden om zoiets te opperen. Hij besefte echter ook dat het voorstel beter klonk als dat van een vrouw afkomstig was. Eddie had Barbie aan de telefoon gehoord. Ze was een kruising tussen Barbara Eden uit *I dream of Jeannie* – ze gunde deze mannen hun stoutste fantasieën – en een Israëlische medewerker van de geheime dienst, iemand met wie je geen geintjes moest uithalen. Tegen Eddie zei ze: 'Als ze mijn aanbod afslaan, jammer dan. Dan doe ik gewoon alsof ik het nooit ter sprake heb gebracht.'

Tot nu toe had niemand het aanbod afgeslagen. Elke groep met bedrijfsbobo's wilde wel. Die avond zou er een mijnbouwbedrijf uit West Virginia aankomen dat enthousiast had gereageerd.

En de vrouwen… Tja, die waren opgetogen.

Eddie was blij met het geld, maar er zaten ook nadelen aan. Hij had last van chronische maagpijn en lag 's nachts urenlang wakker. Hij was continu bang dat hij in de gaten werd gehouden.

Maar hij had het geld nodig. Grace had een cheque van vijftienduizend dollar uitgeschreven aan de Great Harbor Yacht Club en die was teruggestuurd.

'Teruggestuurd?' had Grace gezegd toen hij het haar vertelde. 'Hoe kan dat, Eddie? Ik nam aan dat het de schuld van Eloise was, dat het om een administratieve fout ging.'

Hij zei: 'Al mijn spaargeld zit in het nieuwbouwproject, Grace. Het kan zijn dat we het lidmaatschap van de zeilclub een jaar moeten overslaan. Dan worden we weer lid als ik de huizen heb verkocht.'

Grace keek hem vol ongeloof aan. 'Wil je zeggen dat we die vijftienduizend dollar voor de zeilclub niet hebben?'

'Dat bedoel ik inderdaad.'

'Toen je zei dat de cheque was teruggestuurd, klonk het alsof we niet eens vijftienduizend dollar op onze rekening hebben staan.'

Eddie kuchte. Hij vond het een zeer vervelend gesprek. 'Op het moment hebben we geen vijftienduizend dollar op onze rekening staan.'

'Hoe kan dat?' vroeg Grace.

'Het nieuwbouwproject slokt al het geld op,' zei Eddie.

'Kun je niet een huis verkopen, ook al is het nog niet af?' vroeg Grace.

'Dat zou kunnen,' zei Eddie. 'Of we hebben geduld en wachten tot ik een afgebouwd huis verkoop.'

'Heb je nog ijzers in het vuur?' vroeg Grace.

Hij glimlachte. 'Altijd.'

'Goed,' zei Grace. Ze haalde diep adem. 'Ik overleef de zomer wel zonder de zeilclub.'

Eddie was opgelucht. Hij had Grace er in boosheid wel eens van beschuldigd dat ze verwend was, omdat ze was opgegroeid met veel geld. De waarheid was dat Grace in feite een zeer nuchtere vrouw was. 'Dank je voor je begrip.'

Grace zei: 'Volgens mij moet je Benton nog betalen. En Hester Phan ook.'

'Klopt,' zei Eddie onzeker. Hester was de publiciteitsagent die een stuk over hun tuin in een tijdschrift geplaatst moest zien te krijgen. De enige reden dat Eddie had toegestemd daar geld voor neer te tellen, was dat hij dacht dat het artikel positieve gevolgen voor hem als makelaar kon hebben.

De nieuwbouwhuizen liepen gevaar. Eddie had het geld van DeepWell al uitgegeven. Hij had er de loodgieter van betaald plus Gerry voor de helft van de fundering van nummer 13.

Wat het geld van Madeline en Trevor betrof... Tja, hij wist niet hoe hij dat probleem kon oplossen.

Hij moest een huis verkopen.

De mooie brunette die de eigenaar van Cru was, stond bij het podium toen Eddie binnenkwam. Eddie kende haar al vanaf het moment dat ze op het eiland was komen wonen, toen ze zo van de University of Richmond kwam. Ze omhelsde hem hartelijk en zei: 'Eddie, je zult het niet geloven, maar ik heb maar één kruk vrij aan de bar. Ben je alleen?'

'Ja,' zei hij, en hij vroeg zich af of hij zich daarvoor zou moeten schamen. Niemand vierde Figawi in zijn eentje. Dat druiste in tegen de traditie van Figawi, waarbij het draaide om met z'n allen straalbezopen te worden en dingen te doen die niemand zich later nog goed kon herinneren, maar die nog jaren doorverteld en aangedikt zouden worden. In je eentje op stap gaan tijdens Figawi suggereerde dat je een loser was. Eddie vreesde althans dat het zo overkwam.

De barvrouw, een jong ding dat vroeger bij hen oppaste, zei: 'Hé, Eddie, wat kan ik voor je inschenken?'

Hij wist niet meer hoe ze heette. Elisa/Alyssa/Alicia, maar wat precies? Grace zou het wel weten. Grace wist waarschijnlijk ook haar achternaam, maar als Eddie haar sms'te om het te vragen, zou hij pas over een maand of zo een reactie krijgen, want Grace keek nooit op haar mobiele telefoon. Hij was teleurgesteld in zichzelf. Hij was makelaar, het hoorde bij zijn vak dat hij namen onthield.

'Doe mij maar...' Hij aarzelde. Om hem heen werd vooral bloody mary gedronken, maar dan zou Eddie meteen last van zijn maag krijgen. Hij kreeg al maagpijn als hij alleen al naar de bloody mary van de man naast hem keek. 'Doe mij maar een Triple Eight-martini, met een twist graag.'

'Weet je wie de twist heeft bedacht?' vroeg de man naast hem. 'John D. Rockefeller. Hij was bang voor bacillen, en citrusvruchten zijn een natuurlijk ontsmettingsmiddel. Daarom vroeg Rockefeller altijd aan de ober om met een schijfje citroen langs de rand van zijn glas te gaan.'

Eddie draaide zich naar de man toe. 'Dat wist ik niet,' zei hij, zulke wetenswaardigheden kwamen altijd goed van pas. Hij zou erover beginnen de volgende keer dat hij met een klant wat ging drinken. Zodra die gedachte zich had gevormd, besefte Eddie dat de man naast hem niet zomaar iemand was, het was Ed Kapenash, de politiecommissaris. 'Hé, chef!'

'Hoe gaat het, Eddie?' zei de politiecommissaris glimlachend. Hij gaf Eddie een hand en nadat Elisa/Alyssa/Alicia Eddies martini had neergezet, proostten ze kameraadschappelijk. De politiecommissaris zat bij Cru! Als Eddie de politiecommissaris ergens in het buitenland – in een bar in Hongkong of in een café in Amsterdam – was tegengekomen, zou hij niet verbaasder zijn geweest dan nu. Hij vroeg zich af of de politiecommissaris hem schaduwde, ook al was de politiecommissaris al langer hier dan hij. Het was puur toeval.

'Wat doe jij hier?' vroeg Eddie. De politiecommissaris was incognito. Hij droeg een marineblauw poloshirt, een kakikleurige korte broek en de rode Mount Gay Rum Figawi-honkbalpet waaraan je kon zien dat hij deelnemer was. Eddie dempte zijn stem: 'Ben je undercover?'

De politiecommissaris gooide zijn hoofd in zijn nek en lachte, waardoor Eddie op zijn beurt ook moest lachen. De politiecommissaris dronk zijn glas bloody mary leeg en bestelde er nog een bij hun barvrouw, die hij Eliza noemde.

Eliza!

'Ik kwam kijken hoe het met de jongens gaat, ook al heb ik vandaag geen dienst,' zei de politiecommissaris. 'Iedereen denkt dat ik een hekel heb aan dit weekend, maar dat is niet zo. Ik zeil zelf ook. Ik geniet van de energie.'

Eddie knikte en nam een eerste slok van zijn martini, die zijn vroegere oppas Eliza volmaakt had klaargemaakt.

Zijn humeur klaarde direct op.

'Ik vind het ook niet erg,' zei Eddie. 'En dat verhaal over Rockefeller is leuk. Geschiedenis was altijd mijn beste vak.'

'O ja?' zei de politiecommissaris. 'Van mij ook. Ik heb veel gelezen over Rockefeller, Vanderbilt, Mellon, alle grote industriëlen.'

Eddie zei: 'Ik vraag me af wat toekomstige generaties over ons zullen zeggen. Ze zullen dit vast het mobieletelefoontijdperk noemen.' Net op dat moment ging Eddies telefoon. Zijn ringtoon was 'Smoke on the Water' van Deep Purple. De politiecommissaris grinnikte.

'Dat is het eerste en enige nummer dat ik ooit op de gitaar heb leren spelen,' zei hij.

Eddie keek op het scherm: het was Nadia. Ze belde waarschijnlijk om te vragen hoe laat de vrouwen vanavond bij het huis moesten zijn. Eddies huid werd warm en tintelde. Hij drukte het gesprek weg, stak de telefoon in zijn zak en nam nog een slok.

'Ik was vergeten dat je zeilde,' zei Eddie. Hij zou Nadia op weg naar kantoor terugbellen. Hij kon haar uiteraard niet te woord staan als hij naast de politiecommissaris zat.

'Het is zes jaar geleden dat ik voor het laatst heb gezeild,' zei de politiecommissaris. 'Dat heb ik niet meer gedaan sinds Greg en Tess MacAvoy...'

'O, mijn god,' zei Eddie. 'Natuurlijk. Het spijt me. Ik dacht er niet bij na...'

De politiecommissaris pakte zijn bloody mary, liet de ijsklontjes ronddraaien, voegde een scheutje tabasco toe, kneep in het schijfje citroen en roerde met de selderijstengel. 'Het geeft niet,' zei de politiecommissaris. 'Greg en ik deden elk jaar mee aan de zeilwedstrijd. Dat was traditie voor ons. De enige reden dat ik hier kom, is vermoedelijk om die herinneringen te koesteren. We gingen na afloop hier altijd wat drinken, toen deze tent nog de Rope Walk heette. Dan bestelden we bloody mary's en een dozijn kokkels per persoon.'

Eddie dronk zijn glas leeg en gebaarde naar Eliza dat hij er nog een wilde. Eddie wist eigenlijk niet hoe ze op zo'n somber onderwerp waren gekomen, maar hij had het gevoel dat het zijn fout was en wilde het goedmaken. Nadat Eliza hem zijn tweede martini was komen brengen, hief hij zijn glas. 'Op Greg MacAvoy,' zei hij.

De politiecommissaris knikte plechtig toen Eddie en hij voor de tweede keer proostten. De politiecommissaris leek te geëmotioneerd om iets te kunnen zeggen. Op dat moment besefte Eddie dat de politiecommissaris ook maar een mens was, net als iedereen. Hij was niet hier om Eddie het leven zuur te maken. Hij was een man die zijn beste vriend had verloren en nog steeds om hem treurde. 'Greg had zijn tekortkomingen,' zei de politiecommissaris uiteindelijk, 'maar ik hield van hem als van een broer. Het is nu zes jaar geleden en ik kan nog steeds niet geloven dat hij er niet meer is. Soms, als ik in mijn eentje in de politieauto zit en nog laat een ronde doe of op weg ben naar huis, hoor ik hem lachen.'

'Ik zal je eens iets sneus vertellen,' zei Eddie. 'Ik heb nooit zo'n vriend gehad.'

'Je bent toch bevriend met Trevor Llewellyn?' vroeg de politiecommissaris. 'Ja, toch? Jullie doen heel vaak dingen samen.'

'Dat is niet hetzelfde,' zei Eddie. En dat was het ook niet. Eddie en Trevor konden prima met elkaar opschieten, hadden plezier samen, voerden soms naar Eddies idee 'echte' gesprekken, maar die gingen vrijwel altijd over hun vrouw of kinderen. Er was geen blijvende band tussen Eddie en Trevor. Eddie had Trevor niet meer gezien sinds het etentje een paar weken geleden en daar zat Eddie niet mee. Hij was er vrij zeker van dat dit ook voor Trevor gold. Trevor vloog en voerde zijn dagelijkse bezigheden uit, net als Eddie. 'Trevor en ik gaan wel eens wat drinken, sigaren roken. Maar eerlijk gezegd trekken we vooral met elkaar op door onze vrouwen. Naar mijn idee is de vriendschap die jij met Greg had behoorlijk zeldzaam.'

'Dat ben ik met je eens,' zei de politiecommissaris. 'Waar ben je opgegroeid, Eddie?'

'In New Bedford,' zei Eddie. 'In het centrum.'

'Slechte buurt,' zei de politiecommissaris. 'Dat heb ik tenminste begrepen.'

'Dat klopt,' zei Eddie. 'Mijn ouders hebben hun best gedaan, maar mijn vader overleed aan longemfyseem toen ik veertien was en mijn moeder overleed drie jaar later aan longkanker. Ze rookten allebei als een ketter, en Barbie ook. Ik heb nooit een sigaret aangeraakt, want ik deed aan hardlopen.'

'Ach ja,' zei de politiecommissaris.

'Dat hardlopen heeft me uit de problemen gehouden,' zei Eddie. 'Het Commonwealth-record voor de vierhonderd meter staat nog altijd op mijn naam.'

'Tjonge!' De politiecommissaris bestelde nog een glas en daar was Eddie blij om. Het was alsof de driehonderd andere mensen in de bar niet meer bestonden. Hij zat met de politiecommissaris te borrelen en had een goed gesprek met hem. Misschien kwam het doordat Eddie in New Bedford was opgegroeid of doordat Eddies bedrijf jarenlang zo soepel had gelopen dat het haast illegaal leek, of misschien kwam het doordat Eddie last had van zijn geweten of doordat Eddie, net als ieder ander op de wereld, behoefte had aan echt menselijk contact, hoe dan ook, zijn huidige omstandigheden leken grandioos.

'Zal ik een dozijn kokkels bestellen?' vroeg Eddie. 'Ik weet dat ik Greg MacAvoy niet ben, maar ik help je graag om ze op te eten.'

'Ja,' zei de politiecommissaris. 'Dat lijkt me wel wat. Dat zou ik heel fijn vinden.'

Eddie wenkte Eliza en bestelde kokkels.

'Dank je wel,' zei de politiecommissaris. 'Je bent een goede vent, Eddie. Echt een goede vent.'

Om vijf uur liep Eddie Cru uit. Hij voelde zich een ander mens: rechtschapen, schoon, waardig, fatsoenlijk. De politiecommissaris was een kwartier eerder naar huis gegaan, naar zijn vrouw en de MacAvoy-tweeling, Chloe en Finn, die hij nu opvoedde. De politiecommissaris had Eddie bij het afscheid omhelsd en had hem op de rug geslagen en ze hadden mobiele telefoonnummers uitgewisseld. De politiecommissaris had Eddie zijn supergeheime nummer gegeven, het nummer waarop hij dag en nacht direct opnam.

'Als je ooit hulp nodig hebt of iets wilt gaan drinken, dan bel je me maar,' zei de politiecommissaris.

'Dat zal ik zeker doen,' zei Eddie, en hij lachte. Te hard? Te gretig? Hij voelde de vier wodka-martini's goed zitten. De politiecommissaris had net zo veel gedronken als Eddie, misschien zelfs wel meer, maar die kon prima tegen alcohol.

'Ik bel je nog om een keer te gaan vissen,' zei de politiecommissaris. 'Vorig jaar heb ik een boot gekocht, een acht meter lange Boston Whaler met een gloednieuwe 2,5pk-buitenboordmotor. Hou je van vissen?'

'Ik ben dol op vissen,' zei Eddie, ook al was dat niet waar. Hij had een hekel aan vissen. Eddie had geen geduld om te gaan zitten wachten. Hij ging liever naar kantoor om geld te verdienen. Maar als de politiecommissaris met hem wilde gaan vissen, dan ging Eddie vissen. Trevor hield van vissen en was al sinds zijn achttiende lid van de visvereniging. Eddie bedacht dat Trevor waarschijnlijk een betere vriend voor de politiecommissaris zou zijn dan hij, maar nu leek hij Grace wel.

'Prima,' zei de politiecommissaris. 'Pas goed op jezelf en geniet van de rest van het weekend.'

'Oké, chef,' zei hij. Hij vond het jammer dat de politiecommissaris wegging. 'Ik ga graag een keer mee vissen. Bel me maar.'

De politiecommissaris wees naar Eddie op een manier die van alles kon betekenen. Daarna baande hij zich een weg door de bedwelmde menigte. Iedereen stapte voor hem opzij, ook mensen die niet wisten dat hij politiecommissaris was, omdat ze zijn gezag aanvoelden.

Nu hij in zijn eentje over Straight Wharf liep, zag Eddie strompelende en zwalkende Figawians. Hij zag potentiële opstootjes ontstaan, zag vrouwen die hun schoenen of haarelastiekjes kwijt waren of bij wie de behabandjes waren afgezakt. Toen hij langs restaurant Straight Wharf liep, zag Eddie de jonge vrouw in de witte strapless zonnejurk op het hek zitten. Ze dronk Corona. Ze had overgegeven en zich hersteld. Goed gedaan.

Ze zag hem kijken en zwaaide naar hem. Hij liep vlug door. Hij zou deze gloed van deugdzaamheid niet verliezen door te flirten met iemand die half zou oud was als hij.

Hij zou die gloed van deugdzaamheid trouwens evengoed verliezen. Hij dacht aan de papieren zak met geld. Hij bedacht dat iedereen bij de Great Harbor Yacht Club nu wist dat Eddie financiële problemen had. Binnenkort zouden de overige leden het gerucht ook horen en dan was hij er geweest. Glenn Daley, Eddies aartsvijand, was lid van de Great Harbor Yacht Club.

Hij moest een huis verkopen.

Tot die tijd had hij de vrouwen.

Madeline

Angie belde en gilde door de lijn. Aanvankelijk dacht Madeline dat ze boos was, maar toen besefte ze dat Angie gilde van blijdschap, enthousiasme en opwinding.

'Geweldig!' zei ze. 'Ik vind het echt fantastisch!'

Madeline was in verwarring. 'Wat vind je fantastisch?'

'Je nieuwe boek!' zei Angie.

'Wacht even,' zei Madeline. 'Hoe kom je daaraan?'

'Redd heeft het me gestuurd,' zei Angie. 'Ik heb die ene scène gelezen. Het heeft iets wat heel direct en zo opwindend is dat ik er bijna mijn vingers aan brandde bij het omslaan van de pagina. Er is zo'n sterke chemie tussen je personages. We gaan het in de markt zetten als een kruising tussen *Playboy* en *Eigen huis en tuin*. Want welke vrouw wil er nou niet het bed in duiken met haar aannemer?'

Madeline was zo overdonderd dat ze niets kon zeggen. Ze had de samenvatting en die ene scène naar Redd gestuurd om hem te laten weten dat hij zich niet voor niets zo had ingespannen. Ze had erg haar best gedaan om met iets anders te komen. Ze had niet verwacht dat Redd het zou doorsturen naar Angie en ze had zeker niet op zo veel enthousiasme gerekend.

Een kruising tussen *Playboy* en *Eigen huis en tuin*?

'Schrijf zo snel als je kunt,' zei Angie. 'Ik wil dit boek groot promoten bij de winteraanbieding en ik denk dat we dit zo aan *Redbook TV* kunnen verkopen. De ochtendprogramma's zullen het geweldig vinden! Gayle King wordt helemaal gek! Norah en zij zullen erom vechten.'

Madeline slikte. Ze probeerde zich voor te stellen dat ze bij CBS *This Morning* te zien zou zijn met Gayle King, Norah O'Donnell en Charlie Rose om over een door haar geschreven roman te praten met als hoofdpersonen Grace en Benton Coe.

'Het punt is,' zei Madeline, 'dat ik veel zal moeten veranderen, want zoals het er nu staat is het te herkenbaar.'

'Ken je iemand die dit heeft meegemaakt?' vroeg Angie. Opeens hapte ze naar adem. 'Gaat het over jou?'

'Nee, niet over mij!' zei Madeline. Maar als zij dit had meegemaakt, zou ze zeker niet willen dat haar beste vriendin er een boek over schreef.

'Het geeft niet als jij het bent,' zei Angie. 'Heb ik je wel eens verteld over die man die mijn badkamer kwam tegelen? Dat was zo'n lekker ding. Daar had ik zo mijn tanden in willen zetten.'

Madeline sloot haar ogen. Niet te geloven dat ze dit balletje aan het rollen had gebracht. In het hele land zouden vrouwen straks bekennen dat ze onzedige gedachten hadden over hun elektriciens en stukadoors.

'Die muntthee moet er hoe dan ook uit,' zei Madeline. 'En ook de pistachemacarons. En de boerenlunch en het slowen op "Loving Cup".'

'Normaal gesproken zou ik zeggen: ga je gang, vervang die details door andere veelzeggende details, maar in dit geval heb je de spijker precies op zijn kop geslagen, Madeline. Die details horen erin. Je kunt die muntthee niet weglaten! Die boerenlunch moet erin, zoals je de radijsjes beschrijft en dat hij ze dan aan haar voert. Het is allemaal te goed om eruit te halen. Het zou net zoiets zijn als Hemingway zonder stierenvechten of Cheever zonder forensentreinen.'

'Ja, maar...' zei Madeline.

'Hou het zoals het is,' zei Angie. 'Als er later echt dingen veranderd moeten worden kan dat altijd nog.'

'Oké,' zei Madeline aarzelend.

'Heb je al nagedacht over het eind?' vroeg Angie.

'Het eind?'

'Ik weet dat je het lastig vindt om boeken af te ronden,' zei Angie. 'Wat ik graag zou willen, is dat B en G aan het eind samen zijn.' Madeline hoorde Angie met een pen op haar bureau slaan. 'Ik ben het zo zat, al die vrouwen die aan het eind van de roman de juiste beslissing nemen, bij hun man blijven, hameren op gezinswaarden. Zelfs *Vijftig tinten grijs* speelt op safe.' Ze snoof. 'Ik wil een eind waar de vrouw gelukkig is in plaats van goed.'

'Oké,' zei Madeline. 'Dat kan.' Ze voelde zich iets beter nu ze het over het eind van het boek hadden. Grace en Benton waren nog steeds samen, dus alles wat Madeline schreef zou volkomen fictief zijn.

'Mooi,' zei Angie. 'Dit wordt een bestseller. Ik voel het gewoon.'

'Dank je,' zei Madeline.

'We moeten een titel bedenken,' zei Angie. 'Heb je zelf een idee?'

'Eh... zover ben ik nog niet,' zei Madeline. 'Ik heb het voor de grap geschreven. Meer als een vingeroefening.'

'Een vingeroefening? Die is goed. Deze vingeroefening komt boven aan de bestsellerlijst van *The New York Times* te staan!' zei Angie. 'Je hoeft je niet druk te maken over een titel. Ik heb mensen in dienst die daar heel goed in zijn. We zullen eens gaan brainstormen.'

'Goed,' zei Madeline.

'Ik hou je op de hoogte,' zei Angie. 'We zullen de titel aan jou voorleggen voordat er een definitief besluit wordt genomen.'

'Afgesproken,' zei Madeline.

'Wat doe je nog aan de telefoon?' zei Angie. 'Hup, ga schrijven!'

Madeline hing op.

Wat had ze gedaan?

Het was fictie, hield ze zichzelf voor. Adem in, adem uit.

Het.

Was.

Fictie.

Brick wilde een auto, er moesten rekeningen betaald worden, ze had dit stomme appartement gehuurd voor twaalfduizend dollar. De universiteit kwam in zicht. Trevor zat op een hoogte van 0,6 kilometer. Technisch gezien bevond hij zich niet eens op dezelfde planeet. Ze kon dit sowieso niet met Trevor bespreken, tenzij ze Grace' geheim onthulde.

Twee vrouwen aan deze tafel zullen degene links van hen bedriegen.

Eddie had links van Grace gezeten. Grace links van Madeline. Dit was het dus... Ze bedroog Grace.

Nee, Madeline zou het niet doen.

Maar als Madeline Angie boos maakte, zou Angie wellicht zeggen dat Madeline contractbreuk pleegde. Wie weet zou Madeline dan via de rechter gedwongen worden haar voorschot terug te storten en het meeste daarvan had ze al uitgegeven.

Naar Madelines idee waren er twee opties. Ze kon een roman over Grace en Benton schrijven. Of ze kon terugkomen op haar contract en het voorschot terugbetalen. Dan zou ze een volgend boek schrijven als ze daaraan toe was.

De ochtendprogramma's waren verleidelijk, maar nee.

Ze belde Eddie en vroeg opnieuw haar vijftigduizend dollar terug.

Nantucket

Thornton Bayle, de beste stratenmaker van Nantucket, werkte aan de nieuwe bestrating van het parkeerterrein bij de Nantucket Yacht

Club en hoorde Eddie Pancik aan de telefoon. De Nantucket Yacht Club lag pal tegenover het kantoor van Island Fog Realty en bijna iedereen op het eiland wist dat als Eddie een gesprek wilde voeren waar hij geen toehoorders bij moest hebben, hij naar het parkeerterrein van de zeilclub aan de overkant van de straat liep.

Wat Thornton Bayle op Memorial Day aan het eind van de middag opving, luidde ongeveer als volgt: *Ja, Madeline, ik snap je probleem. Ik snap het heus wel, Madeline! Ik heb juni gezegd en als dat niet zou lukken augustus. Madeline, als dat zou kunnen zou ik het doen, maar het gaat nu niet. Je moet geduld hebben. Nog even volhouden. Je moet in me geloven. Van het begin af aan zijn er twee partijen bij betrokken geweest... Je wist dat het niet zonder risico was. Ja, dat wist je. Madeline, toe nou, je moet me niet zo hard aanpakken. Ik zal ervoor zorgen dat alles goed komt, maar dat lukt niet vandaag. Je moet me tijd geven, Madeline. Geef me alsjeblieft wat tijd.*

Tjonge, dacht hij, interessant.

Juni

Hope

Ze weerlegde het gerucht dat ze seks had gehad met Brick door haar hoofd rechtop te houden en geen woord over het onderwerp te zeggen. Allegra liep weer met Brick mee door de gang, met als gevolg dat hij bij elke les te laat kwam doordat ze bij elke fontein bleven staan om te zoenen.

Hope kreeg braakneigingen als ze het zag.

Ondertussen sprak Allegra nog steeds af met Ian Coburn. Dan zei ze tegen Brick dat ze thuisbleef om voor de eindtentamens te blokken en tegen haar ouders zei ze dat ze aan het eind van de oprit ging staan omdat Hollis haar kwam ophalen om te studeren. In plaats daarvan reed Ian Coburn voor in zijn rode Camaro en nam haar mee om haar de fijne kneepjes van het pijpen te leren, terwijl ze de zon zagen ondergaan op een afgelegen stuk strand bij Madequecham.

Hope had het gewoon tegen Brick moeten zeggen toen ze daar de kans toe kreeg. Ja, Allegra spreekt met Ian af. Ja, Allegra heeft seks met Ian.

Hope was ervan overtuigd dat de roddel over Hope en Brick zo vlug verstomde doordat Allegra kordaat optrad en het gerucht de kop in drukte. Ze wist dat Hope het aan iedereen zou kunnen vertellen van Ian Coburn en haar.

Een minder opbeurende gedachte was dat de roddel over Hope en Brick was verstomd omdat niemand die bij zijn volle verstand was zich kon voorstellen dat Brick seks zou willen hebben met Hope.

Hope ging weer geloven dat Allegra het zou verknallen. Ze kon niet de hele zomer twee jongens aan het lijntje houden op dit piepkleine eilandje zonder te worden betrapt. Hope hoefde alleen maar te wachten.

Maar wachten was saai. Het eind van het schooljaar kwam in zicht en het was warmer geworden. Aan het eind van de eerste week van juni had Hope voor al haar tentamens hoge punten gehaald. Er viel niets meer te leren en het had ook geen zin om met de fluit te oefenen. Zodra de zomervakantie begon, kon ze aan de slag bij de pastorie van St. Mary's Church, maar dat zou een rustig, ongezellig luizenbaantje zijn. Ze zou mevrouw Aguiar helpen met het archief en dingen uitzoeken voor de preken van pastoor Declan. Ze zou de telefoon opnemen en een eindeloze stroom bezoekers vertellen dat er op zaterdag om vijf uur een mis was, op zondag om half negen, tien uur en half twaalf, en op werkdagen om half acht 's ochtends. Ook was er op zondagavond om zeven uur een Spaanstalige mis.

Nu ging Hope na school in de hangmat liggen, die tussen twee iepen hing en vanwaar je uitkeek op Polpis Harbor. En dan ging ze lezen. Allegra ging elke middag met haar vrienden naar het strand, waar ze bier dronk dat voor hen werd gekocht door Bluto's oudere zus, waarna ze laveloos op het zand lag. Allegra vroeg nooit aan Hope of ze mee wilde en Hopes vrienden lagen thuis in hun eigen hangmat te lezen of schreven alvast hun toelatingsessay voor de universiteit. Hope troostte zich met de gedachte dat ze volgend voorjaar naar de University of Virginia and Vanderbilt zou gaan, misschien zelfs wel naar Duke University, terwijl Allegra op de wachtlijst voor North Podunk Junior College zou komen te staan.

Maar evengoed was ze eenzaam.

Het enige lichtpuntje in Hopes leven waren haar gesprekken met Benton over boeken. Als eerste las ze *Vaarwel, Columbus*, wat ze een ouderwets en overdreven viriel boek vond. *Afspraak in Samarra* sprak haar veel meer aan. Benton leek het echt leuk te vinden dat ze zijn leestips opvolgde en als hij haar zag, vroeg hij altijd wat ze aan het lezen was en wat ze ervan vond.

De gesprekken duurden nooit zo lang als Hope zou willen, want haar moeder onderbrak hen steevast. Dan riep ze dat Benton naar het kippenhok moest komen of dat ze zijn hulp nodig had met de grasmaaier. Op sommige dagen maakte Grace een uitgebreide lunch voor Benton en haarzelf klaar: een caesarsalade met gebakken tonijn of friseesla met spekjes en gepocheerde eieren. Er stond altijd een mandje met knapperige broodjes op tafel plus een houten snijplank met kaas, crackers, salami, mosterd, boter en Marcona-amandelen.

Hope wilde graag met hen mee-eten en dat zei ze ook tegen haar moeder.

'Benton en ik moeten overleggen,' zei Grace. 'Het spijt me, lieverd. Zal ik een broodje ham voor je klaarmaken?'

'Een broodje ham?' vroeg Hope.

'Of een stokbroodje met ongezouten boter en vijgenjam,' zei Grace. 'Je kunt het in de hangmat opeten terwijl je aan het lezen bent.'

Dat klonk goed, maar het was lang niet zo leuk als bij haar moeder en Benton aan tafel zitten.

'Ik eet liever salade met jullie mee,' zei Hope.

'Sorry, schat,' zei Grace. 'We moeten tuinzaken bespreken.'

Tuinzaken? Meende haar moeder dat nou? Ze wilde Hope er niet bij hebben tijdens deze lunches, en dat terwijl ze vrijwel doorlopend zeurde dat ze meer tijd met Hope en Allegra wilde doorbrengen?

'Goed,' zei Hope. 'Een broodje ham is prima.'

Allegra's eindejaarscijfers waren bedroevend slecht: net een voldoende voor scheikunde, trigonometrie en Amerikaanse geschiedenis en een onvoldoende voor Engels. Allegra voerde aan dat ze wel een ruim voldoende had voor zingen (volgens Hope was dat indrukwekkend als je bedacht dat Allegra geen wijs kon houden).

Eddie, die opeens de strenge vader ging uithangen, liet Allegra weten dat ze deze zomer de auto niet mocht gebruiken. Daar had ze geen last van als ze met Ian Coburn op pad ging in zijn rode Camaro, maar als ze naar Brick toe wilde moest ze met de bus (die maar drie keer per dag op Polpis Road stopte) of ze moest Hope smeken haar te brengen.

Hope stemde vaker in om te rijden dan ze normaal gesproken zou hebben gedaan, omdat ze Brick wilde zien. Brick leek ongelukkig. Hij werkte parttime als gastheer bij de Nantucket Bank, wat volgens hem het saaiste baantje was dat er bestond. Hij verwelkomde mensen en stuurde hen naar links, naar de baliemedewerkers, of naar rechts, naar de afdeling Leningen. Ook moest hij mensen helpen bij de geldstortautomaat, waar je kleingeld ingooide, waarna dat automatisch geteld werd en er een reçu uitkwam dat mensen konden inwisselen voor papiergeld. Brick had een opgeblazen gezicht en zag bleek. Het stralende enthousiasme van een paar weken geleden was weg.

Een weeklang waren er examenfeesten en Allegra en Brick werden voor al die feesten uitgenodigd. Hope werd voor geen enkel feest gevraagd, maar als ze ergens de oprit opdraaiden, zei Brick altijd: 'Waarom ga je niet even mee naar binnen?'

'Nee, bedankt,' zei Hope.

Bij veel van die feesten stond de rode Camaro van Ian Coburn voor het huis geparkeerd en Hope dacht: hoe krijgt ze het toch elke avond weer voor elkaar?

Op een dag toen Benton in het rozenperk bezig was, ging Hope demonstratief in de hangmat liggen met een exemplaar van *Lolita*, dat ze pas had gekocht.

Ze sloeg het boek met een luide zucht open in de hoop dat Benton haar zou opmerken, maar geruime tijd ging hij volledig op in het terugsnoeien van de rozen.

'Au!' zei Benton. Hij had zich aan een doorn geprikt.

'Gaat het?' vroeg Hope. Ze was in een wip uit de hangmat. 'Zal ik een pleister voor je halen?'

'O, Hope!' zei Benton. 'Ik had je niet gezien. Je bent muisstil.' Toen zag hij Hopes boek. 'Hé, je bent *Lolita* aan het lezen.'

Hope bloosde. 'Ja.'

Benton stapte uit het rozenperk en veegde met een oranje zakdoek over zijn voorhoofd. 'Ik had je een lijst met honderd boeken beloofd, maar ik heb het zo druk gehad dat het er nog niet van is gekomen die lijst te maken.'

'Je hebt toch ook andere klanten dan mijn moeder?' vroeg Hope.

'Dat klopt,' zei Benton. 'Ik werk aan zes projecten tegelijk.'

'Heb je vijf andere klanten?' vroeg Hope. 'Ik heb het idee dat je altijd hier bent.'

'Tja,' zei hij, terwijl hij een blik op het huis wierp, 'ik ben het liefst hier. Bovendien heb ik een zaakwaarnemer en er werken ook nog eens tien studenten voor me.'

'Ik snap niet waarom je tuinman bent geworden als je als hoofdvak literatuur had,' zei Hope.

Benton lachte. 'Zo gaat dat in het leven, Hope. Ik had een studiebeurs voor de Ohio State University en in ruil daarvoor moest ik meehelpen bij de plantsoenendienst. Dat vond ik leuk werk. Nadat ik was afgestudeerd, vond ik het aantrekkelijker om buiten te werken, in tuinen, parken, groenruimtes. Niet dat ik er niet van droom om docent Engels te worden, dat zou ik op zich best willen, maar dit werk vind ik gewoon leuker.'

'Las je veel als tiener?' vroeg Hope.

'Ik las stiekem, 's avonds laat,' zei Benton. 'Overdag deed ik hetzelfde als andere tieners. Ik rugbyde en dronk bier in het bos met mijn niet al te snuggere vrienden.'

'Je was een kruising tussen Allegra en mij,' zei Hope.

'Zou kunnen,' zei Benton. 'Ik ken je zus niet goed.'

Daar was Hope blij om. De meeste mensen vonden Allegra leuker omdat die extraverter was, zoals Eddie. Ze kon een gesprek gaande houden, was goed in plagen en flirten, en maakte gemakkelijk vrienden. Als Benton Allegra zou leren kennen, zou hij aan haar de voorkeur geven, vreesde Hope.

Maar misschien ook niet. Allegra hield niet van lange gesprekken over boeken.

'Ze is heel anders dan ik,' zei Hope. 'Ze is mooi en oppervlakkig.'

Benton vertrok geen spier bij het horen van die opmerking. 'Jíj bent mooi,' zei hij.

Hope haalde haar schouders op. Ze wist wanneer iemand slechts uit beleefdheid iets aardigs zei. 'Allegra is mooier. Allegra en haar beste vriendin Hollis zijn de populairste meiden op school. Ze heeft al sinds het begin van het tweede jaar verkering met Brick Llewellyn, maar nu is ze hem zat. In plaats van de relatie te verbreken, gaat ze nu vaak uit met een jongen die Ian heet en op Boston College zit.'

'Boston College,' zei Benton. 'Goede school.'

Benton had Eddies grapje kennelijk nog nooit gehoord.

'Ze bedriegt hem niet,' zei Hope meteen. Hoe graag ze ook wilde dat Allegra haar verdiende loon kreeg, ze kon het niet over haar hart verkrijgen haar te verlinken. 'Maar dit is niet aardig van haar.'

'Zit je daarmee?' vroeg Benton.

'Ik wil dat ze zich fatsoenlijk gedraagt,' zei Hope. Ze wilde dat dit niet klonk alsof de tekst zo uit een aflevering van *Degrassi* kwam, wilde dat het meer klonk zoals het er in het pijnlijke, echte leven aan toeging. 'Heb je advies voor me?'

'Ja, dat heb ik,' zei Benton.

Net op dat moment stak Grace haar hoofd om de schuifdeur naar de achtertuin. Ze leek het fijn te vinden dat ze Hope en Benton samen zag praten. 'Benton, de lunch is klaar,' zei ze. Tegen Hope zei ze: 'Lieverd, wil je een broodje ham?'

Hope haalde haar schouders op. Zoals altijd verpestte haar moeder alles. 'Dat is goed,' zei ze.

Grace

Net toen ze dacht dat het leven niet mooier kon worden dan het al was, kreeg ze een telefoontje van Hester Phan.

'Ik heb geweldig nieuws,' zei Hester. Hester was een serieuze vrouw van Vietnamees-Amerikaanse afkomst met een effen stem. Ze klonk alsof ze belde om tegen Grace te zeggen dat de rubberhandschoenen in de aanbieding waren bij de Stop & Shop.

'O?' zei Grace.

'De redacteur van *The Boston Globe* die over het huis-en-tuinkatern gaat, vond de foto's prachtig. Ze willen er een keer een artikel over doen in de zondagseditie.'

Grace gilde. 'Wanneer?' zei ze.

'Op 21 juli komen er een journalist en een fotograaf bij je langs,' zei Hester. 'De zondag daarop, de zesentwintigste, komt het dan in de krant.'

Ze hadden niet eens een maand om alles te regelen!

'Tjonge!' zei Grace. 'Dank je wel, Hester, bedankt.'

'Het is mijn werk,' zei Hester. 'Tegen de tijd dat het zover is, bel ik je om de details door te geven. En dan zal ik Eddie mijn eindafrekening sturen.'

Grace hing op. Ze wist niet wie ze het eerst moest bellen, Eddie of Benton. De juiste beslissing was Eddie bellen. Het was zijn huis en hij betaalde Hesters rekeningen. Bovendien wilde ze het Benton persoonlijk vertellen.

'Je zult het niet geloven,' zei ze. '*The Boston Globe* heeft ja gezegd. De zondagseditie van *The Boston Globe*!'

'Ja waarop?' vroeg Eddie.

'Op het tuinartikel!' zei Grace.

'O, oké,' zei Eddie. 'Betekent dit dat ik Hester niet meer hoef te betalen?'

'Na de eindafrekening is het klaar,' zei Grace. 'En we waren het erover eens dat we haar dan een succesbonus zouden geven.'

'Hoezo?' vroeg Eddie. 'Het is haar werk. Uiteraard moet ze erin slagen publiciteit te krijgen, daar hoeft ze geen bonus voor te ontvangen.' Hij klonk alsof hij in een spelonk of zo was. Zijn stem weergalmde en Grace hoorde zijn voetstappen.

'Waar ben je?' vroeg ze.

'Eagle Wing Lane 13,' zei hij.

'Het klinkt leeg,' zei Grace. 'Horen daar geen mannen aan het werk te zijn?'

'Ja,' zei Eddie. 'Er zouden mannen moeten zijn.'

Ze kon de toon waarop hij dit zei niet plaatsen. Was hij sarcastisch?

Het kon haar niet schelen. Ze was te blij dat haar tuin in de zondagseditie van *The Boston Globe* zou komen. 'Ben je niet blij voor me?' vroeg ze.

'Dolblij,' zei Eddie.

Grace hing op. Eddie klonk niet blij, maar wat had ze dan verwacht?

Ze wilde dat de meiden thuis waren, maar Hope was aan het werk bij de pastorie en Allegra was niet eens op het eiland, die zat bij een nieuwe SAT-training. De vorige bijlessen waren zes weken lang één keer per week, ditmaal was het dagelijks, ook op zaterdag. Allegra had bijles nodig, omdat ze na de vorige training maar dertig punten hoger had gescoord bij begrijpend lezen en haar wiskundescore was hetzelfde als bij de SAT-test op school. Beide scores waren niet hoog.

Eddie was het er niet mee eens dat er nog meer geld in een SAT-training werd gestoken, en daar kwamen de kosten van de vliegtickets nog bij.

Grace zei dat sommige mensen nu eenmaal moeite hadden met zo'n test.

Eddie zei dat Allegra niet hard genoeg werkte. Had Grace haar ooit zien leren?

Nee, Grace had Allegra niet zien leren en bovendien ging Allegra elke avond op stap.

Grace zou de meiden tijdens het avondeten vertellen over het artikel in de zondagseditie van *The Boston Globe.*

Zou het ze iets kunnen schelen?

Grace wilde Madeline bellen, maar die had het erg druk met het schrijven van haar nieuwe roman in het appartement en Grace wilde haar niet storen. Ze was echter te opgewonden om het nieuws voor zich te houden en Benton kwam pas over een half uur.

Grace stuurde Madeline een sms'je: *Zondag 26 juli staat mijn tuin in The Boston Globe!*

Madeline stuurde een bericht terug: *Fantastisch!*

Grace probeerde zich niet somber te voelen. Fantastisch was een gepaste reactie. Ze kon niet verwachten dat iemand zou snappen dat fantastisch veel te zwak was uitgedrukt.

Net op het moment dat Grace een oude fles Veuve Clicquot ontkurkte die ze in Eddies wijnkoelkast had gevonden, kwam Benton om het huis heen lopen.

'Champagne?' vroeg hij. 'Waar is de muntthee gebleven?'

Grace schonk twee glazen vol, maar liet die op de tafel staan. 'Hester Phan heeft gebeld,' zei ze.

'Vertel me eens rustig wat ze te melden had,' zei hij.

'Op zondag 26 juli staan we in... *The Boston Globe*!' zei ze.

Benton draaide haar rond en liet een cowboyachtige kreet horen.

Dít was de reactie waar Grace op had gehoopt. Toen Benton haar gezicht tussen zijn handen nam en haar zoende, verwonderde ze zich erover hoe heerlijk het was om iemand in haar leven te hebben die haar hartstocht voor deze tuin deelde en die net zo blij was met dit toegezegde artikel als zij. Een gesprekspartner. Een vriend.

En meer.

Benton pakte Grace' hand en nam haar mee naar de schuur. De glazen champagne bleven onaangeroerd in de zon staan.

De volgende dag kreeg Grace een uitnodiging voor de Sunset Soiree van de tuinvereniging. De soiree werd dit jaar bij Jean Burton gehouden. Grace dacht altijd aan het huis van Jean Burton als het huis met de duizend vijvers met koikarpers (het waren er in werkelijkheid slechts vijf, maar Grace vond vijf al te veel). Jean was voorzitter van de tuinvereniging. Ze had het voorzitterschap van Grace overgenomen toen Grace' termijn erop zat. Jean kwam uit Texas en was een charmante, gastvrije vrouw. Ze belde Grace vaak om advies en hulp bij het plannen en hield Grace op de hoogte, ook al ging Grace volledig op in haar eigen project.

Grace was zes jaar voorzitter geweest en had de soiree jaren terug eens georganiseerd bij hun vorige huis in Dover Street. De Sunset Soiree was een geweldig evenement en Grace had alle keren dat ze erheen was gegaan Madeline als introducee meegenomen.

Dit jaar wilde ze met Benton gaan.

Ze belde Madeline om te peilen hoe dat viel.

'Hoe zou je het vinden als ik Benton meenam naar de Sunset Soiree?' vroeg Grace. 'Zou je dan boos zijn?'

Madeline zweeg. Op de achtergrond hoorde Grace een pen over papier krassen en ze hoorde ook een laptop zoemen.

'Ik zou niet boos zijn,' zei Madeline. 'Ik vind de Sunset Soiree leuk. De tuinen zijn mooi, het eten is heerlijk, maar het is jouw ding.'

'Je moet niet denken dat ik jou dump voor Benton,' zei Grace.

'Dat is het niet,' zei Madeline. 'Het punt is dat je in het openbaar met Benton wordt gezien.'

Ja, daar had Grace over nagedacht. En toch wilde ze de wijde wereld in met Benton. Het eiland was zes kilometer breed en eenentwintig kilometer lang. Ze konden niet bij de Ship's Inn gaan eten of hand in hand over het pad bij de kaap van Sconset lopen. De Sunset Soiree was een besloten bijeenkomst van de tuinvereniging. Benton was haar landschapsarchitect en ze konden ergens samen over opscheppen. Grace kon haast niet wachten om Jean Burton, Susan Prendergast en Monica Delray te vertellen over *The*

Boston Globe! De Sunset Soiree was een veilige en geschikte gelegenheid om samen met Benton naartoe te gaan.

'Ik zal het aan Eddie vragen,' zei Grace. 'Die vindt het vast goed.'

'Ja, die vindt het goed,' zei Madeline. Ze slaakte een zucht. 'Je weet toch hoe die vrouwen kletsen, Grace? Weet je nog dat blonde Sharon er een heel verhaal van maakte die keer dat Monica twee verschillende Chanel-ballerina's aanhad? Ze beweerde dat Monica dronken was toen ze zich aankleedde. Drie dagen later zei iedereen dat ze zich had aangemeld bij een afkickkliniek voor alcoholisten. Die vrouwen zijn gifslangen. Ze zijn genadeloos. Als je met Benton gaat, heb je de poppen aan het dansen.'

'Blonde Sharon kan de pot op,' zei Grace.

'Je moet het zelf weten,' zei Madeline, 'maar als je beste vriendin moet ik zeggen dat ik er een veel beter gevoel over zou hebben als Benton en jij niet...'

'Ik weet het,' zei Grace. En dat was zo. Het kon haar echter niets schelen. Ze wilde met Benton naar de Sunset Soiree. Ze wilde plezier hebben.

Die avond begon ze erover tegen Eddie.

'Je vindt het toch niet erg als ik met Benton naar de Sunset Soiree ga?'

'Wat is de Sunset Soiree?' vroeg Eddie.

'Een bijeenkomst van de tuinvereniging.'

Hij wuifde haar opmerking weg. 'Je doet maar,' zei hij. 'Als ik maar niet mee hoef.' Hij haalde een crackertje door de boter. Hij had de laatste tijd zo'n last van brandend maagzuur dat hij nauwelijks kon eten, had hij tegen Grace gezegd.

Grace vroeg Benton de volgende ochtend. 'Wil je met mij mee als introducé naar de Sunset Soiree?'

Zijn gezicht lichtte op. 'Graag,' zei hij.

'Het is bij Jean Burton,' zei Grace.

'Vijvers met koikarpers,' zei Benton.

Grace kuste hem en grinnikte. Het was ongelofelijk hoe goed ze op elkaar waren afgestemd.

'Ik ben er wel eens eerder naartoe geweest, een jaar of vier, vijf geleden toen het bij Jody Rouisse was. Marla Amster had me meegevraagd. Ik was toen bezig aan haar tuin.'

'Ben je met Marla Amster gegaan?' zei Grace. 'O, ik ben jaloers.' Ze probeerde zich die keer voor de geest te halen. Jody Rouisse woonde in Shimmo. Ja, Grace herinnerde zich dat ze met Madeline was gegaan. Ze herinnerde zich de tuin. Grace vond het een saaie tuin: veel siergrassen, maar één bloemenperk en de vaste planten waren op kleur gegroepeerd. Het deed Grace denken aan schilderen op nummer. Ze kon zich echter niet herinneren dat Benton daarbij was. Hoe was het mogelijk dat ze hem over het hoofd had gezien? Nu had ze alleen maar oog voor hem.

'Je hoeft niet jaloers te zijn,' zei Benton. 'Ik was niet verliefd op Marla Amster.'

Verliefd! Verliefd! Verliefd verliefd verliefd!

Zodra Benton was vertrokken, rende Grace naar boven om Madeline te bellen.

Er was maar één ding dat een smet op Grace' week wierp. Toen ze op een avond nog gauw even naar de supermarkt ging om botersla, boerenkaas en andere dingen voor de lunch te kopen, zag Grace een rode Camaro op het parkeerterrein staan. Er zat een meisje in dat sprekend op Allegra leek. Het meisje kuste de blonde jongen op de bestuurdersstoel.

Grace wilde bijna op het raam kloppen. Allegra? Toen bedacht ze zich. Als ze het mis had, zou dat erg zijn, maar als ze gelijk had, was dat nog veel erger. Grace liep vlug de winkel in.

Eddie

De laatste week van juni had Eddie het huis aan Low Beach Road 10 verhuurd aan een groep van Kasper Snacks. Kenny Kasper was bij Eddie terechtgekomen via Ronan GA en had gevraagd of de dames die week ook konden langskomen. 'Ik zal kijken of ik wat kan regelen,' had Eddie gezegd.

De vrouwen werkten vrijwel continu en gaven het geld ook uit. Nadia had een amper gebruikte, limoengroene jeep uit de rubrieksadvertenties gekocht die ze contant had betaald. 'Je moet niet zo met je geld wapperen, Nadia,' had Eddie gezegd, 'dan gaan mensen vragen stellen.'

Hij kon niet hebben dat er een fout werd gemaakt, want hij was te afhankelijk van het geld. Op dit moment was het zijn enige vaste inkomstenbron. Hij had een onaantrekkelijk huis in High Street in zijn verkoopportefeuille dat hij vier keer aan hetzelfde stel had laten zien. Uiteindelijk waren ze afgehaakt en hadden ze een veel mooier huis aan het eind van Main Street gekocht, van Glenn Daley nog wel. Eddie had een huis van zeven miljoen laten zien aan een homostel dat met een bod van vijfenhalf was gekomen. De eigenaar had niet eens een tegenbod willen doen en het stel weigerde hoger te gaan, zei dat de prijzen op Nantucket exorbitant waren en dat ze op Martha's Vineyard en Block Island gingen kijken. En de twee zussen met een stuk land aan Hulbert Avenue dat vier miljoen waard was – waar Eddie niet een, maar zelfs twee belangstellenden voor had – hadden het perceel teruggetrokken uit de verkoop.

Eddie kon gewoon niet geloven dat het zo tegenzat. Hij probeerde de rekeningen voor nummer 13 te betalen, maar hij had nog meer kosten: de hypotheekaflossingen voor zes panden, boodschappen, Allegra's bijlessen, Benton Coe en die vermaledijde publiciteitsagent met haar succesbonus. En Madeline begon er telkens over dat ze haar vijftigduizend dollar terug wilde. Ze was van vragen overgegaan op smeken. De laatste keer dat ze belde, had ze vage dreigementen geuit dat er vervelende dingen zouden gebeuren als Eddie niet betaalde.

Hij snapte dat Madeline gefrustreerd en misschien zelfs bang was. Eddie had de lening van vijftigduizend dollar aan Madeline en Trevor gepresenteerd als een 'investeringskans'. Dat zou het ook geweest zijn als Eddie voldoende financiële middelen had gehad om de huizen af te bouwen of als de markt zou aantrekken en er weer kopers zouden zijn. Wat Eddie nodig had, waren kopers zoals in 2005: toen bloeide de economie en werden huizen binnen twaalf uur nadat ze in de verkoop waren gekomen voor dertig procent boven de vraagprijs verkocht.

Sinds oktober had hij geen huis meer verkocht, wat hem deprimeerde. Net als de economie zat hij in een dip. Hij was moeizaam doorgezwommen, was kopje-onder gegaan en nu verdronk hij. Toen het misging omdat hij geen geld meer op de bank had staan en niemand hem aardig genoeg vond of voldoende vertrouwde om hem het benodigde bedrag te lenen, had hij de Llewellyns benaderd. Hij wist dat Madeline kort daardoor een flink voorschot had ontvangen en dat ze Trevor kon overhalen om ja te zeggen. Wat Eddie niet had voorzien, was dat Madeline zo onverantwoordelijk met haar plotselinge meevaller zou omgaan. Ze had een appartement gehuurd dat ze niet nodig had en dat slokte twaalfduizend dollar op van het nettobedrag van haar voorschot.

Eddie wist dat hij zich schuldig zou moeten voelen over wat Barbie en hij deden, maar hij had geen keuze. Hij stuurde Barbie een sms'je over Kasper Snacks, ook al zat ze aan haar bureau aan de andere kant van het kantoor. Barbie boekte dit jaar bescheiden successen. Ze was de koningin van de goedkopere panden: een koopflat van 359.000 dollar bij het vliegveld, een huis met drie slaapkamers, twee badkamers en ongemeubileerde kelder midden op het eiland voor 595.000 dollar. Eddie deed alleen panden van zeven, liever nog acht cijfers.

Zijn overmoed werd zijn ondergang, vermoedde hij. Hij was trots op zijn succes. Hij, een jongen uit Purchase Street in New Bedford.

Morgenavond dames naar LBR10, Kasper Snacks, sms'te hij naar Barbie.

Ik heb Kasper Snacks niet gesproken, sms'te ze terug. *Hoe weten ze het?*

Doorgestuurd door Ronan GA, typte Eddie.

Betrouwbaar? sms'te Barbie.

Denk het wel.

Heb je het bedrijf op internet opgezocht? sms'te Barbie.

Het is Kasper Snacks van de donutchips, sms'te Eddie terug.

? reageerde Barbie.

Iedereen eet die dingen behalve jij, sms'te Eddie.

Barbie wierp een blik op Eddie. *Mijn onderbuikgevoel zegt nee*, typte ze. *Ik doe niet mee.*

Echt niet? sms'te Eddie. *Barb, het is niet anders dan de vorige keren. Standaardprocedure.*

Ik doe niet mee, sms'te Barbie. *Neem mijn deel maar.*

Meen je dat? typte Eddie.

Ja, sms'te Barbie.

Hij wilde eigenlijk met haar in discussie, maar het vooruitzicht van zeventienenhalfduizend dollar extra per week was te verleidelijk.

Als je er zo over denkt, verwijder de berichten dan, sms'te Eddie.

Verwijderd, sms'te Barbie terug.

Zijn secretaresse, Eloise, gedroeg zich al een dag of twee, drie vreemd. Ze deed extra aardig tegen Eddie en schonk hem veel aandacht, terwijl ze voorheen nooit op hem lette. Eddie vermoedde dat ze om loonsverhoging zou vragen. Dat kon hij zich niet veroorloven, maar hij wilde ook niet dat ze opstapte. Eloise had bij Bartlett's Farm een leeuwenbek in een pot voor hem gekocht en gezegd dat hij iets nodig had om zijn bureau op te fleuren. Toen hij vroeg of hij de plant water moest geven en of hij de dode knoppen eruit moest knippen, had ze gezegd dat zij de volledige verzorging van de plant voor haar rekening zou nemen.

'Ik ben je privéhovenier,' zei ze.

'Mijn vrouw heeft een eigen hovenier, dus waarom ik niet?' zei hij.

Eloise keek hem aan en Eddie zei: 'Benton Coe. Wel eens van gehoord, Eloise?'

'Ja, natuurlijk,' zei Eloise. 'Hij heeft de rozenperken in de achtertuin van het Eighteen Hundred House gedaan en heeft de tuinen bij Greater Light ontworpen. Die zijn echt schitterend.'

'Ik betaal hem alsof hij de Bill Gates van het tuinieren is,' zei Eddie. Hij keek naar de wat dreigende fuchsiakleurige uitsteeksels van de bloemen van de leeuwenbek. 'Maar goed, heel attent van je. Bedankt, Eloise.'

'Lieve help,' zei Eloise. 'Dat vergat ik bijna.'

'Wat?' vroeg Eddie. Hij zette zijn panamahoed op. Hij moest naar huis, naar zijn dochters. Af en toe ving Eddie een glimp op van Hope, maar hij had Allegra al ruim drie dagen niet gezien. Grace had tegen hem gezegd dat ze Allegra, of iemand die veel op Allegra leek, met een jongeman in een rode Camaro had zien zitten. Eddie vroeg zich af hoe dat zat. Hij zou het vervelend vinden als Allegra en Brick uit elkaar gingen, maar misschien had die jongen met de rode Camaro geld en kon die Allegra's dure levensstijl bekostigen. Allegra kon modellenwerk wel vergeten, maar ze bleef zich kleden alsof dat zou doorgaan.

'Er is voor je gebeld toen je weg was en ik ben vergeten het bericht aan je door te geven,' zei Eloise. Ze stak hem een roze papiertje toe. Eddies hart reageerde als een motor zonder olie. Hij had een maagtablet nodig, maar die lagen in de console van zijn auto, nog een reden om weg te gaan. Hij was bang dat het bericht van Nadia afkomstig was, ook al had Eddie haar duidelijk gemaakt dat ze nooit, maar dan ook nooit naar kantoor mocht bellen. Of het was Kenny Kasper. Wie weet had Barbie gelijk en heette Kenny Kasper in werkelijkheid anders, was hij geheim agent Kasper van de FBI.

Eloise begon al te praten voordat Eddie het papiertje kon aanpakken, laat staan dat hij had gelezen wat erop stond. 'De politiecommissaris heeft gebeld,' zei ze. 'Hij wil morgenochtend met je gaan vissen.'

Eddie voelde zich net zo opgewonden als een meisje dat voor het eerst mee uit is gevraagd. De politiecommissaris had wel iets over vissen gezegd, maar mannen zeiden vaak maar wat, kwamen daar nooit op terug. Nu had hij daadwerkelijk de moeite genomen Eddie te vragen.

Eddie belde terug. Ze spraken de volgende ochtend om half zes af op de North Wharf en zouden tot een uur of een, twee 's middags gaan vissen. De politiecommissaris zou broodjes, bier en hengels meebrengen. Eddie hoefde alleen maar te komen.

Eddie reed snel naar huis om Grace en de meiden het nieuws te vertellen. Zijn beide dochters aten die avond thuis.

'Ik ga morgen met de politiecommissaris vissen,' zei Eddie.

'Cool,' zei Allegra.

Hope haalde haar schouders op en knabbelde aan een asperge die ze tussen haar vingers hield. Eddie vond dat een vervelende gewoonte, maar Grace vergoelijkte het altijd door te zeggen dat haar grootmoeder Sabine ze ook zo at.

'Niet vergeten dat ik donderdagavond weg ben,' zei Grace.

'Waar ga je naartoe?' vroeg Eddie.

'Naar de Sunset Soiree, weet je nog?' zei Grace. 'Van de tuinvereniging.'

'O ja,' zei Eddie. Hij wist het niet meer precies, maar was allang blij dat hij niet mee hoefde naar bijeenkomsten van de tuinvereniging. 'Het is aardig van de politiecommissaris om me uit te nodigen mee te gaan vissen. Mij nog wel.'

'Je hebt een hekel aan vissen,' zei Hope.

'Dat klopt,' zei Eddie.

'Straks wordt het zoiets als in die scène bij *The Sopranos*,' zei Allegra. 'Dat ze die man mee uit vissen vragen omdat ze hem willen vermoorden en dat ze hem daarna overboord gooien.'

Eddie schoof zijn bord weg. De steak, aardappelpuree en asperges hadden goed gesmaakt tot Allegra dat zei. De uitnodiging was zo onwaarschijnlijk dat iets in Eddie dacht dat er een addertje onder het gras zat. Hij zou het bij één biertje houden. Hij zou één flesje aanpakken en daar de hele dag over doen, besloot hij. Dan wist hij zeker dat hij niets stoms zou zeggen.

Hij werd om vier uur 's ochtends uit zichzelf wakker, zo zenuwachtig en opgewonden was hij. Hij trok een kakikleurige korte broek, witte tennisschoenen en een shirt met lange mouwen van Santos Rubbish Removal aan en zette zijn panamahoed op, omdat hij zich anders niet op zijn gemak voelde. Zodra de winkel openging, kocht hij een beker koffie bij The Hub en daarna ging hij naar kantoor omdat hij naar het toilet moest en zijn voicemail wilde beluisteren. Hij was zo van slag door de uitnodiging om mee te gaan vissen, dat hij vergeten was Nadia te bellen in verband met Kasper Snacks die avond.

Hij had nu tijd. Hij werd pas over een half uur op de werf verwacht. Maar hij kon niet eerst Nadia bellen en meteen daarna met de politiecommissaris gaan vissen. Hij besloot Nadia later te bellen. Dat kon niet anders. Het visuitstapje mocht dan betoverend zijn, het loste Eddies financiële problemen niet op.

De politiecommissaris had zijn zoon, Eric, bij zich, die medicijnen studeerde aan Cornell University en eerste stuurman zou zijn. De mannen gaven elkaar een hand en liepen over het krakende havendok terwijl achter hen de zon opkwam en een gouden en zilveren gloed over het water wierp. Ook andere mannen stapten in een boot en maakten zich klaar voor vertrek, waren in de weer met touwen, motoren, koelboxen, hengelstokken, spoelen en tuig. Eddie vond het havendok sereen en pittoresk. Het was een andere wereld, het leven op het water, nog afgezien van het ontbreken van de drukte, de handel, het verkeer, de karweitjes, maaltijden, boodschappen en mobiel bellen aan land.

De boot van de politiecommissaris heette The Castaways, wat een verwijzing was naar Greg en Tess MacAvoy en Addison Wheeler en nog wat vrienden van de politiecommissaris, maar Eddie had geen zin om dat onderwerp aan te snijden. Hij moest het feit dat hij niets over vissen wist zien te verbergen. Een paar jaar terug was hij eens met klanten wezen vissen, maar toen was het drinken belangrijker geweest dan het vissen. Ze hadden met twaalf man en drie stuurmannen op een boot gezeten en Eddie had maar twee keer een lijn uitgeworpen en had de hengel hooguit zeven minuten vastgehad.

De avond ervoor had Eddie op internet opgezocht hoe je een lijn moest uitwerpen en hij had een instructiefilmpje op YouTube bekeken: trek het palletje naar achteren, hou de spoel van de reel tussen duim en wijsvinger, breng de hengel voorzichtig over de rechterschouder en werp uit. Als de lijn een boog heeft gemaakt, laat de lijn dan los. Duw het palletje terug en draai de spoel naar binnen.

Makkelijk zat.

'Kan ik iets doen?' vroeg Eddie.

De politiecommissaris overhandigde hem de koelbox. 'Zou je die in de kombuis willen zetten? Eric en ik zullen de lijnen uitzetten. Op weg naar open water zullen we met een sleeplijn vissen om te kijken of we wat zeebaars van de bodem kunnen vangen.'

Eddie nam de koelbox mee naar de kombuis. Hij wist in elk geval dat dat de keuken was. Hij was zo nerveus door zijn gebrek aan ervaring dat hij de koelbox openmaakte en er een flesje Stella uit haalde. Eddies lievelingsbier. Hij wipte de dop eraf en vroeg zich toen af of dit brutaal was. Zou grootmoeder Sabine hem onbeleefd vinden? Ja, ongetwijfeld. Eddie realiseerde zich dat hij had moeten wachten tot hem bier werd aangeboden, maar hij kon echt niet langer wachten, sorry. Hij had iets nodig om de spanning te verlichten.

Tegen de politiecommissaris zei hij: 'Ik hoop dat je het niet erg vindt, maar ik heb een biertje gepakt.'

De politiecommissaris wuifde zijn opmerking weg. 'Ga je gang.' Eric en de politiecommissaris liepen met vaardige, precieze bewegingen over de boot en brachten alles in gereedheid. De politiecommissaris hield zich vooral bezig met de motor, het computerscherm, de touwen en luikopeningen, terwijl Eric de hengels deed. Het waren grote hengels in houders en kleinere hengels waarvan Eric met behendige vingers de lijnen in orde maakte.

Eindelijk startte de politiecommissaris de motor. Eric maakte de touwen los van de kant en stond op de boeg terwijl de politiecommissaris achterwaarts bij de aanlegplaats wegvoer. Eddie zat op de houten bank met kussens bij het bedieningspaneel en bedacht dat het een misdrijf was dat hij al zo lang op dit eiland woonde en niets over de zee wist.

Veertig minuten later waren ze aan het vissen bij de getijdenstroom voor de landtong van Great Point. De vuurtoren was roze in het zachte ochtendlicht. Great Point was de noordelijkste punt van Nantucket. Het was een plek met een ongerepte, natuurlijke schoonheid en toch was Eddie al jaren niet op het strand daar geweest. Hij was er voor het laatst geweest toen de meiden nog klein waren. Eddie had nog nooit zulk blauw water gezien. Het was fantastisch, dit water, en er waren die ochtend geen andere boten bij de getijdenstroom aan het vissen. Heel in de verte zag Eddie de vage contouren van Monomoy Point op Cape Cod. Zeemeeuwen cirkelden krijsend boven zijn hoofd.

Eric en de politiecommissaris raadpleegden de visvinder en besloten het anker uit te gooien en wat lijnen uit te werpen. Ze hadden met een sleeplijn gevist sinds ze uit de haven waren vertrokken, maar hadden niets gevangen. De politiecommissaris liet het anker zakken en Eddie liep, ondanks de belofte aan zichzelf, naar de kombuis om een tweede biertje te pakken.

'Eddie, ben je er klaar voor om een lijn uit te werpen?' vroeg Eric.

Eddie haalde diep adem. Wás hij er klaar voor? Hij stapte het dek op, zette zijn biertje in een van de houders en pakte de hengel van Eric aan, met aan het eind feloranje lokaas, kronkelend als een revuemeisje.

'Ik ben zover,' zei Eddie.

Hij hield de hengel boven de zijkant van de boot zodat het lokaas ongeveer een meter boven het wateroppervlak hing. De zee was kalm. Er sloegen zachte golven tegen de boeg.

'Wil je dat ik voor je uitwerp?' vroeg Eric.

Eddie wilde dat aanbod net met een zucht van verlichting aannemen toen de politiecommissaris bulderde: 'Eddie kan zijn lijn zelf wel uitwerpen, nietwaar Eddie?'

'Ja, natuurlijk,' zei Eddie. Hij keek naar de reel en probeerde zich te herinneren wat hij op het filmpje had gezien. Er moest iets worden verschoven terwijl hij de lijn vasthield. Het palletje, hij wist het weer. Hij haalde het over. Hij moest de hengel voorzichtig over zijn rechterschouder brengen en dan moest hij de lijn ver in het water werpen. Na het hoogste punt van de boog moest hij zijn vinger weghalen. Er zou dan een mooi zoemend geluid te horen zijn, het geluid van een bedreven visser die al duizenden keren een lijn had geworpen en niet pas twaalf uur geleden op internet had opgezocht hoe dat moest. Eddie was geen bedreven visser, maar hij was altijd goed geweest in doen alsof – veinzen was zijn beste strategie voor het behalen van succes – en dus bracht hij de hengel over zijn schouder naar achteren en wierp de lijn. De lijn maakte een prachtige boog met precies de juiste vloeiende beweging die hij in zijn dromen voor zich had gezien.

'Mooie worp!' riep de politiecommissaris.

Eddie straalde. Hij was niet sentimenteel, maar hij wilde dat zijn vader hem had kunnen zien. Edward Pancik uit Purchase Street in New Bedford kon een lijn voor diepzeevissen uitwerpen als de beste.

'Nu inhalen!' zei Eric.

O ja, dat gedeelte was Eddie vergeten. Hij wist niet hoe hij gedacht had iets te kunnen vangen zonder de lijn in te halen.

De dag werd nog beter toen Eddie zijn eerste vis ving. Op het moment dat hij hardnekkig voelde trekken toen hij zijn lijn wilde inhalen, wist hij zeker dat hij beethad. Hij viste met licht tuig, wat in Eddies voordeel was, want Eddie was linkshandig en bleek meer kracht in zijn onderarmen te hebben dan hij dacht. Toch moest hij de strijd aanbinden met het beest. Hij boog zich naar het water toe terwijl hij de lijn inhaalde en liet de lijn een eindje vieren als de vis probeerde te ontsnappen. Als de vis moe was geworden, zou Eddie de lijn opnieuw inhalen. Eddie wilde beweren dat hij hier van nature aanleg voor had. In werkelijkheid stond Eric naast hem, die hem vertelde wanneer hij de lijn moest inhalen en wanneer hij die moest laten vieren. Toen Eddie de vis eenmaal dicht genoeg bij de boot had en de iriserende schubben vlak onder het wateroppervlak zag glanzen, zei Eric tegen Eddie dat hij de lijn zachtjes omhoog moest trekken terwijl Eric met de visspeer vooroverboog, de vis eraan spietste en aan boord bracht.

Het was een gestreepte zeebaars, een pracht van een vis, glimmend en gespierd terwijl hij lag te spartelen in de zon.

De politiecommissaris was opgetogen. 'Dat is een lekker maal,' zei hij. 'Grace zal vanavond blij met je zijn als je met avondeten thuiskomt.'

Grace zou inderdaad blij zijn, dacht Eddie. Ze was dol op verse vis. Toen bedacht hij dat ze misschien niet zou geloven dat hij de vis zelf had gevangen.

'Wil je een foto maken van mij met de vis?' zei Eddie. Hij gaf zijn mobiele telefoon aan de politiecommissaris en pakte de vis bij de staart vast, terwijl het beest nog steeds vocht voor zijn leven. Net op dat moment ging zijn telefoon.

'Je wordt gebeld,' zei de politiecommissaris. 'Zal ik...' Hij keek met een ondoorgrondelijke blik naar het scherm.

'Dat je hier ontvangst hebt,' zei Eric. 'Dat vind ik nog het fijnst aan vissen. Geen telefoons.'

Eddie moest zich inhouden om de telefoon niet bij de politiecommissaris uit zijn hand te grissen. Wie weet was het Nadia of een van de andere vrouwen. Hij had zijn telefoon moeten uitzetten toen hij aan boord ging.

Eddie pakte de telefoon aan en zag dat het Madeline was.

'Jezus,' zei hij. Hij drukte het gesprek weg, sloot even zijn ogen en probeerde kalm te blijven. Als hij nu aan zijn bedrijf, geld en zijn lening aan Madeline en Trevor ging denken, zou zijn dag verpest zijn.

Ik heb een gestreepte zeebaars van vierennegentig centimeter gevangen, dacht hij. Ik heb avondeten gevangen.

Hij schonk de politiecommissaris een flauw lachje. 'Ik had mijn telefoon aan wal moeten laten.'

'Misschien wel,' zei de politiecommissaris.

Het telefoontje van Madeline had geen nadelig effect op Eddies viskarma. Vlak daarna ving hij twee blauwbaarzen. Daarna ving de politiecommissaris een gestreepte zeebaars die iets kleiner was dan die van Eddie en daarna ving Eric een dwergtonijn, wat een hele prestatie was, want die lieten zich moeilijk vangen. Ze lichtten het anker en voeren naar boei nummer 6, waar ze bijna een uur bleven liggen zonder resultaat.

'Dit is niks,' zei Eric. Hij klonk ongeduldig en Eddie was verbaasd. Vissers hadden toch engelengeduld? Eddie was bang dat Eric het zou opgeven en naar huis wilde, en dat wilde Eddie niet. Hij zou voorgoed op deze boot kunnen blijven.

Zijn derde biertje, zijn vierde. Daarna stond Eddie op om vanaf het achterschip in zee te plassen. Zijn oren zoemden, hij moest iets eten.

Het was alsof de politiecommissaris zijn gedachten kon lezen, want hij zei: 'Laten we naar Sankaty Head varen, lunchen en dan daar ons geluk beproeven.'

'Goed idee,' zei Eddie. Hij maakte een vijfde flesje bier open en ging lekker in het zonnetje op de bank met kussens zitten. Hij had avondeten gevangen. Dat was een opbeurend idee.

Hij moest in slaap zijn gesukkeld, want toen hij een tijdje later wakker werd, waren de politiecommissaris en Eric vis aan het inhalen. Twee gestreepte zeebaarzen, en vergeleken met de zeebaars die de politiecommissaris aan zijn lijn had, viel die van Eddie in het niet. Eddie stond op om te kijken of hij kon helpen, maar omdat hij bang was dat hij in de weg zou lopen, ging hij weer zitten. Hij besefte dat hij weer moest plassen en dus liep hij naar het achterschip. Tegen de tijd dat hij terugkwam, lagen beide vissen op het dek en sneed Eric ze los van de lijn.

'Dat was het voor vandaag,' zei de politiecommissaris. 'We zijn klaar. Laten we lunchen en daarna teruggaan.'

Eddie knikte en werd somber. De kliffen van Sankaty lagen recht voor hem. Dit was het eiland waar hij al meer dan de helft van zijn leven woonde, maar de afgelopen zes uur had hij het gevoel dat hij het geluk had gehad om naar een andere planeet te ontsnappen.

De politiecommissaris had Italiaanse stokbroodjes met salami, ham, *capicola*, pittige *soppressata*, *provolone*, olijven en rode minipaprika bij zich. Eddie had zo'n honger dat hij gedachteloos een heel stokbroodje opat. De paprika's en soppressata deden zijn lippen en tong tintelen, maar dat bluste hij met een koud biertje.

'En, hoe vind je het?' vroeg de politiecommissaris.

'Geweldig,' zei Eddie. 'Ik kan me geen betere dag voorstellen dan dit.'

De politiecommissaris ruimde het afval van de lunch op en nam eindelijk zelf ook een biertje. Eric lag te dutten op de bank met kussens. De politiecommissaris lichtte het anker en zei tegen Eddie: 'Kom eens bij me zitten terwijl we terugvaren. Ik wil iets met je bespreken.'

Eddie had het gevoel dat zijn hart een mengeling van chilisaus en slangengif rondpompte. Het was zover: de ware reden voor de uitnodiging om mee te gaan vissen. Het had niets te maken met ontluikende vriendschap, met dat Eddie een goede vent was of met het vriendelijke gebaar van kokkels bestellen bij Cru omdat de politiecommissaris een oude vriend had verloren. Eddie pakte een flesje water uit de koelbox. Hij moest op slag nuchter worden. Zoals te verwachten was, waren de capicola en soppressata verkeerd gevallen en zijn maag speelde op.

Hij had geen maagtabletten bij zich.

'Dat kan,' zei Eddie met een hogere stem dan normaal. De politiecommissaris stond aan het roer en Eddie ging naast hem zitten. 'Wat is er?'

De politiecommissaris zweeg, zijn ogen waren niet te zien achter zijn zonnebril. Er voer weer een boot langs – kennelijk iemand die de politiecommissaris kende, want hij zwaaide – en hoewel Eddie die persoon niet kende, zwaaide hij ook. Hij was zo gespannen dat hij weer naar iedereen zwaaide. De politiecommissaris stond op en keek over het bedieningspaneel. Eddie besefte dat hij controleerde of Eric nog sliep.

De politiecommissaris ging weer aan het roer staan. 'Ik zeg het alleen tegen je omdat ik je graag mag, Eddie. Ik vind je een geweldige vent.'

Wat moet je me vertellen, vroeg Eddie zich af, maar hij kreeg de woorden niet uit zijn mond.

'Je denkt vast dat ik, omdat ik politiecommissaris ben, me moreel gezien boven anderen verheven voel, maar dat is niet zo. Ik vel geen oordeel. Tijdens mijn werk word ik doorlopend geconfronteerd met mensen die fouten maken – en soms zijn dat enorme, vreselijke fouten – maar ik heb gemerkt dat de meeste mensen fatsoenlijk zijn. Ze zijn wel eens bang, eenzaam, verveeld en nemen verkeerde beslissingen, maar ze zijn fatsoenlijk.'

Eddie dronk de helft van zijn flesje water op. Hij zou er alles voor geven om nu een handje maagtabletten met kersensmaak te hebben. 'Wat moet je me vertellen, Ed?'

'Er wordt gekletst op het eiland,' zei de politiecommissaris. 'En wat mensen doorvertellen valt niet te voorspellen. Roddels, geruchten, allemaal zeer verraderlijk en het meeste negeer ik dan ook. Het gaat me niet aan, het kan me niet schelen en vijfennegentig procent is niet eens waar.' De politiecommissaris gaf gas en de boot sprong over golven en klapte met zo veel kracht op het water neer dat Eddies tanden, kaken en schedel rammelden. Het was bijna alsof de politiecommissaris hem een lijfstraf wilde geven. 'Maar toen ik zag wie jou belde, besloot ik er toch iets van te zeggen.'

'Mij belde?' zei Eddie. Hij wist niet eens meer wie er gebeld had. Het enige wat telde, was dat het Nadia niet was. Het was...

Voordat de politiecommissaris verder kon praten, rukte de wind Eddies panamahoed van zijn hoofd. Tegen de tijd dat Eddie doorhad wat er was gebeurd, was zijn kostbare panamahoed al weggeblazen. De hoed danste in hun kielzog, aanvankelijk vijftig en toen honderd meter achter hen. Weg.

Hij wendde zijn gezicht naar de politiecommissaris en vroeg zich af of het heel raar zou zijn om te vragen of de politiecommissaris de boot wilde keren, zodat Eddie zijn hoed uit het water kon vissen – het zou driehonderdvijfenzeventig dollar en zes weken kosten om de hoed te vervangen – maar de ogen van de politiecommissaris waren strak op de blauwe waterweg tussen hen en de haven van Nantucket gericht.

De politiecommissaris moest bijna schreeuwen om boven het geluid van de motor uit te komen. 'Er gaat een gerucht rond en dat heb ik nu al drie keer gehoord,' zei hij.

'Wat voor gerucht?' vroeg Eddie. Zijn tweede hoed. Voorgoed weg.

'Dat jij een buitenechtelijke relatie hebt,' zei de politiecommissaris. 'Met Madeline King.'

Eddie gaf de politiecommissaris en Eric een hand en strompelde over de North Wharf met een stevige ziplock zak met daarin vijf pond gestreepte zeebaarsfilet.

De politiecommissaris had gezegd dat hij hem geloofde, maar dat betwijfelde Eddie.

Aanvankelijk had Eddie gelachen. Hij vond het echt een grappig idee. 'Ik?' zei hij. 'Ik en Madeline? O mijn god, nee, echt niet!' Eddie wist niet hoe hij ervoor moest zorgen dat de politiecommissaris hem geloofde. 'Sorry dat ik je in je gezicht uitlachte, maar het is gewoon niet waar.'

De politiecommissaris zei: 'Eddie, ik heb al gezegd dat ik geen oordeel vel.'

'In dit geval valt er ook niets te oordelen, want het is niet waar,' zei Eddie. 'Ik bedrieg mijn vrouw niet. Ik ben nog nooit ontrouw geweest.'

Het gezicht van de politiecommissaris was uitdrukkingsloos. Eddie praatte waarschijnlijk te veel. Dat was het punt met zulke situaties: als je te weinig zei, dachten mensen dat je schuldig was en als je te veel zei, klonk het alsof je te veel uitleg gaf omdat je schuldig was. Eddie wilde aan de politiecommissaris vragen van wie hij het verhaal over hem en Madeline had gehoord. Wie waren die drie bronnen? Wie weet kon Eddie contact met hen opnemen en proberen het gerucht de kop in te drukken. De kans was echter groot dat het verhaal niet van hen afkomstig was. Roddelen was net een virus dat zich talloze keren deelde. Als de politiecommissaris het drie keer had gehoord, ging het overal rond.

Eddie wilde bijna zeggen dat Madeline had gebeld omdat ze hem geld had geleend en dat geld nu terug wilde.

Daarmee zou het gerucht ongetwijfeld ontzenuwd worden, maar Eddie moest niet hebben dat iemand op Nantucket zou weten dat hij geld van zijn beste vrienden had geleend, die zelf niet bepaald rijk waren. Financiële problemen waren de doodsteek voor een makelaar. Als mensen dachten dat hij een mislukkeling was, werd hij dat ook. Niemand wilde zakendoen met een makelaar die aan de rand van de afgrond stond.

'Het is niet waar,' zei Eddie op de nederigste en klaaglijkste toon die hij kon opbrengen.

'Oké, Eddie,' had de politiecommissaris gezegd. 'In orde.'

Ze hadden het onderwerp laten rusten, maar ook toen Eric de baars aan stukken sneed met de precisie van de chirurg die hij op een dag zou zijn, had Eddie het gevoel dat het gesprek de sfeer verpestte. Bovendien had Eddie maagpijn en het voelde alsof hij een kater kreeg. Er lagen maagtabletten in de auto en in zijn bureaulade op kantoor. Opeens had Eddie haast.

Toen hij hem een hand gaf, had de politiecommissaris gezegd: 'Bedankt dat je vandaag mee bent gegaan, Eddie. Je was prettig gezelschap. Laten we dit nog eens doen.'

'Ik vond het ook heel leuk,' zei Eddie. Dat was tot het einde toe zo geweest. 'Bedankt voor de uitnodiging. Ik ga graag nog eens mee.'

Maar toen Eddie wegliep, wist hij vrij zeker dat er geen volgende keer zou zijn. Of misschien ook wel. De politiecommissaris had gezegd dat hij geen oordeel velde.

Eddie pakte zijn telefoon. Eén gemiste oproep, van Madeline. Geen sms'jes, geen nieuw aanbod. Moest Eddie Madeline terugbellen en haar over het gerucht vertellen? Als ze het allebei ontkenden, zou het dan verstommen? Of zou hun gezamenlijke aanpak juist averechts werken?

Hij besloot Madeline niet te bellen en geen energie in dit absurde idee te steken. Hij wilde niet dat Grace erachter kwam.

In plaats daarvan belde hij Nadia. Hij zei: 'Jullie moeten vanavond om tien uur bij het huis zijn.'

'Komt in orde, Eddie,' zei Nadia. 'Vandaag gaan we allemaal naar kapper en naar tandarts.'

Tandarts? dacht Eddie. Een paar seconden voelde hij zich deugdzaam. Dit bijbaantje spoorde de vrouwen aan om goed voor zichzelf te zorgen. Hij betwijfelde of een van hen ooit bij een tandarts was geweest. Hij hoopte dat ze naar tandarts Torre zouden gaan en niet naar die grappenmaker van een McMann.

De zon brandde op Eddies kale hoofd. Niet te geloven dat hij weer een hoed kwijt was!

Maagtabletten, dacht hij. Hij had maagtabletten nodig.

Eddie ging via de achterdeur zijn kantoor binnen en legde de zak met visfilet in de koelkast, waarin ook drie flessen Dom Pérignon stonden, voor het geval er een grote verkoop te vieren viel, en enkele bakjes Griekse yoghurt, die Eloise als lunch at.

Hij liep door naar de grote kantoorruimte. Barbie was aan het bellen, Eloise zat achter de computer.

'Hallo, allemaal,' zei Eddie.

'En Eddie, hoe was het vissen?' vroeg Eloise.

'Ik mag niet klagen,' zei Eddie. 'Niets kan tippen aan een dag op het water.'

'Ik wist niet dat je van het water hield,' zei Eloise.

'Ik ook niet,' zei Eddie.

'Ik heb chocoladedonuts voor je gekocht bij de Bake Shop, voor het geval je niets zou vangen,' zei Eloise. Ze hield hem de doos met donuts voor. Er lagen er nog acht in, wat betekende dat Eloise er zelf vier ophad, want Barbie at geen donuts.

'Ik heb wel wat gevangen,' zei Eddie, 'maar hier zeg ik geen nee tegen.' Hij pakte een donut uit de doos.

'Dat dacht ik al,' zei Eloise. 'Ik weet wel wat jij lekker vindt.'

De telefoon ging en Eloise nam meteen op. Laat het alsjeblieft over een pand van twintig miljoen gaan, dacht Eddie.

Eddie nam de doos met donuts mee naar het bureau van Barbie en ging op de stoel ernaast zitten, die voor kopers en verkopers bedoeld was.

'Ik bel je later terug,' zei ze, en ze hing op.

'Wie was dat?' vroeg Eddie.

'P,' zei Barbie.

De p van privé. Eddie wist dat Barbie vrienden, minnaars en dates had, maar hij had geen idee om welke mannen het ging en wist niet aan wie hij dat moest vragen. Barbie kende iedereen op het eiland, maar was met niemand hecht bevriend. De feestdagen bracht ze door met Eddie, Grace en de tweeling of ze was weg, waarschijnlijk met die mannen. Zaten daar rijke mannen tussen? Eddie vroeg het zich af. Manolo's waren duur en Barbie reed in een

Alfa Romeo uit 1974 die vrijwel continu onderhoud vergde. Maar Barbie had haar huis aan Fishers Landing in 1999 nieuw gekocht en had geen kinderen. Haar leven was heerlijk eenvoudig.

Eddie wilde dat hij meer zoals Barbie was. Op straat werd niet over Barbie geroddeld.

'Waarom doet Eloise zo aardig tegen me?' vroeg Eddie. Soms probeerde Eloise bij Eddie een wit voetje te halen nadat ze ruzie had gehad met Barbie.

'Geen idee.'

'Ben je niet tegen haar uitgevallen?'

'Nee,' zei Barbie. 'Hoe gaat het met je *bromance* met de politie-commissaris?'

'Grappig, hoor,' zei Eddie. 'Het is geen bromance. Gewoon twee mannen die gingen vissen, Barb. Ik heb een gestreepte zeebaars gevangen. Je mag gerust een kilootje hebben als je dat wilt.'

'Nee, dank je,' zei Barbie.

'Heb je nog steeds een slecht gevoel over dat andere?'

Barbie knikte. 'Ik kan het mis hebben. Waarschijnlijk zal ik er spijt van krijgen dat ik niet meedoe. Ik zou het geld goed kunnen gebruiken.'

Misschien waren de mannen met wie Barbie uitging toch niet rijk, dacht Eddie. Wie weet ging ze wel uit met Chris, de monteur die haar Alfa Romeo onderhield.

'Welkom bij de club.'

'Het wordt tijd dat de markt aantrekt,' zei Barbie. Ze keek futloos naar haar computerscherm.

'Heb je geruchten over mij gehoord?' vroeg Eddie.

'Geruchten?' zei Barbie.

'Nou?'

'Nee.'

Eddie knikte, stond op en nam de doos met donuts mee. Hij was dol op chocoladedonuts. Hij pakte er een en verslond hem in drie happen.

Madeline

De jaarlijkse honkbalwedstrijd van sterrenteams tussen Nantucket en Martha's Vineyard was gewoonlijk een van de lievelingsdagen van Madelines zomer. Dit jaar werd Madeline echter afgeleid door het schrijven.

Schrijf zo snel als je kunt, had Angie gezegd.

Madeline had Eddie drie keer gesproken en had drie keer een bericht op zijn antwoordapparaat achtergelaten, maar het was inmiddels duidelijk dat Trevor en zij hun geld niet op korte termijn zouden terugkrijgen. Madeline was zelfs langs de huizen in aanbouw aan Eagle Wing Lane gereden om te kijken hoe de bouw vorderde, maar alle drie de huizen waren dichtgetimmerd en het was er stil. Er was niemand aan het werk!

Ze had Trevor gebeld. 'Er staan geen busjes, er zijn geen bouwvakkers, er gebeurt niets, helemaal niets!'

'Wie weet doet Eddie het even rustig aan voor de zomer,' zei Trevor. 'Misschien heeft hij andere dingen aan zijn hoofd.'

'Hij zei juni!' zei Madeline. 'En het is nu bijna juli. Hij zei uiterlijk augustus, maar deze huizen zijn in augustus echt niet klaar. Wie weet zijn ze volgend jaar augustus nog niet af.'

'Waarom wil je dat geld opeens terug?' vroeg Trevor.

'Er liggen rekeningen, Trev. We hebben Brick een auto beloofd!' zei ze. 'Ik weet dat het mijn idee was om het geld in Eddies project te investeren...'

'Het was honderd procent jouw idee,' bevestigde Trevor.

'Ik kan mezelf wel voor mijn kop slaan,' zei Madeline.

'Madeline,' zei Trevor, 'haal eens diep adem.' Dit was zijn standaardzinnetje als hij dacht dat ze hysterisch deed en hij haar wilde kalmeren. Vandaag maakte die opmerking het alleen maar erger.

'Ik haal diep adem!' schreeuwde ze, en toen hing ze op.

Misschien heeft hij andere dingen aan zijn hoofd. Er gebeurde zelfs meer dan Eddie wist! Grace was verliefd op Benton Coe! Ze wilde hun relatie dolgraag naar een hoger niveau tillen door met Benton naar de Sunset Soiree te gaan.

Naar Grace luisteren was een verslaving. Madeline kon haast niet wachten op de volgende aflevering van het verhaal. Madeline wist dat ze Grace moest aanraden de zaak terug te draaien. Maar in plaats daarvan was ze het vaste klankbord van Grace en dat niet alleen, ze gebruikte alles wat Grace haar vertelde in haar roman. Haar personages B en G gingen op volle kracht vooruit. Madeline kon gewoon niet stoppen met schrijven. Nog nooit was een verhaal zo gemakkelijk uit haar pen gevloeid. Het was zwarte magie, net als de seance met Barbie.

Twee vrouwen aan deze tafel zullen degene links van hen bedriegen.

Maar op een bepaalde manier voelde het schrijven van de roman heel natuurlijk en organisch, als een bevalling. Deze roman was het tweede kind dat Madeline nooit had gekregen.

Ze kon niet ophouden, kon de stop er niet uittrekken, kon de missie niet staken. Ze zou de roman schrijven en dan zou ze later allerlei zaken veranderen, zodat er niets herkenbaars meer in zou staan, behalve voor Madeline zelf.

Al jaren organiseerde Madeline de geïmproviseerde barbecuelunch tussen de twee wedstrijden in van de dubbelwedstrijd tussen Nantucket en Martha's Vineyard. Afgelopen week was ze er eindelijk aan toegekomen om een e-mail te sturen en dezelfde mensen als altijd hadden aangeboden om hetzelfde mee te brengen als andere jaren. Cathleen Rook zou paprikabrood meebrengen, waar alle jongens en de coaches om zouden vechten, en Rachel had zich zoals gewoonlijk uitgesloofd en zou voor een aardappelsalade met ei, pasta pesto en een Mexicaans gerecht met zeven lagen zorgen. Madeline zou sauzen, wegwerpbordjes, flesjes sportdrank, flesjes water en ijs regelen. Ze had echter te weinig ijsblokjes in de vriezer gelegd en dus moest ze naar het tankstation bij het vliegveld, waar ze voor vijf zakken ijsblokjes vijfentwintig dollar kwijt was.

Ze legde de hamburgers, hotdogs, broodjes, wegwerpbordjes en servetten neer en zette een fles ketchup, een pot mosterd en sauzen neer. De gasflessen onder de barbecues waren allebei vol. Als de wedstrijd begon, zou Madeline op de tribune een plekje in de schaduw zoeken. Dan zou ze haar schrijfblok pakken en gaan schrijven.

Diana Marz, de moeder van Parker, was de eerste die er een opmerking over maakte.

'Is dat je nieuwe boek?' vroeg ze.

Madeline glimlachte op een naar ze hoopte raadselachtige manier. Ze had altijd gewild dat mensen haar als schrijfster zagen, maar hoe minder ze nu over haar werk zei hoe beter. Ze besefte dat het slimmer was geweest als ze haar schrijfblok thuis had gelaten, maar ze moest gewoon deze ene scène afschrijven: B en G tillen hun relatie naar een volgend niveau door samen in het openbaar te verschijnen. In dit fictieve geval gingen ze naar het zwembad bij het Summer House, waar ze niet van elkaar konden afblijven, eerst onder tafel en later toen ze elkaar in het zwembad nat spetterden. Madeline was bezig aan een alinea waarin B en G stiekem onder water aan het rotzooien waren. Ze wist dat Angie dit geweldig zou vinden.

Nu en dan lichtte Madeline haar hoofd op van haar werk om een paar seconden naar de wedstrijd te kijken. Brick stond bij het eerste honk op zijn handschoen te slaan, probeerde voor elkaar te krijgen dat Calgary McMann, die pitcher was, de renner op het honk van Martha's Vineyard zou uittikken. Rachel zat ongeveer een meter rechts van Madeline. Ze droeg een zonnejurk met marineblauwe en witte strepen en op de voorkant een enorme marineblauwe N. Zo te zien had Rachel die er zelf op gestreken. Rachel had haar pompon bij zich. Ze juichte de spelers toe, maar hield daar om de paar minuten mee op om haar gezicht met zonnebrandcrème factor 50 in te smeren, ook al had ze een strohoed met een brede rand op.

Ondanks haar grote interesse in de wedstrijd zag ook Rachel dat Madeline aan het schrijven was.

'Kijk jou eens schrijven!' riep ze. 'Die plek voor jezelf werpt vruchten af! Je lijkt wel een schrijfrobot! Ik verwacht wel van je dat ik in het dankwoord word genoemd.'

Madeline knikte terwijl ze de zin afmaakte. Het was het begin van de zevende inning. Ze moest eigenlijk naar het picknickgedeelte. Net op dat moment ging haar telefoon. Madeline verliet de tribune om op te nemen. Ze was er vast van overtuigd dat het Eddie was die terugbelde.

Het was Redd Dreyfus.

Hij zei: 'Heb je een e-mail van Angie gekregen?'

'Wanneer?' vroeg Madeline.

'Vanochtend.'

'Nee,' zei Madeline. 'Ik ben vandaag met andere dingen bezig en ben niet in de buurt van mijn computer.' Gewoonlijk vond Redd het leuk om anekdotes over het leven op het eiland te horen en Madeline had hem best een beschrijving van de honkbalwedstrijd tussen Nantucket en Martha's Vineyard willen geven, maar op dit moment klonk hij heel zakelijk.

'De redactieraad van Final Word heeft kennelijk een besluit genomen over de titel van je nieuwe boek,' zei hij.

'O mijn god,' zei Madeline. 'Wacht eens even, ik dacht...'

'Ze zijn helemaal gek geworden,' zei Redd. 'Of postmodern.'

'Wat is de titel?' vroeg Madeline. Op de tribune werd enthousiast gejuicht, wat het einde van de wedstrijd betekende. Madeline stak haar vinger in haar oor.

'Het is *B/G* geworden,' zei Redd. 'Ik vraag me af hoe je dat moet uitspreken. B schuine streep G? Het doet me denken aan wat Prince heeft gedaan met dat belachelijke symbool.'

'*B/G*?' zei Madeline. 'Nee, die titel kunnen we niet gebruiken.'

'Ik vrees dat het al vaststaat,' zei Redd.

'Angie heeft gezegd dat ze eerst met mij zou overleggen!' zei Madeline. 'Ze heeft gezegd dat ik uiteindelijk de beslissing mocht nemen.'

'Welkom in de wereld van het uitgeefwezen,' zei Redd. 'Angie en haar superieuren moeten boeken verkopen. Ze schijnen te denken dat deze absurde titel een nieuw publiek zal aanspreken, of in elk geval qua publiciteit de aandacht zal trekken.'

'Ze kunnen die initialen niet gebruiken!' zei Madeline. 'We moeten de initialen wijzigen. Het kan me niet schelen wat het wel wordt, maar dit niet.'

'Maar ze verwijzen naar de namen van je hoofdpersonen,' zei Redd.

'Voorlopig ja!' zei Madeline. 'Er moet nog veel gewijzigd worden aan dit boek!' Ze zag het publiek opstaan op de tribune en massaal naar de picknicktafels lopen. 'Redd, vraag alsjeblieft of ze de initialen veranderen!'

'Ze denken dat het een knipoog is naar "boy/girl", man/vrouw. Ze zal niet bereid zijn de initialen te wijzigen. De uitgeverij heet niet voor niets Final Word, Madeline. Uiteindelijk hebben de mensen daar het laatste woord.'

'Redd, ik moet echt ophangen,' zei Madeline. 'Probeer het alsjeblieft ongedaan te maken!' Ze hing op. *B/G?* Dan hadden ze het net zo goed *Benton en Grace* kunnen noemen!

Madeline rende naar het kraampje om de flesjes sportdrank en water in de koeler met ijsblokjes te zetten. Vlak daarna kwam Cathleen Rook, die de bijgerechten uit de grote koelbox haalde.

'Waar is Rachel?' vroeg Madeline. 'Heeft die opscheplepels voor de aardappelsalade en de pasta bij zich?'

'Die zit nog op de tribune,' zei Cathleen. 'Ze is in je boek begonnen en kon het niet meer wegleggen.'

'Wat?' Madeline liet een zak met ijsklontjes in het gras vallen en rende dwars door de hongerige, afwachtende menigte heen tot ze bij de tribune was.

En ja hoor, Rachel McMann zat inderdaad over Madelines schrijfblok gebogen en was gretig aan het lezen.

Madeline rukte de pagina's bijna uit Rachels handen. 'Waar ben je mee bezig? Dit is mijn werk!'

Rachel keek haar met een stralende glimlach aan. 'Wat is dit ongelooflijk goed!' zei ze. 'Het is zo'n spannend verhaal, Madeline, en zo slim en verleidelijk gebracht. Mijn wangen gloeien gewoon!'

'Rachel!' zei Madeline. 'Dit is niet voor publiek bestemd.'

'Ik ben toch geen publiek, domoor,' zei Rachel. 'Ik ben je vriendin.'

Madeline was zo boos en beschaamd dat ze Rachel niet in de ogen kon kijken. In plaats daarvan richtte ze haar blik op de opgestreken N op de voorkant van Rachels jurk. De N van nieuwsgierig!

'Dit vliegt de winkel uit!' zei Rachel.

Madeline klemde het schrijfblok tegen haar borst. 'We zijn vriendinnen, Rachel, en daarom weet ik dat ik erop kan vertrouwen dat je aan niemand vertelt waar dit boek over gaat. Je mag niet eens zeggen dat je er een stuk van hebt gelezen.' Ze slikte. 'Dit is pas een eerste opzet. Waarschijnlijk ga ik alles wat je hebt gelezen nog veranderen.'

'Als ik jou was zou ik er geen woord aan veranderen,' zei Rachel. 'Maar maak je geen zorgen. Je geheim is veilig bij me. Ik zal het tegen niemand zeggen.'

Madeline had haar lesje geleerd: ze zou alleen nog in haar appartement schrijven. Ze zou haar schrijfblok 's avonds niet eens mee naar huis nemen. Het zou in het appartement blijven, verstopt onder de kussens van de bank of in de magnetron.

Madeline was er vrij zeker van dat Rachel een reservesleutel van het appartement had en op dit moment zag Madeline Rachel ervoor aan die sleutel te gebruiken.

De volgende dag stuurde Madeline Angie een e-mail over het wijzigen van de titel. Madeline stelde een andere titel voor: *Alles is liefde*.

Angie schreef terug: *We doen* B/G. *Bovendien vind ik* Alles is liefde *eerder een titel voor een film.*

Madeline belde Angie – drie keer – en kreeg alle keren de voicemail. Het lukte haar niet eens om Marlo, Angies assistent, aan de lijn te krijgen.

Om vijf uur 's middags werd er op haar deur geklopt.

Eddie, dacht ze. Met haar cheque.

Ze deed vlug open.

Trevor stond op de stoep, met in zijn handen zijn leuke pilotenpet. Hij keek onverbiddelijk.

'Hoi, schat,' zei ze. 'Wat een verrassing. Ik dacht dat het misschien Eddie zou zijn.' Ze kuste Trevor op de mond, maar hij reageerde niet. Hij leek eerder terug te deinzen.

'Wat is er?' vroeg ze.

'Ik heb vandaag een gerucht gehoord van Pamela die bij Island Air achter de balie zit.'

'O shit,' zei Madeline. Het ging over Grace en Benton Coe. Dat moest wel. Dit was zo vreselijk dat Madeline misselijk werd. Pamela van Island Air was een van de ergste roddeltantes van Nantucket, samen met blonde Sharon, Janice de mondhygiëniste en Rachel McMann.

Madeline trok Trevor het appartement binnen en sloot en vergrendelde de deur achter hem.

Hij plofte op de bank neer.

'Wat is er?' vroeg ze.

'Dacht je dat ik Eddie zou zijn?' zei Trevor. 'Waarom dacht je dat? Komt Eddie hier vaak?'

'Nee!' zei Madeline. 'Hij is hier niet meer geweest sinds de dag dat mijn huurcontract inging.'

'Oké,' zei Trevor. 'Het gerucht dat ik heb gehoord... Wat Pamela me vertelde en wat ze van minstens zes mensen had gehoord... is dat je een verhouding hebt met Eddie Pancik.'

'O, mijn god,' zei Madeline.

Trevor zei niets.

'Het is niet waar,' zei Madeline. 'Dat spreekt voor zich. Hoe komen mensen bij zulke vreselijke onzin?'

'O, er zijn wel wat aanwijzingen,' zei Trevor. 'Je hebt een eigen appartement, Eddie is op de eerste dag dat je hier zat bij je langsgekomen en is toen gezien. Vervolgens hoorde iemand hem met jou bellen.'

‘Ik heb je verteld dat ik hem had gebeld,’ zei Madeline. ‘Ik wil ons geld terug. Het leven is duur en op dit moment zou vijftigduizend dollar een groot verschil maken.’

‘Vanwaar opeens die haast?’ vroeg Trevor. ‘Heb je gokschulden waar ik niets van weet?’

Madeline ging voorzichtig naast haar man op de bank zitten. ‘Het lukt niet zo goed met het nieuwe boek,’ zei ze. ‘Het gaat heel moeizaam en ik vrees dat ik mijn voorschot zal moeten terugbetalen.’

‘Lukt het niet met je nieuwe boek?’ vroeg Trevor. ‘Ik heb iets anders gehoord, dat je nieuwe roman over een stel gaat dat een zeer hartstochtelijke, buitenechtelijke relatie heeft.’

‘Wie heeft je dat verteld?’ zei Madeline. ‘Heb je dat van Pamela gehoord?’

‘Het maakt niet uit hoe ik dat weet,’ zei Trevor. ‘Dat verhaal gaat rond, Madeline. Er wordt gezegd dat Eddie en jij een verhouding hebben en dat je supersexy nieuwe roman daarop gebaseerd is.’

‘Dat geloof je toch zeker zelf niet?’ zei Madeline. ‘Je weet dat ik je nooit ontrouw zou zijn.’

Trevor pakte haar schrijfblok. ‘Is dit je nieuwe roman?’

Madeline wilde het schrijfblok uit zijn handen rukken, maar hij hield het stevig vast en Madeline was bang dat de pagina’s zouden scheuren als ze zou gaan trekken. Ze liet zich tegen de kussens zakken en probeerde diep adem te halen. ‘Dat is inderdaad mijn nieuwe roman, maar die mag je nog niet lezen.’

‘Gaat het over een stel dat een zeer hartstochtelijke, buitenechtelijke verhouding heeft?’

‘Min of meer,’ zei Madeline.

Trevor smeet het schrijfblok op de salontafel. ‘Geweldig.’

‘Het is verzonnen!’ zei Madeline. ‘Ik schrijf fictie. Het punt is dat mensen geen fictie meer willen. Ze willen memoires. Ze willen “gebaseerd op ware gebeurtenissen”. Iedereen zou Mary Karr of Erik Larson moeten lezen! Maar dat’ – Madeline wees naar het schrijfblok – ‘is verzonnen! Het is honderd procent fictie! Ik heb een verhaal bedacht om mijn lezers te vermaken!'

'Bij *The Easy Coast* heb je niet alles verzonnen,' zei Trevor. 'Dat was gebaseerd op je eigen leven, ging over Geoffrey. En *Hotel Springford* ging over de relatie met je moeder. Dat betekent dat *Islandia* het enige is dat je geschreven hebt en pure fictie is, en eigenlijk is dat meer sciencefiction. Ik heb je aangemoedigd om een vervolg daarop te schrijven, maar nee, blijkbaar voelde je je genoodzaakt deze troep te schrijven.'

'Het is geen troep,' zei Madeline.

'Je hebt gelijk,' zei Trevor. 'Ook al ben ik nog zo boos en in verlegenheid gebracht, ik respecteer je te veel om je werk troep te noemen.'

'Misschien is het rotzooi,' zei Madeline. 'Ik weet het niet. Het is nog lang niet af.' Ze keek naar het knappe profiel van haar man. Dat ze Trevor had leren kennen, was de compensatie die het lot haar had geschonken voor de talloze keren dat Madeline eerder in haar leven was bedrogen: de gebrekkige opvoeding door haar moeder, de gevaarlijke relatie met Geoffrey. Door de liefde van Trevor was ze in feite veranderd in Gretchen Green, de jonge heldin. Ze was de vrouw geworden die ze wilde zijn. Bijna dan. Ze stak haar armen uit om hem te omhelzen.

Trevor duwde Madeline niet weg, maar beantwoordde haar omhelzing ook niet. Hij verstijfde en stond op.

'Je moet me helpen!' zei Madeline. 'Je moet me steunen! Je bent mijn man.'

'En jij bent mijn vrouw,' zei Trevor. Zijn toon klonk iets vriendelijker en Madeline werd overspoeld door opluchting. Maar toen zei hij: 'Ik denk dat je ruimte nodig hebt. Dat geldt in elk geval voor mij.'

'Ruimte?' zei Madeline. 'Hoe bedoel je?'

'Ik denk dat je maar een paar dagen hier moet blijven,' zei Trevor, 'terwijl ik dit probeer te verwerken.'

'Maar ik wil niet hier blijven!' zei Madeline. 'Wat een vreselijk voorstel.'

'Als je me laat lezen wat je hebt geschreven, zal ik van gedachten veranderen,' zei Trevor. 'Ik ken je behoorlijk goed, Madeline King, en mijn gevoel zegt dat je iets voor me verbergt.'

'Ik verberg helemaal niets!' zei Madeline, maar zelfs in haar eigen oren klonk dat niet overtuigend en Trevor zou er niet intrappen. 'Ik ben gewoon een auteur die haar werk probeert te beschermen.'

'Madeline,' zei hij.

Ze flapte het er bijna uit: Grace heeft een verhouding met Benton Coe en dat gebruik ik stiekem als inspiratie voor mijn nieuwe boek. Maar het was niet mijn fout! Ik ben in het nauw gedreven of heb het zelf zover laten komen.

'Ik wil niet dat je het leest,' zei ze. 'Later mag het, maar nu niet.'

'Oké,' zei hij. Hij stond op en liep naar de deur.

'Ga je echt weg?' vroeg ze.

'Ja.'

'Hoelang is een paar dagen?' vroeg ze. Ze was bang dat Trevor een paar dagen zei maar eigenlijk voorgoed bedoelde.

'Dat weet ik niet, Madeline,' zei Trevor. 'Een paar dagen, maar als je een nauwkeuriger getal wilt, zou ik zeggen een week.'

'Een week?'

'Ik heb tijd nodig om af te koelen,' zei Trevor.

Die nacht sliep Madeline op het oncomfortabele tweepersoonsbed in het appartement. Ze probeerde het leuk te vinden, een avontuur, maar het matras was hard en gaf niet mee, en de lakens die ze in de kast in de badkamer had gevonden roken vreemd. De slaapkamer had één raam dat uitkeek op een steeg waar mensen die bij het Boarding House of Venuto vandaan kwamen doorheen liepen op weg naar huis. Madeline hoorde hun voetstappen en hun stemmen, opgewekt en wat onduidelijk sprekend door de alcohol. Ze had een glas wijn moeten nemen voordat ze naar bed ging, maar ze wilde niet dat iemand haar bij Murray's een fles zag kopen en die daarna mee terug zag nemen naar haar appartement.

Ze had geen zin en geen geld om uit eten te gaan. Bovendien, hoe zou dat overkomen? Madeline King, in haar eentje in een restaurant. Die zat waarschijnlijk op haar minnaar te wachten.

Als avondeten maakte ze voor zichzelf een dubbele boterham met pindakaas en banaan klaar.

Ze bedacht dat ze misschien op de bank beter zou slapen en dus ging ze met haar deken en kussen naar de woonkamer, maar er hing aan de voorkant helemaal niets voor de ramen en de verlichting van Centre Street maakte de kamer veel te licht. Madeline ging zitten, keek naar het kistje met vogeleieren en dacht aan de vorige eigenaar van dit appartement, die nu ergens op een klif op het eiland Saint John woonde.

Hoe kon ze dit oplossen? Moest ze Eddie naar Trevor laten bellen om Trevors zorgen weg te nemen? Dat leek een goed idee, of niet? Het kon ook averechts werken en alles erger maken.

Stel dat Trevor wilde scheiden. De gedachte alleen al was belachelijk. Dat was althans tot vandaag zo geweest. Voor Trevor en haar was er het grootste deel van hun huwelijk geen vuiltje aan de lucht geweest. Ze waren het ideale stel van Nantucket!

Wie weet ging dit idiote gerucht daarom wel rond, omdat mensen jaloers waren en wilden onthullen dat het gelukkige stel helemaal niet zo gelukkig was.

Toen Madeline eindelijk in slaap viel, had ze een nachtmerrie over Geoffrey. In werkelijkheid had Geoffrey een kaalgeschoren hoofd en een enorme tatoeage van Prometheus op zijn rug. In Madelines droom was Geoffrey veranderd in de man van Rachel McMann, tandarts Andy, alleen had Andy nu een mond vol zwarte tanden. Toen hij Madelines polsen en enkels met plastic tie-wraps vastbond, liet hij haar zijn tanden zien. Ze gilde en werd wakker van haar eigen geschreeuw.

Madeline ging op haar buik op de bank liggen, haar gezicht begraven in het kussen en dacht: wat heb ik gedaan?

Mijn gevoel zegt dat je iets voor me verbergt. Dat zou Trevor nooit hebben gedacht als Pamela hem dat stomme gerucht niet had verteld.

Madeline stond op en ijsbeerde door het appartement. Ze bleef bij het donkere raam staan om naar de straat te roepen: 'Bemoei je met je eigen zaken! Hou op met roddelen!'

Ze zag helemaal voor zich dat vrouwen bij de Galley zaten te lunchen en het over Madeline hadden. Ze stelde zich voor dat Janice, de mondhygiëniste van tandarts Andy, het verhaal doorvertelde aan al haar patiënten. *Heb je het gehoord?* Ze stelde zich voor dat Pamela van Island Air het tegen Barry, de barman in het restaurant op het vliegveld, zei, die het op zijn beurt aan zijn vrouw, Candace, zou vertellen, die receptioniste was bij de RJ Miller Salon. Als het gerucht eenmaal bij de tandarts en de kapper werd verspreid, was er geen houden meer aan. Blonde Sharon zou het aan haar vriendinnen bij de zeilclub vertellen als ze gingen zeilen, tennissen of een Cobb-salade aten. Daarna zouden de makelaars er lucht van krijgen. Er zou gefluisterd worden tijdens een open huis van een villa van elf miljoen in Monomoy. Daarvandaan zou het overslaan naar Sconset, naar het postkantoor en het zwembad bij het Summer House. De mensen bij het tolhuis van Wauwinet zouden erover praten als ze lucht uit hun banden lieten lopen voordat ze doorreden naar Great Point. Madeline wist dat zij niet het echte doelwit was, dat was Eddie. Veel mensen hadden een hekel aan Eddie. De bibliotheekassistenten bij Atheneum zouden het erover hebben en de mannen die auto's de stoomboot in reden, en de zeelieden die hun boten lieten onderhouden in de jachthaven van Madaket en de toneelspelers die een rol in *Pygmalion* hadden, dat door de Theatre Workshop of Nantucket werd opgevoerd.

Heb je het gehoord? Madeline King en Eddie Pancik.

En ze schrijft er een boek over!

Madeline vond het zo walgelijk, vernederend, gênant, verschrikkelijk en beschamend – omdat ze wist dat ze het zelf had uitgelokt – dat ze het kistje met broze eieren pakte en daarmee zo hard op haar gebogen knie sloeg dat het glas en de eieren braken en de troep overal op de vloer belandde.

Zo, dacht ze. Ze had het enige authentieke en interessante voorwerp in dit appartement kapotgemaakt.

De volgende ochtend werd Madeline wakker van een sms'je van Rachel McMann. De tekst luidde: *Hoi, Brick heeft aan Calgary verteld dat je tijdelijk verhuisd bent. Je hebt vast behoefte aan een vriendin. Zullen we woensdagavond samen wat gaan drinken?*

Madeline keek naar het scherm. Brick had het aan Calgary verteld! Rachel McMann wist dus dat Madeline een paar dagen in het appartement zou logeren – wat, en dat wilde Madeline graag benadrukken, iets heel anders was dan dat ze 'verhuisd' was – en Rachel was ook degene die het verhaal over Madelines nieuwe roman de wereld in had gestuurd. Afgezien van Redd en Angie en het personeel bij Final Word – stuk voor stuk mensen die in Manhattan woonden, wat zo'n beetje een ander melkwegstelsel was – was ze de enige die het had gelezen.

Madeline had zin om 'loop naar de hel, Rachel' terug te sms'en.

In plaats daarvan verwijderde ze het bericht en ging aan het werk.

Juli

Grace

Zodra ze door het houten prieel bij Jean Burtons huis liepen, voelde Grace de ogen van vijftig jaloerse vrouwen op zich gericht.

Ze liep gearmd met Benton.

Jean, zoals altijd de vriendelijke gastvrouw, kwam eraan lopen zodra Grace en Benton de tuin betraden.

'Grace!' zei Jean. 'Wat leuk dat je er bent. En Benton...' Ze boog zich naar hem toe en drukte een natte zoen op zijn wang. Grace wist dat het de hele avond zo zou gaan. De respectabele dames van de Nantucket Garden Club zouden zich uitsloven om Bentons aandacht te trekken. Sommige vrouwen zouden hem wie weet zelfs een regelrecht voorstel doen.

Maar hij was van Grace.

De afgelopen jaren had Grace voor deze gelegenheid kleding aangetrokken die volgens Eddie in de categorie truttig viel: een witte blouse en lange rok en haar Peter Beaton-strohoed. Vanavond droeg ze echter een fonkelnieuwe zwarte halterjurk, een parelketting en hippe zwarte teenslippers die ze uit Allegra's kast had gehaald. Haar haar hing los, want dat vond Benton het mooist.

Zelfs Eddie reageerde verbaasd toen hij haar zag. 'Wauw, je ziet er fantastisch uit,' zei hij. 'Waar ga je ook alweer naartoe?'

'Naar de Sunset Soiree,' zei Grace, die haar ergernis probeerde te verbergen. Hij onthield ook niets van wat ze tegen hem zei. 'Van de Nantucket Garden Club.'

'O ja,' zei Eddie.

Grace wilde hem er bijna aan herinneren dat ze met Benton Coe ging en dat Eddie gezegd had dat dat goed was. Maar toen dacht ze: waarom slapende honden wakker maken? Ze gaf Eddie en Hope een zoen toen ze wegging. Allegra was niet thuis.

Grace had Benton opgehaald bij zijn pand aan Old South Road, vlak bij het vliegveld. Benton huurde twee grote loodsen waarin hij zijn pick-ups, aanhangers, maaiers en graafmachines stalde. Hij woonde in een appartement op de bovenste verdieping van een van de twee gebouwen. Daar woonde ook zijn bedrijfsleider, Donovan, met zijn vriendin, Leslie, die de leiding had over een van Bentons hoveniersploegen. Als Benton in zijn vrije tijd iets leuks ging doen, deed hij dat samen met Leslie en Donovan. Ze barbecueden op het strand, gingen naar openingen van tentoonstellingen en luisterden bij de Lobster Trap naar livemuziek. Dat was alles wat Grace over Bentons leven op Nantucket wist, buiten de tijd die hij met haar doorbracht.

Nu zag ze waar hij woonde. Het pand had een stoffige, industriële uitstraling. Er was geen grasspriet te bekennen. Op de oprit lag grind, de tuin was geasfalteerd.

De zoon van de schoenmaker heeft geen schoenen, dacht Grace. Toch vond ze het leuk om de pick-ups op een rij te zien staan met aan de zijkant een klavertjevier. Dit was het hoofdkantoor van Benton Coe, zijn controlecentrum, zijn domein.

Ze toeterde, iets wat haar grootmoeder Sabine haar wenkbrauwen zou doen fronsen. Een buitenechtelijke verhouding was tot daaraan toe – dat gebeurde vast ook al in de jaren veertig en vijftig toen Sabine zo oud was als Grace nu – maar toeteren in plaats van naar de voordeur toe lopen was praktisch onvergeeflijk. Grace wilde echter niet dat dit een date zou lijken. Ze had geen zin om Donovan of Leslie te zien en wilde niet dat Bentons werknemers – van wie er een paar in een appartement op de bovenste verdieping van het andere gebouw woonden – zouden zien dat een vrouw in een zwarte jurk bij hun baas aanklopte.

Maar toen Benton het huis uit kwam in een lichtgrijze pantalon, een turquoiseblauw overhemd, een marineblauwe blazer en mocassins zwijmelde Grace. Ze moest haar Range Rover in de parkeerstand zetten en een paar keer doelbewust ademhalen. De man was… adembenemend. Ze had hem tot nu toe altijd in een spijkerbroek, T-shirt en sweatshirt met capuchon gezien.

Hij stapte in de auto en zei: 'Verdorie, Grace, je bent zo mooi, ik weet gewoon niet wat ik moet zeggen.'

Glimlach en bedank hem voor het compliment, dacht ze. Maar zijn woorden hadden haar sprakeloos gemaakt. De bovenkanten van haar oren gonsden.

Grace, die nooit met lege handen op een feest aankwam, gaf Jean een doosje bleekblauwe eieren. 'Die zijn van Hillary en de andere Araucana's,' zei ze. 'Mijn beste legkippen.'

'Ik geef de voorkeur aan de gespikkelde eieren van Ladybird,' zei Benton.

Jean pakte het doosje eieren aan en zei: 'Ik zal ze behandelen alsof ze van goud zijn.' Daarna maakte ze een theatraal gebaar naar haar tuin – die tot in de puntjes verzorgd was – de mandolinespeler, de catering die rondging met schalen met hapjes. Grace vermoedde dat ze ook op de zon doelde, die plichtsgetrouw een gouden, siroopachtige gloed op het feest wierp. Grace' oog viel direct op *la grande table*, waarvan de helft als bar diende terwijl de andere helft vol stond met lekkernijen: een kaasplankje, druiven, aardbeien, abrikozen, noten, salami, gemarineerde groenten, crackers, stukjes stokbrood, kweepeergelei, olijven en dipsaus. Grace had la grande table drie jaar geleden bedacht – in feite was het een boerenlunch, maar dan veel uitgebreider – en Jean had de traditie voortgezet.

'Moet je kijken!' zei Benton. 'Jean, je hebt jezelf overtroffen.'

Jean glimlachte van oor tot oor. 'Ik heb alles geleerd van deze beeldschone vrouw hier,' zei ze, en ze gaf een kneepje in Grace' bovenarm. 'Grace, ik zweer het, toen je binnen kwam lopen zag ik je aan voor een van je dochters. Je straalt gewoon. Je bent toch niet zwanger?'

Grace gilde het uit alsof er in haar billen werd geknepen. 'Nee, zeg!' zei ze.

De andere vrouwen droegen allemaal gebloemde zomerjurken en linnen hemdjurken. Er was een hoog gehalte aan Jack Rogers-slippers en Lilly Pulitzer-prints. Ze zagen eruit als figuranten in een Merchant Ivory-film, maar dat was nu juist de bedoeling. Van alle cocktailparty's die deze zomer op Nantucket werden gehouden, was dit de elegantste en de deftigste.

'Laten we iets drinken,' zei Grace.

'Ik ga het wel voor je halen,' zei Benton. 'Waar heb je trek in?'

'Doe maar een sauvignon blanc,' zei Grace. 'Sancerre als ze dat hebben.'

Benton liep naar de bar en de vrouwen doken op Grace af als buizerds op platgereden dieren: Jody Rouisse, Susan Prendergast, Monica Delray.

'Geluksvogel, je hebt Benton meegebracht!' zei Monica.

'Een man om van te dromen,' zei Jody.

'En hij heeft zich vandaag opgedoft,' zei Susan.

'Waar is Madeline?' vroeg Monica. 'Hebben jullie ruzie?'

'Ruzie?' zei Grace. Ze kon zich niet eens herinneren wanneer ze voor het laatst boos op elkaar waren geweest. 'Die heeft het heel druk met schrijven.'

'Ja, dat hebben we gehoord,' zei Jody.

'Daarom heb ik Benton als introducé meegenomen,' zei Grace. 'Sinds vorige zomer geeft hij me tuinadviezen.'

'Dat weten we,' zei Jody. 'We willen je tuin dolgraag eens zien.'

'We dachten dat de soiree dit jaar misschien bij jou zou zijn,' zei Susan.

'De tuin is nog niet klaar voor een soiree,' zei Grace, ook al was dat niet waar. Jean had in november aan Grace gevraagd of de soiree bij haar gehouden mocht worden. Ook toen al had Grace haar zinnen gezet op een artikel over haar tuin en ze had niet gewild dat er veel mensen over haar gras zouden lopen en haar kippen zouden laten schrikken.

'Ach, hou nou toch op,' zei Jody. 'Je wilt de tuin voor jezelf houden. Grace' geheime tuin.'

Benton dook naast Grace op en gaf haar een glas champagne. 'Ze hadden alleen chardonnay,' zei hij, 'dus ik dacht dat je dit liever zou hebben.'

Grace pakte het glas van hem aan en glimlachte naar hem. 'Dat klopt. Dank je wel.'

'Dames,' zei Benton, 'bedankt dat jullie een boer zoals ik toelaten op jullie feest. Ik zie dat de mannen flink in de minderheid zijn, maar dat staat me wel aan.'

De dames giechelden.

Jody zei: 'Grace vertelde ons net dat je haar tuinadviezen geeft.'

'Ik ga dagelijks naar haar tuin,' zei Benton. 'Het is mijn lievelingsproject.'

'Benton heeft alles bedacht, het is zijn kindje,' zei Grace. 'Hem komt alle lof toe, ik ben maar een werkbij.'

'Heb je het al verteld?' vroeg Benton.

'Wat?' zei Monica.

'Gaan jullie er samen vandoor?' zei Susan. Ze legde haar hand op Bentons arm. 'Laat haar hier, neem mij mee.'

Benton lachte en zei: 'Het is Grace' nieuwtje, dus ze mag het zelf vertellen.'

Grace knipperde met haar ogen. Het gesprek draaide niet meer om haar. Wat zouden de andere vrouwen gedacht hebben toen Benton zei dat haar tuin zijn lievelingsproject was? Dachten ze... En waar sloeg die opmerking op dat Benton en Grace er samen vandoor zouden gaan?

Madeline had gelijk. Deze vrouwen waren gifslangen.

'Je nieuwtje, Grace,' spoorde Jody haar aan.

Ze wilde het bijna niet vertellen. Laat ze maar gek opkijken als ze op 26 juli de krant opensloegen.

Grace kon zich echter niet beheersen en zei: 'Mijn tuin komt in *The Boston Globe*, op zondag in het huis-en-tuinkatern.'

Er werd naar adem gehapt en geknikt. Een jaloerse blik van Jody

Rouisse, maar dat was geen verrassing. Zij was degene die Benton een man om van te dromen had genoemd en ze lag in scheiding. Ze zou waarschijnlijk het liefst haar tanden in Bentons sterke schouder zetten.

'Dat is geweldig!' zei Susan Prendergast. 'Je zult wel dolblij zijn.'

'Ik heb gehoord dat Eddie een publiciteitsagent heeft ingehuurd,' zei Jody. 'Heeft die hiervoor gezorgd?'

'Ja,' bekende Grace. 'Hester Phan. Ze heeft een persbericht rondgestuurd met foto's en een volledige omschrijving en *The Boston Globe* was de eerste die toehapte.' Ze liet het klinken alsof meerdere dagbladen en tijdschriften een artikel over Grace' tuin hadden willen plaatsen.

'Ik had gehoopt op *Classic Garden*,' zei Benton. 'Jaren geleden heb ik een project in Savannah gedaan dat in dat tijdschrift heeft gestaan. Die lui leveren fantastisch werk.'

'*Classic Garden* is een heerlijk blad,' zei Susan.

Grace vroeg zich af of ze had moeten wachten of *Classic Garden* ook wilde voordat ze met *The Boston Globe* in zee was gegaan. Op die manier zou Benton zijn eerste keuze hebben gekregen.

Ze nipte van haar champagne. De andere vrouwen keken met enige jaloezie maar ook met een zekere minachting naar haar. Dat vermoedde ze althans. Haar man had een publiciteitsagent ingehuurd en nu kwam Grace' tuin in *The Boston Globe*.

Het was in feite toch ook een kolossaal vertoon van ijdelheid?

Voordat Grace kon peilen hoe schandalig deze vrouwen het vonden dat ze een publiciteitsagent had ingeschakeld voor haar tuin, werden haar gedachten onderbroken.

'Hé, Grace!' zei een luide vrouwenstem. 'Hé, hallo! Niet te geloven dat jullie tweeën hier zijn.'

Grace draaide zich om en zag Sharon Rhodes, ook wel bekend als blonde Sharon. Sharon Rhodes was 1 meter 82 en had fel geblondeerd haar. Ze had een brede mond met kronen en een brede, vriendelijke, aanstekelijke lach, wat haar grootste pluspunt was. Ze was steevast de luidruchtigste persoon in een gezelschap en trok daardoor altijd alle aandacht naar zich toe. Vanavond viel ze zoals gewoonlijk op in een knalrode strapless blouse, een witte strakke pantalon en dertien centimeter hoge stilettohakken die funest zouden zijn voor het prachtige gazon van Jean Burton.

Platte hakken, dacht Grace. Om die reden droeg je schoenen met platte hakken bij de Sunset Soiree.

'Hoi, Sharon,' zei Grace. Ze boog zich naar voren voor een luchtkus. 'Leuk je te zien.'

Blonde Sharon keek Benton met onverholen belangstelling aan. 'Volgens mij zijn we nooit officieel aan elkaar voorgesteld,' zei ze, en ze stak haar hand uit. 'Sharon Rhodes.'

'Leuk je te ontmoeten, Sharon Rhodes,' zei Benton, en hij schudde haar de hand.

'Ik heb uiteraard wel van je werk gehoord,' zei blonde Sharon. 'En woonde je niet samen met Katharine McGovern?'

'McGuvvy,' zei Benton. 'Ja, geweldige vrouw. We zijn uit elkaar, maar ik hoor dat ze heel gelukkig is...'

'In San Diego!' zei blonde Sharon. 'Ze heeft mijn kinderen vorige zomer leren zeilen bij de zeilclub.' Blonde Sharon knipoogde naar Benton. 'Volgens mij hoopte ze dat jullie zouden trouwen.'

'Het is helaas anders gelopen,' zei Benton. 'Het zat er niet in.'

Blonde Sharon knikte en keek van Grace naar Benton alsof ze probeerde te bevatten wat ze zag.

'Benton geeft me tuinadviezen,' zei Grace. 'Hij kan toveren. Je zou mijn rozen eens moeten zien.'

'Ik zou je rozen graag eens komen bewonderen,' zei blonde Sharon, 'maar je nodigt me nooit uit.'

Grace glimlachte. Ze had het gevoel dat ze de enige op aarde was die zich nog om goede manieren bekommerde, dankzij haar grootmoeder Sabine en de zondagen dat Grace had geleerd hoe ze netjes boter op haar brood moest smeren. 'Je bent altijd welkom,' zei ze tegen blonde Sharon.

Blonde Sharon lachte alsof dit de grappigste opmerking was die ze ooit had gehoord. Het was ook best grappig. Als blonde Sharon onaangekondigd bij Grace op de stoep zou staan om Grace' rozen te komen bekijken, zou Grace doen of ze migraine had. Ze zou blij zijn met de massief eiken deur die haar scheidde van de nieuwsgierigheid van blonde Sharon. Haar huis was een fort en blonde Sharon was niet welkom. Niet dat Grace dacht dat blonde Sharon een slecht mens was, ze vond haar gewoon té aanwezig. Haar kleren waren opzichtig, haar hakken te hoog, haar lach te hard. Madeline dacht er net zo over. Als Madeline hier was, zouden ze over blonde Sharon kletsen zodra die een paar stappen verder was gelopen.

Alsof ze haar gedachten kon lezen, zei blonde Sharon: 'Zeg, Grace, heb je het gehoord van Madelines nieuwe boek? Rachel McMann heeft er al een stuk van gelezen.'

'Ik weet dat ze hard aan het werk is,' zei Grace. Ze glimlachte naar Benton. 'Zullen we ons naar de tuin begeven?'

'Ja,' zei Benton met zijn Surrey accent. 'Laten we ons daarheen begeven.'

'Je moet Madeline er eens naar vragen!' riep blonde Sharon.

'Zal ik doen,' antwoordde Grace. Ze haakte haar arm door die van Benton. 'Leuk je gesproken te hebben.'

Grace en Benton slenterden verder en bewonderden Jean Burtons bloemperken die aan de randen stuk voor stuk omzoomd waren met vlijtige liesjes.

'O, vlijtige liesjes,' fluisterde Benton.

Grace gaf een kneepje in zijn arm. Benton en zij dachten hetzelfde over deze plant: saai en overdreven.

Ze liepen naar de eerste vijver met koikarpers en keken toe hoe de oranje vissen in lome kringen rondzwommen. Voor Grace vielen koikarpers in vijvers in dezelfde categorie als tijgers en leeuwen in kooien in de dierentuin.

'Dus McGuvvy wilde met je trouwen?' zei Grace.

'Och, dat weet ik niet,' zei Benton. Hij keek naar het wateroppervlak.

'Je kunt het me wel vertellen,' zei Grace. 'Ik zal niet jaloers worden.' Dat was gelogen. Grace was al jaloers. Zodra blonde Sharon de naam Katharine McGovern had laten vallen, waren de haartjes op haar armen overeind gaan staan en staken er scherpe punten uit haar hart. Grace wist dat Benton en McGuvvy vorige zomer hadden samengewoond. Grace had McGuvvy zelfs een keer gezien toen ze met Eddie, Madeline en Trevor bij Le Languedoc zat te eten. De Panciks en Llewellyns zaten beneden in de bistro aan cheeseburgers met knoflookfrites toen Benton en een jonge vrouw samen naar binnen gingen. Grace herinnerde zich dat ze dat toen zeer interessant vond. Ze wilde eens goed kijken naar die vrouw met die aparte naam.

Mijn vriendin, McGuvvy, zo had Benton vorige zomer naar aan haar verwezen.

McGuvvy was eerder een naam voor een elf of een kwelgeest.

Benton was met McGuvvy naar de tafel toe gelopen en had haar voorgesteld: 'Hallo allemaal, dit is McGuvvy.'

McGuvvy was wat mensen een doorsneevrouw noemden. Ze had kastanjebruin haar, sproeten en een bril met zwart montuur. Ze droeg een witte blouse met zwart borduursel boven een witte pantalon en had zwarte Jack Rogers-slippers aan. Turquoise gelakte teennagels. Was ze mooi? Grace wist het niet. Ze kon ermee door en ze was jong. Ze leek geanimeerd, enthousiast, overal voor te porren. Je kon waarschijnlijk met haar lachen. Grace wist slechts twee dingen over haar: ze gaf zeilles bij de Nantucket Yacht Club en gaf niets om tuinieren. Toen Grace had gevraagd of dat niet lastig was, had Benton gezegd: 'Het gaat prima. We hebben andere interesses, maar dat is geen punt.'

Nu waren Grace en Benton minnaars en dus kreeg het noemen van McGuvvy een nieuwe lading.

'Ze wilde trouwen en kinderen,' zei Benton. Hij haalde zijn schouders op. 'Ik kan het haar niet kwalijk nemen. Dat willen vrouwen van haar leeftijd nu eenmaal.'

'En welk gedeelte wilde jij niet?' vroeg Grace. 'Trouwen of kinderen?' Grace had er nooit bij stilgestaan dat Benton misschien kinderen wilde. Ze bedacht dat Jean Burton had gevraagd of Grace zwanger was. Grace was tweeënveertig, moeder van twee tieners. Ze had al jaren niet aan een zwangerschap gedacht. Ze verklaarde Madeline voor gek dat die na haar vijfendertigste nog steeds in verwachting probeerde te raken terwijl Brick al in de middenbouw zat.

Nu werd het een ander verhaal... Als de relatie hechter werd, Grace Eddie verliet en met Benton trouwde, zou ze dan eventueel nog een kind willen?

'Ik weet het niet, Grace. Ik denk dat ik dat met McGuvvy allebei niet wilde,' zei Benton.

Grace nipte van haar wijn. Benton en Grace liepen langzaam om de andere vijvers met koikarpers heen en sloegen een pad met stapstenen in dat uitkwam bij een verborgen vijver met koikarpers en bijna volledig omringd werd door 'Annabelle'-hortensia's.

'Zes vijvers met koikarpers!' zei Benton vrolijk.

Bij deze vijver stond een stenen bank en omdat nog niemand van de andere gasten die had ontdekt, ging Grace erop zitten. Ze wilde het gesprek voortzetten.

'Wil je trouwen?' vroeg Grace. 'Wil je kinderen?'

Benton keek haar aan en zuchtte. 'Die vraag is momenteel te verwarrend voor me om te beantwoorden.'

Grace wist wat hij bedoelde. Het hele onderwerp was beladen. Benton en zij hadden een verhouding die hartstochtelijk en hecht was. En, zo had Grace gedacht, van korte duur. Hoe denk je dat dit zal aflopen, had Madeline gevraagd. Het antwoord was toen dat Grace verwachtte dat de relatie als een zeepbel uiteen zou spatten. Ze had gedacht dat ze op een dag wakker zou worden en weer zichzelf zou zijn, dat ze weer alleen van haar man, dochters en kippen zou houden. Nu het dieper ging, en ze beslist verliefd was, moest Grace er niet aan denken dat hun relatie zou eindigen. Als er dus geen eind zou zijn, dan was er een toekomst. En als er een toekomst was, dan waren de antwoorden op deze vragen belangrijk.

'Vergeet dat huwelijk even,' zei ze. 'Wil je kinderen?'

'Ja,' zei hij, 'ik heb altijd al kinderen gewild.'

Grace nipte van haar wijn. Om onduidelijke redenen sprongen er tranen in haar ogen. Ondanks de complicaties bij de geboorte van Hope kon Grace nog wel kinderen krijgen. Maar ze was oud. Benton verdiende een jongere vrouw, iemand als McGuvvy.

Hij veegde de traan van haar wang. 'Toe nou, Grace, het is geen goed idee om dit gesprek hier te voeren.'

'Ja, maar,' zei Grace, 'ik ben niet over McGuvvy begonnen.'

'Ik ook niet,' zei Benton. 'Dat was je vriendin.'

'Jezus,' zei Grace, 'die vrouw is mijn vriendin niet.' Ze stond op van de bank en dronk haar glas leeg. Ze was opeens boos, al wist ze niet waarom. Benton en zij hadden net als anders een tête-à-tête, maar ze waren op ongemakkelijk terrein beland en hun gevoelighe-den gingen niet meer zo harmonieus samen. Grace had hun prille liefde nooit aan de buitenwereld moeten blootstellen.

Benton haalde een zakdoek uit zijn zak en gaf die aan Grace, zo-dat die haar tranen kon drogen.

'Mijn grootmoeder zou dol op je geweest zijn,' zei Grace.

'Denk je?' zei Benton. Hij pakte Grace' hand en keek haar aan met die blik van hem en ze dacht: hij gaat me...

Net op dat moment kwam blonde Sharon over de stapstenen gestampt, met in haar kielzog Jody Rouisse.

'O, daar zijn jullie!' zei blonde Sharon. 'We vroegen ons al af waar jullie waren.'

'Gaat het, Grace?' vroeg Jody. 'Heb je gehuild?'

'Niets aan de hand,' zei Grace snotterend, en ze dwong zichzelf om te glimlachen.

'We gaan eens bij la grande table kijken,' zei Benton. 'Ik heb honger.'

'Ik ben dol op stinkkaas!' zei blonde Sharon.

Toen Grace en Benton bij de verborgen vijver met koikarpers van-daan slenterden, zei Grace: 'Ik wil hier weg.'

'Ik ook,' zei Benton. 'Die vrouw is zelf een stinkkaas.'

'Dat geldt voor hen allemaal,' zei Grace. Opeens voelde Grace zich zoals Eleanor zich moest hebben gevoeld toen Grace haar in het kippenhok erbij zette. Hillary en Dolly hadden haar halfdood gepikt.

Grace vond Jean Burton en verontschuldigde zich.

'Wat jammer dat jullie nu al weggaan,' zei Jean Burton. 'Ik heb mijn toespraak nog niet eens gehouden.'

'Ik stuur wel een cheque,' zei Grace, en ze omhelsde Jean. Ze vond het vervelend om weg te gaan, maar ze hield het hier geen seconde langer uit.

Zodra ze op straat waren, zei Benton: 'Waar gaan we naartoe?' De zon was eindelijk ondergegaan en het werd snel donker.

'Zullen we ergens wat gaan drinken?' vroeg Grace.

'Dat kan,' zei Benton. 'We kunnen ook naar het strand gaan.'

'Dat is riskant,' zei Grace. Ze stapten in Grace' Range Rover en Grace startte de motor. Ze wilde niet dat de avond zou eindigen, wilde dat die nooit zou ophouden, maar ze wilde ook niet betrapt worden in een compromitterende situatie. Ze verliet Fair Street en sloeg Lucretia Mott Lane in. De enige verstandige optie was Benton naar huis brengen.

'Stop eens,' zei Benton.

'Wat?' zei Grace.

'Stop eens.'

Grace deed het. De koplampen beschenen de smalle weg. Er was verder niemand. Benton stapte uit de auto.

'Waar ga je naartoe?' vroeg Grace.

'Kom alsjeblieft mee. Doe de koplampen uit.'

'Ik kan de weg niet zomaar blokkeren,' zei Grace.

'Hier komt nooit iemand,' zei Benton.

Grace deed de koplampen uit en stapte uit de auto. Het was nu helemaal donker. Langs Lucretia Mott Lane stonden oude bomen met veel bladeren, bomen die er al waren in de tijd van de Wampanoag-indianen, de Quakers en de weduwen van de walvisvaarders.

Benton nam Grace in zijn armen en kuste haar midden op de weg. Dat was opwindend maar ook beangstigend.

'Straks ziet iemand ons,' zei ze.

'Het kan me niet schelen wie ons ziet,' zei hij. 'Ik hou van je, Grace. Ik hou van je.'

Ze keek hem aan. Ze had tranen in haar ogen, waardoor ze alles scherp en helder zag. 'Ik hou ook van jou,' zei ze. 'Ik heb nog nooit zo veel van iemand gehouden als van jou.'

Grace bracht Benton naar huis en toen hij haar vertelde dat Donovan en Leslie het eiland hadden verlaten voor een concert van Lyle Lovett in de Cape Cod Melody Tent, liep Grace achter hem aan de trap op naar zijn appartement.

Hoe denk je dat dit zal aflopen?

Dat zag ze niet gebeuren.

De liefde die ze voor Benton Coe voelde, was dramatisch, dringend en allesoverheersend. Het was liefde in hoofdletters, vet, onderstreept. Wat ze voor Eddie voelde was een heel andere emotie. Ze vond Eddie aardig en hij had haar betoverd. Hij maakte haar aan het lachen en bood haar waar ze sterk behoefte aan had: een manier om aan haar verstikkende ouders en bazige broers te ontsnappen. Eddie had haar de kans gegeven om een thuis te creëren en kinderen op te voeden zoals zij dat wilde. Hij vond het prima dat zij de baas was en alles bepaalde. Hij kocht alles voor haar wat ze wilde. Daar was ze Eddie dankbaar voor, maar ze hield niet van hem zoals ze van Benton Coe hield.

Toen Grace thuiskwam, was het donker en stil in huis. Iedereen lag in bed of was weg. Daar was ze blij om.

Ze ging meteen naar haar werkkamer en belde Madeline.

Eddie

Grace had een feestje van de tuinvereniging en Allegra was zoals gewoonlijk weg, wat betekende dat alleen Eddie en Hope thuis waren. Grace had geen avondeten voor hen klaargemaakt, wat niets voor haar was. Ze had het te druk met haar jurk, haar haar en haar make-up, veronderstelde Eddie. Ze zag er zo mooi uit dat Eddie bijna had gewild dat hij met haar meeging, maar de tuinvereniging, nee, bedankt. Hij stak nog liever zijn hand in een nest met honingbijen.

Wat moest hij eten? Hij kon eieren bakken, veronderstelde hij. Er stond vijf doosjes eieren op het aanrecht.

Hij wist wel iets beter dan eieren, dacht hij toen hij Grace in de Range Rover zag wegrijden. Hij klopte op de gesloten deur van Hopes slaapkamer.

Ze zwaaide de deur open. 'Wat?'

'Heb je honger?' vroeg Eddie.

Ze haalde haar schouders op. Hope en Allegra deden dat op precies dezelfde manier en dat irriteerde hem.

'Trek iets leuks aan,' zei hij. 'Ik neem je mee uit eten.'

Een half uur later liepen Eddie en Hope over een pad met keien tussen twee tuinhuizen door naar de indrukwekkende veranda aan de voorkant van het Summer House. Er zweefden heerlijke geuren naar buiten en ook geluiden: pianospel, klinkende glazen, gesprekken en gelach. Eddies humeur klaarde op. Hij pakte Hope bij de arm. Ze zag er prachtig uit in een witte zonnejurk en haar haar in een Franse vlecht. Ze zag er meisjesachtig uit, terwijl Allegra altijd alarmerend vrouwelijk overkwam.

Eddie en Hope werden naar een tafel aan de voorkant bij het raam gebracht. Het Summer House had ongelijke houten vloeren en de rustieke, elegante uitstraling van een zomerhuis uit de jaren veertig. De pianist speelde nummers van Cole Porter. Eddie bestelde een martini met een twist en Hope een cola.

Toen hun drankjes waren gebracht, hief Eddie zijn glas en zei: 'Proost.'

'Dit is leuk. Bedankt, pap,' zei Hope.

Eddie kreeg bijna tranen in zijn ogen. Hij werkte zich uit de naad, werkte harder dan wie dan ook en toch waren de drie vrouwen in zijn leven niet onder de indruk. Eddie hoefde geen parade, maar het zou fijn zijn als hij af en toe eens een bedankje kreeg, erkenning dat hij meer was dan een geldautomaat.

'Graag gedaan.'

Hope bestelde vissoep en caesarsalade en Eddie ging zich te buiten aan ganzenlever en lamskoteletjes. Hij bestelde een goede fles pinot noir uit Willamette Valley, leunde achterover in zijn stoel en zei: 'Wat is er aan de hand met je zus?'

'Ik heb geen idee,' zei Hope.

'Echt niet?' zei Eddie.

Hope zei: 'Ga me alsjeblieft niet vertellen dat je me mee uit eten hebt genomen om me uit te horen over Allegra. Als je iets over Allegra wilt weten, moet je dat aan Allegra vragen, pap.'

'Sorry, je hebt gelijk,' zei Eddie. 'Ik zit hier met jou en ik geef om je. Hoe gaat het met je?'

Hope haalde haar schouders op.

'Is het werk bij de pastorie leuk?'

'Gaat wel.'

'Pastoor Declan houdt zijn handen toch wel thuis?'

'Pap!' zei Hope. 'Doe normaal. Hou op!'

'Zoiets moet een vader nu eenmaal vragen,' zei Eddie.

'Pastoor Declan is aardig,' zei Hope. 'Hij is slim. Ik ben *Afspraak in Samarra* van John O'Hara aan het lezen en pastoor Declan zei dat dat een van zijn lievelingsboeken was toen hij op de universiteit zat.'

Het gesprek ging Eddie boven zijn pet. Hij vertelde mensen graag dat hij sinds *Duin* in de tweede klas van de middelbare school geen boek meer had gelezen, maar hij had *Duin* niet eens helemaal gelezen. Het laatste boek dat Eddie had uitgelezen was *Stuart Little*.

‘Is het een katholieke roman?’ vroeg Eddie.

‘Nee,’ zei Hope. ‘Pastoor Declan is priester, pap, maar ook gewoon een mens. Niet alles wat hij doet hoeft per se katholiek te zijn.’

‘Dat weet ik,’ zei Eddie. Hij viel aan op de ganzenlever. Daar was hij dol op, maar hij mocht het van Grace niet bestellen. Ze keurde het af dat de ganzen gedwongen moesten eten. Doordat ze kippen hield, was ze tegen elke vorm van misbruik van vogels. Maar Grace was nu niet hier, die was op een tuinfeest.

‘Zou mama het naar haar zin hebben op het tuinfeest?’ vroeg hij.

Hope zei: ‘Vind je het niet raar dat ze Benton als introducé heeft meegenomen?’

‘Met wie is ze ernaartoe?’

‘Met Benton Coe, de tuinman.’

‘Ja, dat is waar ook,’ zei Eddie. ‘Dat heeft ze tegen me gezegd, maar ik was het vergeten.’

‘Vind je dat niet vreemd?’ vroeg Hope.

Vond Eddie dat vreemd? Het maakte hem wellicht wat zenuwachtig dat Grace zich voor een avondje met de tuinman had opgedoft tot een oogverblindende verschijning. Hoewel Benton fors en lang was als een Hun, kwam hij op Eddie niet over als een bedreiging. Het was een man die zich bezighield met rozen en tulpen. Eddie dacht niet dat hij homoseksueel was, maar op emotioneel vlak neigde hij eerder naar het vrouwelijke, en dat was precies waar Grace behoefte aan had. Ze had iemand nodig met wie ze over haar tuin kon praten. Grace dacht over de tuin zoals Barbie over privacy dacht en Poetin over Russische overheersing. Eddie had eigenlijk nooit een passie gehad, behalve dan geld verdienen en hardlopen. En hij was vooral gaan hardlopen omdat hij talent had, en dat was niet hetzelfde.

‘Nee, dat vind ik niet vreemd,’ zei Eddie. ‘Benton is de tuinman en ze zijn naar een evenement van de tuinvereniging. Misschien ben ik gek, maar het lijkt me volkomen logisch. Hij kan je moeder de namen van alle bloemen leren.’

'Die kent ze al,' zei Hope.

'Precies,' zei Eddie. Hij stak de laatste hap van de heerlijke heerlijkheid, de ganzenlever, in zijn mond en wenkte de ober om wijn bij te schenken. Toen schoot er een afschuwelijke gedachte door zijn hoofd: had Grace het gerucht over Eddie en Madeline gehoord en had ze deze 'date' met Benton geregeld om hem terug te pakken? Nee, als Grace het gerucht had gehoord, zou ze direct een mes in Eddies ballen hebben gestoken. Hij wilde niet aan Grace en Benton Coe denken en al helemaal niet aan het gerucht over hem en Madeline. Hij wilde genieten van het etentje met zijn dochter. Het was lang geleden dat hij uit was geweest.

Hope nam de laatste hap van haar lavacakeje met gesmolten chocolade terwijl Eddie afrekende – de lamskoteletjes kostten zesenveertig dollar! Hoe kon het dat hem dat niet was opgevallen voordat hij ze bestelde? – toen de politiecommissaris naar zijn tafel toe kwam.

'Eddie!' zei de politiecommissaris.

Eddie veerde op van zijn stoel. 'Hoe gaat het, chef?' De twee mannen gaven elkaar een hand en Eddie stelde Hope voor. 'Mijn dochter, Hope. Hope, ken je politiecommissaris Kapenash?'

Hope glimlachte verlegen. Eddie wist dat Allegra direct zou zijn opgestaan, hem een hand zou hebben gegeven en indruk op hem had willen maken. Maar Eddie moest zijn dochters niet met elkaar vergelijken.

'Zo, een vader-dochterdinertje?' vroeg de politiecommissaris.

'Inderdaad,' zei Eddie. Kwam dat even mooi uit dat de politiecommissaris getuige was van dit moment van geweldig ouderschap? Hij was niet in zijn eentje en niet met Madeline of een andere vrouw. Hij was met zijn dochter. Dat was de beste pr die Eddie zich kon wensen en het gebeurde spontaan. 'Haar moeder en zus zijn er niet, dus daar doen we ons voordeel mee.'

'Leuk,' zei de politiecommissaris. 'Ik wilde net gaan zitten voor een romantisch diner met mijn vrouw. Leuk je te zien, Eddie.'

'Leuk om jóú te zien, chef,' zei Eddie. Hij bleef staan tot de politiecommissaris verder liep. De pianist zette 'Some Enchanted Evening' in. Eddie keek Hope stralend aan.

'Ik heb het op. Zullen we gaan?' vroeg ze.

'Dat is goed,' zei Eddie. Hij liet Hope voor zich uit het restaurant uit lopen en zwaaide naar iedereen die hij zag.

Hope

Midden in de nacht werd er naar het huis gebeld. Hope draaide zich om. Ze was misselijk. Het eten bij het Summer House was machtig en toen Eddie naar het toilet was gegaan, had Hope stiekem een slokje van Eddies martini genomen, gewoon om te weten hoe het smaakte.

Het leek wel aanstekervloeistof met citroensmaak. Hope had het bijna uitgespuugd, maar wilde niet de aandacht op zich vestigen en had het dus doorgeslikt.

Alcohol was smerig.

De telefoon hield op met rinkelen. Hopes maag draaide zich om. Ze hoopte maar dat ze niet hoefde over te geven. Ze probeerde niet aan de martini te denken. Het had er zo helder en onschadelijk uitgezien dat Hope had gedacht dat het naar water zou smaken.

Opeens hoorde ze de stemmen van haar ouders in de hal. Haar moeder sprak naar Hopes idee op hysterische toon. Ze hoorde ze de deur naar Allegra's slaapkamer opendoen, gevolgd door nog meer hysterie van Grace. Allegra was dus nog niet thuis. Hope keek op haar telefoon. Het was tien over drie.

Tjonge, dacht Hope. Ze moesten altijd om half twaalf thuis zijn. Allegra's vorige record van te laat thuiskomen stond op kwart voor twee.

Grace begon te huilen en Eddie probeerde haar te troosten,

maar zo te horen was hij ook ongerust. Opeens vroeg Hope zich af of er echt iets mis was, of Allegra een ongeluk had gehad.

Of...

Hope was nog net op tijd bij de prullenbak. O, mijn god, dacht ze. Die stomme martini, nooit meer, en ook nooit meer vissoep of caesarsalade. Dat was jammer, want dat waren haar lievelingsgerechten, maar jakkes, het kotsen verpestte alles. Ze kokhalsde en spuugde. Daarna plofte ze trillend op het bed neer tot ze een vlaag van opluchting voelde dat het eruit was. Ze slaagde erin op te staan en haar slaapkamerdeur open te maken.

'Pap?' zei ze. 'Mam? Wat is er?'

'Je zus zit in de problemen,' zei Eddie. 'Ik ga naar het politiebureau. Ga maar weer naar bed.'

'Wat voor problemen?' vroeg Hope. Politiebureau klonk niet best, maar het was beter dan het ziekenhuis. 'Is ze gewond?'

'Nog niet,' zei Eddie, 'maar wacht maar tot ik haar te pakken krijg.'

Tjonge, dacht Hope.

Grace zei: 'Jij bent een lieve meid, schat, maar je zus...'

Hope wilde het niet horen. Ze trok zich terug in de veiligheid van haar slaapkamer en deed de deur dicht voordat Grace haar zin kon afmaken.

Hope was een lieve meid, maar Allegra niet. Nee, helemaal niet. Allegra en Ian Coburn waren betrapt bij Ram's Pasture, waar ze slechts gekleed in hun ondergoed op de motorkap van Ians Camaro Wild Turkey-bourbon dronken en een joint rookten. Toen de politie de auto doorzocht, bleek er zeven gram cocaïne in te liggen, voldoende om Ian, die negentien was, te arresteren.

De agent die hen betrapte, was Curren Brancato, al was het de politiecommissaris die had gebeld, als hoffelijk gebaar naar Eddie.

Wat nog interessanter was dan wat er met Allegra was gebeurd, was hoe Hope erachter kwam. Om half zes in de ochtend werd ze wakker (met een vieze smaak in haar mond en de stank van braaksel in haar kamer) van een sms'je van Brick Llewellyn.

De tekst luidde: *Ik heb de foto gezien. Je zus bedriegt me, je wist het en hebt niets tegen me gezegd.*

En Hope dacht: welke foto?

Hope stuurde een bericht terug: *???*

Brick sms'te: *Hollis stuurde me een foto van Allegra en Ian die in hun ondergoed op Ians Camaro zaten. Onze vriend agent Brancato heeft ze betrapt terwijl ze een joint rookten en alcohol dronken. Ian = drugsdealer = gaat naar de gevangenis.*

Terwijl Hope deze informatie verwerkte, werd er op haar deur geklopt.

'Ja,' zei ze met schorre stem.

Allegra liep op haar tenen naar binnen en deed de deur achter zich dicht. Ze kroop bij Hope in bed.

'Tjonge,' zei Hope. Hope had deze fysieke nabijheid van haar zus niet zien aankomen. Vroeger deden Allegra en Hope dingen als bij elkaar in bed kruipen en elkaar helpen bij de flikflak voor cheerleaderoefeningen, maar het was jaren geleden dat Allegra Hope voor het laatst vrijwillig had aangeraakt. Hope had gedacht dat ze misschien blij zou zijn met Allegra's terugkeer naar de zeepbel van een tweeling zijn, maar ze voelde vooral afkeer.

Er kwam een tweede sms'je binnen op Hopes telefoon. Terwijl Allegra schokschouderend lag te huilen op Hopes kussen, keek Hope op haar telefoon. Het was een foto van Allegra en Ian. Ian was slechts gekleed in een marineblauwe boxershort en had een fles Wild Turkey tussen zijn benen. Allegra droeg haar lichtroze beha en slipje – even dacht Hope dat ze naakt was – en had een joint tussen haar lippen. Ze had haar ogen dicht bij het inhaleren. Deze foto vormde zulk belastend bewijs dat Hope de foto direct verwijderde, ook al besefte ze dat de foto daardoor niet verdween. Hope vroeg zich af wie de foto had genomen. Toen bedacht ze dat het agent Brancato moest zijn geweest. Met zijn privételefoon. Hij had die foto doorgestuurd naar Hollis. Dat was waarschijnlijk in strijd met zijn beroepsethiek. Dat maakte nauwelijks uit, want zoals de oude spreuk luidde: een foto zegt meer dan duizend woorden. En deze afbeelding toonde aan dat Allegra zich bezighield met drugs, alcohol en bedrog.

Voor het eerst in jaren had Hope medelijden met haar zus. Ze klopte op Allegra's haar en wreef over haar rug.

'Sorry dat ik stink,' zei Hope. 'Ik heb overgegeven.'

'Kan me niet schelen,' zei Allegra. 'Ik ruik zelf waarschijnlijk ook niet naar rozen.'

Dat was waar, dacht Hope. Marihuana, drank, sigaretten, of zoals mevrouw Aguiar in de pastorie zou zeggen: de geuren van hel en verdoemenis.

'Wat vind je het ergst?' vroeg Hope.

Deze vraag werd beantwoord met nog meer tranen. Hope ging door met over de magere rug van haar zus te wrijven. Allegra at nauwelijks. Waarschijnlijk was ze nog steeds aan het lijnen voor dat modellencontract. Het kon ook zijn dat ze zo mager was doordat ze samen met Ian Coburn cocaïne snoof van het dashboard van de rode Camaro. Op dit moment behoorde alles tot de mogelijkheden.

'Dat Ian naar de gevangenis gaat,' zei Allegra. 'Dat Brick me haat. Dat Hollis tegen iedereen zegt dat ik een slet ben. Curren Brancato heeft ons gearresteerd. Hij heeft een foto genomen. Ik dacht dat hij cool zou reageren. Ik dacht dat hij ons zou laten gaan. Maar hij wilde zichzelf bewijzen of zo. Het kopstuk van de politie op Nantucket. Zodra hij terug was bij zijn surveillancewagen heeft hij de foto naar Hollis gestuurd. En Hollis, mijn beste vriendin, mijn zielsverwant, heeft die foto doorgestuurd naar de rest van de wereld.'

Hope probeerde troostende woorden te vinden. Hollis had de foto verspreid. Hollis en Allegra's andere vriendinnen waren een stelletje achterbakse opportunisten.

'Papa en mama zijn woedend,' zei Allegra. 'Papa heeft me huisarrest gegeven.'

'Tjonge,' zei Hope. Eddie gaf Allegra nooit huisarrest, maar blijkbaar was midden in de nacht door de politiecommissaris gebeld worden voldoende om daarvan af te wijken.

'En hij heeft mijn telefoon afgepakt,' zei Allegra.

'O jee,' zei Hope.

'Mag ik alsjeblieft jouw telefoon gebruiken?' vroeg Allegra. 'Ik moet Brick een bericht sturen.'

'Bel hem maar via de vaste lijn,' zei Hope.

'Laat me jouw telefoon gebruiken.'

'Nee,' zei Hope. 'Dat vind ik geen prettig idee.'

'Geen prettig idee?' zei Allegra.

'Sorry,' zei Hope.

Allegra keek haar aan met wat Hope haar bitchy blik noemde. Vervolgens, waarschijnlijk toen ze doorhad dat ze zo haar zin niet zou krijgen, begon Allegra te huilen. 'Wat moet ik doen, Hope?'

'Het lijkt me het beste,' zei Hope, die opeens een vlaag van tederheid voor haar zus voelde, 'als je wat probeert te gaan slapen.'

Later, toen Allegra diep in slaap was en zacht lag te snurken in Hopes bed, stuurde Hope Brick een sms'je.

Je moet het haar maar vergeven, sms'te ze.

Geen denken aan, sms'te hij terug. *Nooit.*

Eddie

Eddie sliep nog half toen hij bij het politiebureau aankwam om Allegra op te halen. Hij was gebeld door de politiecommissaris en toen Eddie diens stem hoorde, stond hij te trillen op zijn benen. Hij dacht: Barbie had gelijk. Hij dacht: de vrouwen zijn betrapt met Kasper Snacks aan Low Beach Road 10. Eddie zou niet liegen. Toen de politiecommissaris zei dat hij belde omdat Allegra betrapt was op het drinken van alcohol bij Ram's Pasture was Eddie bijna duizelig van opluchting geworden. Daarna reageerde hij zoals het hoorde en hij zei: 'Jezus, Ed, dat meen je niet.'

'Helaas wel,' zei de politiecommissaris. 'Het spijt me, Eddie. Ze is op het politiebureau en je zult haar moeten komen halen.'

'Ik denk dat ik de verkeerde dochter mee uit eten heb genomen,' zei Eddie.

'Het zijn tieners, Eddie. Wat doe je eraan?' zei de politiecommissaris.

De ouders van Ian Coburn waren op het politiebureau. De vader was een heethoofd die protesteerde en tegen de agent schreeuwde. De moeder was blond en zweeg gespannen. Eddie kende beiden niet goed genoeg om hen te groeten. Hij had hun graag willen vertellen wat voor slechte invloed die verdorven zoon van hen had, maar Eddie concentreerde zich op het ophalen en thuisbrengen van Allegra.

Toen ze eenmaal in de auto zaten, kreeg Allegra de rest van haar leven huisarrest. Daarna pakte hij haar telefoon af. Hij zei: 'Weet je hoe het voelt als je midden in de nacht door de politiecommissaris wordt gebeld? Je moeder en ik dachten dat je dood was! Maar nee, je bent gewoon een dronken junk die in het openbaar in haar ondergoed buiten zit met een jongen die niet eens je vriend is! Er bestaan bepaalde termen voor zulke mensen, Allegra, en die zijn niet bepaald vleiend!'

Allegra huilde. Daarna ging ze over op schreeuwen en hikken, wat klonk alsof ze een epileptische aanval had. Eddie wilde de telefoon bijna teruggeven en tegen haar zeggen dat alles goed zou komen en dat hij alleen maar blij was dat ze niets mankeerde. Niemand was immers volmaakt, en hij zeker niet. Maar hij besefte dat een van de redenen dat Allegra zich zo gedroeg was dat Eddie en Grace haar altijd haar zin hadden gegeven. Dat moest ophouden!

Toen Eddie de volgende ochtend wakker werd, had hij het gevoel dat zijn hart een nacht in een stoofpot had liggen pruttelen. Hij kon zich niet bewegen, kon niet opstaan, kon zich niet aankleden, kon zijn tanden niet poetsen, kon geen kop koffie drinken, kon zich niet voorstellen dat hij achter het stuur van zijn Cayenne zou kruipen. Alleen al bij de gedachte aan zijn auto sloeg zijn hart op hol. Waarom had hij dat ding ooit gekocht? Omdat het een Porsche was, omdat hij zijn cliënten wilde imponeren, omdat hij de indruk wilde wekken dat hij een snelle jongen was.

Hij lag op zijn rug en slaagde er niet in onder de dekens vandaan te komen. Hij kon niet eens opstaan om te gaan plassen.

'Grace,' zei hij kermend. Er kwam geen antwoord.

Eddie sloot zijn ogen en hoopte dat hij in slaap zou vallen. Voor het eerst van zijn leven zou Eddie niet naar zijn werk gaan.

Toen hij rond het middaguur wakker werd, was het stil in huis. Waar was Grace? Was ze bij hem wezen kijken? Er lag geen briefje, er stond geen glas koud water en er waren ook geen maagtabletten attent op zijn nachtkastje gelegd. Vond ze het niet raar dat Eddie tot de middag sliep? Maakte ze zich geen zorgen?

Wonderbaarlijk genoeg merkte Eddie dat hij kon staan, ook al was het wankel. Hij trok zijn oudste, zachtste kakikleurige korte broek aan en zijn T-shirt van Santos Rubbish Removal en liep de gang op. Het was zo lang geleden dat hij doordeweeks midden op de dag thuis was geweest dat hij zich een insluiper voelde. De deuren naar de kamers van de tweeling waren dicht. Sliepen ze nog? Hope had een baantje bij de pastorie en zou dus waarschijnlijk daar zijn, maar Allegra? Was die opgestaan om naar haar SAT-training te gaan of was die al afgelopen? Eddie kon het zich niet herinneren. Hij was een luie vader. Hij betaalde Allegra's lesgeld maar als hij er al aan dacht om te vragen hoe het met bijles ging, luisterde hij amper naar haar antwoord. En wat deed Allegra de rest van de dag, na bijles? Eddie had zo'n vermoeden dat ze met vrienden en vriendinnen naar het strand ging. Hij veronderstelde dat ze daar joints rookte en Wild Turkey dronk. Maar aan die levensstijl was nu abrupt een einde gekomen. Eddie zou Allegra mee naar kantoor nemen waar ze in het archief kon werken. Hij was alleen bang dat ze het leuk zou vinden om in de zaak te werken en dat wilde hij niet. Onroerend goed verziekte de ziel.

Vermoedelijk sliep ze nog. Hij moest haar wakker maken en tegen haar zeggen dat ze Grace moest helpen met de kippen. Hij keek naar haar dichte deur, dacht even na en concludeerde dat hij te veel pijn had om de confrontatie aan te gaan.

Eddie schuifelde de trap af en ging naar de keuken. Grace was al bij de kippen geweest, waarschijnlijk twee keer. In kartonnen dozen op het aanrecht zaten vierentachtig eieren. En er lagen spullen voor de lunch. Zo te zien had Grace broodjes kalkoen klaargemaakt. Eddie rammelde van de honger, maar durfde niets te eten.

Hij schonk een koud glas melk in voor zichzelf. Door het openstaande keukenraam hoorde hij Grace huilen. Logisch dat ze van streek was door dat gedoe met Allegra. Ze zou zichzelf daarvan de schuld geven. Hij hoorde haar zeggen: 'Ik ben bang voor haar. Is dat niet het ergste wat je ooit hebt gehoord? Ik ben bang voor mijn eigen dochter.'

Het was niet het ergste wat Eddie ooit had gehoord. Hij was zelf ook een beetje bang voor Allegra. Ze was zo zelfverzekerd en leidde haar eigen wereldje dat hij soms vergat dat ze pas zestien was. Uiteraard had Eddie iets meer zeggenschap over hun dochter dan Grace omdat hij over het geld ging, maar hij was het met haar eens dat Allegra intimiderend was.

Degene tegen wie Grace sprak, mompelde een antwoord dat Eddie niet kon verstaan. Wie was er bij haar? Zodra die vraag bij hem opkwam, besefte hij dat Grace de tuinman in vertrouwen nam. Benton Coe.

Vind je het niet raar dat ze Benton als introducé heeft meegenomen?

Eddie liep het terras op. Grace en Benton zaten zo te zien heerlijk te lunchen, ondanks Grace' tranen. Terwijl hij aan het werk was, zwoegde en zweette om geld binnen te brengen, zat Grace thuis te picknicken met de man die voor hen hoorde te werken.

Als Eddie het geluk zou hebben om te reïncarneren, wilde hij terugkomen als Grace' tuinman.

'Hé, hallo,' zei Eddie.

Benton leunde achterover in zijn stoel en had zijn vingers achter zijn hoofd verstrengeld. Hij leek zich beter bij Grace op zijn gemak te voelen dan Eddie lief was, maar Eddie zag niets ongepasts. Het was niet eens zo dat Grace op Bentons schouder uithuilde. Ze zat met haar ellebogen op de tafel en bette haar ogen met haar servet. Benton en zij zaten naast elkaar, maar niet te dichtbij. Toen Eddie naar buiten kwam, reageerden ze niet gespannen of geschrokken. Zo te zien hadden ze niets te verbergen.

Benton stond op. 'Hallo, Eddie,' zei hij. Hij gaf Eddie een hand. 'Grace vertelde me net over jullie nachtelijke avontuur.'

Grace sloeg haar betraande ogen op. 'Hoe gaat het met je maagpijn?'

'Het is nog nooit zo erg geweest,' zei Eddie.

'Zal ik crackers en boter voor je pakken?' vroeg Grace.

Eddie wist niet eens zeker of hij dat binnen zou kunnen houden, maar het was gênant dat hij kleutereten kreeg aangeboden omdat hij geen bacon en tomaat verdroeg, niet eens plakjes komkommer en Grace' eigengemaakte dressing van karnemelk met tuinkruiden.

'Het gaat wel,' zei hij, waarbij hij als een pruilend kind klonk.

Grace schoof haar stoel naar achteren en stond op. 'Ik zal crackers pakken.'

Benton stond ook op. 'Ik moet gaan. Die lieftallige mevrouw Allemand wacht op me.'

'Edith Allemand?' vroeg Eddie.

Benton grinnikte. 'Ja, de enige echte.'

Edith Allemand woonde aan Main Street 808 in een huis waar Eddie van ging kwijlen als hij erlangs reed. Het was waarschijnlijk het fraaiste voorbeeld van rijkdom uit de tijd van de walvisvaart op Nantucket, met uitzondering van Hadwen House en Three Bricks. Edith Allemand was ongeveer vijfhonderd maar nog altijd sterk en actief. Ze was zo'n vrouw zoals Grace haar oma Sabine beschreef: zeer verfijnd en elegant. Anders was Eddie wel een keer bij haar langsgegaan om haar te smeken of hij haar huis mocht verkopen.

'Denk je dat ze het huis ooit zal verkopen?' vroeg Eddie.

'Nooit,' zei Benton. 'Ze laat het huis na aan de historische vereniging.'

De moed zakte Eddie in de schoenen, ook al had hij geweten dat ze zoiets sociaal verantwoords zou doen als het aan historici schenken. 'Jammer van die provisie van zes cijfers.'

Benton gooide zijn hoofd in zijn nek en lachte. Eddie was trots op zichzelf dat hij ondanks de ondraaglijke pijn grapjes kon maken. Hij mocht Benton Coe wel. Aardige vent en dat Edith Allemand hem vertrouwde, betekende dat hij op zijn vakgebied tot de top behoorde.

Benton zwaaide. 'Leuk je gesproken te hebben, Eddie. Vervelend van Allegra, maar ook dat gaat voorbij.'

'Ja, ik weet het,' zei Eddie. 'Bedankt.'

'Tot ziens, Grace!' riep Benton. 'Hou vol. Tot later!'

Grace was net te verstaan vanuit het huis. 'Bedankt. Tot ziens!'

Madeline

Ze werd 's ochtends wakker doordat Trevor haar belde.

'Je moet naar huis komen,' zei hij. 'We hebben een crisis.'

Madeline wist niet waarom het haar verbaasde, maar toen Trevor haar de foto op Bricks telefoon liet zien, hapte ze naar adem. Allegra zat op de motorkap van de Camaro van Ian Coburn in lichtroze kanten ondergoed met een joint tussen haar lippen. Haar lange donkere haar zat in de war en in haar ogen lag een afwezige, bedwelmde blik. Ian Coburn was ook in zijn ondergoed en had een fles bourbon tussen zijn benen. Het was walgelijk, niet zozeer door wat er op de foto te zien was, maar door wat je er zelf nog wel bij kon bedenken.

'Ik vermoed dat ze al maanden heimelijk afspreken,' zei Trevor.

'O, mijn god,' zei Madeline. 'Hoe kom je aan zijn telefoon?'

'Die heeft hij tegen de muur gegooid,' zei Trevor. 'Er zit boven een gat in het stucwerk, maar de telefoon heeft het overleefd.' Hij verkleinde het scherm zodat Allegra en Ian Coburn verdwenen. 'Slijtvast hoesje.'

Bestonden er voor mensen maar slijtvaste hoesjes, dacht Madeline. Zelfs in de keuken was Bricks gehuil te horen: vreselijk, zielig gekreun afgewisseld met vloekend geschreeuw.

Madeline ging de trap op en bleef voor de gesloten deur staan. Ze dacht meteen weer aan toen Brick een baby was. Ze kon er niet tegen als hij huilde, maar hem horen huilen op zijn zestiende was veel en veel erger. Zijn verdriet was echt, zijn hart was gebroken. Hij had in een meisje geloofd, had van haar gehouden en zij had hem bedrogen. Allegra had de voorkeur gegeven aan een ander, had hem achter zijn rug bedrogen. Ze had hem vernederd.

Trevor liep stilletjes de trap op. Zo te horen stompte Brick op zijn matras.

'Wat moeten we voor hem doen?' vroeg Madeline.

'Wat kunnen we doen?' zei Trevor. 'Hij heeft liefdesverdriet. Hij moet daar, net als ieder ander, zelf uit zien te komen.'

Madeline keek in de groene ogen van haar man. Ze zei: 'Ik heb geen, ik herhaal, géén verhouding met Eddie Pancik.'

'Ik ben blij dat je thuis bent,' zei Trevor, en hij nam haar in zijn armen.

Madeline was slap van opluchting. Ze trok haar man zo dicht mogelijk tegen zich aan.

'Waarom?' schreeuwde Brick.

Waarom, dacht Madeline.

We bemoeien ons er niet mee, dacht ze. Brick en Allegra waren kinderen, dit was de eerste keer dat ze al deze verwarrende emoties doormaakten. Allegra was van het pad van fatsoenlijk gedrag afgeweken, maar ze was niet bepaald de eerste die dat deed.

We bemoeien ons er niet mee.

Het waren kinderen.

De vaste lijn rinkelde. Op het scherm stond 'Pancik'.

'Het zal Allegra wel zijn,' zei Trevor. 'Die belt de hele ochtend al.'

'O?' zei Madeline.

'Hij weigert met haar te praten,' zei Trevor. 'Ik neem gewoon niet op.'

Ja, laat maar rinkelen, dacht Madeline.

We bemoeien ons er niet mee.

Maar de boosheid in Madeline leidde een eigen leven. Geen enkele moeder zou zulk gehuil van haar kind moeten hoeven aanhoren.

Rotmeid, dacht ze.

Madeline nam op. 'Hallo?'

'Madeline?'

Het was Grace.

'Hé,' zei Madeline.

'Ik neem aan dat je het hebt gehoord.'

'Ja, ik heb het gehoord.'

'De politie belde om tien over drie,' zei Grace. 'Eddie moest haar op het politiebureau komen ophalen.'

Madeline zweeg. *We bemoeien ons er niet mee.* Dat hadden ze elkaar niet voor niets beloofd, maar waarom ook alweer?

Grace zei: 'Een paar seconden dacht ik dat ze dood was. Eddie is... Hij is woedend.'

Híj is woedend? dacht Madeline.

'Hij is niet naar zijn werk gegaan, hij is thuisgebleven,' zei Grace.

Zelfs Madeline moest toegeven dat dit verbazingwekkend was. Eddie ging elke dag naar zijn werk, behalve met Kerstmis en Thanksgiving. Hij werkte met Pasen, op Moederdag, op nieuwjaarsdag, voor het geval iemand als goed voornemen had om een huis op Nantucket te kopen. Afgaande op Madelines onderhandelingen met Eddie had hij het minder druk dan Grace dacht.

'Hij kwam naar beneden toen Benton hier was,' zei Grace. 'Ik wist dat hij thuis was, dus we deden uiteraard niets, maar ik voelde me toch ongemakkelijk doordat ze op dezelfde plek waren.'

Het noemen van Benton was de druppel.

'Je dochters gedrag was walgelijk, Grace.'

'Madeline, het spijt me...'

'We wisten het allemaal!' zei Madeline. 'Die avond dat we bij jullie kwamen eten stuurde Ian Coburn haar continu berichten. En Eddie en jij tolereerden dat gewoon.'

'Dat is niet waar,' zei Grace. 'Eddie heeft tegen haar gezegd dat ze haar telefoon moest uitzetten.'

'Ze deed het pal voor Bricks neus!' zei Madeline. 'Waar we allemaal bij waren! Alsof ze ons wilde uitdagen om te zien waar ze mee wegkwam.'

'Ik heb haar met hem gezien,' fluisterde Grace.

'Wat?' zei Madeline.

'Ze zaten te zoenen in de auto op het parkeerterrein bij de Stop & Shop,' zei Grace. 'Ik heb ze gezien, maar maakte mezelf wijs dat het Allegra niet was. Ik zei tegen mezelf dat ze zoiets nooit zou doen.'

'Wat?' zei Madeline. 'Hoelang is dat geleden?'

'Tien dagen?' zei Grace. 'Twee weken?'

'Dus je wist het een week geleden al en hebt het niet tegen me gezegd? En je hebt ook niets tegen Allegra gezegd?'

'Ik wilde niet...'

'Wat wilde je niet?' zei Madeline. Ze nam de telefoon mee naar haar slaapkamer en deed de deur dicht. 'Je wilde niet onder ogen zien wat Allegra Brick aandeed omdat jij Eddie precies hetzelfde aandoet?'

'Madeline...'

'In dit geval valt de appel niet ver van de boom,' zei Madeline. 'Allegra is een bedriegster en jij bent een bedriegster, Grace.'

Het bleef stil aan de andere kant van de lijn. Grace was ongetwijfeld ontzet door Madelines woorden. Madeline kon niet geloven dat ze dit hardop had gezegd, maar ze werd meegesleurd in een razende tornado van boosheid, niet alleen over Allegra en Ian Coburn en het feit dat Grace dat kennelijk had geweten, maar ook over Eddie en de vijftigduizend dollar. Madeline wilde haar geld terug! En nu ze toch bezig was, er waren andere dingen die aan Madeline knaagden en waar ze nooit over was begonnen. Zoals Grace' migraine. De hele wereld moest rekening houden met Grace als die eens per maand hoofdpijn had, maar na haar derde en ergste miskraam was Grace naar de mis van vijf uur gegaan in plaats van dat ze direct naar het ziekenhuis was gekomen. Grace had later uitgelegd dat ze moest meehelpen bij de eucharistie en op het laatste moment geen vervanger had kunnen regelen. Ze zei dat ze voor Madeline en de ziel van de baby had gebeden, maar Madeline voelde zich evengoed gekwetst. Grace was haar beste vriendin en zou alles opzij hebben moeten zetten, vooral omdat Grace de enige was die wist hoezeer Madeline naar een baby verlangde.

Bovendien had Madeline het vermoeden dat Grace haar laatste boek, *Islandia*, niet helemaal had gelezen. Madeline had het vorige zomer in Grace' strandtas zien liggen en Grace had toen gezegd dat ze op pagina 150 was. Maanden later zag Madeline het boek bij Grace thuis op de tafel in de hal liggen. De bladwijzer zat nog steeds bij pagina 150. Was Grace gewoon gestopt met lezen? Madeline had het niet durven vragen, maar was er vrij zeker van dat haar beste vriendin het boek nooit had uitgelezen. Misschien kwam dat doordat... Grace te intellectueel was. Haar hoofdvak aan het vooraanstaande Mount Holyoke College was Franse literatuur geweest en ze las alleen werken die ze 'belangrijk' en 'waardevol' vond.

Madeline kon zich niet herinneren dat ze ooit zo kwaad was geweest.

'Je hebt gelijk,' zei Grace zacht.

'Natuurlijk heb ik gelijk!' schreeuwde Madeline. 'En ik wil mijn geld terug!'

Daarna smeet ze de hoorn neer. Even voelde ze zelfingenomenheid. Ze dacht aan haar roman *B/G*. Misschien zou ze helemaal niets aan de details veranderen. Misschien zou ze alles gewoon zo laten om het Grace in te wrijven!

Trevor klopte op de deur. 'Lieverd, gaat het?' vroeg hij. 'Met wie was je aan het praten?'

Madeline spuwde de woorden uit haar mond: 'Met Grace.' Daarna begon ze te huilen.

Nantucket

Agent Curren Brancato stuurde de foto van Allegra Pancik en Ian Coburn in hun ondergoed op de motorkap van Ians Camaro, door naar zijn zus, Hollis. Eronder schreef hij: *Je BFF is in grote problemen.*

Hollis Brancato was geen lieverdje. Heimelijk had ze haar zinnen gezet op Ian Coburn. Toen ze erachter kwam dat Allegra met hem uitging terwijl ze verkering had met Brick, had dat bij haar het effect alsof er een brandalarm afging. Ze stuurde de foto door naar Kenzie en Bluto. Allegra eet van twee walletjes, dit is het bewijs. Ze gebruikte echter niet die uitdrukking, maar andere woorden die te erg zijn om te herhalen.

Kenzie en Bluto stuurden de foto door naar Hannah, die zich gedwongen voelde de informatie door te spelen aan degene bij wie dat het hardst zou aankomen, namelijk Brick Llewellyn. Hannah vertelde het ook aan Calgary en Taylor Rook en Parker Marz en de rest van Bricks honkbalteam, zodat hij steun zou hebben.

Vrijdag rond het middaguur kon je gerust stellen dat iedere leerling van de Nantucket High School een versie had gehoord van wat er met Allegra en Ian Coburn was gebeurd. De meesten van hen hadden ook de foto gezien. Sommige mensen zeiden dat Ian Coburn in handboeien naar de gevangenis was afgevoerd. Anderen zeiden dat hij naar Walpole werd overgebracht. In werkelijkheid had hij alleen een waarschuwing gekregen – de hoeveelheid cocaïne die in zijn auto was aangetroffen was te gering om hem van drugshandel te beschuldigen – maar zijn ouders waren zo bezorgd dat ze alvast navraag deden bij enkele afkickklinieken in het westen van het land.

Werelden botsten op elkaar toen blonde Sharon met haar twee kinderen, met de dubbelzinnige namen Sterling en Colby, voor de halfjaarlijkse schoonmaakbeurt van hun gebit naar tandarts Andy McMann ging. Andere moeders bleven in de wachtkamer zitten en lazen dan het tijdschrift *People* om te weten hoe het met Blake en Miranda en Kayne en Kim ging, maar blonde Sharon niet. Die wilde mee naar de behandelkamer en kletste met Janice, de mondhygiëniste.

'En, ben je de laatste tijd nog ergens geweest, Sharon?' vroeg Janice.

En Sharon zei: 'Een paar dagen geleden was ik op de Sunset Soiree van de tuinvereniging.'

Janice zette in gedachten het geluid uit dat Sharon produceerde terwijl ze de plaque van Colby's tanden schraapte met een felheid die Colby deed kronkelen. Colby was pas zeven. Janice had nog nooit bij een kind van zeven zo veel plaque gezien en wilde daar net tegen Sharon een opmerking over maken toen Sharon zei: 'Grace Pancik was er met Benton Coe, haar tuinman.'

'O?' zei Janice. 'Waren ze er echt als stel?'

'Dat is lastig te zeggen,' zei Sharon. 'Officieel niet, denk ik. Maar Jody Rouisse en ik troffen ze samen op een bankje aan bij de kleine vijver en Grace huilde.'

Janice vroeg zich af of Grace het gerucht over Eddie en Madeline King had gehoord. Wie weet was dat de reden dat ze bij Benton Coe zat te huilen. Janice wilde bijna aan blonde Sharon vragen wat zij dacht, maar wist niet zeker of blonde Sharon had gehoord van Eddie en Madeline King. Janice wierp een vlugge blik op Sharon. Ze wist veel – leek altijd op het juiste moment op de juiste plek te zijn – maar misschien niet alles.

Sharon zei: 'En toen hoorde ik Jean Burton later zeggen dat ze denkt dat Grace zwanger is.'

Tjonge! Janice werd zo overvallen door dit nieuws dat ze per ongeluk bij Colby in het tandvlees boven haar premolaar stak. Colby begon te huilen.

Janice zei tegen Sharon: 'Tandarts Andy vermoordt me als hij ons over de Panciks hoort praten. We huren dit pand van Eddie.'

'Oké dan,' zei blonde Sharon, 'je hebt het niet van mij.'

De enige aan wie Janice het nieuwtje van blonde Sharon durfde door te vertellen was tandarts Andy. Grace en Benton Coe, samen op de Sunset Soiree en Grace die huilde omdat ze ontdekt had dat ze zwanger was.

'Wat?' zei tandarts Andy. Er drong maar weinig door de bel van sereniteit heen die Andrew McMann omringde, maar dit kwam binnen. Wat had Rachel pasgeleden ook alweer gezegd? Iets dat Madeline een boek met veel seks erin aan het schrijven was en dat het verhaal waarschijnlijk gebaseerd was op haar eigen ervaring met Eddie Pancik?

Tijdens zijn lunchpauze belde tandarts Andy naar Rachel op kantoor bij Bayberry Properties. Hij zei: 'Janice vertelde me dat Grace een verhouding heeft met haar tuinman.'

'Ja,' zei Rachel, 'dat heb ik gehoord.'

'O,' zei tandarts Andy. Dat viel een beetje tegen. 'Denk je dat Madelines boek over Grace en de tuinman zou kunnen gaan in plaats van over haarzelf en Eddie? Je hebt me toch verteld dat het over een vrouw en haar tuinman ging?'

'Aannemer,' zei Rachel. Ze dempte haar stem en fluisterde: 'Je wilt Eddie gewoon vrijpleiten omdat je de praktijk van hem huurt.'

Tandarts Andy moest aan zichzelf bekennen dat dit wel eens waar zou kunnen zijn. Hij leefde in de veronderstelling dat als hij

Eddie te vriend hield, die zou ophouden met de huur te verhogen. De afgelopen anderhalf jaar was de huur twee keer verhoogd. Tandarts Andy had al eens overwogen een ander pand te huren, maar er waren maar weinig mensen die snapten wat voor een logistieke nachtmerrie het was om een tandartspraktijk te verhuizen.

'Het loopt niet lekker bij de Panciks,' zei Rachel. 'Weet je nog dat ik je vertelde wat Calgary tegen mij had gezegd over Allegra?'

Tandarts Andy mompelde wat. Toen Rachel over het tienerdrama begon, besloot hij niet meer te luisteren. Zijn laatste herinnering aan Allegra Pancik was van een mooi, vriendelijk meisje met een smetteloze glimlach die heel goed floste. Dat wilde hij graag zo houden.

Eddie

Hij ging ten onder.

Hij kreeg bericht van de bank, gevolgd door een streng telefoontje van Philip Meier, die bij de afdeling Leningen werkte: Eagle Wing Lane 9 en 11 zouden gedwongen verkocht worden tenzij Eddie voor elk van de huizen de drie maanden betalingsachterstand van de hypotheekaflossingen neertelde.

Hij zou de huizen kwijtraken. Het was tijd (zei de nieuwe visser in Eddie) om te stoppen met vissen.

Hij ging een, twee, drie keer door zijn contacten op zijn telefoon. Had hij iemand in zijn kennissenkring die hij om hulp kon vragen? Zijn vriend Lex van de middelbare school was nu huisjesmelker in New Bedford. Hij was de enige die naar Eddies idee wellicht geld en belangstelling zou hebben (het was wat beschaafder dan waar hij zich gewoonlijk mee bezighield, deze twee prestigieuze projecten op Nantucket) maar toen Eddie hem belde, kreeg hij een bandje dat het nummer niet in gebruik was.

Dus bleef alleen Glenn Daley over. Eddie nam niet eens de

moeite om te bellen. De enige manier waarop Glenn zou beseffen dat het Eddie menens was, was als Eddie bij het kantoor van Bayberry Properties naar binnen zou lopen.

En dat was precies wat Eddie deed.

Gelukkig zat Rachel McMann niet achter haar bureau. Ze probeerde waarschijnlijk klanten te werven bij de touringcarbussen.

Glenn probeerde zijn verbazing niet te laten blijken. 'Edward!' zei hij, terwijl hij opstond. 'Waar heb ik de eer aan te danken?'

De twee mannen gaven elkaar een hand. Eddie knikte naar de stoel naast Glenns bureau, dat gelukkig met drie scheidingswanden van de rest van het kantoor werd afgeschermd.

'Ga zitten,' zei Glenn.

Het was moeilijk uit te leggen waarom Eddie zo'n hekel aan Glenn Daley had. Glenn was een dikke, innemende man die kaal begon te worden en instappers droeg. Hij had een harde, vrolijke stem, wist altijd wie er de avond ervoor een wedstrijd had gewonnen, wat de slotkoers van de beurs was, hij was altijd net naar de film geweest waar iedereen het over had en had net het boek uit dat iedereen aan het lezen was. De beste manier voor Eddie om het te omschrijven was dat Glenn altijd Eddies rivaal was geweest, zijn tegenstander, degene die hij wilde verslaan. Waarschijnlijk kwam dit door de overeenkomsten tussen hen – Glenn en Eddie waren tegelijk op Nantucket in onroerend goed gegaan, waren hun makelaarskantoor in dezelfde periode begonnen – plus het feit dat Glenn er heel goed in was.

Glenn was een van de cocaïnegebruikers geweest in de jaren negentig. Het gerucht ging dat hij op een keer de volledige provisie van een huis aan India Street had opgesnoven. Vervolgens had hij een dure echtscheiding doorstaan, die hem naar verluidt driehonderdduizend dollar had gekost. Er zijn veel mannen die beweren dat hun ex-vrouw gek is, maar in Glenns geval was het waar. Ashland Daley had Glenn eens met een doorgeladen pistool achternagezeten in de Stop & Shop. Eddie had het toen sneu gevonden dat dit zo'n aardige vent overkwam.

Maar Glenn bleek even veerkrachtig als die stomme Weebles uit Eddies jeugd, van die speelgoedpoppetjes die wiebelden maar nooit omvielen. Glenn kickte af. Ashland verhuisde naar Californië en Glenn verkocht links en rechts wat huizen dankzij zijn zorgeloze aard en zijn verlangen naar zelfverbetering.

Eddie ging op Glenns stoel zitten en legde de situatie op gedempte toon uit: nieuwbouwproject aan Eagle Wing Lane, net iets te duur voor hem alleen en of Glenn een geweldige deal wilde sluiten en Eddie wilde helpen door nummer 9 en 11 van hem over te nemen? Een miljoen dollar voor beide huizen. Een koopje.

Glenn floot. 'Een miljoen dollar.' Hij pakte een notitieblok en een pen. 'Hoeveel heb je voor de grond betaald?'

Eddie overwoog te liegen, maar Glenn kon het bedrag zo opvragen bij het Kadaster om te kijken of het klopte. 'Honderdvijftig per kavel,' zei Eddie.

'Driehonderd dus,' zei Glenn. Hij schreef *300* op. 'En hoeveel geld heb je erin gestoken? Echt geen driehonderdvijftig per kavel, Ed, want het is amper meer dan ruwbouw. Ik ben er pas langsgereden.'

'Ongeveer tweehonderd per kavel,' zei Eddie.

Glenn smeet zijn pen neer. 'Waarom klop je bij mij aan als je gaat zitten liegen? Ik weet dat Schuyler Pine alle drie de huizen voor de prijs van een heeft ontworpen omdat je hem had voorgedragen als voorzitter van de zeilclub.'

'Wacht even,' zei Eddie, 'hoe weet je dat?'

Glenn klapte dicht. Hij speelde met het notitieblok, scheurde het bovenste vel eraf en verfrommelde het. Hij zei: 'Reken de kosten voor nummer 13 niet mee in je verhaal naar mij, Eddie, want dat huis wil je zelf houden. Deel alle bedragen door drie, niet door twee. Tweehonderd voor de grond en misschien, heel misschien, honderdvijftig per kavel, al lijkt me dat aan de ruime kant. Dan kom ik op een eindbedrag van vijfhonderd. Ik snap niet dat je hier binnen komt lopen en om een miljoen dollar vraagt.'

Eddie wist weer waarom hij zo'n hekel aan Glenn Daley had: hij was een lul! Eddie had om een miljoen gevraagd, zodat hij genoeg geld zou hebben om nummer 13 af te bouwen en te verkopen!

Eddie zei: 'Als de huizen af zijn, kun je ze voor 1,2 miljoen verkopen. Per stuk, Glenn. Dan vang je 2,4 miljoen terwijl je een miljoen hebt geïnvesteerd. Dat is een winst van bijna anderhalf miljoen.'

'Ik geef je een half miljoen,' zei Glenn. 'Ik zal Ben Winford bellen en dan neem ik ze vandaag nog allebei van je over voor een half miljoen.'

Eddie keek naar de getallen op Glenns notitieblok. Een half miljoen was genoeg om de openstaande hypotheekaflossingen te kunnen betalen en ongeveer een kwart van zijn oorspronkelijke investering terug te krijgen.

Toen pas keek Eddie eens goed naar het notitieblok. Daar stond het logo op van het Four Seasons Hotel in Santa Barbara.

'Hé,' zei Eddie. Hij probeerde een gedachte te formuleren, maar dat lukte niet. Toen het uiteindelijk wel lukte, slikte Eddie. Nee, dacht hij, dat kan niet waar zijn. Hij wees naar het notitieblok. 'Heb je wel eens in het Four Seasons Hotel in Santa Barbara gelogeerd? Ik heb gehoord dat het een heel goed hotel is.'

Glenn klapte het notitieblok dicht. 'Dat gaat je niets aan, Eddie.'

Ging hem niets aan. P voor privé. Barbie had een relatie met Glenn Daley! Sliep letterlijk met de vijand! Ze ging met hem naar plaatsen als Santa Barbara en verklapte bedrijfsgeheimen, zoals Eddies deal met Schuyler Pine.

Eddies schedel tintelde. Had Barbie aan Glenn verteld wat ze aan Low Beach Road deden?

Dat zou ze nooit doen.

Of wel?

Het leverde vast een leuk gesprek op in bed. Weet je, Eddie en ik runnen een bordeel.

Eddie probeerde als zijn zus te denken. Ze hadden hun hele leven al een hechte band, en toch schermde Barbie, nu ze volwassen waren, een deel van haar leven voor hem af. P voor privé. Er waren dingen waarvan Barbie niet wilde dat Eddie die wist. Zoals... dat ze het bed deelde met grote, dikke, domme, succesvolle, voormalig drugsverslaafde Glenn Daley.

Had ze hem over de vrouwen verteld?

Nee, Eddie dacht van niet omdat Glenns gelaatsuitdrukking miniem wijzigde en Eddie dacht: hij weet dat ik het weet.

'Negenhonderd,' zei Eddie.

'Zeshonderd,' zei Glenn.

'Zevenhonderd en we hebben een deal,' zei Eddie, al had hij aan zevenhonderd niet genoeg om alles te kunnen bekostigen wat hij wilde doen. Maar het was zevenhonderdduizend dollar meer dan hij een kwartier eerder had, dus waarom zou hij het geen overwinning noemen?

Eddie zette zijn panamahoed op, de laatste die hij nog had. Hij had de andere twee willen vervangen, maar had niet genoeg geld voor zulke verkwisting.

Zevenhonderdduizend: de hypotheekaflossingen voor zijn bedrijfspanden betalen, de rekeningen voor nummer 13 betalen, de hypotheekaflossing voor zijn huis betalen (ook daarmee liep hij een maand of twee achter), Hester Phan die stomme 'succesbonus' betalen en net als de rest van het land water, gas en licht, en boodschappen betalen. Misschien, heel misschien, zou er genoeg geld overblijven voor vloeren en aanrechtbladen voor nummer 13, misschien zou hij met een schilder gaan praten en met een man die gipswanden kon plaatsen, zodat hij het huis gemakkelijker kon verkopen en hij Madeline gerust zou kunnen stellen dat ze haar geld binnenkort terugkreeg.

'Ik zal Ben het contract laten opstellen,' zei Glenn.

Advocatenkosten. Zevenhonderdduizend was lang niet genoeg.

P voor privé.

'Bedankt, vriend,' zei Eddie.

Glenn Daley trok een wenkbrauw op en Eddie liep het kantoor uit.

Grace

De verandering was miniem, maar Grace merkte het direct. Benton verbrak de kus een seconde eerder dan anders. Hij zei dat hij niet kon blijven lunchen.

Op de avond van de Sunset Soiree had hij haar midden op straat zijn liefde verklaard. Hij had met Grace gevreeën in zijn eigen bed (een welkome verandering na de schuur), maar nu gedroeg hij zich vreemd. Grace dacht dat hij vrijdagochtend misschien geschrokken was toen ze op de oprit op zijn pick-up had staan wachten en hem had verteld dat Eddie niet naar zijn werk was en nog boven lag te slapen door het drama met Allegra.

Of wellicht deed Benton gewoon wat mannen deden als ze een hechtere band met een vrouw kregen en die gevoelens hen beangstigden.

Ze wist niet wat er was, maar het had op geen slechter moment kunnen komen. Grace had Benton nodig. Ze had Madeline al drie dagen niet gesproken.

Hebben Madeline en jij ruzie?

Het was bijna alsof blonde Sharon het had voorspeld. De enige relatie waar Grace van op aan kon was verbroken. Madeline was ontzettend kwaad geworden. Grace had niet geweten dat Madeline zo boos kon zijn. Ze was altijd opgewekt en vriendelijk, ontspannen zoals mensen in Californië dat van nature waren. Ze zat nergens mee. Ze glimlachte, luisterde en was heel goed in het begrijpen van wat ze 'de drie kanten aan elk verhaal' noemde.

Grace miste haar enorm. Talloze keren per dag gebeurde er iets en dacht Grace: dat moet ik aan Madeline vertellen. Maar dan keek ze naar de telefoon en dacht ze weer aan de woorden van Madeline: *Allegra is een bedriegster en jij bent een bedriegster, Grace.* Dan huiverde Grace. Madeline wilde geen contact meer. Madeline vond haar een sloerie.

Het was vreselijk dat ze ruzie had met haar beste vriendin. Madeline zat waarschijnlijk in haar appartement, onderbrak haar schrijfdiscipline om met Rachel McMann te gaan lunchen.

Eddie moest Madeline terugbetalen. Als hij dat deed, zou Madeline misschien niet meer zo boos zijn en kon Grace haar bellen.

En alsof dat allemaal nog niet erg genoeg was, gedroeg Benton zich nu ook nog eens vreemd.

'Is alles in orde?' vroeg Grace. 'Je doet raar.'

'Ik doe niet raar,' zei Benton. 'Ik kan vandaag alleen niet blijven lunchen.'

'Er is verder niemand thuis, als je daarover inzit,' zei Grace. Eddie was weer aan het werk. Hope was bij de pastorie en Allegra was naar het centrum om vrijwilligerswerk te zoeken. Ze moest zich hoogstpersoonlijk elk uur bij Eddie of Barbie op kantoor melden. Eddie en Grace hadden er geen vertrouwen in dat ze anders niet gewoon naar het strand zou gaan.

'Daar maak ik me helemaal geen zorgen om,' zei Benton. Hij keek op zijn telefoon. 'Ik moet gaan.'

'Ga dan,' zei Grace. 'Je lijkt vreselijke haast te hebben.'

Hij zuchtte. 'Grace.'

'We hebben nog maar twee weken tot ze komen!' zei Grace. Ze maakte een alomvattend handgebaar. 'Ziet deze tuin er volgens jou uit alsof die klaar is?'

'Vijftien dagen,' zei Benton, 'en ja, de tuin is klaar.'

Grace snapte niet wat hier gebeurde. Dit was toch de man die haar zijn liefde had verklaard? Hij had gezegd dat het hem niet kon schelen wie hem hoorde.

Toen dacht ze opeens aan het ergste.

'Komt McGuvvy vandaag?' vroeg Grace. 'Vliegt ze over uit Californië?'

'Nee, Grace,' zei Benton. 'Ze vliegt niet hiernaartoe. Ik heb geen contact meer met haar, dat weet je.'

'Oké,' zei Grace. 'Het spijt me. Je doet alleen nogal afstandelijk, alsof je van me af wilt.'

Benton stak zijn telefoon in zijn zak en keek Grace aan. 'Je moet je dochters wat meer aandacht schenken.'

'Pardon?' zei Grace. 'Ga jij me vertellen hoe ik mijn kinderen moet opvoeden?'

'Ik heb Hope gesproken,' zei Benton. 'Niet dat het nou zo spannend was, maar zelfs zij vertelde me dat Allegra in moeilijkheden zou raken. Ik heb het gevoel dat ik je afleid van wat bij jou hoogste prioriteit zou moeten hebben.'

'Nee, dat doe je niet,' zei Grace. 'De meiden zijn... tja, ze zijn zestien. Als ik ze meer aandacht zou schenken, zouden ze me bemoeiziek vinden en me wegsturen.'

Benton zuchtte. 'Je hebt gelijk. Het is niet aan mij om tegen jou te zeggen hoe jij je kinderen moet opvoeden.'

'Is er verder nog iets?' vroeg Grace. 'Iets wat je me niet durft te vertellen?'

Benton knikte langzaam. 'Ik denk dat er over ons gekletst wordt.'

'O ja?'

'Er is een vrouw, een zekere Donna, die voor mevrouw Allemand werkt en die had gehoord dat Madeline King een boek met veel seks erin aan het schrijven is over een vrouw en haar aannemer. Mensen zeggen dat het over ons gaat.'

'Madeline?' zei Grace. Madeline was inderdaad een nieuwe roman aan het schrijven, maar Grace wist niet waarover.

'Je hebt Madeline toch niet over ons verteld?' vroeg Benton.

'Nee,' zei Grace. Ze was bang dat de bovenkanten van haar oren knalrood zouden worden en haar zouden verraden.

'Ik weet dat ze je beste vriendin is,' zei Benton.

'Was,' zei Grace. 'Ze praat niet meer met me door dat gedoe met Allegra.'

'Ze zal dit toch niet schrijven om wraak te nemen?' vroeg Benton.

'Nee,' zei Grace, maar ze dacht terug aan de avond dat ze Madeline had gevraagd mee naar haar werkkamer te gaan. En daarna al die telefoontjes. Madeline wist alle details. Als ze daar een boek over schreef... Nee, dat zou Madeline niet doen, zelfs niet uit wraak.

Twee vrouwen aan deze tafel zullen degene links van hen bedriegen.

Grace schudde haar hoofd om helder te worden. 'Wie is Donna?' vroeg ze. 'En waar heeft die dat gerucht gehoord?'

'Ze is bevriend met een jonge vrouw die Greta heet en dat is het kindermeisje van die blonde vrouw, die Sharon, die we op het tuinfeest zagen.'

'O, mijn god,' zei Grace. 'Sharon is vreselijk. Sharon verzint verhalen waar je bij staat en vertelt die door alsof ze waar zijn.'

'Ik zeg alleen maar wat ik heb gehoord.'

'Ik dacht dat het je niet kon schelen wie het zouden weten,' zei Grace. 'Dat zei je pasgeleden.'

'Toen had ik gedronken.'

'Vind je het dan wel erg?'

'Ik vind het niet prettig als er over me wordt geroddeld. Ik heb een bedrijf. Ik hou er niet van om te generaliseren, maar het komt er wel op neer dat ik door vrouwen word ingehuurd en dat het de mannen zijn die de rekeningen betalen. Maar jij komt hierdoor in een nog veel slechter daglicht te staan dan ik, Grace. Ik wil niet dat iemand slecht over je denkt.'

Grace haalde diep adem. 'Ik ben zover om Eddie te verlaten.'

Benton trok op een jongensachtige, hoopvolle manier zijn wenkbrauwen op. 'Echt?'

'Echt,' zei ze. Toen dacht ze aan de tweeling. Allegra maakte er nu al een puinhoop van en Hope was kwetsbaar.

Benton zag wellicht de twijfel op haar gezicht, want hij zei: 'Laten we niet te hard van stapel lopen en ons voorlopig alleen bezighouden met de tuin klaarmaken voor de fotoshoot.'

Grace knikte. 'Oké.'

'Morgen blijf ik wel lunchen, Grace, dat beloof ik,' zei hij. Hij bukte zich en kuste haar op een manier waar ze slappe knieën van kreeg. 'Ik hou van je.'

'Ik ook van jou,' zei Grace.

Benton beende weg. Even later hoorde Grace de motor van zijn pick-up starten. Ze rende de trap op naar haar werkkamer en belde Madeline.

De telefoon ging drie, vier keer over. Toen kreeg ze de voicemail.

Grace zei: 'Het gerucht gaat dat je een nieuwe roman aan het schrijven bent over een vrouw die een verhouding heeft met haar aannemer. Blijkbaar zijn er mensen die denken dat het over mij en Benton gaat. Laat het niet waar zijn, Madeline.' Grace slikte. 'Laat dit écht niet waar zijn.'

Madeline

Ze had weinig hoop gehad dat Brick zijn liefdesverdriet zou willen proberen te verzachten door dingen met zijn moeder te gaan doen, maar Madeline bood het aan en Brick zei ja. In de week na Allegra's bedrog deden ze allerlei dingen samen. De eerste dag haalden ze sandwiches bij Something Natural en reden naar Sesachacha Pond, waar Madeline aan de waterrand ging zitten en Brick op zijn koptelefoon naar muziek luisterde. De tweede dag regende het en dus gingen ze naar de film bij het Dreamland Theatre, elk met een eigen bak popcorn en karamelsnoepjes met een laagje chocolade eromheen. De derde dag fietsten ze naar Madaket en sliepen op het strand tot de zon met oranje en roze strepen onderging, waarna ze naar Millie's gingen, want ze hadden afgesproken dat ze daar met Trevor vistaco's zouden gaan eten.

De vierde dag wilde Brick 'thuis een beetje chillen', wat dat ook mocht betekenen en dus zat Madeline de hele dag in haar appartement te schrijven.

De vijfde dag vroeg Brick of Madeline met hem en Parker Marz mee wilde naar Cisco Beach.

'Natuurlijk,' zei Madeline. Parker was kleiner dan Bricks andere vrienden, maar hij was slim en grappig en kon goed met volwassenen opschieten en Madeline vond hem leuk gezelschap.

Toen ze bij Cisco het parkeerterrein op reden, zei ze: 'Zeker weten dat jullie mij erbij willen hebben? Ik kan jullie ook afzetten en later weer komen ophalen.'

'U moet echt met ons meegaan, mevrouw Llewellyn,' zei Parker. 'Onze sociale geloofwaardigheid schiet omhoog in de aanwezigheid van een mooie vrouw.'

'Rustig, man,' zei Brick. Hij glimlachte voor het eerst in zeer lange tijd. 'Het is mijn moeder.'

'Zal ik jullie gewoon afzetten?' vroeg Madeline aan Brick.

'Nee, mam, ga met ons mee. Dat is cool,' zei Brick.

Madeline liep achter de jongens aan naar het strand en zette drie stoelen neer. Cisco Beach was de thuisbasis van de surfers op Nantucket: jongemannen in wetsuits die bezitterig naast hun surfplank stonden en prachtige, ondervoede meisjes die hen aanbaden. Madeline herkende enkele oudere surfers: mannen als Sultan Nash, de schilder, en Thornton Bayle, de beste stratenmaker op het eiland, die voor de golven vrij namen van hun werk. En waren een hoop beginnende surfers: tieners van Bricks leeftijd en jonger, zelfs kinderen van een jaar of tien.

Brick rende naar het water om te gaan bodysurfen. Parker plofte in de stoel naast Madeline neer.

'Volgens mij gaat het elk dag een beetje beter met hem,' zei Parker.

Madeline moest bijna lachen. 'Vind je?'

'Hij is mijn vriend,' zei Parker. 'En dat... tja, mevrouw Llewellyn, ik heb er geen ander woord voor, dat kreng van Pancik heeft hem belazerd. Dat is het risico als je met een mooie meid verkering hebt. Allegra is het populairste meisje van de hele school, samen met Hollis. Ik droom er niet eens van om ooit met een meisje van dat kaliber uit te gaan, maar het voordeel is...' – Parker stak een arm uit om naar Brick te wijzen die alleen over de golven dobberde – 'dat je mij dus ook niet zult tegenkomen in Heartbreak City.'

'Jullie zijn nog vrij jong,' zei Madeline. 'Ik denk dat Brick en Allegra misschien nog niet toe waren aan een monogame relatie.'

'Zo te horen neemt u het op voor Allegra, mevrouw Llewellyn,' zei Parker. 'Ik vind het niet terecht dat u zo soft reageert. Allegra bedroog hem al langer. Ik zag haar in april met Ian in het winkelcentrum in Cape Cod. Ze stonden bij de balie van Chanel. Het is toch overduidelijk wat voor spelletje Allegra speelde? Ze wilde een oudere jongen met geld. Brick heeft nooit echt kans bij haar gemaakt!' Parker slaakte een vermoeide zucht. 'Ik hoop dat onze jongen er weer bovenop komt.'

Madeline stak haar hand uit en kneep in Parkers arm. 'Hij heeft geluk met zo'n goede vriend als jij.'

'Ik geef om hem,' zei Parker. 'Hij is mijn vriend.'

Madeline glimlachte en pakte haar schrijfblok uit haar boekentas.

'Is dat uw nieuwe roman?' vroeg Parker. 'Mijn moeder zegt dat die ongelooflijk goed is.'

Madeline had Grace' voicemailbericht beluisterd – *Laat het niet waar zijn, Madeline. Laat dit écht niet waar zijn* – maar dat had Madeline er niet van weerhouden verder te schrijven aan de roman of zelfs maar langzamer te gaan werken. Madeline zou verder schrijven aan *B/G* tot Eddie haar had terugbetaald!

Zodra Madeline thuiskwam van het strand begon haar telefoon te zoemen. Rachel McMann. Madeline kwam in de verleiding het gesprek naar de voicemail te laten gaan, maar eerlijk gezegd had ze grote behoefte aan vrouwelijke interactie. Ze hunkerde elke minuut van de dag naar Grace.

'Je zult het niet geloven,' zei Rachel.

Madeline snoof. Het stond haar nu al niet aan hoe dit gesprek verliep.

'Wat?' vroeg ze.

'Weet je wat ik heb gehoord?' zei Rachel. 'Dat Grace Pancik...'

'O mijn god,' zei Madeline.

'... met Benton Coe, haar tuinman, naar de Sunset Soiree is gegaan en nu denkt Jean Burton dat Grace zwanger is.'

'Zwanger?' zei Madeline. 'Grace?' Dat stak. Ze had zo lang geprobeerd om nog een kind te krijgen. Als Grace per ongeluk zwanger was geraakt van Benton Coe...

Nee, dat kon niet. Onmogelijk. Dit was een roddel van het geniepigste soort.

'Rachel,' zei Madeline. 'Er is niets tussen Grace en Benton Coe. Grace is gelukkig, ik herhaal, gelukkig getrouwd met Eddie. Dus, Rachel...'

'Ja,' zei Rachel.

'Bemoei je met je eigen zaken,' zei Madeline.

Eddie

Toen hij het kantoor binnenliep, kon Eddie maar aan één ding denken. Hij had Barbie thuis gebeld en had twee berichten op haar mobiele telefoon ingesproken. Geen reactie.

Eloise zat te bellen. Eddie plofte op de stoel bij Barbies bureau neer. Ze droeg een rode Diane von Furstenberg-wikkeljurk en Manolo's met een tien centimeter hoge hak en ze had de ketting met de enorme parel om.

Eddie vroeg zich af of Glenn Daley die parel ooit tussen zijn tanden had gehouden.

Hij zei: 'Ik verkoop Eagle Wing Lane 9 en 11 aan Glenn Daley.'

'Ja,' zei ze, 'dat weet ik.'

'Dat weet je?' zei Eddie.

'Iemand van zijn kantoor is de papieren komen brengen,' zei Barbie. Op haar bureau stonden twee grote bekers koffie van het Handlebar Café, Barbies nieuwe lievelingstent. Ze gaf Eddie een beker koffie met veel melk.

'Dank je,' zei Eddie. Barbie had nog nooit koffie voor hem gekocht. Dit was dus een zoenoffer, een heb-alsjeblieft-geen-hekelaan-me-omdat-ik-met-Glenn-Daley-slaap-gebaar. Eddie wilde er dolgraag over beginnen, maar was bang dat het voor beiden gênant zou zijn als hij dat deed. Toch wilde hij laten blijken dat hij het wist. Hij wist het zeker.

'Van nu af aan,' zei hij, 'regel ik de vrouwen.'

Barbie wierp door het vertrek heen een blik op Eloise. Ze knikte. Ze reageerde zo verdraaid onverschillig dat Eddie haar nietmachine wilde pakken en door het kantoor wilde smijten om een reactie uit te lokken.

'Goed?' zei hij.

'Goed,' zei ze.

De volgende groep die zou komen was Nightbill, over ruim twee weken. Het was een accountantskantoor of payrollbedrijf uit Kansas City. De contactpersoon was een zekere Bugsy Greer.

Bugsy? dacht Eddie. Hij had een foto van de man opgezocht op internet. Eerlijk gezegd zag hij eruit als iemand uit een griezelfilm. Hij was helemaal kaal en er was iets mis met zijn tanden. Eddie had zich afgevraagd wie van de vrouwen seks zou moeten hebben met Bugsy Greer. Toen huiverde hij en probeerde hij aan iets leuks te denken: heteluchtballonnen, kerstbomen.

Hij was heel zenuwachtig toen hij zich voorbereidde om te bellen. Hij liep met zijn mobiele telefoon het kantoor uit en slenterde over de uithoek van het parkeerterrein bij de Nantucket Yacht Club. Het was nu zomer en dat betekende dat Eddie voorzichtiger moest zijn, anders zou de bewaker bij het wachthuisje tegen Eddie zeggen dat hij moest opkrassen of zou een oud vrouwtje met een rieten mand van het Nantucket Lightship Basket Museum op hem gaan foeteren.

Hij ging achter een gloednieuwe Range Rover staan. Had hij maar beter geluisterd als Barbie een groep zo'n voorstel deed.

Bugsy nam op: 'Hallo?'

Eddie praatte zo snel dat hij over zijn eigen woorden struikelde. 'Hallo, Bugsy, je spreekt met Eddie Pancik, jullie makelaar op

Nantucket. Hebben jullie er zin in om naar het eiland te komen? Hebben jullie nog restaurantreserveringen nodig? Bij Pearl? Cru? Venuto?'

En toen zei Eddie: 'Moet je horen, ik heb een voorstel, maar dat moet geheim blijven. We hebben een schoonmaakploeg van vijf Russische dames die meer doen dan alleen schoonmaken.'

'O?' zei Bugsy.

'Ja,' zei Eddie. 'Ze kunnen 's avonds terugkomen als jullie dat willen.'

'Dat willen we wel,' zei Bugsy.

'Ja?' zei Eddie. Hij haalde een paar keer diep adem. 'Je snapt toch wat ik bedoel?'

'Ik denk het wel,' zei Bugsy. 'Wat kost dat?'

'Twaalfduizend per nacht,' zei Eddie. Hij voelde zich tegelijkertijd goed en slecht dat hij het tarief verhoogde. Hij zou die tweeduizend dollar extra zelf houden.

Het bed delen met Glenn Daley!

'Dat is goed,' zei Bugsy.

'Betaal je per nacht of alles in één keer?' vroeg Eddie.

'Wat heb je liever?'

'Alles in één keer,' zei Eddie. 'Gaat dat lukken, Bugsy?'

'Dat lukt wel,' zei Bugsy. Bugsy was kennelijk een bijnaam en Eddie voelde zich voor schut staan dat hij die bijnaam gebruikte. 'Ik kan alles regelen.'

'Dat hoor ik graag, zulke zelfverzekerdheid,' zei Eddie.

Toen Eddie een paar dagen later zijn voicemail beluisterde, zat er een bericht tussen van Madeline. Hij dacht dat ze misschien belde om haar ontzetting of boosheid over het gedrag van Allegra te uiten en Eddie wilde al alle manieren opsommen waarop hij zijn dochter had gestraft: hij had haar telefoon afgepakt en ze had tot nader order huisarrest. Ze mocht niet met vriendinnen naar het strand, mocht niet naar feestjes en ze mocht die jongen van Coburn nooit meer zien.

Maar Madeline bleek niet over Allegra te bellen.

Het bericht luidde als volgt: '*Eddie, ik heb Layton Gray gebeld.*'

Layton Gray was de advocaat van de Llewellyns, de advocaat die Eddie hun zelf had aangeraden toen ze iemand nodig hadden om het onroerendgoedcontract op te stellen. 'Hij gaat stappen tegen je ondernemen tenzij je ons voor eind volgende week terugbetaalt. En daarmee ben ik aardig, Eddie. Je hebt tien dagen de tijd.' Daarna had ze opgehangen.

'Wat?' zei Eddie. 'Niet eens een "tot ziens"?'

Hij verkocht nummer 9 en 11 aan Glenn Daley en zou een deel van dat geld gebruiken om Madeline en Trevor terug te betalen. Hij zou zijn schuld aflossen en zou op het rechte pad blijven, zodra dat kon.

Eddie belde naar huis om te vragen hoe het met Grace en de meiden ging. Hoelang was het geleden dat hij zonder reden had gebeld? Dat moest hij vaker doen, besloot hij. Hij zou dagelijks bellen.

'Hoi,' zei Grace. Zo te horen was ze verbaasd. 'Is alles in orde?'

'Ik bel zomaar,' zei Eddie. 'Hoe gaat het daar? Zijn de meiden thuis?'

'Ja,' zei Grace, 'die zijn hier. Ze hoeven vandaag geen van beiden te werken, dus we gaan met z'n drieën bij Galley Beach lunchen.'

Eddie vroeg zich af of Allegra mee uit lunchen nemen bij Galley Beach wel kon nu ze een uitgaansverbod had. Maar hij wist hoe graag Grace bijzondere momenten met de tweeling wilde en dat kon helaas alleen als Allegra huisarrest had. Eddie ging graag naar Galley Beach om er te lunchen of bij zonsondergang cocktails te drinken, al had hij dat deze zomer nog niet gedaan. Het was een dure tent. Hij wilde dat Grace meer ruggengraat had en had voorgesteld dat Allegra het gras zou gaan maaien.

'Allegra lijkt... veranderd,' zei Grace.

'In positieve of negatieve zin?' vroeg Eddie.

'Positief,' zei Grace. 'Het lijkt alsof ze oprecht spijt heeft.'

'Dat is haar geraden ook,' zei Eddie. Hij moest ophangen voordat zijn goede humeur volledig verdampte. 'Fijn om te horen dat het die kant opgaat. Veel plezier bij de lunch!'

'Dat zal wel lukken,' zei Grace.

Hope

In vier dagen tijd was Allegra's wereld geïmplodeerd als een uitdovende ster.

De ochtend na het drama had Hope zich gewonnen gegeven en had Allegra haar telefoon laten gebruiken om Brick, Hollis en haar andere vrienden te sms'en, maar wat dat opleverde was niet fraai. Brick sms'te terug dat ze nooit meer contact met hem moest opnemen. Hij schreef dat ze hem voor schut had gezet. Hij had van haar gehouden zoals hij dacht dat het hoorde, maar dat was kennelijk niet genoeg of het was het verkeerde soort liefde. Prima, hij zou geen woord meer aan haar vuilmaken. *Tot ziens en succes*, schreef hij.

De kalme, vastberaden woorden dreven Allegra tot wanhoop. Hope had haar zus nog nooit op die manier haar zelfbeheersing zien verliezen. Allegra schreeuwde, haar haar zat in de war en ze liep gespannen door Hopes slaapkamer alsof ze een manier zocht om van de Titanic af te komen. Ze keek naar Hopes telefoon en zei: 'Wat moet ik tegen hem zeggen? Hoe krijg ik hem zover dat hij me vergeeft?'

Hope zuchtte. Ze wilde dat ze, net als Cyrano de Bergerac, haar zus magische woorden kon aanreiken. Ook al had Hope weinig ervaring met relaties, ze wist dat Brick nu buiten Allegra's bereik was. Wie weet zou hij het haar over tien jaar vergeven, of nog waarschijnlijker, over twintig of dertig jaar, als hij zesenveertig was en wellicht zelf een onstuimige dochter van zestien had.

'Weet ik veel,' zei ze.

Allegra gaf de telefoon aan Hope en zei: 'Stuur jij hem dan een bericht. Hij heeft jou altijd gemogen. Hij respecteert je. Zeg hem dat het niet goed met me gaat. Zeg hem dat hij in elk geval moet opnemen als ik bel.'

'Oké,' zei Hope. Ze stuurde Brick een sms'je: *Warm glas ziet er hetzelfde uit als koud glas.*

Ze wachtte. Hij zou toch wel reageren op hun geheime code?

Niets.

Ze stuurde nog een bericht: *Het gaat niet goed met mijn zus. Ze is waarschijnlijk te egoïstisch om zelfmoord te plegen, maar overspannenheid en depressie liggen op de loer. Praat alsjeblieft met haar. Alvast bedankt. Je vriendin, Hope.*

Brick sms'te terug: *Neem nooit meer contact met me op.*

Hope sms'te: *Ik ben het, Hope. Echt. Warm glas ziet er hetzelfde uit als koud glas.*

Brick reageerde: *Ja, dat weet ik, Hope. Neem nooit meer contact met me op.*

Hope was gepikeerd. Zo hoorde het niet te gaan. Hope en Brick zouden stiekem een relatie krijgen, hoorden diepe gevoelens voor elkaar te koesteren en hoorden elkaar te begrijpen, wat ertoe zou leiden dat Brick verliefd op haar zou worden. Brick zou beseffen dat Hope alles was wat Allegra was, maar dat ze daarnaast ook nog eens goed, aardig, vriendelijk en eerlijk was.

Hope smeet de telefoon op het bed. 'Hij heeft kennelijk ook een hekel aan mij.'

Allegra begon te jammeren. Ze pakte de telefoon om hem opnieuw te bellen. Op dat moment kwam er een stortvloed aan berichten binnen van Hollis, Hannah, Kenzie en Bluto. En het waren geen vriendelijke reacties. Hope las mee over Allegra's schouder en kromp ineen toen ze zag welke woorden Allegra's vrienden haar naar het hoofd slingerden: zuipschuit, junk, anorectische slet.

'Zie ik eruit alsof ik anorexia heb?' vroeg Allegra, die Hope de foto liet zien.

'Tja, je bent niet dik,' zei Hope op een toon die voor opbeurend moest doorgaan. Ondanks de afschuwelijke omstandigheden was de foto van Allegra in feite prachtig. Zonder drank en drugs zou je kunnen denken dat Allegra en Ian een fotoshoot voor een parfummerk deden. 'Als de foto viraal gaat, heb je kans dat iemand van een modellenbureau hem ziet.'

Allegra wierp een hoopvolle, betraande blik op haar zus. 'Denk je? Zou dat kunnen?'

Er kwam een bericht binnen van Bluto: *Liegende en bedriegende slet.*

'Wie weet,' zei Hope.

Allegra verweerde zich kranig. Ze had zorgvuldig gekozen antwoorden paraat voor Hollis en Kenzie, en nam flink wraak op Bluto door hem een van de pot gerukte varkenskop te noemen. Toen ze geen puf meer had, plofte ze naast Hope op het bed neer.

'Ik weet niet wat ik moet doen,' zei ze.

Hope zei: 'Ze draaien wel bij.'

'Dat maakt niet uit. De tandpasta is uit de tube. Je kunt iemand niet voor een liegende en bedriegende slet uitmaken en dan die woorden terugnemen. Die zijn funest voor een vriendschap. Het is allemaal de schuld van Hollis. Die wachtte al jaren op een gelegenheid om me klein te krijgen.'

Hope moest toegeven dat dit wel eens waar zou kunnen zijn. Hollis en Allegra pasten goed bij elkaar, maar Allegra had altijd net wat meer geluk gehad. Nu ze bewezen had niet volmaakt te zijn, zou Hollis in haar eentje de bijenkoningin zijn.

'Ook dit gaat voorbij,' zei Hope.

'Maar wat moet ik tot die tijd?'

Hope snapte de vraag niet en zei dat ook.

'Wat moet ik doen tot het voorbijgaat?' zei Allegra. 'Ik heb geen werk, zoals jij. Ik kan niet naar het strand. Om te beginnen mag ik het huis al niet uit, maar zelfs als ik geen huisarrest zou hebben, dan nog. Ik kan niet in mijn eentje naar het strand.'

'Je kunt gaan lezen,' zei Hope.

'Lezen?' zei Allegra. Er klonk oprechte verwondering door in haar stem, alsof ze wilde zeggen: Wat? Waarom zou ik dat doen?

Hope gooide het exemplaar van *Lolita* naar haar zus toe. Hope had het net uit en mocht nu dus beweren dat ze een individu was. Ze vond het een geweldig boek: provocerend, origineel en raar.

'Lees dit eens,' zei Hope. 'Er staan belangrijke dingen in en het is goed voor het opkrikken van je vaardigheden bij kritisch lezen.'

Allegra bekeek de kaft van het boek met een sceptische blik. '*Lolita*, Vladimir Nabokov. Het is toch wel in het Engels, hè?'

'Ja,' zei Hope. 'Het gaat over een volwassen man die Humbert Humbert heet, een meisje van dertien ontvoert en met haar dwars door Amerika rijdt.'

'Walgelijk,' zei Allegra, maar Hope merkte dat Allegra's belangstelling was gewekt.

Allegra was die eerste vreselijke dag de hele tijd in Hopes kamer gebleven. Ze las en sliep. Ook Hope bleef in de kamer. Ze worstelde zich door een groot deel van *Het huis van vreugde* en ging toen oefenen op haar fluit. Ze hield zichzelf voor dat ze op haar kamer bleef om te controleren of haar zus geen domme dingen deed, maar eigenlijk genoot Hope gewoon van hun kalme kameraadschap. Toen Hope een selectie van Mozarts fluitconcert in G had gespeeld, zei Allegra, die op haar rug naar het plafond lag te staren met *Lolita* opengeslagen op haar borst: 'Je bent echt goed. Ik wilde dat ik ergens goed in was.'

'Je bent in zo veel dingen goed,' zei Hope.

'Zoals?'

Hope haalde haar fluit uit elkaar en trok een lapje vilt door het mondstuk. De dingen waar Allegra goed in was – mooi en populair zijn – waren op dat moment juist de dingen waardoor ze in opspraak was geraakt.

'Wat dan, Hope?'

'O, zo veel,' zei Hope. 'Ik ga hier niet al je talenten opsommen.'

'Omdat je dat niet kunt,' zei Allegra. 'Omdat ik nergens talent voor heb. Omdat ik een gemene, bedriegende, liegende slet ben.'

'Hou nou toch op,' zei Hope. 'Je hebt een fout gemaakt, meer niet. We zijn jong. We horen fouten te maken, daarvan te leren en verder te gaan.'

'Noem eens één positief punt over mij,' zei Allegra. 'Toe nou. Eentje maar.'

'Je hebt veel gevoel voor stijl,' zei Hope.

Allegra was stil. Ze had haar ogen dicht. 'Je hebt gelijk,' zei ze. 'Dat heb ik inderdaad.'

Hope had verwacht dat Allegra's nieuwe nederigheid van korte duur zou zijn en dat ze tegen het eind van de eerste dag van schaamte Hopes gezelschap zat zou zijn. In de tweede week had Allegra echter vrijwilligerswerk gevonden bij de Weezie Library for Children, waar ze een paar uur per week boeken zou sorteren. Hun moeder was zo blij dat ze voorstelde met z'n drieën bij Galley Beach te gaan lunchen. Allegra stemde niet alleen met het plan in, ze leek oprecht enthousiast. Vond ze het leuk om in het openbaar met Grace en Hope te worden gezien? Dan kwam ze in elk geval het huis uit en Galley Beach was een deftige tent, dus ze zou de kans krijgen om zich op te tutten. Hope droeg haar strapless Lilly Pulitzer-jurk met turkooizen en witte vlinderprint. Allegra droeg een smaragdgroene lange jurk van Tbags Los Angeles en een paar Romeinse sandalen van het merk Dolce Vita. Hope had haar haar in een Franse vlecht. Allegra stak het voor de helft rommelig op en liet de andere helft los hangen, wat zo uit het tijdschrift *Vogue* leek te komen.

'Het is gewoon niet eerlijk dat jij zo mooi bent,' zei Hope.

Allegra leek zich opgelaten te voelen. 'Jij ziet er net zo uit als ik,' zei ze. 'We zijn een eeneiige tweeling.'

'Alleen jij bent Alice,' zei Hope, 'en ik ben de Zevenslaper.'

'Hou op,' zei Allegra. Ze tilde de punt van Hopes vlecht op en kietelde ermee onder Hopes neus. 'We kunnen allebei Alice zijn.'

Lunchen bij Galley Beach was leuk en bijzonder, ook al zei Grace om de vijf minuten dat het echt leuk en bijzonder was. Grace nam een foto van hen bij de ingang naar het prachtige restaurant aan het water en toen ze eenmaal zaten, vroeg ze aan hun ober om een foto van hen drieën te nemen.

'Dit is mijn tweeling,' zei Grace zo hard dat het halve restaurant het kon horen. 'Wat een geluksvogel ben ik vandaag. Dit is heel bijzonder.'

Hope wendde haar gezicht naar Allegra en wilde vertwijfeld omhoogkijken, maar Allegra glimlachte hartelijk naar hun moeder.

Huh? dacht Hope. Allegra leek volledig op te gaan in de moeder-dochter-dochter-lunch. Het was vreemd. Als Grace een maand geleden dit uitstapje zou hebben voorgesteld, zou Allegra ronduit geweigerd hebben. Als Grace op haar schuldgevoel had ingepraat of voldoende dreigementen had geuit, zou ze nukkig aan de tafel hebben gezeten en doorlopend hebben ge-sms't.

Uiteraard had ze nu geen telefoon en ook niemand om berichten aan te sturen.

Grace bestelde een glas witte wijn, Allegra een cola light en Hope een ijsthee. Ze proostten. 'Dit is zo leuk!' zei Grace. 'Dit is zo bijzonder. Bedankt dat jullie zijn meegekomen.'

'Je hoeft ons niet te bedanken omdat we met je gaan lunchen,' zei Allegra. 'Je bent onze moeder.'

Misschien doet Allegra aardig in de hoop dat het huisarrest wordt opgeheven, dacht Hope. Ze was zo goed bezig dat het nog zou kunnen lukken ook.

Grace bestelde gazpacho en een omelet met gruyère en lente-ui. Allegra bestelde kreeftsalade. Hope nam gemengde groenten met bosbessen en geitenkaas, met als bijgerecht frites. Ze zaten aan een tafel met uitzicht op het witte strand, de post van de reddingsbrigade, de blauwe, groene en gele parasols van de Cliffside Beach Club en het kalme blauwe water van de Nantucket Sound. Zeilboten vormden stippen aan de horizon en de stoomboot was op weg naar Hyannis. Een briesje tilde de flap van de luifel op.

'Zoals jullie vast wel weten,' zei Grace, 'komt *The Boston Globe* volgende week voor een fotoshoot en een artikel over onze tuin. Benton zal dus vaak langskomen om de tuin op orde te maken.'

'Welke Benton?' vroeg Allegra.

'Mama's tuinman,' zei Hope. 'Hij heeft me *Lolita* aangeraden.'

'Ik vind het echt een goed boek,' zei Allegra. 'Het is natuurlijk een schokkend verhaal, maar ik kan het haast niet wegleggen. Wat ben jij aan het lezen, Hope?'

'*Het huis van vreugde* van Edith Wharton,' zei Hope.

'Dat heb ik eeuwen geleden gelezen,' zei Grace, 'tijdens mijn eerste jaar aan Holyoke.'

'Misschien ga ik dat hierna wel lezen,' zei Allegra.

En Hope dacht: waar is mijn zus gebleven?

Ze bestelden een sundae met brownies en drie lepels. Grace nam een cappuccino en vroeg om de rekening. Terwijl Grace afrekende, gaf Allegra Hope onder tafel een por. Mevrouw Kraft, hun lerares Engels, kwam recht op hen af.

'Kijk eens aan, de mooie dames Pancik aan de lunch,' zei mevrouw Kraft. Ze glimlachte breeduit naar hun tafel.

Grace stond op en gaf mevrouw Kraft een luchtkus. 'Hallo, Ruth.'

Hope vroeg zich af of er van Allegra en haar ook werd verwacht dat ze mevrouw Kraft op die manier begroetten. Haar lerares Engels een luchtkus geven? Ze kon alleen maar zwaaien. Ruth Kraft – alle kinderen noemden haar achter haar rug om Ruthie – had een grote bos bruine krullen. Ze was opgeleid tot operazangeres en stond erom bekend dat ze in het lokaal dingen die ze belangrijk vond uitbrulde om die te benadrukken. Vooral Allegra vond het leuk om haar na te doen.

Shall I compare theeeeeeeeee to a summer's daaaaaaaaay!

Mevrouw Kraft had Allegra een onvoldoende gegeven, maar Allegra glimlachte engelachtig naar haar en zei: 'Hallo, mevrouw Kraft!'

Mevrouw Kraft zei: 'En hoe is onze zómer?' De manier waarop ze de vraag stelde, deed vermoeden dat ze naar informatie viste. Was het mogelijk dat mevrouw Kraft gehoord had dat Allegra was betrapt op drank- en drugsgebruik terwijl ze haar ondergoed aan Ian Coburn showde? Als mevrouw Kraft het wist, wist werkelijk iedereen het. Had mevrouw Kraft de foto gezien? Hope had erg met haar zus te doen. Zulk nieuws zou in de herfst als een lopend vuurtje door de lerarenkamer gaan en dan kon Allegra het wel vergeten dat docenten bereid waren een aanbevelingsbrief voor haar te schrijven. Vorige week zou Hope dat prettig hebben gevonden. Nu waren Allegra en zij eerder een gescheiden Siamese tweeling. Als iemand Allegra tegen haar scheenbeen trapte, voelde Hope de pijn.

'De meiden hadden het net over alle boeken die ze hebben gelezen,' zei Grace.

'Over lezen gesproken!' zei mevrouw Kraft. Ze richtte haar aandacht nu op Grace. 'Heb je gehoord van de nieuwe roman van Madeline King? Die schijnt behoorlijk aanstootgevend te zijn.'

'Ik heb er niets over gehoord,' zei Grace. Met een handgebaar zoals pastoor Declan tijdens de mis maakte, gaf ze te kennen dat beide meiden moesten gaan staan. 'Ik heb het druk gehad met de tuin en de kippen.'

'Ik dacht dat je het wel zou weten,' zei mevrouw Kraft. 'Madeline en jij zijn immers goed bevriend.'

'Nou,' zei Grace, 'Madeline en ik spreken elkaar momenteel niet.'

Mevrouw Kraft leek uit het veld geslagen door die opmerking. Ze antwoordde op normale toon: 'O, wat vervelend.' Ze kon haar tong wel afbijten. 'Ik had mijn mond moeten houden.'

Grace glimlachte treurig en rommelde aan de sluiting van haar handtas. 'Dat was misschien beter geweest.'

Hope keek haar moeder aandachtig aan. Praatte ze niet meer met Madeline? Dat was nog eens nieuws. Het was zo ongehoord dat Hope dacht dat haar moeder loog. Toen besefte ze echter dat er de afgelopen week iets anders was geweest dan normaal. Haar moeder had zich niet in haar werkkamer opgesloten om Madeline te bellen, wat ze altijd deed. Kwam het door wat er tussen Allegra en Brick was voorgevallen? Of kwam het doordat Grace te zeer in beslag werd genomen door Benton en de tuin? Soms drong het opeens tot Hope door dat haar moeder ook maar een mens was en net zo goed complexe gevoelens had. Ze vroeg zich af of Grace en Madeline ruzie hadden gehad, zoals Allegra en Hollis. Maar Grace en Madeline waren toch te oud voor zulk gedrag?

Hope verplaatste haar gewicht. Ze wilde tegen mevrouw Kraft zeggen dat die weg moest gaan, dat ze maar aria's moest gaan zingen of sonnetten moest gaan opdreunen, dat ze hun moeder met rust moest laten. Het was alsof Allegra hetzelfde dacht, want ze zei: 'Leuk dat we u tegenkwamen, mevrouw Kraft. Geniet van uw lunch.'

'O,' zei mevrouw Kraft. Ze leek zo overrompeld door deze beleefde berisping van haar slechtste leerling dat ze stond te wiebelen op de sleehakken van haar espadrilles. 'Dank je, dat zal ik doen.'

Hope zwaaide nog een keer vlug naar mevrouw Kraft – ditmaal als afscheidsgroet – en liep achter haar moeder en zus aan het restaurant uit.

Grace

Een weeklang was het warm op Nantucket en daarmee bedoelde Grace temperaturen van boven de dertig graden. Het was zo heet dat de meiden meteen het zwembad in doken als ze terugkwamen van hun vrijwilligerswerk. Grace bleef binnen, waar de airconditioning op volle kracht draaide, tenzij Grace de kippen verzorgde of Benton er was.

Benton kwam plichtmatig een uurtje en deed zeer zakelijk. Hij kon niet langer blijven om met haar te lunchen of andere dingen te doen. Zijn andere tuinen waren in nood, zei hij.

Door de warmte.

Toen kwam er een eind aan de warmte en hoosde het tweeënhalve dag onophoudelijk.

De eerste regendag stuurde Benton haar een sms'je: *Kom vandaag niet. Blijf thuis en ga administratie doen.*

Grace ging in bed liggen en vocht tegen een migraineaanval. Wilde ze Eddie echt verlaten voor deze man?

De tweede dag sms'te hij: *Kom vandaag niet. Ga facturen schrijven. Er ligt een vette rekening klaar voor Eddie, dus misschien wil je hem waarschuwen.*

Migraine. Grace dacht: vandaag niet langsgaan bij de vrouw van wie je houdt en bij je lievelingsproject. Eddie een vette rekening sturen. Eddie zou uit zijn dak gaan. Hij klaagde nog altijd over de vergoeding voor Hester Phan en toen Grace over de vijftigduizend dollar van Madeline en Trevor was begonnen, had Eddie Grace kwaad aangekeken en had gezegd: 'Grace, wat denk je dat ik de hele dag doe?'

Madeline had niet gereageerd op het voicemailbericht van Grace en Grace begon zich zorgen te maken dat ze hun vriendschap nog meer schade had toegebracht. Aan de ene kant geloofde ze dat Madeline een roman over haar en Benton aan het schrijven was – *twee vrouwen aan deze tafel zullen degene links van hen bedriegen* – aan de andere kant dacht ze dat het gewoon een gemeen gerucht was dat blonde Sharon had verzonnen.

Maar toen begon Ruth Kraft over Madelines boek en Grace vroeg zich af van wie die malle Ruth Kraft het had gehoord.

Zou het waar zijn?

Het kon niet waar zijn. Zoiets zou Madeline nooit doen, ook al was ze nog zo boos.

Nee toch?

Als het waar was dan zou Grace... Tja, dan zou Grace zo kwaad zijn dat ze niet wist wat ze dan zou doen. Ze had Madeline in vertrouwen genomen, had haar alles verteld. Ze waren al bijna twintig jaar vriendinnen.

Grace kwam tot de conclusie dat Madeline zoiets nooit zou doen. Het was maar een gerucht.

Tenzij Madeline wraak wilde nemen.

Allegra is een bedriegster en jij bent een bedriegster, Grace.

Wat Madeline duidelijk niet snapte, was dat Grace verliefd was. Ze kon er niets aan doen!

Haar hoofdpijn werd erger, het voelde alsof een loden helm haar schedel indrukte en verpletterde. Ze was verliefd. Ze wilde het dolgraag met Madeline uitpraten, maar eigenlijk wilde Grace alleen Benton.

Toen ze naar de badkamer liep – de enige reden om uit bed te komen – keek ze uit het raam naar haar drassige achtertuin.

Een tuin was niet mooi in de regen.

Het geluk keerde terug. De zon kwam tevoorschijn. Benton kwam terug met een brede glimlach en een woest verlangen naar Grace. Hij hield weer van haar. De grote dag was bijna aangebroken.

Het gras was gemaaid en bijgeknipt, de perken waren gewied, de rozen bloeiden, het perk met vaste planten was gemulcht, de dode knoppen waren uit de daglelies geknipt, het zwembad was schoongemaakt, de ligstoelen waren netjes neergezet en de kussens waren opgeschud, de barbecue was geschrobd, het terras was geveegd, de canvas parasol was schoongemaakt, de Adirondack-stoelen waren afgenomen, de hangmat was strakker gespannen. Benton en Grace inspecteerden elke vierkante centimeter van het terrein, knipten bloemen af voor een bloemstuk, harkten het schelpengruis op de oprit, vulden de voederhuisjes.

'De tuin is klaar,' zei Benton. Hij kuste Grace hartstochtelijk tegen de zijkant van zijn pick-up. 'Tot morgen.'

Clara Teasdale, de huis-en-tuinredacteur van *The Boston Globe*, en Grote George, de vaste fotograaf van *The Boston Globe*, kwamen aan in een auto die bestuurd werd door Bernie Wu. Bernie en Grace waren bevriend doordat Chloe, de dochter van Bernie Wu, fluit speelde in het leerlingenorkest waar Hope ook in zat. Blijkbaar dacht Bernie dat zijn vriendschap met Grace zo ver ging dat hij het wel kon maken om drie kwartier te vroeg te komen en niet bij de voordeur aan te bellen. Hij liep met Clara en Grote George langs de zijkant van het huis naar de achtertuin. Hij bleef bij het kippenhok staan, wees de kippen stuk voor stuk aan en vertelde hoe ze heetten: 'Martha, Dolly, Eleanor, Ladybird, Hillary.' De vrouw van Bernie Wu was dol op de eieren van Grace en nam per maand vijf dozen af.

Clara moest lachen om de namen. 'Presidentsvrouwen,' zei ze.

Grace en Benton waren in de schuur bezig aan een vlugge, onstuimige vrijpartij. Grace klemde zich aan Benton vast, wilde hem dieper en dieper in zich, wilde met hem versmelten. Hij wond haar op, daagde haar uit, hij was haar grote schijnende zon.

Grace meende stemmen te horen. Daarna hoorde ze een vrouwenstem duidelijk 'presidentsvrouwen' zeggen. Ze maakte zich los van Benton. 'Ze zijn er.'

'Nu al?' zei Benton. Hij keek op zijn horloge. 'Drie kwartier te vroeg?'

Stilletjes deden ze hun kleren goed. Grace probeerde de vouwen uit haar bleekroze linnen hemdjurk weg te strijken. 'Ben je zover?' vroeg ze.

Benton knikte. Grace zwaaide de schuurdeur open en stapte naar buiten om haar gasten te verwelkomen. Grace zag de verwarring op het gezicht van Bernie toen Benton achter haar naar buiten kwam. Benton hield in elk geval een hark en een klembord vast.

Bernie begon heel snel te praten. Grace had door dat hij zenuwachtig was, maar of dat kwam doordat hij zijn boekje te buiten was gegaan door zomaar de tuin in te lopen of doordat hij besefte dat hij iets had verstoord, wist ze niet. Wie weet was hij gewoon overdonderd door Clara en Grote George en het idee dat de tuin van Grace en Eddie in *The Boston Globe* zou komen te staan. Grace hoopte maar dat het dat was en probeerde zo normaal mogelijk te doen terwijl ze telkens de voorkant van haar jurk gladstreek. Ze probeerde niet te denken aan de handen van Benton die die jurk optilden.

'Dan ga ik maar,' zei Bernie. 'Om half een kom ik jullie ophalen.' Hij schonk Grace een glimlach waarmee hij haar oprecht succes leek te wensen en ze zwaaide. Grote George was al achter in de tuin foto's aan het nemen van de Adirondack-stoelen en het kalme blauwe wateroppervlak van Polpis Harbor verderop, een beeld dat omlijst werd door Grace' blauwe hortensia's.

Clara Teasdale was smoorverliefd op de tuin en waarschijnlijk ook op Benton, die vol trots de elementen van de tuin liet zien die hem het dierbaarst waren: de keien van de beekbedding, de vaste planten, de rozen die overdadig bloeiden. Het hele terrein liet zich van zijn beste kant zien. Benton bleef staan bij de bank waarop de varens in potten stonden, en vertelde hoe hij de enige antiekhandelaar in Parijs had gevonden die verstandig genoeg was geweest om de oude banken uit de tuinen van de Tuilerieën te redden.

Grace nam het van hem over toen het over de kippen ging. Ze liet Clara zelfs zes bleekblauwe eieren uit het kippenhok pakken, ook al klokten de dames uit protest omdat een vreemde die taak uitvoerde. Daarna gooide Grace de schuurdeur open. Ze hoorde Clara verrukte kreten slaken over Grace' verzameling gieters, over de glanzende koperen gootsteen en het praktische, maar ook prachtige spekstenen werkblad.

Grote George nam doorlopend foto's.

Grace liet de zitmaaier zien, die in een nis stond, en Grote George vroeg of Grace het erg zou vinden om hem midden op het smaragdgroene gazon te rijden en er in haar roze linnen hemdjurk op te poseren.

Klikklikklik.

Naarmate het uur vorderde, werden er ook andere voorstellen voor veelzeggende foto's gedaan: een van Benton tussen de rozen met in zijn hand een grote snoeischaar, een van Grace die tot haar enkels in het ondiepe gedeelte van haar zwembad stond, en een van Benton en Grace samen terwijl ze aan de tak van de grote olm hingen.

Toen was het tijd om te lunchen. Er was niet afgesproken dat er tijdens de lunch foto's zouden worden genomen, maar toch had Grace zich enorm uitgesloofd. Ze had sandwiches met zes soorten beleg klaargemaakt: met eiersalade uiteraard, met komkommer en kruidenkaas, met radijs en ongezouten boter, met kipkerriesalade, met rosbief en mierikswortelmayonaise, en met ham en emmentaler. Ze had ook drie doosjes grote aardbeien gekocht en had meringues gebakken en verse lemoncurd gemaakt.

Grote George fotografeerde het eten, wat Grace' ego streelde.

Ze haalde een fles Schramsberg-rosé uit Eddies wijnkelder, waar Benton met behulp van Grace' vijfentwintig centimeter lange koksmes de bovenkant vanaf sneed. De kurk belandde in het perk met daglelies en iedereen juichte. Grace, Benton en Clara gingen zitten om te lunchen en poseerden voor Grote George. Grace voerde Benton een aardbei. Clara schonk haar glas te vol en nam grote slokken bij haar sandwich met ham en emmentaler. Grace legde een stapel sandwiches voor George op een bord en toen hij ophield met fotograferen om te eten, pakte Grace zijn camera en nam foto's van hem terwijl hij zich volpropte.

'Ben je een Stones-fan?' vroeg Benton aan George.

'Wie niet?' antwoordde George.

Benton plugde zijn telefoon in de buitenspeaker en draaide 'Loving Cup'. Hij schonk de fles leeg in de glazen van Grace en Clara.

Benton zei: 'Dit kun je wel het themalied van onze zomer noemen.'

Clara zei: 'Ik moet eerlijk zeggen dat ik nog nooit zo'n leuke fotoshoot heb meegemaakt.'

Grace was het met haar eens. Het wás leuk. Ze stelde zich voor dat haar leven met Benton elke dag zo speels, sensueel en zorgeloos zou zijn.

Nadat Clara haar glas had leeggedronken, las ze de aantekeningen voor die ze had gemaakt: Benton, Ohio State University, baantje bij plantsoenendienst tijdens studie, Surrey, Engeland, passie voor rozen, Savannah, Oxford, de Nantucket Historical Association.

Clare keek op en vernauwde haar ogen tot spleetjes. 'Hoe heb je Grace gevonden?'

Benton schonk Grace een blik die uitsluitend als liefdevol kon worden omschreven. 'Zij vond mij,' zei hij.

Klikklikklik.

Nantucket

Velen van ons wisten dat de tuin van de Panciks in de zondagseditie van *The Boston Globe* zou komen te staan, anderen waren verrast toen ze melk en suiker door hun vers gezette koffie roerden en de krant opensloegen. Maar zelfs degenen die het wisten, waren verbijsterd toen ze het artikel voor zich hadden liggen. Om te beginnen was de koptekst verrassend: PRIVÉPARADIJS OP NANTUCKET. Op de eerste foto – groot en in kleur – was te zien hoe Grace Pancik een grote, heerlijke aardbei voerde aan Benton Coe.

Tjonge!

Het bijschrift luidde: *Huiseigenaar Grace Pancik geniet van een lunch in de tuin met landschapsarchitect Benton Coe, eigenaar van Coe Designs.*

Het artikel begon met: *Sommige banden worden in de hemel gesmeed, zoals die tussen de op Nantucket woonachtige Grace Pancik en Benton Coe, de man die ze inhuurde om een tuinontwerp te maken en uit te voeren voor haar terrein van 1,2 hectare in Wauwinet.*

Tjonge!

Gevolgd door enkele alinea's met achtergrondinformatie over Benton: indrukwekkend, maar er stond niets in wat we nog niet wisten.

Daarna alinea's met achtergrondinformatie over Grace: *Me-*

vrouw Pancik heeft aan het Mount Holyoke College gestudeerd met als hoofdvak Franse literatuur. Dat verklaart waarom ze zo verknocht is aan de tuinbank die gered is uit de tuinen van de Tuilerieën en uit de tijd van Lodewijk XIV, *Colbert en de beroemde Parijse landschapsarchitect André le Nôtre zou dateren. Deze bank stond vroeger op een langwerpig terras met uitzicht op de Seine dat het Terrasse du Bord de l'Eau heette en waar waarschijnlijk mensen als Auguste Renoir en Claude Monet op hebben gezeten na een vermoeiend bezoek aan het nabijgelegen Louvre. Mevrouw Pancik houdt van zulke levendige historische details die haar romantische verbeelding voeden.*

Mevrouw Pancik is ook dol op haar perk met daglelies, die ze gepoot heeft als eerbetoon aan haar geliefde, overleden grootmoeder, Sabine Roddin-Baste, die een landgoed in Wayland bezat met een appelboomgaard en een croquetveld.

'Mijn oma Sabine hield van daglelies,' zegt mevrouw Pancik. 'Dankzij haar is mijn grote waardering voor groene ruimtes ontstaan.'

Gevolgd door een fotocollage: Grace op de zitmaaier als een koningin op haar troon. Grace en Benton naast elkaar aan een tak als kinderen in een speeltuin. Grace die uit een champagneglas dronk, terwijl Benton naar haar keek. Grace die door het ondiepe gedeelte van haar zwembad waadde. Benton die met een gigantische snoeischaar in het rozenperk stond. Een van de kippen, Martha of Dolly, die door de tuin schreed. En in de schuur, waar de ouderwetse gootsteen glom als een spiegel. Het bord boven de gootsteen met de tekst: EEN TUIN IS GEEN ZAAK VAN LEVEN OF DOOD. HET IS VEEL BELANGRIJKER DAN DAT.

Vervolgens alinea's waarin werd beschreven hoe Grace en Benton bij elk onderdeel van de tuin hadden overlegd in een poging verschillende momenten te creëren. Het zwembad en de hottub, met flessengroene tegels en omringd door antieke straatstenen en echte Nantucket-keien, gaven je het gevoel dat je in het bos een zwemvijver had ontdekt. Het glooiende gazon nodigde uit tot een wandeling naar de Adirondack-stoelen, die op een plek waren neergezet waar je het beekje kon horen dat aan de achterkant langs het terrein van de Panciks stroomde en vanwaar je de zeilboten in Polpis Harbor kon zien. Tussen tweehonderd jaar oude olmen was een hangmat gespannen, waar mevrouw Pancik vaak in luierde terwijl ze werken las van Victor Hugo en Alexandre Dumas, met vol zicht op het prachtige rozenperk, waar wel tweeëntwintig soorten rozen in stonden.

'Maar de essentie van wat we probeerden te bereiken,' zegt Coe, 'is te vinden in de schuur.'

Mevrouw Pancik is het met hem eens. 'Dat is echt ons kindje,' zegt ze.

Jody Rouisse belde Susan Prendergast. 'Ik vind het walgelijk,' zei ze. 'Nu is het toch voor iedereen duidelijk dat ze minnaars zijn? Ze voerde hem.'

'Net als Adam en Eva in het paradijs,' zei Susan. 'Denk je dat de journalist voorkennis had?'

'Eddie werd geen enkele keer genoemd,' zei Jody. 'Ze wordt omschreven als mevrouw Pancik, maar het is net alsof Eddie en de tweeling niet bestaan.'

'Ik moet zeggen dat het behoorlijk sexy is zoals Benton op die ene foto naar haar kijkt,' zei Susan. 'Ik mocht willen dat er iemand zo naar mij keek.'

'Ik vond dat verhaal over de bank uit de tuinen van de Tuilerieën aanmatigend. En Grace zou Victor Hugo lezen in de hangmat?' zei Jody. 'Het zal wel de *Cosmopolitan* zijn.'

'Franse literatuur was wel haar hoofdvak,' zei Susan. 'Ik heb gehoord dat haar bibliotheek vol staat met eerste drukken.'

'En dan dat Grace de schuur hun kindje noemt,' zei Jody. 'Weet je, Jean Burton dacht dat Grace zwanger was. Grote kans dat die schuur niet het enige kindje is.'

'Haar rozen zijn werkelijk prachtig,' zei Susan. 'Dat moet je haar nageven.'

'Dat zal ik ook zeker niet ontkennen,' zei Jody.

Tandarts Andy McMann zag de krant als eerste. Normaal gesproken hield hij van de eenzaamheid van zijn zondagochtenden. Calgary sliep uit en Rachel bleef zelfs nog langer in bed liggen. En dus kon tandarts Andy buiten op het terras zitten, van de zon en het briesje genieten, koffiedrinken en met een dun laagje boter besmeerd geroosterd roggebrood en een halve rijpe avocado eten, naar muziek van Schubert luisteren en *The Boston Globe* lezen. Gewoonlijk sloeg hij het huis-en-tuinkatern over, maar zijn oog viel op het woord 'Nantucket' en hij begon aan het artikel om te kijken waar het over ging.

De tuin van Grace Pancik. Een patserige tuinarchitect. Tandarts Andy las het artikel en bekeek de foto's. Hij kreeg een duidelijk vervelend gevoel in zijn onderrug dat helemaal opkroop naar zijn nek. Zijn huurbaas, Eddie Pancik, werd door zijn vrouw bedrogen met deze Coe, dat was duidelijk! Tandarts Andy maakte Rachel niet graag wakker, maar voelde aan dat dit niet kon wachten en nam de krant mee naar hun slaapkamer.

Alicia Buckler, die de kadasterzaken op Nantucket regelde, las *The Boston Globe* terwijl ze bij restaurant Black-Eyed Susan's in de rij stond, net als de rest van de wereld. Ze richtte zich tot haar vrouw, Janice, en wees naar de foto waarop Grace en Benton aan een boomtak hingen.

'Volgens mij werken we allebei te hard,' zei Alicia. 'We moeten vrij nemen en van het leven genieten zoals deze mensen.'

Janice hapte naar adem. 'Dat is Grace Pancik!' zei ze. 'Samen met Benton Coe.'

Alicia stak Janice gefrustreerd de krant toe. Ze was het spuugzat dat Janice altijd iedereen op het eiland leek te kennen alleen maar doordat ze hun gebit reinigde. En ze had het ook helemaal gehad met de zondagse gewoonte om bij Black-Eyed Susan's te eten. Wekelijks ging er een uur van hun dag verloren met in de rij staan. Alicia verlangde naar vroeger, toen je nog bij het Jared Coffin House ontbijt kon krijgen, maar als ze daarover begon, zou Janice haar een ouwe sok noemen en zouden ze ruzie krijgen. Alicia was acht maanden ouder dan Janice en dat lag gevoelig.

'Geniet van je tofoe, Benedict,' zei Alicia. 'Ik ga naar huis.'

Maar Janice hoorde het niet, die ging te zeer op in het artikel.

Glenn Daley draaide zich om en plette Barbie bijna. Ze lagen in bed, dronken mimosa's en lazen de krant. Glenn had veel vriendinnen gehad, maar hij had nog nooit zo van het comfort van goede champagne, dure lakens met vijfhonderd draadjes per inch en verse bloemen bij het bed genoten als met Barbie. En ze rook heerlijk, zelfs als ze net wakker was. Hij weigerde toe te geven dat hij verliefd werd – zijn vrouw had liefde voor hem voorgoed verpest – maar op deze zondagochtend was er niets wat hij liever zou doen en was er niemand bij wie hij liever wilde zijn.

'Moet je kijken,' zei Glenn, en hij liet Barbie de krant zien. 'Je schoonzus.'

'O, mijn god,' zei Barbie.

Eddie

Zoals het spreekwoord luidt: een ongeluk komt nooit alleen.

Vrijdagmiddag kreeg Eddie niet een, maar twee verontrustende telefoontjes. Layton Gray, de advocaat van Madeline en Trevor, belde, en ook Philip Meier van de bank.

Layton belde over de investering van vijftigduizend dollar. Zijn cliënten waren diep teleurgesteld, zei Layton, en wilden hun geld terug. Eddie en Layton hadden bij talloze overdrachten van onroerend goed samengewerkt. Eddie vond Layton niet alleen een geschikte kerel, hij zag hem min of meer als een vriend. Wat Eddie dan ook het meest dwarszat aan het bericht was de toon die Layton aansloeg. Hij klonk zeer afstandelijk en alsof hij tot procederen geneigd was. Niets wees erop dat Layton Eddie kende, laat staan dat hij met hem een paar glazen achterover had geslagen bij de Great Harbor Yacht Club.

'Bel me voor overleg,' zei Layton, 'anders moet ik gerechtelijke stappen ondernemen.'

Gerechtelijke stappen? Eddie meende dat daar geen reden toe was. Madeline en Trevor hadden te goeder trouw geïnvesteerd. Ze hadden een cheque uitgeschreven en Eddie had beloofd dat ze het dubbele bedrag zouden terugkrijgen – namelijk honderdduizend dollar – als hij de huizen had verkocht. Hij had een kopie van de cheque gemaakt en had onderaan *investering Llewellyn in Eagle Wing Lane* geschreven. Daarna hadden ze het papier alle drie ondertekend. Ook daarvan had Eddie een kopie gemaakt. Het origineel had hij aan Madeline en Trevor gegeven en de kopie had hij zelf gehouden.

Niets wat officieel of bindend was. Een investering in goed vertrouwen tussen vrienden.

En toch knaagden de woorden 'in goed vertrouwen' aan hem. Hij mocht in dit geval niet in gebreke blijven. Hij moest zijn deel van de afspraak nakomen. En hij moest al helemaal niet hebben dat Layton Gray dacht dat hij, Eddie, geld van zijn vrienden had aangenomen en dat in een verlieslijdend project had gestoken. Layton had acht tot tien overdrachten per week. Hij deed zaken met elk makelaarskantoor op Nantucket. Als dit bekend werd... Nee, dat mocht Eddie niet laten gebeuren. Hij was woedend dat Madeline Layton had gebeld. Deels kon hij gewoon niet geloven dat ze het echt had gedaan. Advocaten kostten geld. Als ze hun advocaat had gebeld, was het menens.

Hij probeerde te berekenen hoe hij er in elk geval voor kon zorgen dat Madeline en Trevor een deel van hun investering terugkregen. Zodra de deal met Glenn Daley rond was (Eddie kreeg al last van zijn maag als hij aan die man dacht) kon hij misschien tienduizend dollar opzijleggen voor de Llewellyns.

Misschien?

Ja, dat zou hij doen.

Vervolgens had Philip Meier gebeld en die had tegen Eddie gezegd dat Eddie negentig dagen achterliep met de hypotheekaflossing van zijn huis.

'Wacht even,' zei Eddie. 'Dat kan niet kloppen.'

'Om precies te zijn loop je tweeënnegentig dagen achter,' zei Philip. 'De bank krijgt nog 27.810 dollar van je.'

Eddie kreeg hartkloppingen, zijn hart bonsde uit zijn lijf. 'Dat bestaat niet!'

'Toch is het zo,' zei Philip. 'We hebben een paar keer een betalingsherinnering naar je kantoor gestuurd.'

Eddie keek naar de stapel ongeopende enveloppen op zijn bureau. Sommige enveloppen waren nieuw, andere lagen er al even, wie weet zelfs al langer dan drie maanden.

'Raak ik het huis kwijt?' vroeg hij. Hij zag al voor zich dat Grace en zijn dochters in hun pyjama op het gazon voor het huis stonden terwijl medewerkers van de bank de deur vergrendelden.

'Ik heb maandag een cheque nodig,' zei Philip.

Maandag? dacht Eddie. Waar moest hij maandag ruim zevenentwintigduizend dollar vandaan halen? Toen herinnerde hij zich dat de groep van Nightbill maandag zou komen en dat Bugsy Greer had toegezegd het volledige bedrag in één keer contant te betalen. 84.000 dollar. 35.000 dollar was voor de vrouwen, 49.000 dollar moesten Barbie en hij samen delen. Barbie wist echter niet dat Eddie het tarief had verhoogd, dus hij hoefde haar maar 17.500 te betalen en dan bleef er voor hem 31.500 dollar over!

Briljant!

Hij zei tegen Philip: 'Je kunt het dinsdagochtend van me krijgen. Contant.'

'Contant?' zei Philip. 'Wat ben je van plan? Ga je een bank beroven?'

Ze lachten allebei.

'Dinsdagochtend is prima. Bedankt, Eddie,' zei Philip.

Eddie was opgevrolijkt door zijn overwinning, maar hij wist dat het slechts een lapmiddel was. Hij had een grote transactie nodig. Hij had iets echts nodig. Waar waren alle kopers? Nadia was met de man van Kasper Snacks met wie ze het bed had gedeeld, naar kantoor gekomen en had gezegd dat hij interesse had om een huis op Nantucket te kopen. Eddie was bijna flauwgevallen van opluchting. Dat was een bijkomend voordeel van zijn nevenactiviteit dat hij niet had voorzien. De vrouwen zouden potentiële kopers aanmoedigen. Nadia's speciale vriend bleek echter te zeer op het midwesten gericht te zijn en had geen idee over wat voor bedrag het ging bij investeren in de onroerendgoedmarkt op Nantucket. Hij had één blik op de huizenprijzen geworpen en besloten om dan maar een ijsje voor Nadia te kopen.

Eddie bracht de zaterdag op kantoor door. Er was niets te doen en dus rondde hij het papierwerk af voor de deal met Glenn Daley. Op weg naar huis ging hij bij Lola naar binnen om wat te drinken, ook al kostte een martini twintig dollar. Hij moest waarschijnlijk meer onder de mensen komen en visitekaartjes uitdelen, maar dat kostte geld en dat geld had hij niet. Op weg naar huis, nadat hij bij Lola was geweest, reed hij langs de huizen aan Eagle Wing Lane. Hij zag zichzelf al als de boze heks uit het Oosten bedolven liggen onder de fundering van nummer 9. En dan te bedenken hoe gelukkig en enthousiast hij was geweest de dag dat hij die drie kavels had gekocht.

Op zondagochtend was Grace al om zes uur uit bed. Ze ging naar The Hub om de zondagseditie van *The Boston Globe* te kopen. Ze was zo blij toen ze het artikel zag, dat Eddie dacht dat ze spontaan zou verbranden. Hij probeerde ook blij te zijn, maar maakte zich te veel zorgen dat de bank beslag zou leggen op het mooie huis waar ze zo van hield.

Hij sliep tot half tien, wat al aangaf dat hij depressief was. Toen hij wakker werd, zat de tweeling bij het zwembad te lezen.

'Waar is mama?' vroeg Eddie.

'Boven in haar werkkamer,' zei Hope. 'Ze is aan het bellen.'

Eddie ging roereieren bakken en deed er flinke klodders roomkaas door. Het was het enige ontbijtgerecht dat tegen zijn brandend maagzuur leek te helpen. Hij gebruikte negen verse eieren. Dat waren er waarschijnlijk te veel, maar wat dan nog, de eieren waren gratis.

Grace kwam stralend uit haar werkkamer naar beneden. 'Wil je het artikel zien?' vroeg ze. 'Het is geweldig.'

'Zeker,' zei Eddie. 'Ik heb er immers voor betaald.'

'Goed,' zei Grace. 'Ik wilde het aan de meiden laten zien, maar die waren niet geïnteresseerd.'

'Schokkend,' zei Eddie.

'De foto's zijn allemaal in scène gezet, dus je hoeft niet jaloers te worden,' zei Grace.

'Jaloers?' zei Eddie.

'Op Benton, domoor!' zei Grace. Ze sloeg de krant open op het meest sexy aanrechtblad van de wereld om hem de foto op de voorpagina te laten zien waarop Grace bij Benton een aardbei in zijn mond stak. PRIVÉPARADIJS OP NANTUCKET, luidde de kop.

'Leuk,' zei Eddie. De foto leek te suggereren... Ja, wat eigenlijk? Eddie wist het niet. Hoorde hij toch jaloers te zijn? Hij bekeek de andere foto's: Grace op de zitmaaier, Grace in het zwembad, Grace en Benton die als kapucijneraapjes aan een tak van de olm hingen.

'Lees dan,' zei ze.

'Later,' zei Eddie. 'Dat beloof ik.' Het artikel was lang en Eddie kon de concentratie niet opbrengen om nu aan zo'n opgave te beginnen. Hij had hoofdpijn. En hij had trek in zijn eieren. Het was fijn dat Grace blij was. Ze had haar zin gekregen. Het artikel was een soort zoektocht die ze succesvol had afgerond. Eddie wilde dat zijn leven ook zo in elkaar zat. In plaats daarvan had hij het gevoel dat hij tot zijn ballen in ijskoud water stond en naar goudklompjes zocht, die hij zou uitgeven of zou kwijtraken, waardoor hij nog fanatieker moest gaan zoeken. Eindeloos zoeken.

Hij keek weer naar de foto van Grace die Benton voerde, maar in plaats van jaloers te zijn, was hij vooral geïntrigeerd. Benton

Coe was een succesvol zakenman. Had die wellicht geld dat hij in nummer 13 zou willen investeren?

Eddie legde de hobbelige, zachte eieren op een bord en liep ermee naar het terras. Bij de eerste hap sloot hij zijn ogen en hij zag Benton Coe al voor zich als een prins die hen allemaal kon redden.

Madeline

Toen Madeline het artikel in *The Boston Globe* zag, dacht ze bijna onwillekeurig: wat zien Grace en Benton er gelukkig uit.

Ze wist niet zeker of het artikel haar inspiratie gaf, maar voor het eerst in haar schrijfcarrière twijfelde Madeline niet hoe haar boek zou aflopen. Ze voelde zich als de jonge heldin Gretchen Green, die de boel kwam rechtzetten. Om te beginnen veel drama en ruzie: de man van G, Renfrew, komt erachter dat G een verhouding heeft door de bellijst van G's mobiele telefoon te controleren. (Madeline had begrepen dat overspel zo het vaakst aan het licht kwam, maar ze wist dat dit nooit voor Grace zou gelden, want die gebruikte zelden haar mobiele telefoon.) Nadat de verhouding is ontdekt, verlaat G haar man en loopt weg met B. Ze verhuizen naar Saint John op de Maagdeneilanden, waar B opdracht heeft gekregen een enorm villacomplex te bouwen met uitzicht op Honeymoon Beach. G. gaat vogels spotten, wat goed past bij haar nieuwe gevoel van vrijheid. Ze heeft het idee dat ze vleugels heeft.

Madeline legde haar pen neer en haalde diep en opgelucht adem. Het boek was klaar. Madeline wist dat Angie het geweldig zou vinden en ze wist dat het goed was.

Eddie

Toen hij maandagochtend het kantoor binnenliep, zat Barbie al achter haar bureau met twee bekers koffie van het Handlebar Café en de opengeslagen krant.

'Ga zitten,' zei ze.

Hij vond het niet prettig dat ze hem zei wat hij moest doen, maar iets aan haar toon maakte dat hij gehoorzaamde.

Misschien zou ze bekennen dat ze een relatie met Glenn Daley had.

Ze gaf hem zijn koffie, met veel melk.

Ze knikte naar de krant. 'Heb je dit gezien?'

Het was het artikel over de tuin. De krant lag open bij de foto van Grace die Benton de aardbei voerde.

'Ja,' zei Eddie schouderophalend. 'Grace zegt dat de foto's allemaal geënsceneerd zijn.'

'Dat zegt Grace, ja,' zei Barbie. 'Alle andere mensen op dit eiland zeggen dat je deze man betaalt om met je vrouw te neuken.'

'Over neuken gesproken,' zei Eddie, 'hoe gaat het met Glenn?'

'Verander niet van onderwerp,' zei Barbie. 'Je moet de boel thuis op orde krijgen. Ik meen het, Ed. Je moet dit aanpakken.'

Eddie keek zijn zus aan en zag het meisje met het slechte permanent en te veel eyeliner voor de bibliotheek van de middelbare school met Teresa Maniscalco vechten, omdat Teresa aan iedereen op school vertelde dat de meisjeskleedkamer net zo rook als Barbies vagina. Eddie kon zich nog herinneren dat hij die opmerking had gehoord en zich verongelijkt had gevoeld. Hij wilde de eer van zijn zus verdedigen, maar was nooit goed geweest in problemen onder ogen zien. Hij was veel te mager. Het enige waar hij goed in was, was voor problemen wegrennen.

Barbie, die voor niemand bang was, had het uitgevochten met Teresa Maniscalco, had met één klap Teresa's lip opengeslagen en werd prompt drie dagen geschorst. Eddie was langs het kantoor van de directeur gelopen en zag Barbie door het plexiglas, onderuitgezakt op een stoel, haar armen voor haar borst geslagen terwijl ze ijzeren vastberadenheid uitstraalde. Mijn zus is de taaiste mens op aarde, dacht hij. Ze was veel taaier dan Eddie zelf.

Daarna had niemand meer vervelend gedaan tegen Barbie. Ze deed goed haar best en werd toegelaten tot de Boston University, waar ze een voorkeur voor hippieblouses ontwikkelde en tarotkaarten leerde lezen. Na haar afstuderen ging ze net als Eddie naar Nantucket. Haar eerste baantje was persoonlijk assistent van een schatrijke vrouw met een zomerhuis aan Abrams Point. Barbie absorbeerde haar levensstijl als een spons. Welke wijn, welke vork, welke bloemen. Ze leerde over kristal en kunsthandelaren en de wijken van Manhattan en Parijs. Eddie kon haar transformatie gewoon niet geloven. Het kon zijn dat hij er geen verstand van had, maar naar zijn idee toonde Barbie zich aan de wereld als een elegante vrouw met goede smaak. En ze had een zesde zintuig. Dat was het hele punt.

'Goed,' zei hij. 'Prima.'

Eddie peinsde het hele eind naar huis. Grace had géén verhouding met Benton Coe. Het zou zoiets kunnen zijn als een bevlieging van een schoolmeisje – Grace vond het heerlijk om met iemand over haar kippen en bloemen te kunnen praten – maar Grace had het niet in zich om een buitenechtelijke relatie te hebben, dacht Eddie. Daar was ze te braaf voor, dat was er vanaf haar kindertijd bij haar ingestampt door haar grootmoeder, haar ouders en haar oudere broers. Rebellie was voor haar, zo wist Eddie, tequila drinken en sigaretten roken – op een en dezelfde avond, op een dinsdag! – tijdens haar tweede jaar op Holyoke. Een verhouding als volwassen vrouw was ondenkbaar.

Toch?

Als Eddie zijn maagklachten in een cijfer zou moeten uitdrukken, had hij ze bij het opstaan een drie gegeven. In de loop van de ochtend waren ze verergerd tot een zeven of een acht. Toen hij de oprit op reed en Bentons grote zwarte pick-up zag staan, werd het een negen.

Eddie stormde het huis binnen. 'Grace!' riep hij. Hij nam de trap met twee treden tegelijk – Snelle Eddie – en stormde de ouderslaapkamer binnen. Leeg. Vervolgens zwaaide hij, zonder eerst te kloppen, de deur naar Grace' werkkamer open. Dat was iets wat hij beslist niet mocht doen want, zo zei ze, die werkkamer was haar heiligdom. Maar ook de werkkamer was leeg.

Eddie kalmeerde een beetje. Hij had Barbie zijn gedachten laten vergiftigen. Grace en Benton zouden in de tuin zijn, waren onkruid aan het wieden en aan het mulchen en plannen aan het maken voor een buitendouche met deuren die gemaakt waren van luiken van een Franse boerderij. En klimrozen. Grace had altijd rozen bij haar buitendouche gewild.

Kijk! Hij luisterde wel!

Eddie liep via de keuken het terras op.

'Grace!' riep hij.

De tuin was leeg, op wat vlinders, bijen en vogels bij de voederhuisjes na. De tuin baadde in het zonlicht als in een utopische koortsdroom. Eddie liep naar de rand van het terrein en plofte in een van de Adirondack-stoelen neer. Het uitzicht op Polpis Harbor in deze tijd van het jaar was verbluffend. Hij was een gelukkig man. Net als Barbie had hij het ver geschopt, vergeleken met de dagen in Purchase Street in New Bedford.

Hij stond op. Waar was Grace?

Hij liep terug over het glooiende gazon, langs de hangmat en het rozenperk, langs het zwembad, langs de vaste planten. Bij het anderhalve meter hoge beeld van een engel bleef hij staan en hij zei: 'Waar is Grace?'

Het beeld antwoordde niet. Het stond daar maar met diezelfde onnozele, kalme glimlach als altijd. Eddie had er een bedrag met vijf cijfers voor neergeteld. Voor zo veel geld mocht het wel eens wat terugzeggen als ertegen werd gesproken. Hij moest er zelf om lachen. Barbie was irritant. Ze praatte hem dingen aan en nu werd hij gek, sprak hij tegen stenen beelden.

Toen viel Eddies oog op de schuur.

De schuur.

Hij hoorde de stem van Barbie: *Je moet de boel thuis op orde krijgen.*

Hij voelde aan de deurknop. Op slot. Waarom zou de schuurdeur op slot zijn? Hij legde zijn oor tegen de deur. Hij hoorde geluiden: ademhaling, meende hij, en beweging.

Hij klopte op de deur. 'Benton, je bent hier klaar, met onmiddellijke ingang.' Hij schraapte zijn keel. 'Het is afgelopen en ik ga je laatste rekening niet betalen. Je hebt al meer van me genomen dan wat ik je verschuldigd was. Ik ga nu weg. Jij vertrekt vlak na mij en je komt hier nooit meer terug.'

Daarna draaide Eddie zich om en liep via de zijkant van het huis naar de oprit. Hij liep langs de zwarte pick-up en stapte in zijn Cayenne. Eddie voelde zich buitengewoon kalm en was trots op zichzelf omdat hij zich had ingehouden. Hij had de situatie op bewonderenswaardige wijze aangepakt, vond hij. Zelfs Grace' grootmoeder Sabine zou er wellicht haar goedkeuring aan hebben gegeven. Geen smerige confrontatie, er waren geen klappen gevallen, geen beschuldigingen of ontkenningen die over en weer werden geschreeuwd.

Een paar honderd meter verderop reed Eddie het parkeerterrein bij Polpis Harbor op. Hij wachtte. Tegen de tijd dat hij tot tien had geteld, reed Bentons pick-up voorbij. Eddie had dus gelijk. Ze waren samen in de afgesloten schuur geweest. Ze hadden... Toen stortte Eddie in. Hij huilde niet – hij huilde nooit – maar zijn ademhaling veranderde. Grace, zijn Grace, die hij voor het eerst had gezien toen ze bij het Morning Glory Café pannenkoeken met bosbessen serveerde. Ze was hem niet opgevallen omdat ze mooi was, maar omdat ze een gezonde meid leek. Ze had van die grote, bruine, onschuldige ogen en een volmaakte glimlach. Als ze zich schaamde, werden de bovenkanten van haar oren knalrood. Ze was het type waar Eddie altijd al mee had willen trouwen, zo iemand voor wie huis en kinderen op de eerste plaats kwamen.

En zo was het gegaan. Tot die zomer. Of misschien tot vorige zomer? Hoelang was dat met Benton al aan de gang? Eddie wilde het niet weten. Hij besefte dat hij niet volmaakt was, dat hij zo geobsedeerd was door geld binnenbrengen dat hij de rest aan Grace had overgelaten. Zij deed het huishouden en bereidde alle heerlijke maaltijden. Ze deed boodschappen en zorgde voor de meiden. Op een keer was ze boos geworden en had aan Eddie gevraagd of hij wist in welke klas de tweeling zat. Hij had verontwaardigd geantwoord dat hij dat heus wel wist, dat ze in de derde zaten. Het juiste antwoord was de vierde. En Grace had tegen hem gezegd: 'Ik zal nooit tegen de meiden zeggen dat je het foute antwoord hebt gegeven, want daar zullen ze door van streek raken. Maar je moet echt beter je best doen, Eddie!'

Dat had hij daarna ook gedaan. Hij was bij Allegra's Thanksgiving-toneelstuk wezen kijken en bij fluitconcerten van Hope, ook als dat betekende dat hij een belangrijke bezichtiging moest verzetten. Hij was met Allegra naar New York gegaan voor het sollicitatiegesprek bij het modellenbureau, maar ook daar was Grace boos om geworden. Ze had gezegd dat Eddie alleen energie in de meiden stak als hun succes op hem afstraalde.

Hij wist dat Grace als vrouw waarschijnlijk gelukkiger of tevredener had kunnen zijn. Ze had Eddie en zichzelf lange tijd vergeleken met Madeline en Trevor, waarbij ze altijd ongunstig afstaken. Trevor en Madeline liepen altijd hand in hand, Trevor bracht bloemen mee voor Madeline, Trevor had het altijd over 'mijn bruid' in plaats van over 'mijn vrouw'. Trevor keek samen met Madeline naar romantische komedies en ze waren op stijldansen gegaan. Eddie had een spottende opmerking over de danslessen gemaakt, waardoor Grace was gaan huilen, waarschijnlijk omdat Eddie haar had teleurgesteld in de dingen die ze beschreef en waarschijnlijk ook op andere manieren die hij zich niet eens kon voorstellen.

Maar wat had het voor zin om zich in zijn tekortkomingen te wentelen?

Eddie herpakte zich en reed terug naar kantoor.

Toen hij het kantoor binnenliep, trok Barbie vragend een wenkbrauw naar hem op.

'Geregeld,' zei hij.

Een uur later belde Grace naar kantoor. Eloise zei: 'Ik heb je vrouw op lijn 1.'

Eddie zei: 'Laat maar naar mijn voicemail gaan.'

Om drie uur kwam Eloise bij zijn bureau staan. Haar supervriendelijke behulpzaamheid was verdwenen. Die was een paar weken terug opeens vervlogen.

'Edward,' zei ze. 'Ik wil mijn salarischeque.'

'Welke salarischeque?' zei Eddie. Hij betaalde Eloise eens in de twee weken op vrijdag. Ze verdiende twintig dollar per uur.

'Die van vorige week en van deze week,' zei ze.

'Het is pas maandag,' zei Eddie. 'Die krijg je vrijdag.'

'Ik wil mijn salarischeque,' zei Eloise. Op haar gezicht lag een ernstige uitdrukking, die Eddie wat bang maakte. Eloise was met een Coffin getrouwd. Ze hadden vier kinderen en dertien kleinkinderen en waren van bijna iedereen op het eiland familie. Eddie kon het zich niet veroorloven Eloise tegen zich in het harnas te jagen, maar er stond momenteel geen zestienhonderd dollar op de bedrijfsrekening.

'Het is pas maandag,' zei Eddie opnieuw. 'Mag ik vragen waarom...'

'Ik heb een probleem,' zei Eloise. 'En ik wil het geld vandaag hebben.'

'Je kunt het morgen krijgen,' zei Eddie, die aan Nightbill dacht. 'Contant.'

'Daar heb ik niets aan,' zei Eloise. 'Ik heb het nu nodig.'

Eddie vond het ongelofelijk dat de vrouwen in zijn leven hem vandaag allemaal moesten hebben. Het was zeker pest-Eddie-dag, maar niemand had de moeite genomen hem te waarschuwen. Hij pakte het chequeboek van de zaak en schreef een cheque uit voor Eloise.

'Dank je,' zei Eloise scherp.

Eddie knikte. Als ze de cheque vandaag probeerde te verzilveren, zou die waarschijnlijk geweigerd worden.

Toen Eloise en Barbie beiden weg waren om te lunchen, beluisterde Eddie het bericht dat Grace op de voicemail had ingesproken. 'Hoi, de meiden zijn vanavond allebei thuis, dus ik ga entrecotes marineren en van die krieltjes bakken die je zo lekker vindt en ik ga maïskorrels bereiden. Het lijkt me leuk om weer eens gezellig met het hele gezin te eten...'

Daarna barstte ze in tranen uit. 'Het spijt me zo,' jammerde ze, waarna ze ophing.

Eddie zou tot zes uur doorwerken. Zes uur werd zeven uur. Eloise en Barbie vertrokken allebei om hun heerlijke leventje naast hun werk te leiden. Eloise had haar cheque ongetwijfeld veilig opgeborgen in haar handtas en ging haar probleem oplossen.

Om tien over zeven ging Eddies mobiele telefoon. Hij verwachtte dat het Grace zou zijn die wilde vragen hoe laat hij thuis zou zijn voor het eten. Hoe verleidelijk gegrilde entrecotes, maïs, een fles goede rode wijn en het gezelschap van zijn vrouw en dochters ook klonk, hij kon het niet opbrengen. Hij liet zich niet gunstig stemmen met krieltjes nu hij zijn vrouw met de tuinman had betrapt! Hij kon niet doen alsof er niets was gebeurd, alsof er niets was veranderd.

Hij moest met iemand praten, had een vriend nodig. Hij pakte zijn telefoon en belde de politiecommissaris op het supergeheime nummer van diens mobiele telefoon.

'Hallo, Eddie,' zei de politiecommissaris. 'Hoe gaat het?'

'Prima,' zei Eddie wat al te enthousiast. De politiecommissaris had immers gezegd dat Eddie hem altijd mocht bellen als hij hulp nodig had. En daar had Eddie nu behoefte aan. Hij hoefde niet per se zijn verhaal kwijt over wat er was gebeurd, hij wilde gewoon met een andere man kunnen praten. 'Heb je vanavond tijd? Ik zou het leuk vinden om ergens wat met je te gaan drinken. Zullen we over twintig minuten afspreken bij de Brant Point Grill?'

'Ik heb al andere plannen voor vanavond, Eddie,' zei de politiecommissaris. 'Het spijt me.'

'Je hoeft je niet te verontschuldigen,' zei Eddie. 'Ik bel ook nogal laat, maar ik heb me toch een rotdag gehad. Kun je later op de avond? Rond een uur of tien?'

Als de politiecommissaris om tien uur met Eddie kon afspreken, zou Eddie bij Lola een broodje hamburger gaan eten en daar tot kwart over negen blijven. Daarna zou hij naar Low Beach Road 10 gaan om het geld op te halen en dan kon hij om tien uur bij de Brant Point Grill zijn.

'Tien uur?' zei de politiecommissaris. 'Dan lig ik te laat in bed. Sorry, Eddie.'

'Weet je het zeker?' zei Eddie. 'Kan ik je niet overhalen?' Het was vernederend om zo te moeten smeken, maar Eddie wilde dolgraag met iemand praten die helemaal losstond van zijn familie, zijn werk of zijn vervloekte bijverdienste.

'Wie weet een andere keer,' zei de politiecommissaris. Hij klonk bijna geïrriteerd. Eddie wilde hem niet tot last zijn en dus zei hij: 'In orde, chef. Geen punt.' Daarna hing hij op.

Eddie zat in zijn kantoor tot de zon onderging en het donker werd in het vertrek. Op straat zag hij mensen lopen die van hun heerlijke zomeravond genoten. Groepen tieners namen grote passen naar de Juice Bar voor een sundae. Ouders duwden wandelwagens naar de speeltuin bij Children's Beach. Stelletjes liepen hand in hand naar Oran Mor of Club Car om daar te gaan eten. Wat zou Eddie Grace graag hebben opgehaald om met haar bij Club Car te gaan eten. Dan konden ze kaviaar bestellen, dat geserveerd werd met een ijskoud glaasje wodka. Daarna konden ze bij de pianobar gaan zingen. Hij zou zelfs twintig dollar hebben neergeteld om Ryan zover te krijgen dat die 'Tiny Dancer' zou zingen. Dat zou hij voor Grace hebben gedaan. Ze hield van Elton John.

Hij was zo... eenzaam. Maar dat hoefde niet. Hij kon naar huis gaan en daar eten. Hij kon naar Lola Burger, pal naast zijn kantoor. Daar kon hij een martini en een broodje hamburger bestellen en misschien wat visitekaartjes uitdelen.

In het donker zag het kantoor er ronduit droefgeestig uit. Zijn wankelende rijk.

Uiteindelijk deed Eddie het licht aan. Hij dwong zichzelf om de stapel onbetaalde rekeningen op zijn bureau door te nemen. Bovenop lag een rekening van vierentwintighonderd dollar van Hester Phan. Haar succesbonus.

Dat was de druppel. Eddie had het gevoel dat hij in een brandende put van boosheid en verontwaardiging viel. Succesbonus, mijn reet! Hij pakte de telefoon en toetste het nummer in dat hij de hele dag al had willen bellen.

Nadat Benton Coe het kantoor had verlaten, reed Eddie naar Low Beach Road. Hij trilde nog steeds. Grace Grace Grace. Hij was haar bijna kwijt geweest. Eddie probeerde geen spijt te hebben van wat hij zojuist had gedaan, maar iets in hem wilde dat hij gewoon naar huis was gegaan. Hij dacht aan Grace die de entrecotes besmeerde met haar magische marinade. Hij zag voor zich dat ze olijfolie over de krieltjes smeerde, er zeezout en grof gemalen peper overheen strooide en dat ze maïskorrels van de kolven van Bartlett Farm lossneed. Hope en Allegra zouden nog in hun bikini zijn, lagen naast elkaar op ligstoelen bij het zwembad te lezen. Als Grace riep dat ze de tafel moesten dekken, zouden ze allebei plichtsgetrouw opstaan. Ze zouden zelfs hun handdoeken in de buitenwasmand gooien, waar ze hoorden. Hope zou het zilveren bestek uit de besteklade halen en Allegra zou vier borden pakken. Samen zouden ze het terras op lopen.

Eddie zou een mooie oude fles Ponzi pinot noir uit zijn wijnkelder halen. Grace zou daar zo blij van worden dat ze haar gezicht naar hem zou opheffen voor een kus.

Als hij vanavond thuiskwam, besloot Eddie, zou hij met Grace gaan praten. Ze zouden opnieuw beginnen. Geen Benton Coe meer. En Eddie zou Low Beach Road 10 opgeven. Hij kon niet van Grace verlangen dat ze haar affaire beëindigde als hij niet ook zijn eigen troep opruimde. Deze week zou dat gebeuren. Punt. Hij zou bij Frank, zijn accountant, langsgaan en ze zouden beslissen welk van de twee bedrijfspanden Eddie te koop zou zetten. Zelfs als hij rekening hield met de hypotheek die erop rustte, kon Eddie waarschijnlijk een nette winst boeken.

Geld maakt niet gelukkig, maar het helpt wel.

Hij zou een oplossing bedenken. Hij moest nog slechts één ding regelen.

Om tien voor tien zat Eddie in zijn Cayenne voor Low Beach Road 10. De airconditioning in de auto was aan, de radio niet. In de middenconsole stond een flesje koud water en er lag een doosje maagtabletten met kersensmaak. Zijn handen trilden.

Er stopte een auto achter die van hem – de jeep van Nadia – en Nadia en de andere vrouwen stapten uit. Hun haar was hoog opgestoken en hun gezichten werden omlijst met krullende plukken. Er lag een dikke laag felle make-up op hun gezicht, wat Eddie deed denken aan taartglazuur. Ze droegen korte rokken en liepen op hoge stilettohakken. Ze giechelden en plaagden elkaar in het Russisch. Ze leken... gelukkig, bijna vrolijk en Eddie probeerde zijn brandende, knagende geweten te sussen met het geluid van hun stemmen. Deze jonge vrouwen waren hier om hun lichaam te verkopen, maar ze leken er in elk geval plezier in te hebben. Het kon ook zijn dat Eddie getuige was van lef of hooggespannen verwachting van wat ze als makkelijk verdiend geld zagen. Het was beter dan wc's schoonmaken, niet dan? Minder vernederend? Eddie had geen idee hoe de vrouwen ertegenaan keken. Diep in zijn hart wist hij dat deze hele zaak weerzinwekkend was. Eddies ouders zouden zich rot schamen. Het deed Eddie pijn toen hij daaraan dacht. Hij wilde dat Barbie had voorgesteld om vanavond met hem mee te gaan. Maar dat bood ze nooit aan. Ze zat achter haar bureau met haar pennen en notitieblokjes van exotische hotels waar ze met Glenn Daley was geweest en wachtte tot Eddie haar deel van het geld kwam brengen.

'Ik zal mijn mobiele telefoon aan laten,' had Barbie gezegd voordat ze van kantoor wegging. 'Voor het geval je me moet bellen.'

'Ik zou niet weten waarom ik je zou moeten bellen,' had Eddie gezegd. Hij vroeg zich af of Barbie een slecht voorgevoel over vanavond had, of dat ze de tarotkaarten had geraadpleegd of theeblaadjes had gelezen of in haar vermaledijde kristallen bol had gekeken. Maar toen hij dat aan haar vroeg had ze gezegd: 'Welnee, ik zeg het alleen voor het geval dat.'

Wat dat ook mocht betekenen.

Toen de vrouwen Eddie zagen, begroetten ze hem enthousiast. Eddie Eddie Eddie hoi hoi hoi. Nadia kuste hem op de wang. Hij wist zeker dat dit vette lipafdrukken achterliet. Elise en Gabrielle haakten hun arm door die van hem en hoewel hij zich dolgraag wilde losmaken, kon hij niet het risico nemen hun stemming te bederven. Hij probeerde zichzelf voor te houden dat de vrouwen de mannen in het huis slechts zouden vermaken. Nadia zou jongleren, Julia zou 'Send in the Clowns' zingen en Elise en Gabrielle zouden de derde en vierde speler bij het bridgen zijn.

Met z'n zessen liepen ze naar de zijdeur van Low Beach Road 10. De vrouwen waren stil toen Eddie op de deur klopte. Twee keer vlak achter elkaar en toen nog een keer.

Een zeer lange, magere man met scheefstaande tanden deed open. Dit was Bugsy. Hij droeg een blauw T-shirt, een spijkerbroek en een honkbalpet van de Minnesota Twins. Hij zag er iets minder eng uit dan op internet.

'Hallo!' zei hij. Hij zwaaide de deur wijd open en maakte een uitnodigend gebaar.

Eddie liet de vrouwen voorgaan en stapte zelf ook naar binnen. De zijdeur kwam uit in de reusachtige, van alle gemakken voorziene keuken, die slechts verlicht werd door ivoorkleurige hoge kaarsen. Op de werkbladen van Carera-marmer lag een royale hoeveelheid sushi en er stonden met ijs gevulde wijnkoelers met daarin flessen Cristal-champagne. De vrouwen probeerden hun opgewonden kreten binnen te houden. Zo hoorde het te gaan, dat de vrouwen echt werden verleid. Vaak genoeg was het deze zomer gebeurd dat ze pizzadozen en een lading lege bierblikjes hadden aangetroffen. En een keer een half opgegeten chocoladetaart die krioelde van de mieren. Nadia had bekend dat het soms zo'n troep was dat de vrouwen afgeleid raakten, omdat ze wisten dat ze de volgende ochtend moesten terugkomen om schoon te maken.

'Het is zo'n afknapper, snap je, Eddie?' had Nadia gezegd. 'Vanavond de vriendin, morgen de schoonmaakster.'

De vrouwen waren dol op sushi en champagne. Bugsy zei tegen Eddie: 'Drink je wat met ons mee?'

'Nee, bedankt,' zei Eddie. Hij voelde zich hier slecht op zijn gemak. Hij wilde zijn geld en dan zou hij meteen weggaan.

'Heb je die hoed altijd op?' vroeg Bugsy. 'Ook 's avonds?'

Eddie knikte.

'Komt die uit Cuba?' vroeg Bugsy.

'Nee, uit Ecuador,' zei Eddie. Hij was het gewend om uit te leggen dat het dan wel een panamahoed heette, maar dat die dingen in Montecristi, in Ecuador, werden gemaakt.

'Ben je verlegen omdat je kaal bent?' vroeg Bugsy. Bugsy was ook kaal. Hij raakte de klep van zijn honkbalpet aan.

Eddie had geen zin om met Bugsy te praten over dingen die hem onzeker maakten, maar hij was bang dat als hij zou ontkennen dat alleen maar meer reacties zou uitlokken.

'Ja, een beetje, denk ik,' zei Eddie. Hij was de panamahoed gaan dragen toen hij tegen de dertig liep en zijn haar begon uit te vallen.

Bugsy gaf Eddie een boks met zijn vuist. Daarna stak hij twee vingers tussen zijn scheve, slechte tanden en floot fel. Direct verschenen er mannen in de keuken en binnen een paar seconden waren de vrouwen aan een man gekoppeld, behalve Nadia, die kennelijk voor Bugsy bedoeld was.

Eddie kon dit vreemde versierritueel gewoon niet aanzien. Elise stond al te zoenen met een man met zwart, achterovergekamd haar die eruitzag als een vampier. Eddie wendde zich tot Bugsy, maar merkte dat hij niet in staat was over het geld te beginnen. Nadia schoot hem te hulp. Ze zei: 'Geef Eddie anders zijn geld, dan kan hij weg.'

Bugsy kneep in Nadia's neus alsof ze zijn dierbare nichtje was en gebaarde dat Eddie met hem mee moest lopen naar de zijdeur om naar buiten te gaan. Eddie was maar wat blij dat hij weg kon. Hij zwaaide naar de vrouwen en zei: 'Tot morgen, dames.'

Geen van de vrouwen antwoordde. Ze waren aan het werk. Hij deed er niet meer toe.

Zodra ze de zachte zomerse avondlucht in waren gestapt, haalde Bugsy een luchtkussenenvelop ter grootte van een donzen kussen tevoorschijn. Heel veel geld. Eddie deed zijn best om niet hebberig te lijken.

'Ze komen deze week toch elke avond?' vroeg Bugsy.

'Ja,' zei Eddie.

'Goed dan,' zei Bugsy. 'Voor verleende diensten.' Hij overhandigde de envelop officieel aan Eddie, met twee handen.

'Bedankt,' zei Eddie.

'Jij bedankt,' zei Bugsy.

Opeens werd Eddie stevig bij zijn schouder gegrepen en zag hij sterretjes.

'Wauw!' zei Eddie. Zijn panamahoed viel op de grond en Eddie hoorde het onmiskenbare knarsende geluid van een voet op stro. Hij kromp ineen. Zijn derde hoed deze zomer. Zijn laatste hoed.

Binnen gilde een van de vrouwen en even later gilden er meer. Eddies handen werden op zijn rug gedraaid. Hij werd in de boeien geslagen. Een man met een zwaar Zuid-Bostons accent wees Eddie op zijn rechten. Hij was gearresteerd.

De vrouwen gilden. Eddie vroeg zich af of ze pijn hadden. Opeens stak Nadia haar hoofd om de zijdeur en zei: 'Eddie, we hebben binnen je hulp nodig.' Haar stem klonk kalm en nonchalant alsof ze een zekering hadden opgeblazen of zijn hulp nodig hadden om een pot augurken open te krijgen.

'Juffrouw,' zei het Zuid-Bostons accent. 'Staan blijven. FBI.'

FBI, dacht Eddie. Hij wilde wegrennen. Snelle Eddie, de beste sprinter die de afgelopen vijfendertig jaar op de New Bedford High School had gezeten. In geval van nood kon hij nog altijd vierhonderd meter binnen een minuut afleggen. Hij zou al halverwege de vuurtoren bij Sankaty Head zijn voordat iemand wist welke kant hij op was gegaan. Maar wat dan? Dit was een eiland.

Hij sloot zijn ogen en wachtte tot de vlammen langs zijn borst omhoog zouden kruipen. Toen dacht hij aan Grace, die in hun enorme kingsize bed met het matras met donzen bovenlaag lag te slapen. Grace. Hij stelde zich voor dat ze de borden van het avondeten afwaste. Hij fantaseerde dat hij haar dikke, donkere haar optilde en in haar nek snuffelde, wat hij in het begin van hun relatie had gedaan maar al lang niet meer deed.

Hij had thuis moeten blijven, had de entrecote en krieltjes moeten eten die ze speciaal voor hem had klaargemaakt. Hij had met zijn vrouw moeten vrijen. Had moeten proberen haar weer aan het lachen te maken. Had moeten proberen haar weer gelukkig te maken.

Toen bedacht hij dat hij maar één manier had geweten om Grace blij te maken en dat was haar alles geven wat haar hartje begeerde.

'Daar had ik het geld voor nodig,' zei Eddie tegen de man achter hem, die hij nog altijd niet kon zien. 'Het was voor mijn vrouw.'

'Bewaar dat verhaal maar voor de rechter,' zei het zuidelijke accent.

'Als u me laat gaan, zal ik iets anders voor Grace verzinnen,' zei Eddie. 'Iets beters.'

'Daar mag je in de gevangenis over nadenken,' zei het zuidelijke accent. 'Daar heb je tijd zat voor.'

De vrouwen liepen vlak achter elkaar in een rij het huis uit, alsof ze voor Stalin moesten marcheren. Ze huilden allemaal.

'Eddie!' riep Nadia.

Automatisch probeerde Eddie zijn handen los te maken.

'Rustig aan, vriend,' zei het zuidelijke accent. Hij leidde Eddie naar het achterportier van een zwarte Suburban. Eddie dacht aan de politiecommissaris, die het aanbod om wat met Eddie te gaan drinken had afgeslagen. *Ik heb al andere plannen voor vanavond.* Wist de politiecommissaris hiervan? Dat moest wel. Eddie had gedacht dat ze vrienden waren.

Je bent een goede vent, Eddie. Echt een goede vent.

Toen hij besefte hoe ver naast de waarheid dat was, brak Eddies brandende hart.

Grace

Door het artikel in *The Boston Globe* veranderde er iets voor Grace. Het zien van de foto's van Benton en haar en het lezen van de tekst waarin het sprookjesland werd beschreven dat ze hadden gecreeerd, had dingen bevestigd. Het wás een beschrijving van haar eigen paradijs. Grace wist dat het waanzin was, maar het voelde alsof ze de enige vrouw op aarde was en Benton de enige man. Toen Benton op maandag naar het huis kwam, werd Grace verteerd door een uitzinnig, hitsig verlangen. Voor het eerst trok zij hém mee de schuur in. Ze kuste hem en zei: 'Ik wil met je trouwen.'

'Er is één klein probleem,' zei Benton. 'Je bent al getrouwd.'

'Kan me niet schelen,' zei Grace.

Benton raakte haar gezicht aan. 'Je kunt niet zomaar vertrekken. En de meiden dan? Die hebben je nodig.'

'Volgend jaar rond deze tijd gaan ze het huis uit om te studeren,' zei Grace.

'Ja, maar een jaar is best lang,' zei Benton. 'Je meent toch niet serieus dat je Eddie wilt verlaten?'

Meende ze het? Als ze er met Madeline over zou kunnen praten, zou die zeggen: je hebt twee kinderen, Grace, en een prachtig huis. Ben je bereid dat op te geven? Benton Coe is een getalenteerd man, maar zijn wortels liggen niet hier. Hij woont in een appartement boven zijn kantoor. Hij trekt de hele winter de wereld rond. Waarschijnlijk heeft hij niet eens een ziektekostenverzekering.

Hij heeft vast wel een ziektekostenverzekering, zou Grace antwoorden.

Ze zag het al voor zich: Benton en zij als een echt stel. In tegenstelling tot wat iedereen dacht, was Grace geen luxepoppetje. Ze kon uit een rugzak leven. Ze zou het prima vinden om de winter in Marokko of Palm Springs door te brengen, een exotisch oord, weg van haar eindeloze verantwoordelijkheden als vrouw en moeder.

'Ik doe het,' zei ze. 'Aan het eind van de zomer ga ik weg.'

'Je slaat wartaal uit, Grace,' zei Benton. 'Maar dat hoor ik graag.' Hij gromde en drukte zijn lippen op het gevoeligste plekje in haar hals.

Zoals ze dat al zo vaak hadden gedaan, vrijden ze in de schuur, tot Grace de stem van Eddie hoorde.

'Grace!'

Grace kon zich nog net beheersen om niet te gillen. Ze worstelde om haar jurkje weer aan te trekken en haar haar goed te doen, terwijl Benton binnensmonds vloekte en zijn korte broek omhoogtrok.

Grace legde een vinger tegen zijn lippen. Ze moesten stil zijn. Zo te horen was Eddie op het terras. Als hij haar overal ging zoeken, konden Benton en zij uit de schuur wegglippen. Maar Eddie was niet dom. Bentons pick-up stond op de oprit en Eddie had waarschijnlijk al overal in huis gekeken en – en dat was nog de ergste gedachte – de schuur had vier ramen, ook al zaten die hoog en zou Eddie een trap nodig hebben. Als hij een trap pakte en door een raam naar binnen keek, zou hij hen zien. Hoe langer Grace en Benton zouden wachten om de deur open te doen, hoe erger het zou lijken. Elke seconde wachten bracht hen dichter bij hun ondergang. Er was niets in de schuur waar ze werk aan konden hebben. Wat moesten Benton en zij antwoorden op de vraag wat ze aan het doen waren?

Het bleef even stil en Grace dacht: doe de deur open! Nee, hou hem dicht en op slot! Misschien zou Eddie weer naar zijn werk gaan. Wat deed hij trouwens thuis? Benton zweette als een otter. Hij zag bleek en leek misselijk. Grace dacht dat hij straks nog zou overgeven in de zinken gootsteen. Hij moest kalm blijven, de leiding nemen, moest tegen haar zeggen wat ze moest doen.

Toen werd er fel op de schuurdeur geklopt. Ze schrokken allebei. Alsjeblieft, God, dacht Grace. Ze was een overspelige vrouw die op het punt stond betrapt te worden. Het had geen zin om te gaan bidden, maar dat deed ze toch. Ze fluisterde een weesgegroetje.

Eddie zei: 'Benton, je bent hier klaar, met onmiddellijke ingang. Het is afgelopen en ik ga je laatste rekening niet betalen. Je hebt al meer van me genomen dan wat ik je verschuldigd was. Ik ga nu weg. Jij vertrekt vlak na mij en je komt hier nooit meer terug.'

Benton knikte fel. Hij trilde. Waarom deed hij de deur niet open en ging hij de confrontatie niet aan? Waarom zei hij niet: je kunt me niet zomaar wegsturen van dit project, ik heb niets fout gedaan! Of, omdat dat niet echt geloofwaardig klonk, waarom zei hij Eddie niet gewoon de waarheid: ik ben verliefd op je vrouw! Ik ga met haar trouwen!

In plaats daarvan kromp Benton ineen. Grace dacht dat hij zou gaan huilen. Toen hoorden ze Eddie weglopen. Ze hoorden zijn auto starten. Hij ging weg, precies zoals hij had gezegd.

Benton keek Grace aan. 'Ik ga.'

'Maar...' zei Grace. 'Ik dacht...'

Benton zei: 'Als dit bekend wordt, wordt het zo erg, Grace. Erg voor jou, maar helemaal erg voor mij. Het kan zijn dat mijn zaak dan failliet gaat. Ik raak zeker mijn bedrijf kwijt. Ik kan hier niet blijven.' Hij trok aan plukken van zijn rossige haar. 'Niet te geloven dat ik zo stom ben geweest. Jezus!'

Het stond Grace niet aan zoals hij praatte. Ze zei: 'Tien minuten geleden zei je nog dat je het fijn vond om te horen dat ik alles voor je zou opgeven.'

'Tien minuten geleden waren we nog niet betrapt!' zei Benton. 'En toen ik zei dat je wartaal uitsloeg, meende ik dat. Dit is schijn, Grace. Ik zeg niet dat het niet geweldig is geweest. Het was leuk en spannend en sexy, precies zoals een vakantieliefde hoort te zijn.'

'Het is meer dan een vakantieliefde,' zei Grace. 'Ik heb al besloten weg te gaan.'

'Nee, doe dat alsjeblieft niet.' Hij deed de schuurdeur open. Zoete, koele lucht stroomde naar binnen, maar Grace merkte dat ze geen adem kon halen. 'Ik moet hier weg,' zei Benton, en hij liep met grote passen langs de zijkant van het huis zonder ook maar één keer om te kijken naar Grace. Een paar tellen later hoorde ze de motor van zijn pick-up. Hij verlaat me, dacht ze. Hij verlaat me.

In de daaropvolgende minuten belde Grace zeven keer naar Bentons mobiele telefoon en liet vijf voicemailberichten achter. Ze stuurde hem vier sms'jes van wisselende lengte. Er kwam geen reactie.

Grace belde naar Eddies kantoor. Ze moest tegen hem zeggen dat, hoe boos hij ook was, hij aan niemand mocht vertellen wat hij had ontdekt. Als hij het wel doorvertelde, zou hun leven in puin liggen, dat van hem, van haar, van Benton en van de tweeling! Eloise nam echter op en verbond Grace door met Eddies voicemail. Grace was bang dat Eloise of Barbie het bericht zou beluisteren en dus had ze het over de plannen voor het avondeten. Entrecote. Krieltjes en maïs. Toen stortte ze in en hing op.

Eddie wilde niet met haar praten en dat kon ze hem toch niet kwalijk nemen?

Net op dat moment kwam er een sms'je van Benton binnen. Grace werd overspoeld door opluchting, tot ze de tekst las: *Morgen verlaat ik het eiland. Ik heb werk aangeboden gekregen in Detroit en daar denk ik al een tijdje over na. Ik ga het doen en laat Donovan de zaken hier regelen. We zijn achteloos en onbezonnen geweest, Grace, en ik neem vijftig procent van de schuld op me. Ik wens je het allerbeste. Je zult altijd mijn presidentsvrouw zijn. XO B.*

Grace kon gewoon niet geloven hoe gekwetst ze was door de woorden die hij gebruikte. Hij wenste haar het allerbeste? Hij ging naar Detroit? Ze waren achteloos en onbezonnen geweest? XO?

Ze waren verliefd geweest. Bentons carrière en Grace' reputatie, nou en? Die dingen waren toch niet belangrijk?

Hij nam vijftig procent van de schuld op zich? Wat grootmoedig van hem.

Detroit? Hij dacht er al een tijdje over na? Dit was de eerste keer dat Grace erover hoorde. Zou McGuvvy naar hem toe komen in Detroit? McGuvvy kwam toch uit Ohio? En Ohio grensde aan Michigan, dus het zat er dik in dat McGuvvy naar Detroit zou verhuizen en daar zeilles op het meer zou gaan geven. Benton speelde waarschijnlijk al langer met de gedachte het bij te leggen met McGuvvy!

Ze zou altijd zijn presidentsvrouw zijn, maar wat had ze daaraan als ze niet samen waren?

Achteloos. Hij deed het klinken alsof ze vergeten waren de tuinslang op te rollen of de filters van het zwembad te controleren.

Onbezonnen? Grace wist wat het woord betekende, maar zocht het toch op. Lichtvaardig in handelen of spreken of daarvan blijk gevend. Niets had haar zo'n rotgevoel kunnen geven als dit woord. Hij hield niet van haar. De geschreeuwde liefdesverklaring op Lucretia Mott Lane was een dronkenmansleugen en zijn daaropvolgende liefdesverklaringen waren ook gelogen. Hij was de confrontatie met Eddie niet aangegaan. Het leek wel of hij bang was voor Eddie, terwijl hij Eddie met gemak over zijn knie had kunnen leggen en een pak slaag had kunnen geven.

Hij wenste haar het allerbeste.

Wat volgde was niets minder dan totale vernietiging. Grace kon het niet aan om naar de schuur te kijken. Ze zou graag iemand inhuren om de schuur af te breken. Ze wilde benzine over de rozen gieten en ze in brand steken. Ze wilde de hele tuin laten affikken.

Ze stapte in haar Range Rover en scheurde naar Bentons kantoor. Het was nog niet eens middag en alle bedrijfswagens waren weg, ook de zwarte pick-up van Benton. Waar was hij? Ze moest hem zien, had een paar kalme momenten met hem nodig om dit uit te praten. Eddie zou zijn mond houden. Hij hield er niet van om dingen te vertellen die negatieve gevolgen voor hem konden hebben. Niemand zou ooit te weten komen wat er was gebeurd. Benton kon hier blijven. Of... Grace kon met hem mee naar Detroit.

Nee, dacht ze meteen. Ze kon de tweeling niet zomaar achterlaten. Dat ging gewoon niet.

Ze zette de auto zomaar ergens neer en rende de trap op naar Bentons appartement. De deur werd opengedaan door een jongeman met een baard en een bril en een platte hoed met smalle rand.

'Hallo,' zei hij. 'Wat kan ik voor je doen?'

'Ik zoek Benton,' zei Grace. 'Is hij er?'

'Die werkt op locatie, volgens mij,' zei de man. 'Ik ben Donovan, zijn bedrijfsleider. Heb je een vraag of een probleem?'

'Allebei,' zei Grace eerlijk. Ze had het gevoel dat ze zich volkomen belachelijk maakte. 'Ik ben Grace Pancik.'

'O, natuurlijk!' zei Donovan. 'Je kwam me al zo bekend voor. Van het artikel in *The Boston Globe*. Dat was goede publiciteit. Het heeft ons al drie nieuwe klanten opgeleverd.'

'Mooi,' zei Grace. Ze wilde glimlachen maar slaagde daar niet in. 'Zeg, ik móét Benton spreken.'

'Heb je hem op zijn mobiel gebeld?' vroeg Donovan.

'Ja,' zei Grace. Ze wilde vragen of ze in het appartement mocht blijven wachten tot Benton terugkwam, maar dit was ook het appartement van Donovan, en van Leslie, en Grace besefte dat haar gedrag aan hysterie grensde. 'Weet je waar hij is? Ik moet hem dringend onder vier ogen spreken.'

Donovan stak zijn handen op alsof hij voelde of het regende.

'Benton gaat zijn eigen gang,' zei hij. 'Hij zegt niet tegen mij, of tegen wie dan ook, wat hij gaat doen.'

Grace haalde diep adem. 'Oké.'

'Je zou bij het huis van Edith Allemand kunnen gaan kijken,' zei Donovan. 'Daar gaat hij 's maandags en vrijdags naartoe.'

Het huis van Edith Allemand, in Main Street. 'Bedankt,' zei Grace. Ze ging haastig de trap af, maar draaide zich toen om.

'Donovan?' zei ze. 'Wist jij dat Benton naar Detroit gaat?'

Donovan zei: 'Ik wist dat hij erover nadacht, maar de laatste keer dat ik ernaar vroeg had hij nog geen besluit genomen.'

Grace stapte in haar Range Rover en reed naar Main Street. En ja hoor, bij nummer 808 stond Bentons pick-up op de oprit. En in de voortuin waren Benton en de legendarische mevrouw Allemand. Benton hield beide handen van mevrouw Allemand vast en mevrouw Allemand was aan het praten. Als mevrouw Allemand jonger dan vijfentachtig was geweest, zou Grace jaloers zijn geweest.

Grace stopte voor het huis, was boos om haar eigen vrijpostigheid (de stem van haar grootmoeder Sabine smeekte haar om geen scène te maken), maar ze kon niet anders. Ze moest met hem praten.

Hij zag de auto en er kwam een bezorgde uitdrukking op zijn gezicht te liggen. Hij zei iets tegen mevrouw Allemand en liep naar Grace' auto. Grace hield van de manier waarop hij liep. Ze hield van alles aan hem. Ze was volledig van hem in de ban.

Hij stak zijn hoofd door het open passagiersraam. 'Grace,' fluisterde hij. 'Wat doe je hier?'

'Ik moet met je praten,' zei ze.

'Snap je niet hoe ongepast dit is?' vroeg hij. 'Weet je waar dit op lijkt?'

'Het kan me niet schelen hoe het overkomt,' zei Grace. 'En jij vond dat ook niet belangrijk toen je me op Lucretia Mott Lane kuste!'

'Ik heb een eigen zaak,' zei Benton. 'En jij hebt een gezin. Ga naar je gezin, Grace. Zorg voor je dochters. Los de problemen op met Eddie. Maak dit alsjeblieft niet lastiger dan het al is. En stalk me nooit meer zoals nu, begrepen? Daar word ik wat zenuwachtig van.'

Stalken, dacht Grace verontwaardigd. Ze stalkte hem niet.

Maar ze stond wel voor het huis van mevrouw Allemand en Donovan zou Benton vast vertellen dat het weinig had gescheeld of Grace was het appartement binnengestormd.

Stalken.

'Hope krijgt nog die lijst met honderd boeken van je,' zei Grace. 'Je kunt mijn hart breken, je doet maar, maar stel een meisje van zestien niet teleur.'

Vanuit de tuin kweelde mevrouw Allemand: 'Is alles in orde, Benton?'

Benton zwaaide naar mevrouw Allemand en wierp een laatste blik op Grace. 'Toe nou, Grace. Een radicale breuk, oké? Je redt het wel. Nou, vaarwel.'

Vaarwel.

Grace reed weg.

Ze wilde Madeline. Madeline was de enige die het zou snappen.

Het eerste wat Grace bij thuiskomst deed, was haar lidmaatschap van de Nantucket Garden Club opzeggen. In een e-mail aan Jean Burton schreef ze dat het om privéredenen was. Het kon haar niet schelen hoe dat zou worden uitgelegd. Niets was meer belangrijk.

Ze deed het medicijnkastje open, pakte een Fioricet tegen de hoofdpijn en probeerde zich te concentreren. Benton was weg, maar hoe zat het met Eddie? Kon ze haar huwelijk nog redden? Wilde ze haar huwelijk redden?

Ze zou die entrecotes gaan kopen, besloot ze. Ze zou kaarsen aansteken en een boeket verse bloemen plukken en ze zou proberen het bij te leggen. Ondertussen zou Benton misschien tot bezinning komen.

Een radicale breuk, oké? Wat bedoelde hij? Moest ze doen alsof de ansichtkaarten uit Marokko, de muntthee, de pistachemacarons, de boerenlunches, het slowen op het terras, de fotoshoot voor *The Boston Globe* en al die heftige vrijpartijen in de schuur nooit hadden bestaan?

Detroit?

Maar Eddie kwam niet thuis eten. Hij moest naar het huis aan Low Beach Road dat hij in de verhuur had, liet hij haar in een beknopt bericht weten. Grace zat zwijgend aan het avondeten met de meiden, die het over de boeken hadden die ze aan het lezen waren. Het eten was heerlijk, maar Grace kreeg geen hap door haar keel. Ze had alles verpest. Haar minnaar was weg. Hij bleek een lafaard te zijn – dacht al een tijdje na over Detroit? – en ze had haar huwelijk om zeep geholpen. Precies zoals Madeline had voorspeld. *Hoe denk je dat dit zal aflopen?*

Grace dronk vier glazen wijn bij het avondeten en nam daarna nog een vijfde glas omdat de meiden samen naar de film gingen. Grace liep als verdoofd naar boven. Ze vond haar mobiele telefoon en las de sms van Benton opnieuw. Ze had Madeline nodig. Kon ze Madeline bellen?

Allegra is een bedriegster en jij bent een bedriegster, Grace.

Nee, ze kon Madeline niet bellen.

Toen Grace in slaap viel, probeerde ze dingen te bedenken om dankbaar voor te zijn. Haar dochters waren gezond en konden goed met elkaar opschieten. En ze bezat nog altijd het mooiste perceel van Nantucket. En dan had ze nog haar Araucana-kippen en een goedlopende handel in biologische eieren.

Exotische kippen en bleekblauwe eieren waren allemaal leuk en aardig, maar waren geen vervanging voor liefde.

Toen Grace om middernacht wakker werd, was Eddie nog niet terug. Was hij nog steeds bij dat huis aan Low Beach Road? Of had hij het in een bar in het centrum op een zuipen gezet? Grace vond dat ze hem niet kon sms'en om het te vragen. Ze sloop door de gang naar haar werkkamer en bekeek weer het artikel in *The Boston*

Globe. Daar waren ze: haar hortensia's, haar rozen, haar Adirondack-stoelen. Uit alles sprak volmaaktheid en professionele styling. De voetbrug over de beek en verderop Polpis Harbor. De schuur met de ouderwetse koperen gootsteen, die ze nu wilde wegrukken en bij de vuilstort wilde dumpen. En Grace en Benton, die op hun vaste plek aan de teakhouten tafel zaten, hun champagneglas hieven en glimlachend naar de door hen gecreëerde schoonheid keken.

Ze sms'te Benton: *Ik mis je.*

Geen reactie.

Elf minuten later (ze had een kwartier willen wachten maar dat lukte haar niet) sms'te ze: *Ik weet dat je me mist.*

Geen reactie.

Niets ter wereld was zo kwetsend als niet reageren, concludeerde ze.

Sinds de avond van de seance had Grace gemengde gevoelens over haar schoonzus Barbie. *Twee vrouwen aan deze tafel zullen degene links van hen bedriegen.* Eddie had links van Grace gezeten, Grace links van Madeline en Trevor links van Barbie. Barbie zou nooit in een positie zijn om Trevor te bedriegen en bovendien was duidelijk dat Barbie niet op zichzelf doelde.

Grace zou Eddie verraden.

Madeline zou Grace verraden.

Barbie had gelijk gekregen: een half jaar later had Grace een verhouding met Benton Coe gekregen. Had Barbie echt een zesde zintuig? Of was Grace' gedrag beïnvloed door wat Barbie had gezegd? Grace twijfelde, maar ze had nooit meer hetzelfde naar Barbie gekeken. En na de seance had Barbie de feestdagen nooit meer met Grace, Eddie en de tweeling doorgebracht. Ze beweerde dat dit kwam doordat ze liever met haar mysterieuze mannen op reis ging, maar Grace had altijd het gevoel dat Barbie rottigheid over Grace had ontdekt en om die reden afstand tussen hen schiep.

Bovendien was Barbie Pancik van nature erg op zichzelf en was het lastig om goed contact met haar te krijgen. Haar standvastige loyaliteit gold Eddie en de zaak, en uiteraard zichzelf.

Grace was dan ook zeer verbaasd toen ze midden in de nacht Barbie Pancik bij haar bed zag staan, die haar wakker schudde.

Grace gilde het uit. Het was een nachtmerrie: Barbie die zich over haar heen boog, met haar zwarte parel die heen en weer zwengelde als een pendule, haar parfum dat de lucht in de slaapkamer verstikte.

'Grace, wakker worden,' zei Barbie.

Nachtmerrie. Maar nee, het was geen droom. Om een of andere raadselachtige reden was Barbie Pancik in haar slaapkamer. Er was iets mis. Grace keek rechts van haar, geen Eddie. Eddie was dood. Dat was de enige reden dat Barbie Pancik hier zou zijn. Eddie had het ontdekt van Grace en Benton en had zelfmoord gepleegd.

Grace sloeg haar hand voor haar mond en schudde haar hoofd.

Barbie ging naast Grace op het matras zitten en zei: 'Je moet goed naar me luisteren.'

'Nee,' fluisterde Grace. 'Nee nee nee.'

'Eddie zit in de problemen. Er is een misverstand bij het huis aan Low Beach Road en de FBI heeft hem aangehouden.'

Nachtmerrie, dacht Grace weer. Wat Barbie vertelde sloeg nergens op, zelfs als ze het meende, en daar leek het wel op. FBI? Bij wat voor misverstand werd de FBI erbij gehaald?

Barbie gaf Grace een glas water dat op het nachtkastje stond. 'Ik wil dat je dit opdrinkt en daarna zal ik je iets vertellen wat je nooit, maar dan ook nooit aan iemand mag doorvertellen. Begrepen?'

Grace dronk het water op en knikte. Barbie zou een goede moeder zijn, bedacht Grace.

Barbie zei: 'De FBI heeft Eddie aangehouden omdat ze hem ervan verdenken een prostitutienetwerk te runnen aan Low Beach Road.'

Grace knipperde met haar ogen en zette het glas voorzichtig neer.

‘Waarschijnlijk heeft hij al bekend,’ zei Barbie. ‘Dat heeft hij me niet precies verteld.’

‘Bekend,’ zei Grace.

‘Ben Winford is nu bij hem, maar ik denk dat hij zijn mond al voorbij heeft gepraat voordat Ben er was. Kennelijk kijkt Eddie minder vaak naar rechtbankdrama’s op tv dan ik.’

‘Rechtbankdrama’s?’ vroeg Grace.

‘Je moet je nu aankleden,’ zei Barbie. ‘Je gaat naar het politiebureau om hem op borgtocht vrij te krijgen.’

‘Ik?’ zei Grace. ‘En jij dan? Ga jij niet mee?’

‘Nee,’ zei Barbie. ‘Ik moet mezelf hiervan distantiëren. Vanwege de zaak.’

‘Is het waar?’ vroeg Grace.

‘Dat doet er niet toe,’ zei Barbie. ‘Tenzij ze het kunnen bewijzen.’

Om een of andere reden was Nadia, een van Eddies schoonmaaksters, op het politiebureau. Grace knipperde met haar ogen en dacht weer: nachtmerrie, nare droom. Zo’n droom waarin mensen uit verschillende fasen van haar leven op plekken opdoken waar ze niet thuishoorden. Wat deed Nadia hier? Het was een vergissing. Maar toen Grace naar het achterste gedeelte van het politiebureau werd gebracht om Eddies borgsom te betalen, zag ze Nadia, of een vrouw die sprekend op haar leek, in een van de verhoorkamers zitten. Grace was zo verbijsterd dat ze een stap naar achteren deed en het vertrek in keek om het te controleren. Het wás Nadia. Grace hoorde haar zeggen: ‘Ik maak alleen huizen schoon.’ Daarna deed degene die bij haar in de verhoorkamer was wijselijk de deur dicht.

Daarna zag Grace Eddies vier andere schoonmaaksters op klapstoelen voor de dienstdoende agent zitten. Grace had hen een keer allemaal tegelijk gezien, maar alleen van Nadia was de naam blijven hangen. De vrouwen droegen strakke rokjes en hadden stuk voor stuk hun schoenen met zeer hoge hakken uitgedaan. Eén vrouw wreef over haar voet, een andere vrouw zat zacht te huilen.

Ze roken scherp en naar ontsmettingsmiddel, een combinatie van haarlak en goedkoop parfum. Ze leken wel... Grace zuchtte. Het waren net hoeren. Eddie had zijn schoonmaaksters als prostituees gebruikt. Grace' maag draaide zich om.

Grace zei tegen de agent, een donkergetinte vrouw die mooi genoeg was om supermodel te zijn en volgens haar naamplaatje Peters heette: 'Ik kom de borgsom voor Eddie Pancik betalen.'

De vrouwen begonnen druk te fluisteren en een van hen zei: 'U bent toch vrouw van Eddie?'

'Niet praten!' zei agent Peters.

Grace richtte zich tot de vrouwen: 'Ja,' zei ze.

Net op dat moment ging er een deur verderop in de gang open en kwam Nadia naar buiten, samen met een man met een speknek, zilvergrijze stekeltjes en een marineblauw windjack met het logo van de FBI.

'Hallo, mevrouw Pancik,' zei Nadia.

'Nadia, wat is er aan de hand?' vroeg Grace. Het was vast een vergissing. Het moest een vergissing zijn. Grace kon zich niet voorstellen dat Eddie deze vrouwen – die allemaal jonger dan vijfentwintig leken – als prostituee liet werken.

Nadia kon het blijkbaar niet uitleggen. Ze wendde zich tot de andere vrouwen en zei iets in het Russisch.

'Zwijg!' blafte het zilvergrijze stekeltjeshaar. 'Kat, heb je een ruimte waar ik mevrouw Nadia kan neerzetten terwijl ik met de volgende praat? Ze moet in afzondering. Ze zouden allemaal in afzondering moeten.'

'Wat niet kan, dat kan niet,' zei agent Peters. Ze glimlachte verontschuldigend naar Grace. 'We hebben nou eenmaal niet genoeg personeel voor zoiets.'

Grace knikte alsof ze snapte wat er met 'zoiets' bedoeld werd. Agent Peters sprak tegen Grace alsof ze op de een of andere manier onder één hoedje speelden en Grace besloot daar haar voordeel mee te doen. 'Ik zou graag naar mijn man willen. Kan ik hem zien?' vroeg ze.

‘Wie is uw man?’ vroeg het zilvergrijze stekeltjeshaar.

‘Edward Pancik.’

‘Aha!’ zei het zilvergrijze stekeltjeshaar. ‘Dan kunt u beter gaan zitten, want dat duurt nog wel even.’

‘Eens kijken of ik een ruimte voor mevrouw Nadia kan vinden,’ zei agent Peters.

Nadia zei in het Russisch iets tegen de andere vrouwen.

Grace wilde dat ze het kon verstaan! ‘Nadia, zit je in de problemen?’

‘Toe nou, mevrouw,’ zei het zilvergrijze stekeltjeshaar. ‘Ze moet afgezonderd worden. Jezus!’

Agent Peters verdween door de gang. Het zilvergrijze stekeltjeshaar keek naar de vijf vrouwen. Hij las namen voor die op een klembord stonden: ‘Elise Anoshkin, Julia Vlacic, Gabrielle Bylinkin, Nadia Roskilov, Tonya Yedemesky.’ De vrouwen staken een voor een hun hand op.

Het enige voordeel aan ontdekken dat Eddie in zulke afschuwelijke moeilijkheden zat, was dat Grace niet meer doorlopend aan Benton dacht.

Grace moest een rangschikking van erg naar minder erg maken.

En dit was zeker erger.

Om zeven uur ’s ochtends schudde een zeer vermoeide versie van Eddies gewoonlijk onberispelijk geklede advocaat, Ben Winford, Grace wakker op haar stoel.

Ben zei: ‘Eddie zit ditmaal lelijk in de knoei.’ Ben keek naar het plafond, waardoor Grace dat ook deed. ‘Waarom bellen mijn cliënten me nooit voordat ze de wet overtreden? Dan zou ik ze namelijk tien van de tien keer zeggen dat het een slecht idee is. Wat hebben we geleerd van Richard Nixon? Van de broers die verantwoordelijk waren voor de bomaanslagen tijdens de marathon van Boston? Criminelen worden altijd gepakt.’

‘Gaat hij naar de gevangenis?’ vroeg Grace. Door de hoofdpijntablet en de wijn en doordat ze nauwelijks had geslapen, klonk haar stem schor en hees. Ze dacht aan het moment dat ze met Benton in de schuur was. Dat was gisterochtend, nog geen vierentwintig uur geleden, maar het leek weken eerder.

'Waarschijnlijk wel,' zei Ben vermoeid. Hij droeg, zag Grace opeens, zijn pyjamajasje boven zijn spijkerbroek. 'Dit is niet mijn specialiteit, maar ik ken een man in Boston die uitsluitend zakendoet die te maken hebben met afpersing, prostitutie, meer gangsterachtige praktijken. Je kent me, ik ben meer van onroerendgoedtransacties.'

'Gangsterachtige praktijken?' zei Grace. Ze dacht dat ze ging flauwvallen.

Ben gaf een klopje op haar knie. 'Het goede nieuws is dat je hem vandaag hier weg zult krijgen.'

Drie uur later, om tien uur, werd Eddie vrijgelaten. Zijn borgsom was vastgesteld op vijftienduizend dollar. Grace wilde met hun American Express Platinum-creditcard betalen, maar die werd geweigerd en dus schreef ze een cheque uit. Toen ze eindelijk naar de auto liepen en Grace dit aan Eddie vertelde, lachte hij als een krankzinnige. 'De cheque wordt geweigerd, Grace. We zijn failliet.'

'Hoe bedoel je?'

Eddie haalde zijn schouders op. 'Zodra ze erachter komen dat de cheque niet gedekt is, zullen ze me komen halen.'

'Nee, wat bedoel je met dat we failliet zijn?' vroeg Grace. 'Hoe kunnen wij nou failliet zijn?'

Ze luisterde zonder hem te onderbreken terwijl Eddie het haar vertelde: al het geld was weg. Het nieuwbouwproject was een financiële strop. Hij had twee van de drie huizen in aanbouw aan Glenn Daley verkocht, aan Glenn Daley nog wel, maar van dat geld had hij alleen de opgelopen schulden kunnen aflossen. Het zou nog anderhalf tot twee ton kosten om Eagle Wing Lane 13 af te bouwen en Eddie had geen financiële middelen meer. Hij had al negen maanden geen huis verkocht, de markt lag op zijn gat. Hij was er wel in geslaagd om Low Beach Road 10 aan groepen te verhuren, maar daardoor was hij in deze puinhoop beland.

'Ja,' zei Grace, 'laten we het eens over deze puinhoop hebben. Wat is er in vredesnaam aan de hand? Wat heb je gedaan?'

'Dat kan ik niet zeggen,' zei Eddie. 'Als ik je dat vertel, kunnen ze je misschien oppakken voor samenzwering.'

'Ze zullen me niet oppakken voor samenzwering, want ik wist van niets,' zei Grace. 'Maar je gaat me nu wel vertellen hoe het zit.'

'Dat kan ik niet,' zei Eddie.

'Vertel het me!' schreeuwde Grace.

Eddie sloeg zijn handen voor zijn gezicht. Grace dacht dat hij zou gaan huilen. Toen werd ze pas echt bang, want Eddie huilde nooit. Hij had niet gehuild toen zijn ouders overleden, niet toen Hope blauw zag bij haar geboorte. Hij had niet gehuild toen hij Grace en Benton gisterochtend in de schuur betrapte. Zou hij dat nu wel doen, om zijn eigen ondergang?

Nee. Hij hief zijn hoofd en zei: 'Ik had geld nodig. Vorig jaar was er een klant die vroeg of de schoonmaaksters langs konden komen om de mannen te vermaken. Ik heb toen meteen gezegd dat ik daar niet aan begon.'

'En?'

'Dit jaar zat ik zo in de problemen, Grace. Je hebt geen idee hoe hoog de financiële nood was. Ik had geld nodig. De mannen die dit huis huren zwemmen erin. Die hebben zo veel dat ze tienduizend dollar per nacht betalen.'

Grace hapte naar adem.

'Ze bulken van het geld en ik had geld nodig. Maar ik wilde de vrouwen niet dwingen en dus heb ik hun gevraagd of ze zoiets eventueel wilden doen. Ze reageerden enthousiast. Het is veel geld voor hen.'

'Het zijn immigranten die je kunt uitbuiten,' zei Grace. 'Wat dacht je dan dat ze zouden zeggen? Ik denk dat ik moet overgeven.'

'De vrouwen hebben nooit geklaagd,' zei Eddie. 'Ik denk dat ze zichzelf zagen als Julia Roberts in *Pretty Woman*. Ze waren blij met het geld. Het was belachelijk veel, ook voor mij en Barbie.'

'Is Barbie hierbij betrokken?' vroeg Grace.

'Nee.'

'Eddie.'

'Ja,' zei Eddie. 'Ja, die doet mee, maar de autoriteiten weten dat niet en dat moet zo blijven. Barbie moet de zaak draaiende houden als ik...'

'... in de gevangenis zit,' zei Grace. De woorden waren niet te bevatten, maar ze moest accepteren dat ze waar konden zijn. Eddie moest misschien naar de gevangenis. Ben Winford had 'waarschijnlijk wel' gezegd. Grace slikte. Er zat haar nog iets dwars. 'Heb je... Eddie, heb je met een van die vrouwen seks gehad?'

'Nee!' zei Eddie. 'Nee zeg! Ik ben je nooit ontrouw geweest.'

Grace knikte. Ze geloofde hem.

'Jij bent degene die ontrouw was! Jij had een verhouding met Benton Coe, vlak voor mijn neus, in mijn eigen huis.'

Grace was stil. 'Hij is weg. Het is voorbij.'

'Zo te horen vind je dat jammer,' zei Eddie. 'Ben je daar verdrietig over? Hou je van hem, Grace?'

Ze wilde schreeuwen: ja, ik hou van hem! Ik hou meer van hem dan van wie of wat dan ook!

In plaats daarvan zei ze: 'Daar kan ik momenteel niet eens over nadenken, Eddie! We hebben grotere problemen! We hebben te maken met strafrechtelijke vervolging!'

'Wat gaan we tegen de meiden zeggen?' vroeg Eddie.

'Niets,' zei Grace. 'Het zijn kinderen, Eddie. Ze hoeven niets te weten over de verwerpelijke activiteiten van hun ouders.'

'Ze komen er toch wel achter,' zei Eddie. 'Je weet hoe er op het eiland gekletst wordt.'

'We zullen ze zo lang mogelijk beschermen,' zei Grace. 'Afgesproken?'

'Afgesproken,' zei Eddie.

Toen ze thuiskwamen, lagen de meiden naast elkaar op ligstoelen bij het zwembad te lezen. Ze zagen er lenig en lieftallig uit in hun bikini. Allegra droeg een rode, Hope een zwarte, nee, wacht, het was andersom. Grace schudde haar hoofd. Zo'n beetje voor het eerst sinds ze klein waren, haalde Grace hen door elkaar. Ze hadden allebei hun haar los. Hope had haar haar zo vastgezet dat het op dat van Allegra leek en dat stond haar goed. Dit was een kiekje van het gezinsleven dat Grace altijd had gewild maar nooit helemaal had kunnen bereiken. Door de wispelturige buien van Allegra, door Grace' wilde, dolende hart, doordat Eddie altijd, maar dan ook altijd werkte.

'Hebben jullie honger?' riep Grace. 'Zullen we gaan lunchen?'

'We rammelen van de honger,' zei Allegra. 'Waar zijn jullie geweest?'

'Weg,' zei Grace.

'Waarnaartoe?' vroeg Hope.

'Gewoon weg,' zei Grace.

'Tjonge, je lijkt mij wel,' zei Allegra.

Grace maakte sandwiches met kipsalade en haalde een tros koude druiven uit de koelkast. Ze sneed tomaten in plakjes, bestreek die met verse pesto en legde er bolletjes mozzarella op. Ze ging met de meiden buiten aan de tafel in de zon zitten. Eddie verontschuldigde zich en zei dat hij ging slapen. Hij ging naar boven, naar de slaapkamer.

'Gaat het wel goed met papa?' vroeg Hope.

'Niet echt,' zei Grace. Ze pakte de borden van de meiden en stond op, ze wilde er verder niets over kwijt. Eddie had gelijk: hij en Grace moesten het zelf aan hun dochters vertellen voordat ze het van een ander hoorden, maar niet vandaag.

Madeline

Madeline las de volledige eerste versie van *B/G* drie keer. Het was goed. Ze kon het niet meer wegleggen. De kracht en drang van de verhouding en dat die verboden was, maakten het verhaal onweerstaanbaar, maar de ware liefde tussen B en G maakte het briljant.

Ze zou het niet publiceren.

Ze zag er enorm tegen op om Angie te bellen en toch moest ze dat doen.

Angies assistent, Marlo, nam op. 'Ze is aan het lunchen.'

'O ja?' zei Madeline. Het was kwart over tien. Niemand ging om kwart over tien lunchen, zelfs Angie Turner niet. Misschien was die 'lunch' een afspraak met haar tegelzetter in een suite van het Warwick Hotel. Madeline besloot het dan maar tegen Marlo te zeggen, dan mocht die het slechte nieuws aan Angie doorgeven. 'Moet je horen, Marlo, ik ga *B/G* niet uitbrengen. Ik moet het boek terugtrekken.'

'Een ogenblik alsjeblieft,' zei Marlo, 'dan verbind ik je door met Angie.'

'Die was toch aan het lunchen?'

'Ze komt net binnenlopen,' zei Marlo.

'Hoe gaat het met mijn lievelingsauteur?' zei Angie toen ze aan de lijn kwam. 'Hoe gaat het met het Volgende Grote Project? Van nu af aan ga ik je Nummer 1 noemen, want die kant gaat het op, Madeline. Rechtstreeks naar de bovenste plaats van de bestsellerlijsten van *The New York Times*, *Wall Street Journal*, USA *Today*.'

Marlo had het niet verteld.

'Heeft Marlo het tegen je gezegd?' vroeg Madeline.

'Wat?' vroeg Angie.

'Ik kan het boek niet uitgeven,' zei Madeline.

Stilte.

Madeline wachtte. Zou dat alles zijn? Ze had de woorden uitgesproken. Kon ze gewoon ophangen?

Toen begon Angie te schreeuwen. Graatmagere Angie, met haar kokerrokken en Louboutin-pumps met open hiel, was zo kwaad dat ze Madelines telefoon haast aan flarden schreeuwde. Madeline kon niet elk woord verstaan, maar de strekking was duidelijk: dat kun je niet maken... Het boek, Madeline, jij neemt zo'n beslissing niet, dat doen wij... Gloeiende, gloeiende... Dit wordt zo groot, zo enorm, je hebt geen idee wat je jezelf aandoet. Je kunt net zo goed een scheermesje pakken en je polsen... Dit heeft zeer vervelende gevolgen voor me... Ik heb over dit boek lopen opscheppen tegen mijn vrienden, mijn echte vrienden... mensen die bij me op yoga zitten... tijdens voetbalwedstrijden van mijn zoon...'

Ze haalde diep adem en zei: 'Het marketingbudget is vier keer zo groot als voor *Islandia*. Dit is een heel nieuwe tak van sport voor je. Je zult net zo beroemd worden als je neef Stephen.'

Madeline onderbrak haar. 'Stephen is mijn neef niet.'

'Je kunt niet beslissen dat het niet wordt uitgegeven,' zei Angie. 'Dat behoort niet tot de mogelijkheden.'

'Toch wel,' zei Madeline. 'Mijn besluit staat vast. Sorry, Angie. Het spijt me dat ik het boek terugtrek. Het spijt me dat ik je teleurstel.'

'Dit is wel wat erger dan teleurstellen, Madeline,' zei Angie. 'Dit valt in een heel andere categorie dan wanneer ik mijn dochter van veertien op de hoek van Bleecker Street en Sixth Avenue op roken betrap. Dát is een teleurstelling. Dit is veel erger.'

'Ik kan het niet uitgeven,' zei Madeline. 'Het spijt me dat ik het ooit heb geschreven. Dat verhaal had nooit het daglicht mogen zien.'

Stilte. Zo te horen stak Angie een sigaret op.

'Het is een goed boek, Madeline,' zei ze.

'Maar ik heb er geen goed gevoel over,' zei Madeline. 'Moet je horen, ik zal je niet langer van je werk houden. Wat je ook zegt, je kunt me toch niet overhalen.'

'O nee?' zei Angie. 'Wat dacht je hiervan? Onze juridische afdeling zal contact met je opnemen.'

Toen hing ze op.

Een uur later, toen Madeline op de bank in het appartement het laatste nummer van *The New Yorker* lag te lezen en hoopte dat haar een nieuw, geweldig idee te binnen zou schieten, ging haar telefoon.

Het was Redd Dreyfus.

Madeline zuchtte. Hij belde vast om tegen haar te zeggen... dat ze haar voorschot moest terugbetalen? Dat hij haar niet meer als klant wilde? Dat haar schrijfcarrière voorbij was en dat ze maar beter nooit meer via een brug of tunnel naar Manhattan kon gaan omdat ze voor de uitgeverswereld dood was?

Madeline bereidde zich voor op het ergste. 'Hallo?' zei ze.

'Madeline King,' zei hij. 'Hoe gaat het, schat?'

Redd klonk ontspannen, maar ook oud. Hij was in de vijftig toen hij Madeline als klant aannam, wat betekende dat hij nu in de zeventig was.

'Het spijt me ontzettend, Redd,' zei ze. Ze slikte. 'Ik kan het niet doen. Het punt is dat ik de verhouding van mijn beste vriendin schaamteloos als basis voor die roman heb gebruikt. Niet alles is hetzelfde, maar het is haar verhaal, niet dat van mij, en ik kan het niet laten publiceren.'

'Aha,' zei Redd. 'Je weet toch dat het niet verboden is om je roman op ware gebeurtenissen te baseren, zelfs niet als ze iemand anders zijn overkomen? Stel dat je vriendin het boek leest en vindt dat je haar verhaal als fictie presenteert. En stel dat ze een advocaat in de arm neemt. Die zaken lopen vrijwel altijd op niets uit.'

'Het is dan misschien niet tegen de wetten van dit land,' zei Madeline, 'maar wel tegen mijn normen en waarden. De regels die ik voor mezelf heb vastgesteld. Ik heb het boek geschreven omdat ik niets kon bedenken en toen werd dat verhaal me in de schoot geworpen. De timing was gewoon eng. Ik maakte mezelf wijs dat het in orde was, dat ik de details zou veranderen en dat niemand het zou herkennen. Maar de essentie van Grace' verhaal is ook de essentie van mijn verhaal en het is niet eerlijk van me om dat te gebruiken. Het is onethisch.'

'Tja,' zei Redd. Hij nam een lange pauze. 'Zo te horen is dit volgens je geweten de juiste beslissing. Gefeliciteerd.'

'Meen je dat?' vroeg Madeline.

'Ja. Ik weet dat Angie je getrakteerd heeft op haar heilige toorn, maar ik heb haar gesust.'

'Ze zei dat de juridische afdeling contact met me zou opnemen,' zei Madeline.

'Ze probeert je bang te maken. Ze wil dit boek dolgraag uitgeven. Ze is op een kruistocht. Maar het is jouw intellectueel eigendom. Het belangrijkste is dat je een heel goed boek hebt geschreven. En als je dat een keer gedaan hebt, wat betekent dat dan?'

'Nou?' zei Madeline.

'Dat je dat opnieuw kunt doen,' zei Redd. 'Je krijgt heus wel weer een geweldig idee, geloof me nou maar.'

Madeline zei: 'Maar als Angie dat minder goed vindt? Moet ik dan mijn voorschot terugbetalen?'

'Welnee!' zei Redd. 'Hoor eens, moet Angie het accepteren? Ja. Ik heb er alle vertrouwen in dat je met iets zult komen wat nog beter is, Madeline. En als dat bij het volgende boek niet lukt, dan misschien bij het boek erna. En zelfs als je nooit meer met iets nieuws komt, is het voor een uitgever heel lastig om een al uitbetaald voorschot terug te krijgen. Ik heb auteurs gehad die tien jaar over hun deadline heen gingen! Ik heb auteurs gehad die naar Zuid-Amerika verdwenen! Ik heb auteurs gehad die plagiaat pleegden met het werk van hun tienerkinderen!' Redd sprak steeds geanimeerder. Madeline wist dat hij de afgelopen jaren heel wat kilo's was aangekomen en was bang dat hij achter zijn bureau een hartaanval zou krijgen. Gelukkig kalmeerde hij. 'Lieverd, ik heb alles al meegemaakt. Ik weet dat je denkt dat je de enige auteur bent die de beproevingen van een vriendin als inspiratiebron gebruikt, maar ik kan je verzekeren dat dat niet zo is. Wat is het standaardadvies ook alweer? Schrijf over wat je kent. Dat doen auteurs doorlopend. Ik snap dat je het gevoel hebt dat je nooit meer iets zult kunnen schrijven, maar dat gaat heus wel lukken, Madeline. Je hoeft het niet eens zelf te geloven. Ik ben je agent, laat dat geloven maar aan mij over.'

'Bedankt,' fluisterde Madeline.

'Ik regel het wel met Angie,' zei Redd. 'Je betaalt me immers niet om alleen maar in mijn kantoor te zitten en er goed uit te zien.' Hij bulderde van het lachen. 'En nu aan het werk, schat.'

Madeline hing op en dacht: hoera! Ze moest ophouden met piekeren over Eddie en die vijftigduizend dollar. En ze moest ophouden met kwaadspreken over Allegra. Ze was een narcistisch meisje van zestien. Nou en? Brick zou wel over haar heen komen en verdergaan met zijn leven. En zijn hart zou sterker zijn op de plek waar het was gebroken. Maar Madeline moest vooral ophouden met Grace missen.

Dat was het moeilijkst. Ze kon zichzelf niet zover krijgen dat ze Grace niet miste.

Wie weet kon ze een boek schrijven en dat *Grace missen* noemen. Dat zou dan gaan over een romanschrijfster die over de verhouding van haar beste vriendin schrijft en daar spijt van krijgt. Zoiets als het Droste-effect, waarbij de afbeelding telkens een verkleinde versie van zichzelf bevatte.

Ze kreeg hoofdpijn toen ze daaraan dacht.

Ze pakte haar pen en haar schrijfblok.

Aan de slag!

Een tijdje later ging Madelines mobiele telefoon. Het was Rachel McMann. Madeline had besloten om geen vervolg maar een voorloper op *Islandia* te schrijven. Ze zou het verhaal vertellen over Nantucket voordat het onder water verdween. Het werd een roman over het begin van het eind en haar hoofdpersonen, Jack en Diane, zouden nog in hun moeders buik zitten. Ze zou over alles een onheilspellende schaduw werpen. Het zou psychologisch angstaanjagend zijn omdat de lezers wisten dat het water kwam.

Briljant? Mogelijk briljant? Het was in elk geval beter dan een vervolg, vond Madeline.

Rachel McMann. Wat nu weer, dacht Madeline. Ze had al twee lange telefoongesprekken met Rachel gevoerd over de toestand Allegra-Brick-Ian Coburn. Over dat onderwerp was alles gezegd. Aan het eind van het tweede gesprek had Madeline tegen Rachel gezegd dat ze weer thuis woonde. Trevor en zij hadden het uitgepraat. Ze gingen samen verder.

Madeline liet Rachel naar de voicemail gaan. Het was twee uur, Madeline had nog maar vier uur en was nog steeds aan de synopsis bezig.

Rachel belde weer. Moet dat nou, dacht Madeline. Ze nam op.

'Hallo?' zei ze, waarbij er een zweempje ongeduld in haar stem doorklonk.

'Ga even zitten,' zei Rachel.

'Ik zit al,' zei Madeline. 'Ik ben aan het werk, Rachel.'

'Je zult het niet geloven,' zei Rachel.

Madeline zuchtte. Roddels, roddels, roddels. Als ze slim was, zou ze nu ophangen. Maar daar was ze niet sterk genoeg voor.

'Wat is er?' zei ze.

'Grace Pancik heeft een verhouding met Benton Coe,' zei Rachel. 'Zoals we al vermoedden.'

'Volgens mij vermoedden we dat niet,' zei Madeline ongemakkelijk. 'En ik snap niet waarom jij dacht dat het wel zo was.'

'Kom op, zeg!' zei Rachel. 'We hebben allemaal het artikel gezien, we wisten het.'

'Het artikel bewijst niets,' zei Madeline.

'Goed dan, strikt genomen bewijst het artikel niets, maar...'

'Maar wat?' vroeg Madeline. Ze wilde de telefoon neersmijten en nooit meer met Rachel praten, maar ze moest weten wat Rachel wilde zeggen. Wie had ontdekt dat het waar was van Grace en Benton?

'Bernie Wu heeft de journalist en fotograaf van de krant naar Grace' huis gereden. Hij zei dat ze te vroeg waren en dat het overduidelijk was dat ze ongelegen kwamen. Grace en Benton waren in de schuur, die op slot zat, en toen ze naar buiten kwamen, zagen ze er zeer onverzorgd uit.'

O nee, dacht Madeline.

'Je kletst maar wat, Rachel,' zei Madeline. 'Het zijn geruchten en je zou je moeten schamen dat je ze doorvertelt. Het zijn jouw zaken niet.'

'Wat klink jij opeens als een moraalridder,' zei Rachel. 'Dat is best ironisch, want we weten allemaal dat jij er een boek over schrijft.'

'Ik schrijf er geen boek over,' zei Madeline. 'Ik heb het manuscript weggegooid.'

Rachel hapte naar adem. 'Nee!' zei ze. 'O, Madeline.' Zo te horen vond ze het echt heel erg. Het was alsof Madeline haar had verteld dat ze haar hond had laten inslapen. 'Het was zo goed. Ik wilde het dolgraag lezen. Ik had er zelfs al iets over geschreven op Goodreads.'

'Ik heb het manuscript weggegooid en het bestand verwijderd,' zei Madeline. 'Het was troep.'

Er viel een geladen stilte aan de andere kant van de lijn, maar na een tijdje sprak Rachel verder met haar gebruikelijke sprankelende energie. 'Dat over Grace en Benton is trouwens niet eens het grootste schandaal dat ik je moet vertellen. Heb je gehoord wat er met Eddie Pancik is gebeurd?'

'Nee,' zei Madeline geërgerd. 'Ik heb het niet gehoord en ik wil het ook niet horen.' Tenzij hij de loterij heeft gewonnen, dacht Madeline. Of een pot met goud op de bodem van Miacomet Pond heeft gevonden.

'Eddie Pancik is gisteravond gearresteerd door de FBI,' zei Rachel. 'Hij runde een prostitutienetwerk aan Low Beach Road.'

Madeline sloot haar ogen. Er schoten allerlei gedachten door haar hoofd.

Arme Grace.

Eddie was veel wanhopiger dan ik dacht.

Arme Grace.

Madeline vertrouwde informatie die afkomstig was van Rachel McMann niet. 'Dat is absurd,' zei ze.

'Toch is het zo,' zei Rachel. 'Ik kan je niet vertellen hoe ik het weet, maar ik weet het zeker. Eddie Pancik heeft deze zomer vijf Russische schoonmaaksters tegen betaling uitgeleend aan zijn cliënten. Zijn secretaresse had een paar gesprekken opgevangen, waarschijnlijk tussen Eddie en zijn zus, en trok haar conclusies. Zij heeft contact opgenomen met de FBI.'

'Zijn secretaresse? Bedoel je Eloise?'

'Ja, Eloise,' zei Rachel.

De gedachte dat die aardige zeventigjarige Eloise een prostitutienetwerk verlinkte dat door Eddie en Barbie gerund werd, was lachwekkend. En toch zag Madeline het ergens wel voor zich.

'Was Grace er ook bij betrokken?' vroeg ze.

Rachel lachte en Madeline nam zich stellig voor dat dit het laatste gesprek zou zijn – afgezien van een beleefd gesprek over koetjes en kalfjes – dat ze ooit met Rachel McMann zou voeren. Die vrouw was een gifslang. 'Natuurlijk niet!' zei Rachel. 'Grace was haar tuinman aan het neuken!'

'Dus Eddie zit in de gevangenis?' vroeg Madeline.

'Op borgtocht vrijgelaten,' zei Rachel. 'De cheque die Grace had uitgeschreven werd geweigerd, dus zijn zus en Glenn Daley moesten hem komen redden. Die hebben namelijk wat met elkaar.'

'Barbie en Glenn?' zei Madeline. Ze had gedacht dat ze aartsvijanden waren. 'Hoe weet je dat allemaal?'

'Tja, hoe weten mensen dingen?' zei Rachel. 'Op straat gehoord. Er wordt gepraat.'

Madeline hing op, haalde een paar keer diep adem, liep naar het raam en keek omlaag naar Centre Street. Er wordt gepraat. En ja hoor, op de hoek van India Street en Centre Street stonden blonde Sharon en Susan Prendergast te kletsen.

Madeline wilde Trevor bellen, maar die zat hoog in de lucht.

Mijn vijftigduizend dollar is weg, dacht ze. Voorgoed weg. Madeline had verwacht dat ze daar volledig door van de kaart zou zijn, maar wat ze voelde was eerder opluchting. Het geld was weg, en dus hoefde ze zich daar niet meer druk om te maken.

Ze kon alleen maar aan Grace denken. Arme Grace! Madeline besloot dat het tijd was om haar angst en trots opzij te zetten.

Ze belde naar Grace' mobiel. Geen antwoord, maar dat verbaasde haar niet. Ze hing op zonder een bericht in te spreken.

Daarna belde Madeline naar de vaste lijn. Haar hart bonsde en haar slapen klopten. De laatste keer dat ze zo zenuwachtig was geweest, was toen... Ze kon het zich niet herinneren. Misschien nooit.

Een van de tweeling nam op. 'Hallo?' De stem klonk heel nieuwsgierig. Op het schermpje had natuurlijk gestaan dat het Madeline was.

Madeline zuchtte. Het was Hope.

'Hallo, Hope,' zei Madeline. Ze overwoog of ze moest zeggen wie ze was, maar dat leek gênant en overbodig. Hope wist wie er belde. 'Is je moeder thuis?'

'Ja, die is er,' zei Hope. 'Maar ze heeft tegen ons gezegd dat ze niet aan de telefoon wil komen.'

'Goed,' zei Madeline. 'Zeg maar tegen haar dat ik eraan kom.'

Grace zat op de trap aan de voorkant van het huis toen Madeline arriveerde. Madeline had gedacht dat ze misschien een geweer vast zou hebben om haar weg te jagen, maar wat ze vasthad was veel verrassender. Een sigaret. Grace rookte.

'Kijk niet zo geschrokken,' zei Grace. 'Toen ik op de universiteit zat, rookte ik.'

'Dat wist ik niet,' zei Madeline.

'Zo zie je maar,' zei Grace, 'dat je toch nog nieuwe dingen ontdekt over je beste vriendin.'

De woorden 'beste vriendin' hingen als een zoenoffer tussen hen in. Madeline pakte Grace' handen. 'Wat is er aan de hand?' vroeg ze.

Grace drukte haar sigaret uit op een tree. 'Laten we naar boven gaan,' zei ze.

Ze namen dezelfde positie in als weken daarvoor, toen Grace Benton net voor het eerst had gekust. Madeline ging in de groenleren fauteuil zitten en Grace ging met haar gezicht omlaag op de veloursbank liggen. Madeline herinnerde zich wat ze toen had gezegd. *Ik zal je zeggen, Grace, omdat ik je beste vriendin ben en omdat dat mijn taak is, dat het niets kan worden.*

Niets kan worden.

Madeline had verwacht dat Grace eerst wilde vertellen wat er met Eddie was gebeurd, maar in plaats daarvan trilde haar onderlip en barstte ze in tranen uit. 'Ik dacht dat Benton en ik verliefd waren. Ik maakte plannen om bij Eddie weg te gaan, misschien al aan het eind van de zomer. Maar toen waren Benton en ik in de schuur aan het vrijen en kwam Eddie thuis. Hij ontdekte ons. Hij heeft niets gezien, maar wist wat er gebeurde en heeft tegen Benton gezegd dat hij moest vertrekken en nooit meer mocht terugkomen.' Grace slikte. 'Benton is vertrokken. Ik heb al heel vaak geprobeerd om hem te spreken, maar hij negeert me. Hij heeft me een sms'je gestuurd dat hij naar Detroit gaat verhuizen!'

Madeline ging naast de bank op de vloer zitten en wreef over Grace' rug terwijl die huilde. Madeline zou het nooit hardop zeggen, maar het was waarschijnlijk beter zo.

Of misschien ook niet. Wie weet was het wel het beste als het afliep zoals Angie had gewild, wat ook het eind was dat Madeline had geschreven. *Ik wil een eind waar de vrouw gelukkig is in plaats van goed.*

Madeline stak haar hand in haar tas en haalde het manuscript eruit. Ze was van plan geweest het als een symbolisch geschenk aan Grace te geven. Grace kon het verscheuren of verbranden. Dat was Madeline om het even.

Nu had ze echter een ander idee.

'Moet je horen,' zei ze. 'Ik heb een roman geschreven die gebaseerd is op jouw verhouding met Benton.'

Grace bracht haar gezicht omhoog. 'Dat meen je niet! Ik dacht dat het niet meer was dan een dom gerucht. Ik had nooit gedacht dat je...'

'Dat heb ik wel gedaan,' zei Madeline. 'En dit is het resultaat.' Ze liet het manuscript met een plof op de bijzettafel vallen. 'Maak je geen zorgen, ik ga het niet uitgeven.'

'Je kunt het niet uitgeven, Madeline!' zei Grace. 'Zeker nu niet!'

'Dat weet ik, Grace,' zei Madeline. 'Ik heb tegen mijn uitgever gezegd dat ze het van de aanbiedingslijst moet halen.'

Grace ging rechtop zitten. Haar gezicht straalde woede uit. 'Ongelofelijk! Ik heb je over Benton verteld omdat je mijn vriendin bent. Mijn beste vriendin. En wat doe jij? Je gebruikt alles wat ik je heb verteld. Je had beloofd dat je me nooit zou verraden, maar dat heb je wel gedaan. Dat heb je gewoon gedaan!'

'Het spijt me, Grace,' zei Madeline. 'Het was een wanhoopsdaad. Ik had een writer's block. Ik had het voorschot al uitgegeven aan dat stomme appartement en toen ik ging zitten om te gaan schrijven, was jouw verhaal het enige dat in mijn hoofd zat. Ik heb me er een tijdje tegen verzet, maar ik maakte me zorgen over het geld. Ik heb geprobeerd mijn vijftigduizend dollar van Eddie terug te krijgen, maar dat ging niet en dat maakte me ontzettend kwaad, gefrustreerd en bang. Maar je hebt gelijk. Ik mocht jouw verhaal niet gebruiken. Daarom heb ik ook tegen mijn redacteur gezegd dat ik het niet kan uitgeven. Ze werd pisnijdig. Ze vond het manuscript geweldig!'

'O ja?' zei Grace.

'Het is een goed boek, Grace. Een echt liefdesverhaal. Misschien moet je het eens lezen.'

Grace keek sceptisch naar het manuscript. 'Dat weet ik niet, hoor,' zei ze.

'Ik heb je zo gemist,' zei Madeline. 'En ook al ben je boos over mijn boek en ben ik boos over wat Allegra Brick heeft aangedaan, ik ben hier bij je in je werkkamer. Ik ben er, Grace.'

Grace keek Madeline aan en barstte opnieuw in tranen uit. 'Wat moet ik doen?' zei ze.

'Haal diep adem,' zei Madeline, 'en vertel me over Eddie.'

'Ik wil je best over Eddie vertellen,' zei Grace, 'maar ik weet niet of ik je wel kan vertrouwen. Je moet me beloven dat je het niet...'

'Grace, dat zal ik echt niet doen,' zei Madeline.

Eddie

De belangrijkste persoon in zijn leven was nu zijn nieuwe advocaat, Bridger Cleburne. Bridger werkte bij een groot, prestigieus advocatenkantoor in Boston maar kwam oorspronkelijk uit Lubbock, in Texas, waar hij de beste pitcher van het honkbalteam was geweest dat in 1984 de Little League World Series won. Bridger gebruikte de gloriedagen uit zijn jeugd als gemeenschappelijke factor van hem en Eddie, 'Snelle Eddie', die zo veel sprintrecords op zijn naam had staan bij de New Bedford High School.

Zijn sprintrecords of Bridgers rol in de Little League World Series interesseerden Eddie niet. Bridger moest hem uit de problemen halen.

Maar er was geen gemakkelijke oplossing voor Eddies 'omstandigheden', zoals Bridger het noemde, een lang woord in zijn lijzige Texaanse accent. Een van Eddies schoonmaaksters – kleine Elise Anoshkin – bleek pas over een paar maanden achttien te worden. Ze was minderjarig, een illegale minderjarige! Het zag er slecht uit voor Eddie. De FBI lette al op het huis sinds de tweede week van de 'flessentrekkerij' – weer een lang woord voor Bridger – en er was afluisterapparatuur geïnstalleerd. Dat had voldoende belastend materiaal opgeleverd.

Aanvankelijk dacht Eddie dat Glenn Daley hem had verlinkt. Hij was ervan overtuigd dat Barbie het opzettelijk aan Glenn had verteld of dat ze per ongeluk in een hartstochtelijk moment haar mond voorbij had gepraat. Daarna vroeg Eddie zich gek genoeg af of Benton Coe hierachter zat. Waarschijnlijk had Benton naar een manier gezocht om Eddie uit beeld te krijgen, zodat hij met Grace kon trouwen. Bridger vertelde Eddie echter dat er twee informanten waren, maar dat Glenn en Benton daar niet tussen zaten. De ene was Eloise, Eddies secretaresse! Blijkbaar had ze haar salarischeque zo dringend nodig gehad omdat ze Eddie had verraden. Eloise had al vrij in het begin Barbie aan de telefoon gehoord met een van de potentiële cliënten. Eloise had contact opgenomen met haar schoonzoon, agent Dixon die bij de politie op Nantucket werkte, en de politie was het huis in de gaten gaan houden.

De andere, nog gevaarlijker informant was de dertigjarige miljonair van wie het huis was. Hij had de FBI toegang gegeven om de afluisterapparatuur te installeren.

Hoe de eigenaar erachter was gekomen? Hij was Ronan GA van DeepWell tegengekomen in de bar van het Bellagio in Las Vegas. Ronan had toevallig een pet op van de Chicken Box en toen de huiseigenaar vroeg wat Ronan met Nantucket had, zei Ronan dat hij daar een prachtig huis huurde aan de Low Beach Road in Sconset. De eigenaar was aangenaam verrast toen het om zijn huis bleek te gaan. Hoe groot was de kans dat dit zou gebeuren? De eigenaar bestelde een glas vijfentwintig jaar oude Laphroaig voor Ronan en daarna had Ronan gelekt als een zeef en had hij de eigenaar verteld hoeveel plezier hij wel niet in dat huis had gehad.

De eigenaar was niet boos om het immorele van de situatie, maar het maakte hem woedend – hij was nu eenmaal zelf een gehaaide zakenman – dat Eddie hem niet had laten meedelen in de winst.

Eddie zou, hoe dan ook, naar de gevangenis gaan. De FBI had ook bewijs tegen Barbie, maar als Eddie een deal sloot, zou Barbie gespaard blijven.

En dus werd Eddie veroordeeld tot drie tot vijf jaar gevangenisstraf in de MCI Plymouth. De bank legde beslag op Eagle Wing Lane 13 en ook op de twee bedrijfspanden van Eddie, waaronder de tandartspraktijk van Andrew McMann.

De hypotheekaflossingen van het huis waren tot het eind van de maand betaald, maar Eddie zou Grace adviseren het te verkopen.

Ze kon een kleiner huis kopen en het resterende bedrag gebruiken om de meiden aan de universiteit te laten studeren en Madeline en Trevor terug te betalen.

Die beslissingen werden allemaal vlug genomen, binnen een paar dagen. Nadia en de andere vrouwen waren op weg terug naar Kirgizië.

Het had erger gekund, veronderstelde hij. Drie tot vijf jaar kon met goed gedrag twee jaar worden. En de MCI Plymouth was veel minder erg dan de Plymouth County Correctional Facility. Eddie zou tv in zijn cel hebben, een eenpersoonscel, en het eten kwam naar verluidt van een nabijgelegen boerencoöperatie. Eens per maand werd er een barbecue gehouden in het gemeentelijke bos. Er was een sportschool waar hij kon gaan trainen en er was een ziekenboeg met een fulltime ziekenverzorgster die Eddie wellicht van zijn brandend maagzuur kon afhelpen. Belangrijker nog, er zouden andere witteboordencriminelen zitten aan wie hij wellicht ooit een huis zou kunnen verkopen.

Die dingen verminderden zijn zorgen over naar de gevangenis gaan slechts een beetje. Hij schaamde zich dood. Iedereen wist nu dat Eddie Pancik een misdadiger was. Hij was een pooier. Hij kon het nauwelijks opbrengen om naar de tweeling te kijken. Hoe zou hun leven op school zijn? Wat zouden de andere leerlingen zeggen? Hun laatste jaar zou verpest zijn, terwijl dat het mooiste jaar van hun leven had moeten worden. Eddie concludeerde dat het enige juiste wat hem als vader en man te doen stond, was dat hij zijn verontschuldigingen aan hen aanbood. Dat deed hij de ochtend van zijn veroordeling, in de uren voordat hij zou bekennen dat hij schuldig was aan de zeventien zaken die hem ten laste werden gelegd op het gebied van sekshandel, huisvesting van illegalen, belastingontduiking en seks met een minderjarige.

De meiden waren bij het zwembad, lagen naast elkaar te lezen, wat ze tegenwoordig vaak deden, ook al had Eddie Allegra haar telefoon teruggegeven en had ze dus weer toegang tot haar sociale leven. Eddie liep op blote voeten over het gazon, zijn hoofd onbeschut tegen de zon nu alle drie zijn panamahoeden gesneuveld waren. Het was eind juli en een van de prachtigste dagen die God te bieden had. Waar je ook keek in de tuin, alles stond volop in bloei. De tuin zag er zo weelderig en kleurrijk uit, was zo'n lust voor het oog dat Eddie de overweldigende neiging voelde zich op zijn knieën te laten vallen en te bidden. Hij wilde om vergeving vragen en zijn dankbaarheid uitspreken voor de schoonheid van de wereld, iets wat hij altijd voor lief had genomen en nu moest achterlaten.

Hij ging precies in het midden tussen de voeteneinden van de ligstoelen van de meiden in staan. Zijn vader had zijn stomerij, Ramos Dry Cleaners, gerund en nooit meer dan vijfentwintigduizend dollar per jaar verdiend, maar Charles Pancik had nooit in het bijzijn van zijn kinderen door het stof hoeven gaan. Hij was een eerzaam man geweest. Eddie en Barbie spraken nog steeds met respect over hem.

'Meiden,' zei Eddie.

Ze legden hun boek neer en keken hem aan. Ze hadden een zonnebril op, en dus was het lastig om hun gelaatsuitdrukking te zien. Sinds ze hadden gehoord wat er was gebeurd, waren ze hem met een zeker medelijden tegemoet getreden, bijna alsof hij ongeneeslijk ziek was. Maar ze moesten ook boos op hem zijn en van hem walgen. Dat kon niet anders.

'Ik moet jullie allebei mijn verontschuldigingen aanbieden,' zei hij.

Ze keken hem aan.

'Wat ik gedaan heb is onvergeeflijk. Ik heb de wet overtreden en heb een zakelijke regeling getroffen waardoor ik de eer van vijf jonge vrouwen, van wie er een maar een jaar ouder is dan jullie, heb geschonden. Ik heb mijn machtspositie misbruikt om geld te verdienen aan deze vrouwen voor het verkopen van hun lichaam. Dat was fout en jullie moeten weten dat het me ontzettend spijt.'

'Het is in orde, papa,' zei Hope.

'Nee,' zei hij, 'het is niet in orde.'

'Het was een zakelijke regeling,' zei Allegra. 'Jij kreeg betaald, de vrouwen kregen betaald, de mannen kregen wat ze wilden. Er is niemand gewond geraakt.'

'Je hebt niemand gedood,' zei Hope.

'Dat maakt het nog niet goed,' zei Eddie terwijl hij dacht: belastingontduiking, seks met een minderjarige, sekshandel, die woorden zouden de rest van zijn leven aan zijn naam verbonden blijven. 'Ik heb het slechte voorbeeld gegeven en het gevolg is dat ik naar de gevangenis ga en dat jullie moeder het huis gaat verkopen.'

Hope haalde haar schouders op. 'Het is maar een huis.'

Allegra zei: 'Ik woon toch liever in het centrum.'

'Oké,' zei Eddie. Hij snapte niet waarom ze zo aardig deden.

'Eddie!' riep Grace vanaf de veranda. 'We moeten gaan!'

De meiden stonden op en omhelsden Eddie. 'We houden van je, pap,' zei Allegra.

'We houden echt van je,' zei Hope.

'Ik hou van jullie allebei,' zei Eddie. 'Zielsveel.' Hij werd overmand door emoties. 'Zorg alsjeblieft goed voor jullie moeder.'

'Doen we,' zei Hope.

De rit van het huis naar het gerechtsgebouw duurde twintig minuten, de laatste vrije minuten van Eddies oude leven.

Hij zei tegen Grace: 'Ik moet je iets vertellen.'

'Heb je seks gehad met Nadia?' vroeg ze. Ze hield haar ogen strak op de weg gericht, maar haar mond vormde een onverbiddelijke, onaantrekkelijke streep. 'Ik weet dat het in het grotere geheel nauwelijks uitmaakt, maar als het zo is, wil ik dat je het toegeeft.'

'Ik heb geen seks gehad met Nadia,' zei Eddie. 'Wat ik je wil zeggen gaat niet over mij maar over jou.'

'Ga je me iets over mezelf vertellen?' vroeg ze.

'Het gaat over Benton,' zei Eddie.

Grace slingerde over de weg nu zijn naam viel. Het was waarschijnlijk wel het laatste onderwerp waarover ze vandaag verwacht had te praten en toch moest het Eddie van het hart voordat hij vertrok.

'Wat is er met Benton?' vroeg ze.

'Ik heb hem die avond gebeld,' zei Eddie. 'Voordat ik naar Low Beach Road ging, heb ik hem gebeld en ik heb hem gevraagd om naar mijn kantoor te komen voor een gesprek van man tot man.'

Grace hapte naar adem. 'Kwam hij?'

'Ja,' zei Eddie. 'Ik vroeg wat er gaande was en hij zei dat hij van je hield. Ik denk echt dat hij me wilde vragen zonder gedoe uit beeld te verdwijnen zodat jullie samen een leven konden opbouwen.' Eddie schraapte zijn keel. 'Maar hij was ook in verwarring, was misschien minder zeker van zichzelf dan hij dacht. Hij maakte zich zorgen over het effect dat zo'n schandaal op zijn bedrijf zou hebben. Niemand wil een echtbreker inhuren. Hij maakte zich zorgen over jou en de meiden. Hij genoot van Hopes gezelschap en vond haar een heerlijk kind, maar hij had Allegra nog nooit ontmoet. Wat er in de schuur was gebeurd, zag er misschien anders uit nadat het in de openbaarheid was gebracht.' Wat Eddie echter geraakt had, was de bewondering van Benton Coe voor Eddies vrouw. Als Benton over Grace sprak, voelde Eddie de liefde in golven van de man afkomen. Dat had Eddie aan het denken gezet. 'Ik vermoed dat hij bereid was het risico te nemen als hij mijn zegen kreeg. Mijn toestemming.' Eddie was er vrij zeker van dat Benton daarom naar Eddies kantoor was gekomen. Hij dacht dat Eddie zich zou overgeven. 'Maar ik was niet van plan je zomaar te laten gaan. Je bent mijn vrouw, mijn leven, de moeder van mijn kinderen. Grace, ik weet dat ik niet de meest attente of liefhebbende man ben geweest. Ik besef dat ik er niet in ben geslaagd je innerlijk leven te voeden. De meeste dagen vroeg ik niet eens wat je dacht of voelde. Je had emotionele behoeften die ik niet kon bevredigen. Daarom was ik ook zo blij dat je Madeline had. En een tijdje ben ik ook blij geweest dat je Benton had. Ik wist dat je hem graag mocht, dat zijn vriendschap belangrijk voor je was. Ik wist dat je het fijn vond om met iemand over bloemen te kunnen praten.

Maar ik wil je niet aan hem verliezen. Grace, ik heb tegen hem gezegd dat als hij ooit weer contact met je opnam, als hij zelfs maar reageerde op een sms'je of telefoontje van jou, ik hem zou vermoorden.'

'Vermoorden?' zei Grace. 'Echt?'

'Echt,' zei Eddie. 'Dan had ik iemand gezocht die dat tegen betaling voor me zou doen. Dat zou ik gedaan hebben, Grace, en dat wist hij. Misschien zou ik hem niet daadwerkelijk hebben laten omleggen, maar ik zou zijn leven geruïneerd hebben, zijn bedrijf om zeep hebben geholpen, zijn goede naam door het slijk hebben gehaald.'

'Zei hij tegen je dat hij van me hield?' vroeg Grace.

'Ja,' zei Eddie. 'En nu vind ik dat je naar hem toe moet gaan, als je dat wilt tenminste. Want ik heb gefaald. Ik heb slechte dingen gedaan en ik heb je teleurgesteld.'

Grace antwoordde niet. Eddie had haar emoties nooit goed kunnen inschatten, maar als hij nu een gok moest wagen, zou hij zeggen dat ze overdonderd leek. Er gebeurde ook veel. Over een paar minuten zou hij voor de rechter staan, schuld bekennen, veroordeeld worden en in hechtenis worden genomen. Twee wetshandhavingsfunctionarissen zouden hem per veerboot naar het vasteland brengen, waar een busje zou klaarstaan om Eddie naar de MCI Plymouth te brengen. Eddie had een weekendtas in de kofferbak van de auto liggen, met daarin alles wat hij mee mocht nemen. Grace mocht over dertig dagen bij hem op bezoek komen.

Hij probeerde het op te vatten als naar de universiteit gaan, een ervaring die hij niet kende. Hij speelde met dit waanidee – de gevangenis als instituut voor hoger onderwijs – tot ze voor het gerechtsgebouw stopten. Buiten stonden FBI-agenten te wachten, en ook Eddies advocaat, Bridger Cleburne, een fotograaf van de *Nantucket Standard* en... de politiecommissaris.

Eddie kreunde.

'O, Eddie,' zei Grace.

Eddie had gemengde gevoelens over de rol van de politiecommissaris in dit geheel. Tijdens het Figawi-weekend had de politiecommissaris niet geweten van het prostitutienetwerk, echt niet, en waarschijnlijk wist hij het ook niet toen ze gingen vissen. Maar op een bepaald moment was de politiecommissaris erachter gekomen waar Eddie mee bezig was en hij had Eddie niet gewaarschuwd. Waarschijnlijk was de FBI er toen al bij betrokken en was de politiecommissaris machteloos. Eddie wist dat hij niet van de politiecommissaris had kunnen verwachten dat die hem zou helpen. Vrienden of niet, iedereen moest zich aan de wet houden. Eddie liet zijn hoofd hangen toen hij naar de politiecommissaris toe liep.

'Het spijt me ontzettend, Ed...'

De politiecommissaris stak zijn hand op. 'Verontschuldig je niet tegenover mij. Ik heb je al gezegd dat ik geen oordeel vel. Dat doet het hof en het doet me verdriet dat het deze kant opgaat.'

Eddie keek naar zijn voeten en schudde zijn hoofd.

De politiecommissaris zei: 'Je bent altijd op me overgekomen als een veerkrachtige persoon. Wees voorzichtig daar, Eddie. Bemoei je nergens mee, zit je tijd uit. En dat drankje hou je van me tegoed.'

'Echt?' vroeg Eddie. Het pad dat hij moest afleggen en dat zich uitstrekte tussen nu en het tijdstip waarop hij weer een vrij man zou zijn en naast de politiecommissaris op een barkruk zou kunnen zitten, leek oneindig lang en zwaar, maar het gaf Eddie moed dat de politiecommissaris dacht dat hij het kon.

'Dat gaan we zeker doen,' zei de politiecommissaris.

Augustus

Hope

Hoewel alles was veranderd, was alles hetzelfde gebleven. Haar vader ging naar de gevangenis – die was weg – maar hij was toch al niet vaak thuis geweest. Grace leek nogal ingetogen, maar dat was ze wel vaker, vooral als ze migraine had. Ze tuinierde nog steeds en verzorgde de kippen, alleen moesten Allegra en Hope nu ook klusjes in de tuin doen. Allegra moest om de vier dagen het gras maaien en Hope moest elke ochtend alle troep uit het zwembad halen en de dode knoppen uit de lelies knippen.

Op een dag vroeg Allegra aan Hope of ze naar het strand wilde.

Hope dacht erover na. Het strand. Konden Allegra en zij een normaal zomers uitstapje naar het strand maken, terwijl hun vader kortgeleden naar de gevangenis was gestuurd?

'Weet je zeker dat je naar het strand wilt?' zei Hope. Ze had gedacht dat ze de hele zomer als treurige kluizenaars bij hun eigen zwembad zouden zitten. Ze hoopte dat het collectieve geheugen kort was en dat tegen de tijd dat ze aan hun examenjaar begonnen mensen het vergeten zouden zijn van Allegra en Ian Coburn, en van hun vader, de pooier.

'Ik weet het zeker,' zei Allegra. 'We kunnen broodjes en boeken meenemen, in de oceaan springen.'

Het klonk aantrekkelijk. Eddie zat in de gevangenis, maar zij niet. 'Welk strand had je in gedachten? Steps? Dionis? Sconset?'

'Nobadeer,' zei Allegra.

'Nobadeer?' zei Hope. Op het strand van Nobadeer was hun hele school te vinden. Allegra's vroegere vrienden en vriendinnen zouden er zijn. 'Heb je het dan bijgelegd met Hollis?'

'Nee zeg,' zei Allegra. 'Dat zij daar misschien is, betekent nog niet dat ik er niet kan zijn. Ik vind het leuk bij Nobadeer. Het is mijn strand.'

Het wás jouw strand, dacht Hope. Door de foto van Allegra in haar ondergoed was haar naam van de lijst van Nobadeer geschrapt. Hope was nog nooit naar Nobadeer geweest, niet omdat haar dat niet leuk leek, maar omdat haar zus en Hollis en hun vrienden daar bijeenkwamen.

'Laten we de eerste keer naar een ander strand gaan,' zei Hope.

'Laten we de eerste keer naar Nobadeer gaan,' zei Allegra.

Hope slaakte een zucht. Ze waren nog altijd Alice en de Zevenslaper. Ze had geen puf om tegen te sputteren. Ze vroeg zich af of Allegra Eddies opsluiting als een soort sociaal ruilmiddel wilde inzetten. Misschien dacht ze dat haar vroegere vrienden het runnen van een prostitutienetwerk met illegale jonge vrouwen cool zouden vinden, of misschien dacht Allegra dat ze medelijden met haar zouden hebben. Hope kon het niet voorspellen. Hoewel ze zelf een tiener was, snapte ze niets van tieners.

Grace pakte broodjes voor hen in. Ze leek blij te zijn dat ze erop uitgingen. 'Er is geen reden om je te verstoppen,' zei ze. 'Je vader heeft een verkeerde beslissing genomen en daar boet hij nu voor. Het werpt geen ongunstig licht op de rest van ons.'

Het klonk als een leugen. Dat kwam doordat ze loog. Eddies ondergang wierp wel degelijk een ongunstig licht op de rest van hen. Hun levensstijl – Allegra's Italiaanse leren jack, de rode Jeep Wrangler, de chemicaliën die het zwembad schoon moesten houden, de boodschappen die nodig waren voor de lekkere broodjes die Grace nu aan het klaarmaken was – was betaald van geld dat met prostitutie was verdiend. In elk geval deels.

Het wierp wél een ongunstig licht.

Toch trokken Allegra en Hope hun bikini en bovenkleding aan, deden badlakens, zonnebrand, flesjes koud water en cola light, en hun kostbaarste bezit – de boeken die ze aan het lezen waren – in hun tas en pakten de picknickmand aan van Grace.

Ze gingen op pad.

Het was een heldere dag met een strakblauwe lucht. Allegra stond erop dat ze met open dak zouden rijden, zodat de zon op de voorstoelen van de jeep scheen toen ze over de met zand bedekte wegen naar de duinen van Nobadeer reden.

'Ik ben blij dat we dit doen,' zei Allegra. 'Dit is een stranddag. Het is een prachtige dag. Ik bedoel, moet je kijken.'

Ze liepen over de duinen naar het gouden strand van Nobadeer. De oceaan leek hier groter dan elders op het eiland. Er was een brede branding. Het groenblauwe water glinsterde. Veel jongeren waren aan het surfen of bodysurfen of stonden met een peddel op een surfplank. Het was een pittoresk tafereel en even dacht Hope dat ze er goed aan hadden gedaan om te komen.

Toen zag ze Bluto.

Het was onmogelijk om Bluto over het hoofd te zien. Hij woog honderdvijfentwintig kilo en was zo bleek als de maan. Hij was niet lelijk, hij had een vriendelijk, rond babygezicht met blauwe ogen en mooi, dik, lichtbruin haar. Maar hij was onbehouwen en was er goed in om de zwakke plek van een ander te benadrukken om zo de aandacht af te leiden van zijn eigen zwakheden. Bluto lag op een badlaken bij Hollis, Kenzie en Calgary. Een eindje verderop lagen Hannah en Brick. Al Allegra's ergste vijanden waren er.

Hope keek naar haar zus. Allegra liep met een stralende glimlach recht op haar voormalige vrienden af. Ze droeg een strohoed, haar Tom Ford-zonnebril, een zwarte bikini en had een zwarte pareo om haar heupen geslagen. Ze zag er geweldig uit.

'Hallo, jongens!' zei ze.

Hollis snoof. Bluto zei met zijn hoge tenorstem: 'Loop eens door, slome.'

'Hoezo?' zei Allegra.

'Je staat in mijn zon,' zei Bluto.

Calgary McMann lachte maniakaal. Hope had zin om zand in zijn gezicht te schoppen. Haar voet was nog geen meter van zijn badlaken verwijderd. Toen zag ze dat Calgary en Kenzie hun benen verstrengeld hadden. Jakkes.

Allegra zei: 'Vind je dat grappig, Calgary? Heb je Kenzie al verteld hoe vaak je geprobeerd hebt me te zoenen?'

'Dat is niet waar,' zei Calgary.

Met één vinger trok Allegra haar zonnebril omlaag. 'De laatste keer dat je dat probeerde was eerder deze zomer bij jouw thuis toen je me voor het toilet stond op te wachten. Toen ik je bijna in je ballen moest trappen.'

Kenzie keek Calgary aan. Bingo, dacht Hope. Calgary had gedaan of hij Hope leuk vond, alleen maar omdat Hope op Allegra leek. Hope dacht dat Brick dit nieuwtje misschien wel interessant zou vinden, maar Hannah en Brick zaten in hun eigen wereldje. Ze leken de komst van Allegra en Hope niet eens te hebben gemerkt. Brick zag er fit uit, was bruin en zijn haar was lichter geworden. Hope kreeg vlinders in haar buik, ook al had ze door dat Hannah en hij een romantisch gesprekje voerden. Dat vond ze een positieve ontwikkeling. Hannah was een uitmuntende leerling, speelde ijshockey en was ambitieus: ze wilde aan de universiteit in het eerste team spelen en toegelaten worden tot het olympische team. Ze was niet zo mooi als Allegra, maar Brick had het waarschijnlijk wel gehad met mooie meiden.

Hope maakte haar blik los van Brick en zag nog net hoe Kenzie opsprong van haar badlaken en tegen Calgary uitviel. 'Heb je die slet echt gekust? Nou?'

'Kom op, zeg,' zei Hollis met sluwe stem, wat Hope altijd deed denken aan Nag de cobra in *Rikki-Tikki-Tavi*. 'Dat is toch geen nieuws? Iedereen weet dat Calgary al vanaf het laatste jaar van de basisschool een stijve krijgt van Allegra.'

'Hou je kop, Hollis!' zei Kenzie.

Hollis draaide zich loom op haar rug. 'Vergeet niet tegen wie je het hebt.'

Bluto zei: 'Echt iets voor Allegra om daarover te beginnen.' Hij keek hen aan. 'Even voor alle duidelijkheid, ik ben niet kwaad op je omdat je met Ian Coburn hebt geneukt. Ik mag hem wel. Ik ben alleen boos dat je het me niet hebt verteld.'

'Nou, ik ben daar wel kwaad over,' zei Hollis.

'Ja, omdat je dat zelf wilde,' zei Bluto. 'Geef nou maar toe.'

Hollis schonk Bluto een vernietigende blik. 'Jij bent dik.'

'En jij bent een kreng,' zei Bluto. 'Ik vind het jammer dat we geen vrienden meer zijn met Allegra, want ik vind haar veel aardiger dan jou.'

'Niet te geloven dat je dat zegt,' zei Hollis.

'En het was echt een rotstreek van je om die foto door te sturen,' zei Bluto. 'Je bent achterbaks, Hollis Brancato. Ik weet zeker dat je mij op een dag ook zoiets zult flikken.'

Allegra pakte Hope zacht bij haar arm en voerde haar weg van het gekibbel dat door haar toedoen was ontstaan. Niemand zei iets over Eddie. Wie weet hadden ze niet gehoord wat er was gebeurd. Of het kon ze niets schelen. Niemand van hun leeftijd had belangstelling voor zijn of haar ouders, laat staan voor de ouders van een ander.

Allegra en Hope kwamen langs de badlakens van Brick en Hannah.

'Hoi, Hannah. Hoi, Brick,' zei Allegra. Ze glimlachte hartelijk en oprecht naar hen, maar vertraagde haar tempo niet.

Ze keken op.

'Hoi, Allegra,' zei Hannah. 'Hoi, Hope.'

'Hallo, Hope,' zei Brick. Hij zweeg even. 'Hallo, Allegra.'

Hope was te verbijsterd om iets te kunnen zeggen, al wist ze niet precies wat haar zo verbaasde. Misschien wel dat mensen in staat waren zich net als anders te gedragen, ongeacht de omstandigheden, om gewoon rustig door te gaan met hun leven.

Toen ze buiten gehoorsafstand waren, zei Allegra: 'Het is een leuk stel.' Ze haakte haar arm door die van Hope en hoewel haar intuïtie haar zei dat ze de vriendelijke toenaderingspogingen van haar zus niet moest vertrouwen, kreeg ze het gevoel dat er een warme vriendschap tussen hen was en belangrijker nog, dat ze zussen waren, een tweeling. Allegra en zij tegen de rest van de wereld, van de wieg tot het graf.

'Vind je?' zei Hope.

'Ja,' zei Allegra, 'maar niet zo leuk als wij.'

Madeline

Om tien uur 's ochtends werd er op de deur van haar appartement geklopt. Madeline had zojuist op haar schrijfblok de eerste pagina van haar nieuwe roman, *The Before*, geschreven. Angie was blij met de nieuwe titel en vond het idee van een voorloper op *Islandia* hoopgevend. Ze was niet meer zo nijdig over de geklapte zeepbel van *B/G* als eerst. Ze leek het bijna fijn te vinden dat ze nu iets had waarover ze Redd Dreyfus aan zijn hoofd kon zeuren. 'Ik stond al zo lang bij hem in het krijt,' zei Angie. 'Het werd tijd dat de rollen werden omgedraaid.'

'Mag ik vragen wat er tussen jullie is voorgevallen?' zei Madeline.

'Dat vertel ik je nog wel een keer,' zei Angie.

Madeline had geen zin om op te staan en de deur open te maken. Ze had het appartement juist gehuurd om niet meer telkens gestoord te worden. Het kloppen hield aan.

Wie is het? dacht Madeline.

Als het Rachel McMann was die langskwam om Madeline uit te nodigen ergens koffie te gaan drinken, zou ze boos worden.

Het zou Trevor kunnen zijn. Hij had een dag vrij en deed wat klusjes in en om het huis. Hij had gedreigd langs te komen en Madeline te ontvoeren voor een zomers avontuur: een ritje naar Great Point, lunchen op het terras bij Cru, een zeiltocht met de Endeavor. ‘*Chim chiminey, chim chiminey, chim cher-oo*. Het zou Madeline moeite kosten haar knappe man te weerstaan.

Wie weet waren het Brick en Hannah Dromanian. Brick en Hannah trokken na het bedrog van Allegra steeds vaker met elkaar op. Madeline was bang dat Brick meteen weer in een allesverslindende relatie zou belanden, maar het leek erop dat ze vooral vrienden waren. Hannah was volgens Madeline een meisje dat van nature sterk prestatiegericht was. Ze wilde slagen, plaatsen bezoeken, dingen zien, dingen doen. Madeline dacht dat ze misschien een goede invloed op Brick zou hebben.

Het was een opluchting voor Madeline om te weten dat het Eddie Pancik niet kon zijn.

Het kloppen hield aan. Madelines Mini Cooper stond op de parkeerplek van het appartement. Degene die voor de deur stond, wist dat ze er was, wist waarschijnlijk ook dat ze moest schrijven, maar trok zich daar niets van aan.

Grace?

Die gedachte kwam pas bij Madeline op toen ze de deur opendeed. Madeline belde Grace dagelijks en had haar al een keer of twintig uitgenodigd om naar het appartement te komen kijken, maar Grace voelde zich thuis veiliger. Ze wilde niet naar het centrum gaan en iedereen tegenkomen. Madeline nam het haar niet kwalijk.

Madeline had verwacht dat Grace er, door alles wat ze had meegemaakt, afgetobd en gekweld zou uitzien, meer zoals na een migraineaanval van drie dagen. Maar Grace straalde. Ze droeg een witte korte broek en een blauwe katoenen haltertop. Ze was het toonbeeld van de zomer. Haar ogen straalden, haar huid gloeide, haar glimlach was hartelijk en tevreden.

Tevreden, dacht Madeline. Hoe was dat mogelijk?

‘Hoi,’ zei Madeline.

‘Je hebt het gedaan,’ zei Grace.

‘Wat?’ vroeg Madeline.

‘Je hebt een boek over mij en Benton geschreven!’ zei Grace.

'Het staat er allemaal in: de muntthee, de pistachemacarons, "Loving Cup" van de Rolling Stones.'

'Ik weet het, Grace. Het spijt me,' zei Madeline. 'Ik heb al tegen je gezegd dat ik het niet ga uitgeven.'

Grace begon te trillen en te huilen en Madeline dacht: ze gaat me toch voor het gerecht slepen. Laster. Smaad. Toen deed Grace echter een stap naar voren en sloeg haar armen om Madeline heen.

'Dat was het einde dat ik wilde,' zei Grace.

'Op de Maagdeneilanden wonen?' zei Madeline. 'Vogels kijken?'

'Geluk,' zei Grace. 'Rust.'

Eddie

Hij overwoog medelijden met zichzelf te hebben. Hij overwoog wanhopig te worden. Hij overwoog te huilen. Hij overwoog alle dingen op te sommen die hij zou missen aan het vrij-zijn.

Maar waar Eddie uiteindelijk aan dacht tijdens de rit naar de MCI Plymouth, een rit die wat hem betreft niet lang genoeg kon duren, was de dag dat de tweeling werd geboren.

Allegra was er gemakkelijk uitgefloept, als geld dat uit een pinautomaat wordt gespuwd. Alsjeblieft, alles waar je om hebt gevraagd!

Bij Hope zat echter de navelstreng om de hals gedraaid en voordat Eddie de komst van zijn eerste kind had kunnen verwerken, werd Grace naar de operatiekamer gereden voor een spoedkeizersnee. Eddie liet Allegra bij de verpleegkundigen achter en rende erachteraan, trok een operatiejas aan zoals hem werd opgedragen en probeerde de anderen bij te houden.

Hij kon de operatie niet aanzien – daar had hij de moed niet voor, hij hield zijn hoofd naar beneden tussen zijn knieën om niet flauw te vallen – maar herinnerde zich wel dat hij het lichtblauwe lijfje van Hope zag, bedekt met bloed, en hij herinnerde zich de schrik, zijn naakte, gierende angst.

Ze is dood, dacht hij.

Grace riep met een stem die hij amper kon aanhoren: 'Ze is dood, Eddie, ze is dood!'

Ze hield zijn vingers stevig vast – zou ze allemaal breken – maar dat kon hem niets schelen.

Hij besefte dat hij nooit meer aan zichzelf zou denken, om zijn eigen hachje zou geven.

De baby bleek niet dood te zijn. Op de een of andere manier slaagden de artsen, verpleegkundigen, tovenaars en engelen erin Hope te laten ademen, maar ze kon niet op Nantucket blijven. Ze moest met de traumahelikopter naar Boston worden gebracht en Eddie zou met haar meegaan. Eddie had de leiding. Eddie was haar vader.

In korte tijd werden er veel handelingen verricht. Verpleegkundigen in blauwe overalls, die op Eddie belachelijk kalm en competent overkwamen, bonden Hope vast aan een kleine brancard. Ze plaatsten hartmonitoren ter grootte van een muntje en deden haar een zuurstofmaskertje ter grootte van een ei voor. Eddie stapte in het achterste deel van de helikopter met een mensje dat zo klein was dat het in zijn panamahoed paste.

Een van de verpleegkundigen was een vrouw met koperkleurige pijpenkrullen. Ze heette Kristin en nam achter in de helikopter plaats om de vitale functies van Hope in de gaten te houden. Ze gaf Eddie een grote koptelefoon om het geluid van de helikopter te dempen en zette een minikoptelefoon voor een pop op de tere oortjes van Hope.

Voordat de wereld in één klap luid en stil werd, zei Eddie tegen Kristin: 'Overlijden er wel eens mensen in deze helikopter?'

'Jazeker, dat gebeurt geregeld,' zei ze. Ze glimlachte naar hem. 'Maar met uw dochter komt het goed.'

De helikopter steeg enkele seconden later op, en Eddie vatte nieuwe moed.

Kristin, de verpleegkundige in de traumahelikopter, had gelijk gekregen. Het kwam goed met Hope, helemaal goed. Af en toe keek Eddie in de loop der jaren naar de iets jongere helft van de tweeling – als ze aan haar vinger likte en een pagina omsloeg van de boeken die ze altijd las (in dat opzicht leek ze op Grace), als ze fluit speelde (hoe deed ze dat toch? Eddie had het instrument een keer gepakt, had in het mondstuk geblazen en had alleen zijn eigen hete adem gehoord) – en dan verwonderde hij zich erover hoe goed die piepkleine, bleekblauwe baby was bijgetrokken.

De laatste keer dat Eddie dat had gedacht, was toen hij met Hope uit eten ging bij het Summer House, alleen zij twee. Hij kwam terug van het herentoilet en liep naar de tafel toen hij Hope naar voren zag buigen om van zijn martini te proeven. Zijn eerste impuls was roepen: hé, wat doe je daar, Hope? Kom op, zeg. Maar hij hield zich in. Hij herkende Hopes natuurlijke nieuwsgierigheid naar de wereld van de volwassenen, voorbij de randen van haar eigen wereld, en juichte het toe dat ze de moed had om die op een veilige manier te verkennen. Wat hij had gedacht was: goed zo, Hope. Goed zo.

Die herinneringen hielden Eddie op de been, het hele eind naar afslag 6 van Route 3 in zuidelijke richting, wat helaas de afslag was die Eddie moest nemen.

Eddie Pancik had nooit veel aan zelfreflectie gedaan, maar toen het busje naar de voorkant van de MCI Plymouth reed en de geüniformeerde bewakers bij het hek hen tegenhielden om te controleren of Eddies naam op hun lijst stond, probeerde Eddie precies te benoemen wat hij voelde.

Het woord dat het eerst bij hem opkwam was 'gezegend'.

Nantucket

Er werd zo veel gekletst op Nantucket dat het ons verbaasde dat ze ons niet op Martha's Vineyard konden horen.

Een Russisch prostitutienetwerk, Low Beach Road, Edward Pancik gearresteerd: dat haalde de kranten in Boston en nog verder. We hadden er allemaal last van dat mensen vanbuiten het eiland ons vroegen hoe dit op Nantucket had kunnen gebeuren.

Nantucket bestond uit mannen en vrouwen, bedrijven en handel, net als overal. De geharde, door de wol geverfde mensen onder ons zeiden: denk je dat er in de tijd van de walvisvaart geen hoeren op Nantucket waren? Het was het oudste beroep ter wereld. Eddie Pancik had het niet bepaald uitgevonden.

Sommige mensen deden hun voordeel met het schandaal. Een van hen was Eloise Coffin, Eddies secretaresse. Ze zei uiteraard haar baan op bij Island Fog Realty en hoopte heimelijk dat ze gebeld zou worden door een lokale nieuwszender. Er belde een 'onderzoeksjournalist' van een blog dat *Jared's Apartment* heette en die wilde Eloise' verhaal graag horen. En dus vertelde Eloise aan deze verslaggever, Jared, dat ze haar bakjes biologische Griekse yoghurt op kantoor in de koelkast aan het zetten was toen ze Barbara Pancik aan de telefoon hoorde, die een onbetamelijk voorstel deed over hun vijf Russische schoonmaaksters. Eloise was verbijsterd. Pas daarna hoorde ze hoeveel geld Eddie, Barbie en de vrouwen daaraan verdienden.

Eloise vertelde niet aan deze Jared dat ze een week of twee geprobeerd had om mee te mogen doen. Ze was aardig en inschikkelijk geweest, had van haar eigen geld voor Eddie een leeuwenbek in pot gekocht, had Barbie een compliment gegeven over haar wikkeljurk met groen-en-witte print, ook al waren zulke jurken volgens Eloise in de jaren zeventig uit de mode geraakt. Ze had bij het team willen horen, had gehoopt dat Eddie of Barbie haar in vertrouwen zou nemen en haar zou laten delen in de winst.

Maar ze hadden ervoor gekozen zelfzuchtig te zijn – de egoïstische, gierige Panciks – en er had voor Eloise niets anders op gezeten dan haar schoonzoon te bellen, die bij de politie op Nantucket werkte, en hem te vertellen wat ze had gehoord.

De 'onderzoeksjournalist', Jared, had het verhaal voor zover Eloise kon nagaan nergens gepubliceerd. Ze liet haar schoondochter, Patrice, het internet afspeuren maar Patrice kon geen blog vinden dat *Jared's Apartment* heette. Eloise hunkerde naar publieke erkenning van haar goede daad en toen dat niet gebeurde, vertelde ze haar verhaal aan iedereen die het maar wilde horen: vrienden, buren, haar kinderen en kleinkinderen, en haar man, Clarence.

Clarence was zes jaar ouder dan Eloise en droeg een gehoorapparaat dat alleen geluiden leek op te pikken die uit de televisie kwamen. Clarence bracht een groot deel van zijn gepensioneerde leven door met tv-kijken. 's Zomers keek hij naar de Red Sox, 's winters naar de Patriots en Bruins en als er geen sport op tv was, keek hij naar kookprogramma's. Eloise wist dat Clarence stiekem verliefd was op Giada De Laurentiis van het Food Network.

Eloise zei tegen Clarence: 'Het verbaast me dat er niet meer verslaggevers bellen.'

'De FBI heeft die man opgepakt, El, niet jij,' zei Clarence.

'Dat weet ik,' zei Eloise. Het was een lichte teleurstelling geweest toen ze erachter kwam dat er een tweede informant was, iemand met meer gezag dan Eloise. 'Maar je zou toch denken dat ze me een beloning zouden geven.'

'Beloning?' zei Clarence.

'Ja, geld,' zei Eloise, 'of een plaquette.' Alleen een plaquette zou al goed zijn, zolang die maar aan haar overhandigd werd op een podium, met publiek erbij. Eloise zou samen met de politiecommissaris van Nantucket voor de fotografen poseren en ze zouden allebei een kant van de plaquette vasthouden en naar de camera's lachen. Dat zou zeker het avondnieuws halen: WERKNEMER ONTHULT PROSTITUTIENETWERK.

Maar Clarence luisterde al niet meer en ze had weinig hoop dat ze zijn aandacht weer zou weten te vangen. Giada De Laurentiis was op tv en maakte gnocchi met salie en bruine boter.

Eloise zuchtte. Beloning. Toen liep ze naar de keukentafel, waar ze de rubrieksadvertenties ging doornemen. Ze moest een andere baan zoeken.

Het derde huis dat Eddie Pancik aan het bouwen was aan Eagle Wing Lane, werd meteen gekocht door Glenn Daley van Bayberry Properties. Later kwamen we erachter dat hij de twee andere nieuwbouwhuizen onderhands van Eddie had gekocht. Rachel McMann smeekte Glenn of zij als eerste mocht proberen om de huizen te verkopen als die klaar waren. Maar Glenn Daley had andere plannen. Hij nam een nieuwe makelaar in dienst om zijn team te versterken, niemand minder dan Barbie Pancik! Op de dag dat Barbie achter haar nieuwe bureau plaatsnam – wat toevallig het bureau naast dat van Glenn was – haalde Glenn een diamanten ring uit zijn la en vroeg haar ten huwelijk.

'Wil je met me trouwen?' zei hij.

Barbie Pancik, die te geëmotioneerd was om iets te kunnen zeggen, sloeg haar gemanicuurde hand voor haar mond en knikte dolgelukkig. Al het personeel op kantoor klapte en juichte, Rachel McMann iets minder enthousiast dan sommige anderen.

Grace Pancik zette haar huis aan Wauwinet Road, 'met een tuin van 1,2 hectare die ontworpen is door de vermaarde tuinarchitect Benton Coe' te koop voor drieënhalf miljoen dollar. Binnen een week had Barbie Pancik (binnenkort Barbie Pancik-Daley) het huis voor de vraagprijs verkocht. Grace en haar dochters verhuisden naar een leuk huisje aan Lily Street met een kleine tuin. Het was moeilijk om de kippen op te geven, zei Grace, maar het zou fijn zijn om in het centrum te wonen en lopend naar een koffietentje te kunnen, en naar het postkantoor om pakketjes naar Eddie op te sturen.

Toevallig kwam Jean Burton Grace op een ochtend tegen bij het postkantoor aan Federal Street. Grace legde een spiksplinternieuwe panamahoed in stro om die naar Eddie op te sturen, samen met drie verpakkingen maagtabletten met kersensmaak en een kaartje met haar lipafdruk erop.

'Ze laat haar man niet vallen,' zei Jean, 'daar heb ik echt bewondering voor.'

We waren het er allemaal over eens dat dat lovenswaardig was. Wat weerhield Grace er immers van om Benton Coe naar Detroit te volgen? Ze waren smoorverliefd geweest. Dat hadden we niet verkeerd gezien.

Jody Rouisse zei tegen Susan Prendergast: 'Als zij niet achter hem aan gaat naar Detroit, doe ik het misschien wel.' Maar zoals we allemaal wisten, zou het bij Jody Rouisse bij mooie woorden blijven. Wie weet zou ze Benton op Twitter gaan volgen, waarbij ze de hashtag #belleislepark zou gebruiken, maar verder zou ze niet gaan.

Over panamahoeden gesproken, het gerucht ging dat Philip Meier, die al lang bij de afdeling Leningen van de Nantucket Bank werkte, online een panamahoed had besteld, een goedkope nephoed die nog geen twintig dollar had gekost. Daarna benaderde Philip de kasbedienden, allemaal vrouwen.

'Ik weet dat het pas augustus is,' zei hij, 'maar hoeveel van jullie zouden zich met Halloween als prostituee willen verkleden en met me willen meegaan naar de Chicken Box? We winnen vast de eerste prijs. Ik ga als Eddie Pancik.'

De baliemedewerkers lachten zenuwachtig. Niemand wilde met Halloween ergens met Philip naartoe. Hij kon zijn handen niet thuishouden, zelfs de kerstborrel op kantoor was een beproeving.

Toen hij geen gegadigden vond, ging Philip Meier terug naar zijn computer en bestelde een oranje gevangenispak. Het kon ook zonder vijf vrouwen. Hij kon de prijs voor best verklede bezoeker ook in zijn eentje winnen.

Toch zou het beter zijn als hij wel vijf vrouwen bij zich had.

Hij zou hen wel overhalen, besloot hij. Hij had nog tijd genoeg.

Madeline King en Grace Pancik waren weer vriendinnen. We zagen ze naast elkaar op het strand bij Steps zitten. We zagen ze, in gezelschap van Trevor Llewellyn, op zaterdagavond dineren aan een tafeltje bij Le Languedoc of restaurant Straight Wharf. We waren er toen inmiddels allemaal achter dat de 'relatie' tussen Eddie en Madeline puur zakelijk was, dat het geen affaire was geweest, en we hoorden dat Grace Madeline en Trevor hun vijftigduizend dollar had terugbetaald, een paar uur nadat haar huis officieel was verkocht.

Het gerucht ging dat de foto van Allegra Pancik en Ian Coburn, in hun ondergoed op de motorkap van Ians rode Camaro, viraal was gegaan en dat beide tieners een modellencontract aangeboden hadden gekregen met fotoshoots in New York, Londen en Hongkong.

Dat gerucht werd ontzenuwd toen blonde Sharon met haar kinderen naar de Weezie Library for Children ging en Allegra daar met een karretje zag rondlopen en boeken op de planken zag terugzetten te midden van kletsende jonge kinderen die met houten autootjes op het gevlochten vloerkleed speelden, en moeders en verzorgers die op gedempte toon voorlazen. Allegra was zeker mooi genoeg om model te zijn, dacht blonde Sharon. Haar lange donkere haar hing los op haar schouders en haar huid had een gouden gloed die afstak bij de witte ringetjes van haar zonnejurk, een netter kledingstuk dan blonde Sharon haar ooit had zien dragen.

'Allegra!' zei blonde Sharon verbaasd, haar stem een paar decibellen hoger dan gepast was in een kinderbibliotheek. 'Wat doe jij hier? Ik dacht dat je op weg was naar roem en eer.'

'Roem?' vroeg Allegra spottend, terwijl ze *Beer snurkt door* op de juiste plek op de plank zette. 'Eer?'

Blonde Sharon knipperde met haar ogen. Wie had haar verteld dat Allegra Pancik model zou worden voor Lucky Jeans en Gisele Bündchen zou vervangen? Ze kon het zich niet meer herinneren.

Ze liep met aan elke hand een kind de bibliotheek uit. Sterling en Colby waren trouwens al laat voor hun zeilles. Ze baalde ervan dat het geweldige verhaal dat ze gehoord had niet waar bleek te zijn.

Maar toen klaarde haar humeur op. Het was immers een prachtige dag op Nantucket. De zon scheen en blonde Sharon wist dat het slechts een kwestie van tijd zou zijn tot het eiland haar weer gespreksstof gaf.

Dankwoord

Zoals velen van jullie weten, heb ik deze roman geschreven terwijl ik tegen borstkanker streed. Ik heb dit boek opgedragen aan mijn artsen, die tot de briljantste, meest getalenteerde en meest professionele mensen behoren die ik ken. Verder wil ik mijn oncoloog, Steven Isakoff, bedanken omdat hij ervoor zorgt dat ik gezond blijf, en ik dank iedereen in het Massachusetts General Hospital die me heeft behandeld. Een speciaal woord van dank voor de vrouwen die voor dr. Colwell werken, in het bijzonder Agnes Santomarco, Heather Parker, Amy Israelian, Kelly Hurley en Mary Joyce.

Velen van jullie hebben me bemoedigd, via Facebook of andere kanalen. Velen van jullie zitten of zaten in hetzelfde schuitje. Ik heb alle woorden, gedachten en gebeden gekoesterd.

Ik moet mijn familie, mijn vrienden en het thuisfront bedanken, te veel mensen om met naam en toenaam te noemen, die eten kwamen brengen, bloemen stuurden, me aanspraken op straat of bij de kruidenier om me te laten weten dat ze aan me dachten. Een speciale vermelding verdienen mijn vroegere medestudentes van sociëteit Phi Mu van de Johns Hopkins University – van wie ik geweldig veel steun heb ondervonden! – onder aanvoering van Sue Plano. Verder in willekeurige volgorde: mijn zus Heather Osteen Thorpe, mijn speciale vriendin Debbie Briggs, Charles en Margaret Marino, Rebecca Bartlett, Wendy Rouillard (voor de ijsthee), Evelyn MacEachern (voor de macarons), Mary Haft (voor haar vele gebeden), Wendy Hudson, Elizabeth Almodobar, Jill Roethke,

Jill Surprenant, Anne Gifford, Manda Riggs, mijn schoonzus en medeoverlever Lisa Hilderbrand, Helaina Jones, Heidi Holdgate (het zwembad is mijn lievelingsplek), Shelly Weedon, Holly McGowan, Melissa MacVicar, Stephanie McGrath, Laurie Richards, Mark en Eithne Yelle, Lori Snell, Logan O'Connor, Sheila Carroll, Jeanne en Richard Diamond, John en Martha Sargent en mijn kindermeisje, Erin Frawley, die er ondanks de moeilijke omstandigheden in slaagde mijn kinderen een normale, onbezorgde zomer aan het strand bij Nobadeer te geven.

Mark en Gwen Snider van het Nantucket Hotel: de club was mijn toevluchtsoord en grote delen van deze roman heb ik daar aan het zwembad geschreven. Dank voor de wijkplaats.

Michael Carlisle en David Forrer, er zijn geen woorden voor. Jullie zijn gewoon een geschenk uit de hemel.

Reagan Arthur, woorden schieten tekort. Jij bent voor het redigeren wat Bruce Springsteen is voor de rockmuziek, Manolo Blahnik voor de stilettohak en Bobby Flay voor het barbecueën. Je bent de beste in je vak en elk jaar neemt mijn bewondering voor je talent en je subtiele taalgevoel toe.

Tot slot wil ik mijn kinderen, Maxwell, Dawson en Shelby Cunningham, bedanken. Als je moeder twee romans per jaar schrijft en tegen kanker vecht, is het net of je geen moeder hebt. Jullie drieën zijn erin geslaagd me het gevoel te geven dat ik elke dag iets goeds deed, gewoon door naar jullie stemmen te luisteren en jullie te zien opgroeien. Jullie zijn de reden dat ik doorvecht, de reden dat ik schrijf. Jullie maken mijn leven compleet en ik hou van jullie.

Over de auteur

De volgende geruchten over Elin Hilderbrand zijn waar: ze schrijft haar romans met de hand, kan goed koken, is slecht in tuinieren en strijdt tegen borstkanker. De rest is voer voor speculatie. *Een paradijs aan zee* is haar vijftiende roman.